De schaduwvriend

Van Alex North verscheen eveneens
bij Ambo|Anthos *uitgevers*

De Fluisterman

Alex North

De schaduwvriend

Vertaald door Iris Bol
en Marcel Rouwé

Ambo|Anthos
Amsterdam

MIX
Papier van
verantwoorde herkomst
FSC® C004472

ISBN 978 90 263 5359 8

Oorspronkelijke titel *The Shadow Friend*
Oorspronkelijke uitgever Michael Joseph,
an imprint of Penguin Books Ltd.
Omslagontwerp Marry van Baar
Omslagillustratie © Penguin Random House

Verspreiding voor België:
Veen Bosch & Keuning uitgevers nv, Antwerpen

Voor Lynn en Zack

Proloog

Ik werd door mijn moeder naar het politiebureau gebracht.

De agenten wilden me er zelf op de achterbank van hun auto naartoe brengen, maar dat weigerde ze. Voor zover ik me kan herinneren is dat de enige keer dat ik haar ooit kwaad heb gezien. Ik was vijftien en stond in de keuken, geflankeerd door twee enorme politieagenten. Mijn moeder stond in de deuropening. Ik weet nog dat haar gezichtsuitdrukking veranderde toen ze haar vertelden wat de reden van hun komst was en waarover ze met mij wilden praten. Eerst leek ze in de war door wat ze hoorde, maar de uitdrukking op haar gezicht kreeg meer weg van angst toen ze me aankeek en zag hoe verloren en bang ik op dat moment was.

Hoewel mijn moeder een kleine vrouw was, zorgde iets in de ingehouden felheid van haar stem en haar fiere houding ervoor dat de forse agenten allebei een stap bij me vandaan deden. Onderweg naar het politiebureau zat ik op de passagiersstoel naast mijn moeder en ik voelde me verdoofd terwijl we de auto volgden die voor ons uit door het dorp reed.

Die minderde vaart toen we bij de oude speeltuin kwamen.

‘Niet kijken,’ zei mijn moeder tegen me.

Maar dat deed ik wel. Ik zag de afzettingen die waren geplaatst. De agenten die met grimmige gezichten langs de kant van de weg stonden. De voertuigen die langs de weg waren geparkeerd, met de zwaailichten die geluidloos ronddraaiden in de namiddagzon. En ik zag het oude klimrek. De grond ernaast was altijd dof en grijs geweest, maar ik zag dat die op dat moment een rood patroon had. Alles leek heel rustig en plechtig, de sfeer bijna eerbiedig.

En toen kwam de auto voor ons tot stilstand. De agenten wilden dat ik het schouwspel waar ze mij verantwoordelijk voor hielden goed kon zien.

Je moet echt iets aan Charlie doen.

Die gedachte was heel vaak bij me opgekomen in de maanden die aan die dag voorafgingen, en ik weet nog welke frustratie die elke keer met zich meebracht. Ik was vijftien, en het was niet eerlijk. Het leek alsof mijn hele leven werd beperkt en gecontroleerd door de volwassenen om me heen, maar geen van hen leek de zwarte bloem te hebben opgemerkt die midden in de tuin stond te rotten. Of ze hadden besloten dat het makkelijker was om die met rust te laten – en dat het niet belangrijk was dat het gras erdoor werd vergiftigd.

Het had niet aan mij moeten zijn om de situatie met Charlie op te lossen.

Dat weet ik nu.

Maar toch, toen ik in die auto zat, werd ik overweldigd door het schuldgevoel dat ik van hen moest voelen. Eerder die dag had ik door de stoffige straten gelopen, mijn ogen samengeknepen tegen de zon, zwetend in de zinderende hitte, en had ik James precies daar in de speeltuin in het oog gekregen. Mijn oudste vriend. Een kleine, eenzame gestalte in de verte, die onhandig op het klimrek zat. En hoewel hij en ik elkaar al weken niet hadden gesproken, had ik heel goed geweten wat hij daar deed. Dat hij daar op Charlie en Billy zat te wachten.

En ik was langs hem heen gelopen.

Een paar agenten daar draaiden zich om en keken naar ons, en ik voelde me even gevangen onder een stolp van doodse stilte. Aangestaard en veroordeeld.

Toen maakte ik een schrikbeweging, omdat er plotseling een keihard geluid klonk.

Het duurde even voordat ik doorhad dat mijn moeder op de claxon van de auto drukte. Het harde geloei leek ongepast en oneerbiedig in die situatie – als een schreeuw tijdens een uitvaart –, maar toen ik naar mijn moeder keek, zag ik dat haar kaak gespannen was en dat ze haar woedende blik strak op de politieauto voor ons gericht hield. Ze hield haar hand omlaaggedrukt, en het geluid bleef door het dorp weerkaatsen.

Vijf seconden.

'Mam.'

Tien seconden.

'Mám.'

Zodra de politiewagen zich weer in beweging zette en langzaam doorreed, haalde mijn moeder haar hand van de claxon en werd de wereld stil. Toen ze mij aankeek, was de uitdrukking op haar gezicht vreemd genoeg zowel hulpeloos als kordaat, alsof mijn pijn de hare was en ze per se een zo groot mogelijk deel van deze last voor mij wilde dragen.

Want ik was haar zoon en zij was degene die het voor mij zou opnemen.

'Het komt wel goed,' zei ze.

Ik reageerde niet. Ik staarde alleen terug en hoorde de serieuze toon van haar stem, zag de overtuiging op haar gezicht. Ik was dankbaar dat er iemand was die voor me zou opkomen, al zou ik dat nooit hardop hebben toegegeven. Dankbaar dat er iemand was die om me gaf. Iemand die zoveel vertrouwen in mijn onschuld had dat de woorden zelf niet hardop gezegd hoefden te worden.

Iemand die alles zou doen om mij te beschermen.

Na wat aanvoelde als een eeuwigheid knikte ze bij zichzelf, keek daarna weer recht voor zich en begon te rijden. We volgden de politiewagen het dorp uit en lieten de geparkeerde politiebusjes, de starende agenten en de met bloed bevlekte speeltuin achter ons. En mijn moeders woorden echoden nog door mijn hoofd toen we bij de autoweg kwamen.

Het komt wel goed.

Sindsdien zijn er vijfentwintig jaren verstreken, maar daar moet ik nog vaak aan denken. Het is wat alle goede ouders tegen hun kinderen zeggen. Maar wat betekent dat zinnetje nou eigenlijk? Het is een hoop, een wens. Een speelbal van het lot. Het is een belofte die je moet doen, en eentje die je moet proberen te geloven, want wat kun je anders?

Het komt wel goed.

Ja, daar moet ik vaak aan terugdenken.

Dat alle goede ouders dat zeggen, en hoe vaak ze het mis hebben.

I

1

Nu

Op de dag dat het begon, had rechercheur Amanda Beck formeel gesproken vrij. Ze sliep uit. Omdat ze in de vroege uurtjes wakker was geworden uit een voor haar welbekende nachtmerrie, had ze zich zo lang mogelijk vastgeklampt aan de dunne slierten slaap die haar nog restten, en het was al bijna twaalf uur 's middags voordat ze was opgestaan en zich had gedoucht, en de koffie doorliep. Op dat moment werd er een jongen vermoord, maar dat wist nog niemand.

Halverwege de middag begon Amanda aan de korte rit om haar vader te bezoeken. Toen ze aankwam bij Rosewood Gardens stonden er een paar andere auto's op de parkeerplaats, maar ze zag niemand. Een doodse stilte daalde over de wereld neer toen ze over het bochtige pad tussen de bloembedden liep tot ze bij het toegangshek kwam. Daarna nam ze de route die ze de afgelopen tweeënhalf jaar uit haar hoofd had geleerd, en liep ze langs grafstenen die vertrouwde bakens voor haar waren geworden.

Was het gek om de doden als vrienden te beschouwen?

Misschien wel, maar een deel van haar deed het toch. Ze bezocht de begraafplaats minstens één keer per week, en dat betekende dat ze de mensen die hier lagen vaker zag dan het handjevol levende vrienden dat ze had. Hier had je het graf dat altijd keurig verzorgd was, met verse bloemen. Daar was het graf met de oude, lege cognacfles die schuin tegen de steen stond. Vervolgens kwam het graf dat bezaaid lag met pluchen beesten – waarschijnlijk het graf van een kind van wie de ouders hem of haar nog niet helemaal konden loslaten, dacht Amanda.

En dan, na een laatste keer te zijn afgeslagen, het graf van haar vader.

Ze bleef staan en stak haar handen in de zakken van haar jas. Het graf werd gemarkeerd door een rechthoekige steen, breed en sterk, precies zoals de vader die ze zich herinnerde uit haar jeugd. De eenvoud ervan – alleen zijn naam en de twee datums die het begin en het einde van zijn leven aangaven – had iets aangenaam onherroepelijks. Geen poespas, precies zoals hij zou hebben gewild. Haar vader was thuis een liefhebbende, zorgzame man geweest, iemand die zijn hele leven bij de politie had gewerkt, waar hij zijn plicht had gedaan en aan het einde van de werkdag zijn werk steevast op kantoor had gelaten. Het had gepast geleken om dat aspect van zijn karakter tot uiting te laten komen op de grafsteen die ze had gekozen. Ze had er een gevonden die heel goed deed wat er van hem werd verlangd, zonder dat er emotie bij kwam kijken.

En verdomme geen bloemen op mijn graf, Amanda.

Als ik er niet meer ben, ben ik er niet meer.

Een van de vele bevelen die ze had opgevolgd.

Maar het was verdomme nog steeds bizar en schokkend dat hij niet langer op aarde was. Als kind was ze bang geweest in het donker, en dan was het altijd haar vader geweest die kwam als ze riep. Elke keer dat hij nachtdienst had gehad was ze zenuwachtig geweest, alsof er een vangnet was weggehaald en er niets zou zijn om haar op te vangen als ze viel. Zo ervoer ze het leven tegenwoordig ook. In haar achterhoofd had ze voortdurend het idee dat er iets mis was, dat er iets ontbrak, maar dat daar verandering in zou komen. Dan schoot haar opeens weer te binnen dat haar vader dood was en drong de harde werkelijkheid tot haar door. Als ze nu riep, was er niemand die 's nachts bij haar zou komen.

Ze trok haar jas wat strakker om zich heen.

En ook niet tegen me praten als ik er niet meer ben.

Ook dat was een bevel, dus als ze nu haar vaders graf bezocht, stond ze daar alleen maar wat te denken. Haar vader had natuurlijk gelijk. Net als hij was ze niet gelovig, dus had het volgens haar weinig nut om dingen hardop te zeggen. Bovendien was er nu toch niemand die het kon horen; de kans op ondervraging was voorbij. Wat haar nog restte was het korte leven van ervaring en wijsheid dat haar vader haar had geschonken, en het was aan haar om dat uit te pluizen. Om delen tegen het licht te houden, er stof vanaf te blazen, en te kijken wat werkte en wat ze kon gebruiken.

Emotieloos.

Afstandelijk.

Efficiënt.

Zo had hij zijn werk gedaan. Ze dacht vaak aan de goede raad die hij haar had gegeven: als je iets gruwelijks zag, moest je dat opbergen in een doosje. Dat doosje bewaarde je afgesloten in je hoofd en je maakte het alleen open als je er iets anders in moest gooien. Het werk, en de taferelen die je vanwege dat werk te zien kreeg, moesten koste wat kost gescheiden worden gehouden van je privéleven. Dat had heel eenvoudig geklonken, keurig netjes.

Hij was erg trots geweest toen ze bij de politie was gegaan, en hoewel ze hem met heel haar hart miste, was een klein deel van haar blij dat hij niet meer had kunnen zien hoe ze met de afgelopen twee jaar was omgegaan. De doos vol gruwelen in haar hoofd die weigerde dicht te blijven. Haar nachtmerries. Het feit dat ze niet het soort diender was gebleken dat hij was geweest, en ze betwijfelde of ze dat ooit zou worden.

En hoewel ze haar vaders voorschriften opvolgde, weerhielden die haar er niet van aan hem te denken. Zoals altijd vroeg ze zich ook vandaag af hoe teleurgesteld hij zou zijn.

Ze liep net terug naar haar auto toen haar telefoon ging.

Een halfuur later was Amanda weer in Featherbank en stak ze het braakliggende terrein over. Ze had een bloedhekel aan deze plek. Aan de grove, zongeblakerde struiken die er stonden. De stilte en de eenzaamheid. De manier waarop de lucht hier altijd ongezond aanvoelde, alsof het land zelf zuur was geworden en je de verrotting en het gif in de grond onbewust kon voelen.

'Daar hebben ze hem toch gevonden?' Rechercheur John Dyson, die naast haar liep, wees naar een iele struik. Net als alles wat hier wist te groeien, was die sterk, droog en scherp.

'Ja,' zei ze. 'Inderdaad.'

Daar hebben ze hem gevonden.

Maar het was ook de plek waar ze hem eerst waren kwijtgeraakt. Twee jaar geleden was hier een jongetje verdwenen toen hij naar huis liep, en toen, een paar weken later, was zijn lichaam op dezelfde plek gedumpt. Het was háár zaak geweest. De gebeurtenissen die erop waren gevolgd hadden haar carrière in een soort vrije val gestort. Voor de zaak met de dode jongen had ze verwacht dat ze gestaag hogerop zou komen, dat ze de doos in haar hoofd veilig dicht zou kunnen houden, maar zoals was gebleken, had ze zichzelf totaal niet gekend.

Dyson knikte bij zichzelf. 'Ze zouden hier een hek omheen moeten zetten. Er vanuit de ruimte een kernbom op moeten gooien.'

'Het zijn de mensen die slechte dingen doen,' zei ze. 'En als ze die niet op de ene plek doen, doen ze ze wel ergens anders.'

'Misschien.'

Hij klonk niet overtuigd, maar het leek hem ook niet echt te kunnen schelen. Dyson was behoorlijk dom, dacht Amanda. Tot zijn verdediging kon ze aanvoeren dat hij zich daar in elk geval van bewust leek te zijn, waardoor zijn hele loopbaan werd gekenmerkt door een uitzonderlijk gebrek aan ambitie. Ondertussen was hij begin vijftig, deed zijn werk, inde zijn salaris en ging elke avond naar huis zonder ook maar één keer achterom te kijken. Ze was jaloers op hem.

De dichte bosrand die de bovenkant van de steengroeve markeerde bevond zich vlak voor hen. Ze keek even om. De afzetting, die op haar bevel rondom het braakliggende terrein was aangebracht, was niet te zien door het struikgewas, maar ze voelde de aanwezigheid ervan. Met daarachter, uiteraard, een groot onderzoek waarvan de onzichtbare radertjes al in beweging waren gezet.

Ze kwamen bij de bomen.

'Pas op waar je je voeten neerzet,' zei Dyson.

'Pas zelf maar op.'

Ze ging expres voor hem staan, duwde het hek omhoog dat de afscheiding vormde tussen het braakliggende terrein en de steengroeve, en dook er vervolgens onderdoor. Een stukje verderop hing een vervaagd waarschuwingsbord aan het hek dat op geen enkele manier voorkwam dat de kinderen uit de buurt hier op verkenning gingen. Misschien werkte het zelfs als aanmoediging; dat zou bij haar als kind waarschijnlijk het geval zijn geweest. Maar Dyson had gelijk. De grond was hier steil en verraderlijk, en ze concentreerde zich erop hoe ze haar voeten neerzette terwijl ze vooropging. Als ze uitgleed nu ze voor hem liep, zou ze hem verdomme moeten vermoorden om geen gezichtsverlies te lijden.

De zijkanten van de groeve waren gevaarlijk steil en ze baande zich voorzichtig een weg omlaag. Wortels en takken, gebleekt in de verzengende zomerzon, staken als pezen uit de rotsen, en ze greep hun ruwe kronkels vast om haar evenwicht te bewaren. Het was ongeveer vijftig meter diep en ze was blij toen ze vaste grond onder haar voeten had.

Een tel later schraapten Dysons voeten over het gesteente naast haar.

En toen klonk er geen enkel geluid meer.

De steengroeve had iets sinisters en bovennatuurlijks. De plek voelde geïsoleerd en troosteloos aan, en hoewel de zon nog altijd fel op de braakliggende grond boven hen scheen, was het hier beneden veel koeler. Ze keek om zich heen naar de rotsen en de groepjes vergeelde struiken die hier beneden groeiden. Het was hier een doolhof.

Een doolhof waarin Elliot Hick hun de weg had gewezen.

'Deze kant op,' zei ze.

Eerder die middag waren er voor een huis hier in de buurt twee jongens aangehouden. Een van hen, Elliot Hick, was bijna hysterisch geweest; de ander, Robbie Foster, was juist gelaten en kalm. Ze hielden ieder een mes en een boek vast en ze zaten allebei zowat van top tot teen onder het bloed. Op dit moment zaten ze op het bureau voor ondervraging, maar Hick had de agent die als eerste ter plaatse was al verteld wat ze hadden gedaan, en waar ze het resultaat daarvan konden vinden.

Het was niet ver, had hij gezegd. Honderd meter of zo.

Amanda liep langzaam en voorzichtig tussen de rotsblokken door. De stilte hier had iets drukkends, waardoor het net leek of ze onder water was, en haar borstkas voelde steeds strakker aan bij het idee wat ze straks zouden aantreffen. Als Hick tenminste de waarheid had gesproken. Er was altijd een kans dat er hier helemaal niets te vinden zou zijn. Dat dit niets meer was dan een bizarre grap.

Amanda duwde een gordijn van scherpe takken opzij. Het idee dat dit een rotgeintje was leek absurd, maar was alsnog veel en veel beter dan het idee dat ze zo meteen op een open plek zou komen en dan zou zien…

Ze bleef als aan de grond genageld staan.

En dát zou zien.

Dyson kwam naast haar staan. Zijn ademhaling ging wat snel, al was niet duidelijk of dat kwam door de lichamelijke inspanning van de afdaling en de wandeling of door het tafereel dat ze nu voor zich zagen.

'Jezus christus,' zei Dyson.

De open plek voor hen was grofweg zeshoekig, de grond oneffen maar min of meer vlak, en werd aan alle kanten omgeven door bomen en een wirwar van struiken. De omgeving leek bijna occult – een eerste indruk die werd versterkt door het tableau dat daar was gecreëerd.

Het lichaam bevond zich ongeveer vijf meter verderop, precies in het midden. Het was in een knielende houding geplaatst, voorovergebogen, bijna alsof het in gebed was, de magere armen naar achteren gebogen langs de grond, als gebroken vleugels. Het lichaam leek dat van een tienerjongen. Hij droeg een korte broek en een T-shirt dat was opgekropen tot zijn oksels, maar door al het bloed viel moeilijk te bepalen welke kleur de kleren hadden gehad. Amanda liet haar blik over het lichaam gaan. Op het ontblote bovenlijf van de jongen waren talloze donkere steekwonden te zien en het bloed daaromheen vormde lichtbruine vegen op zijn huid. Er lag een grotere plas bloed onder zijn hoofd, dat ongemakkelijk opzij was gedraaid en nauwelijks meer vastzat, maar godzijdank wel met het gezicht van haar af lag.

Emotieloos, bracht Amanda zichzelf in herinnering.

Afstandelijk.

Efficiënt.

Even stond de hele wereld stil. Toen viel haar oog ergens anders op en fronste ze. 'Wat is dat daar op de grond?' vroeg ze.

'Het lichaam van een kind, godverdomme nog aan toe, Amanda.'

Ze sloeg geen acht op Dyson en liep heel behoedzaam een paar passen naar voren op de open plek, omdat ze bang was dat ze de plaats delict zou verstoren. Maar ze wilde wel begrijpen wat ze daar zag. Op de stenen bodem was meer bloed te zien, dat zich uitstrekte in een cirkel rond het lichaam. Het patroon leek te regelmatig om toeval te zijn, maar pas toen ze bij de buitenste rand van de vlekken zelf kwam, besefte ze wat het waren. Ze staarde omlaag terwijl haar blik van de ene naar de andere plek schoot.

'Wat is het?' vroeg Dyson.

Weer reageerde ze niet, maar ditmaal omdat ze niet goed wist wat ze moest zeggen. Dyson liep naar haar toe en kwam weer naast haar staan. Ze verwachtte nog een opmerking, meer getier, maar hij zei niets en ze merkte dat hij even geschokt was als zij.

Ze telde de vlekken zo goed en kwaad als het ging, maar het

was lastig om de tel niet kwijt te raken. Ze leken een storm op de grond.

Honderden bloedrode handafdrukken die zorgvuldig op het gesteente waren gedrukt.

2

Het hospice waar mijn moeder op sterven lag, stond op het terrein van Gritten Hospital.

Dat trof me als een vrij droefgeestige regeling. Tijdens de lange rit dwars door het land had ik me afgevraagd waarom ze niet voor een hattrick waren gegaan en ook een begraafplaats en een lopende band hadden laten aanleggen nu ze toch bezig waren. Maar het terrein bleek mooi aangelegd. Als je het ziekenhuis voorbij was, slingerde de oprijlaan loom tussen keurig gemaaide gazons door, met her en der felgekleurde bloembedden of appelbomen, en ging vervolgens over een bruggetje waar een beekje onderdoor kabbelde. Het was een warme dag en ik had het autoraampje naar beneden gedaan. De buitenlucht was verzadigd met de geur van pas gemaaid gras en het geklater van het water op stenen in de beek beneden leek doorspekt met kindergelach.

Een serene omgeving voor het einde van een leven.

Even later arriveerde ik bij een gebouw van twee verdiepingen waarvan de zwart geworden muren waren begroeid met dikke stroken klimop. De autobanden knerpten over een zee van keurig aangeharkt grind. Toen ik de motor afzette, was alleen nog het tere geluid van vogelgezang te horen, en daarachter ging een intense, diepzinnige stilte schuil.

Ik stak een sigaret op en bleef even zitten.

Zelfs op dit moment was het nog niet te laat om terug te gaan.

Het had me vier uur gekost om hiernaartoe te rijden en ik had de aanwezigheid van Gritten voortdurend naderbij voelen komen. Met elke kilometer die ik had afgelegd was de angst in mijn binnenste groter geworden.

De hemel mocht onderweg dan helder en blauw zijn geweest, toch had het aangevoeld alsof ik een onweersbui tegemoet was gereden, en ik had min of meer verwacht dat ik in de verte gerommel zou horen en bliksemflitsen aan de horizon zou zien. Tegen de tijd dat ik door de vervallen straten en de lage industriewijken reed, langs de rijen verweerde winkels en fabrieken, waarvan de voorpleinen vol troep en gebroken glas lagen, was ik zo misselijk dat het me de grootst mogelijke moeite had gekost om de auto niet om te keren.

Nu zat ik te roken, en trilde mijn hand.

Het was vijfentwintig jaar geleden dat ik hier in Gritten was geweest.

Het komt wel goed, hield ik mezelf voor.

Ik doofde mijn sigaret, stapte uit en liep naar het hospice. De glazen deuren bij de ingang schoven open en ik zag een schone en minimalistische receptieruimte met een glanzende zwart-witte vloer. Ik liep naar de balie, vertelde wie ik was en bleef vervolgens wachten, terwijl ik de geur van boenwas en ontsmettingsmiddelen rook. Behalve het gerinkel van bestek, ergens schuin tegenover me, was het hele gebouw zo stil als een bibliotheek, en ik kreeg de neiging om te hoesten, alleen omdat dat verboden leek.

'Meneer Adams? Bent u de zoon van Daphne?'

Ik keek op. Er liep een vrouw op me af. Ze was midden twintig, klein, met lichtblauw haar en een heleboel piercings in haar oor. Ze droeg vrijetijdskleding. Dus ze was hier geen verpleeghulp.

'Ja,' zei ik. 'Sally, is het niet?'

'Dat ben ik.'

Ik gaf haar een hand. 'Zeg maar Paul.'

'Prima.'

Sally ging me voor een trap op en daarna liepen we door een labyrint van stille gangen, waarbij ze de hele tijd over koetjes en kalfjes babbelde. 'Hoe was je reis?'

'Prima.'

'Wanneer ben je voor het laatst in Gritten geweest?'

Ik vertelde het haar. Ze keek geschrokken. 'Wauw, zeg. Heb je hier nog vrienden wonen?'

'Ik zou het niet weten,' zei ik.

'De afstand maakt het vast lastig,' zei Sally.

'Ja, inderdaad.'

Zij bedoelde het geografisch, maar die afstand was er ook in andere opzichten. De autorit van vandaag mocht dan vier uur hebben geduurd, maar deze korte wandeling in het hospice leek langer. En hoewel een kwarteeuw een aanzienlijk stuk geschiedenis hoorde te zijn, sidderde ik vanbinnen. Het leek alsof die periode op een gevaarlijke manier was weggevallen en dat wat zich hier al die jaren geleden in Gritten had afgespeeld net zo goed gisteren gebeurd had kunnen zijn.

Het komt wel goed.

'Nou, ik ben blij dat je kon komen,' zei Sally.

'In de zomer is het nooit druk op mijn werk.'

'Je bent toch professor?'

'God, nee. Ik geef Engels, maar ik heb niet zo'n hoge functie.'

'Creatief schrijven?'

'Dat is een van de vakken.'

'Daphne was heel trots op je, wist je dat? Ze zei altijd tegen me dat je op een dag een groot schrijver zou zijn.'

'Ik schrijf niet.' Ik aarzelde even. 'Zei ze dat echt?'

'Ja, zeker weten.'

'Dat wist ik niet.' Maar ja, er was zoveel wat ik niet over het leven van mijn moeder had geweten. We mochten elkaar dan ongeveer één keer per maand gebeld hebben, maar dat waren altijd korte, terloopse gesprekken waarin ze had gevraagd hoe het met mij ging en ik had gelogen, en waarin ik niet naar haar had geïnformeerd, zodat zij niet had hoeven liegen. Ze had geen enkele keer de indruk gewekt dat er iets aan de hand was.

En toen, drie dagen geleden, was ik gebeld door Sally, mijn moeders thuiszorgmedewerker. Ik had niet van Sally's bestaan geweten. Ik wist ook niet dat mijn moeder al jaren in de greep verkeerde van een steeds erger wordende dementie, en dat de kanker waaraan ze leed in het afgelopen halfjaar ongeneeslijk was geworden. Dat mijn moeder de afgelopen weken zo zwak was geworden dat het te lastig voor haar werd om de trap op te gaan en dat ze daarom bijna uitsluitend op de begane grond van het huis had gewoond. Dat ze had geweigerd om ergens anders naartoe te gaan. Dat Sally eerder deze week op een avond bij haar naar binnen was gegaan en haar bewusteloos onder aan de trap had aangetroffen.

Want mijn moeder scheen, uit frustratie of uit verwarring, een poging te hebben gedaan om de overloop boven te bereiken, maar haar lichaam had haar in de steek gelaten. De hoofdwond die ze had opgelopen was eerder ernstig dan levensbedreigend, maar de val had de rest van haar kwalen aangemoedigd om hun aanval op haar te verhevigen.

Er was zoveel wat ik niet had geweten.

Ze had niet veel tijd meer, had Sally me verteld. Kon ik komen?

'Daphne slaapt bijna alleen nog maar,' zei ze nu. 'Ze krijgt palliatieve zorg en pijnstilling, en ze maakt het zo goed als naar omstandigheden mogelijk is. Maar de komende dagen zal ze steeds meer slapen, gedurende langere aaneengesloten periodes. En uiteindelijk zal ze...'

'Niet meer wakker worden?'

'Ja, precies. Ze zal gewoon vredig heengaan.'

Ik knikte. Dat klonk als een mooie dood. Als er dan toch een einde aan moet komen, is dat misschien het beste waar ieder van ons op kan hopen: om langzaam weg te zweven. Sommige mensen geloofden dat er later dromen of nachtmerries zouden komen, maar ik heb nooit goed begrepen waarom. Want ik weet immers beter dan de meeste mensen dat die plaatsvinden in de ondiepe gedeeltes van de slaap, en ik heb altijd gehoopt dat de dood een veel diepere staat zal zijn dan dat.

Voor een deur bleven we staan.

'Is ze helder?' vroeg ik.

'Dat wisselt. Soms herkent ze mensen en lijkt ze vaag te begrijpen waar ze is. Maar het gebeurt vaker dat ze zich op een ander moment en op een andere plek lijkt te bevinden.' Ze duwde de deur open en zei een stuk zachter: 'Ah, daar is ze dan.'

Ik volgde haar de kamer in en zette me schrap voor wat ik te zien zou krijgen. Toch kwam de aanblik die me wachtte als een schok. Tegen de dichtstbijzijnde muur stond een ziekenhuisbed op wieltjes met bedieningsknoppen om de stand te kunnen veranderen. Ernaast zag ik meer apparatuur dan ik had verwacht: een trolley met een rij monitoren en een standaard met doorzichtige zakken waar slangen uit kwamen die verbonden waren met degene onder het beddengoed.

Mijn moeder.

Mijn benen weigerden even dienst. Ik had haar in geen vijfentwintig jaar gezien en nu ik in de deuropening stond, leek het alsof iemand een wassen model van haar had gemaakt, maar dan veel kleiner en brozer dan ze in mijn herinnering was. Mijn hart begon te bonzen. Haar hoofd was aan één kant verbonden en het gedeelte van haar gezicht dat ik kon zien was geel en bewegingloos, haar lippen een stukje vaneen. De bobbel onder het dunne beddengoed was nauwelijks groot genoeg om de suggestie te wekken dat er een lichaam onder lag en even betwijfelde ik of ze eigenlijk nog wel leefde.

Sally leek echter onaangedaan. Ze liep naar haar toe en boog zich iets voorover om de monitoren te controleren. Ik rook de vage geur van de bloemen die in een vaas op een tafeltje naast alle apparatuur stonden, maar die werd bedorven door een vlaag van iets zoeters en weeërs.

'Je mag natuurlijk bij haar gaan zitten.' Sally was klaar met haar controle en ging weer rechtop staan. 'Maar het is waarschijnlijk het best om haar niet wakker te maken.'

'Dat zal ik niet doen.'

'Er staat water op de tafel voor het geval ze uit zichzelf wakker wordt en dorst heeft.' Ze wees op de reling van het bed. 'En als er iets is, dan zit daar een alarmknop.'

'Dank je,' zei ik.

Ze ging de kamer uit en deed de deur achter zich dicht.

Toen heerste er stilte. Maar geen totale. Het raam het dichtst bij het bed stond half open en ik hoorde het vredige, saaie gebrom van een grasmaaier in de verte. En toen, daaronder, de trage, oppervlakkige ademteugen van mijn moeder, met daartussen lange pauzes van lege seconden waarin niets gebeurde. Ik keek naar haar en pas nu viel mijn oog op de roze gebloemde lakens, en die aanblik bracht een vage herinnering bij me boven. Het waren niet dezelfde lakens die ik me herinnerde uit mijn jeugd, maar het scheelde niet veel. Sally moest ze hebben meegenomen uit het huis om ervoor te zorgen dat mijn moeder zich hier meer op haar gemak zou voelen.

Ik keek om me heen. De kamer deed me denken aan die in het studentenhuis waar ik tijdens mijn eerste studiejaar had gewoond: klein maar comfortabel, met in een hoek een eigen badkamer, en een bureau en kasten langs de muur tegenover het bed. Op het bureau stond een handvol voorwerpen. Sommige daarvan waren duidelijk medisch – lege potjes, open pillendoosjes en afgescheurde stroken watten –, maar andere leken gewoner, vertrouwder. Er lag een stapel netjes opgevouwen kleren. Een bril in een openstaande koker. De oude trouwfoto van mijn ouders – die op de schoorsteenmantel had gestaan toen ik klein was – stond nu hier, zo gericht dat mijn moeder hem vanuit het bed kon zien als ze wakker werd.

Ik liep naar het bureau. De foto had een blije gebeurtenis moeten vastleggen, maar hoewel mijn moeder glimlachte en hoopvol keek, stond mijn vaders gezicht even streng als altijd. Dat was de enige uitdrukking die ik me als kind van hem kon herinneren, of zijn gezicht nou werd verlicht door de vuren die hij voortdurend stookte in de achtertuin of dat het half in schaduw was gehuld als we elkaar zonder iets te zeggen passeerden in de gang. Hij was altijd ernstig en nors geweest – een man die door alles in zijn leven teleurgesteld was – en toen ik het huis uit ging, waren we allebei blij geweest dat we van elkaar af waren. In de telefoongesprekken die ik in de loop der jaren met mijn moeder had gevoerd was het nooit over hem gegaan. En na zijn overlijden, zes jaar geleden, was ik niet naar Gritten gekomen voor de uitvaart.

Ik liet mijn blik over het bureaublad gaan en zag iets wat me tot dan toe niet was opgevallen: een dik boek, dat ondersteboven lag. Het was oud en verweerd, en de rug was licht verbogen, alsof het ooit in water had gelegen en iemand het krom had laten opdrogen. Mijn moeder was nooit een fervent lezer geweest en mijn vader had altijd heel laatdunkend gedaan over fictie, net als over mij en mijn voorliefde ervoor. Misschien was mijn moeder na zijn dood een fervent lezer geworden en was ze voor het ongeluk bezig geweest in dit boek. Een lief gebaar van Sally, al leek het me wat optimistisch om te denken dat mijn moeder het ooit nog uit zou lezen.

Ik draaide het boek om en zag het rode, boosaardige duivelsgezicht op de voorkant, en ik trok mijn hand snel terug. Mijn vingertoppen tintelden alsof ik ze had gebrand.

De nachtmerriemensen.

'Paul?'

Ik maakte een sprongetje van schrik en draaide me om. Mijn moeder was wakker. Ze was op haar zij gaan liggen en had zich op een elleboog overeind gewerkt. Ze keek me bijna achterdochtig aan met het ene oog dat ik kon zien en haar haar hing als een dun grijs gordijn op het kussen.

Mijn hart klopte veel te snel. 'Ja,' zei ik zachtjes, terwijl ik mezelf tot rust probeerde te brengen. 'Ik ben het, mam.'

Ze fronste. 'Je... zou hier niet moeten zijn.'

Naast haar bed stond een stoel. Ik liep er langzaam naartoe en ging zitten. Ze volgde me met haar blik, zo behoedzaam als een dier dat klaarstond om op de vlucht te slaan. 'Je zou hier niet moeten zijn,' zei ze nog een keer.

'Ik kón eigenlijk niet anders. Je bent gevallen. Weet je dat nog?'

Ze bleef nog even naar me staren. Toen verzachtte haar gezicht en ze boog zich naar me toe en fluisterde samenzweerderig: 'Ik hoop dat Eileen er niet is.'

Hulpeloos keek ik de kamer door. 'Nee, ze is er niet, mam.'

'Eigenlijk mag ik dat natuurlijk niet zeggen. Maar we weten allebei wat een kreng dat mens is. Die arme Carl.' Ze keek treurig. 'En die arme kleine James. We doen dit toch alleen voor hem? Volgens mij weet je dat wel. We hoeven het niet te zeggen, maar je begrijpt het vast.'

Ze lijkt zich op een ander moment en op een andere plek te bevinden.

Dit waren een moment en een plek die ik kende. 'Ja, mam,' zei ik. 'Ik begreep het zeker.'

Heel voorzichtig ging ze weer liggen en ze sloot haar ogen terwijl ze fluisterde: 'Je zou hier niet moeten zijn.'

'Wil je wat water?' vroeg ik.

Even deed mijn moeder helemaal niets. Ze lag daar alleen en haalde regelmatig adem, alsof het even duurde voordat de vraag zich een weg door de verwarrende doolhof van haar brein had gebaand. Ik had er geen vertrouwen in dat die zijn eindbestemming zou bereiken, maar ik wist op dat moment niets anders te zeggen. En toen schrok mijn moeder plotseling weer wakker en schoot haar bovenlichaam omhoog. Ze stak haar arm uit en greep mijn pols zo snel beet dat ik niet eens de tijd had om terug te deinzen. 'Je zou hier niet moeten zijn!' gilde ze.

'Mam...'

'Rode handen, Paul! Overal zijn rode handen.' Haar ogen waren wijd opengesperd en ze keek me vol ontzetting aan.

'Mam...'

'Rode handen, Paul.'

Ze liet me los en viel terug op het bed. Ik stond op en wankelde een stukje naar achteren, de witte afdruk van haar greep zichtbaar op mijn huid. Ik dacht aan een klimrek en een grond bedekt met een rood patroon, en in gedachten hoorde ik telkens opnieuw haar woorden, op het ritme van mijn hartslag.

Rode handen, rode handen, overal rode handen...

'O god, het is in het huis, Paul!'

En toen vertrok mijn moeders gezicht van pijn en gilde ze tegen het plafond, of misschien naar iets boven haar, wat ze niet kon zien. 'Het is verdomme in het huis!'

En terwijl mijn hele lichaam gloeide van paniek tastte ik naar de alarmknop.

3

In de zomervakantie dat ik veertien was ging mijn moeder samen met mij en mijn vriend James naar Gritten Park, onze nieuwe school. 's Morgens vroeg arriveerden we bij het huis waar James woonde, en ik weet nog dat mijn moeder tegen me fluisterde toen we het tuinpad op liepen.

'Ik hoop dat Eileen er niet is.'

Ik knikte. Dat hoopte ik ook. Eileen was James' moeder, maar dat zou je nooit denken als je afging op de manier waarop ze hem behandelde. In haar ogen kon James nooit iets goed doen, als ze al aandacht voor hem had. Ik had haar altijd eng gevonden. Er hing een geur van sherry om haar heen en ze scheen voortdurend te roken, waarbij ze haar andere hand om haar elleboog hield terwijl ze je achterdochtig aankeek, alsof je iets van haar gestolen had.

Maar die ochtend deed Carl de deur open.

Carl was James' stiefvader, en ik vond hem heel aardig. De biologische vader van James had Eileen in de steek gelaten toen ze zwanger was. Carl had James grootgebracht alsof hij zijn eigen zoon was. Hij was een bescheiden man, rustig en vriendelijk, maar hoewel ik blij was dat hij aardig was voor James, was het me een raadsel hoe hij ooit iets met een vrouw als Eileen had gekregen. Carl en mijn moeder waren al van jongs af aan goed bevriend, en ik vermoedde dat zij het ook niet begreep. Jaren eerder had ik eens een gesprek tussen hen opgevangen. 'Je kunt echt iets veel beters krijgen,' had mijn moeder tegen hem gezegd. Er was een lange stilte gevolgd totdat Carl had gereageerd. 'Nee, volgens mij niet.'

Die dag zag Carl er moe uit, maar hij glimlachte ons allebei warm toe en draaide zich toen half om en riep naar binnen dat James moest komen, die een paar tellen later verscheen. James droeg een oude trainingsbroek en een groezelig T-shirt, en hij glimlachte onbeholpen. Hij was een timide jongen, verlegen, lief en weerloos, die altijd zijn uiterste best deed om de hele wereld te behagen, maar nooit precies wist wat die wereld precies van hem wilde.

En hij was mijn beste vriend.

'Kom mee, rakkers,' zei mijn moeder.

We liepen met z'n drieën van het huis naar de snelweg die ons dorp verbond met de rest van Gritten. Het was een warme ochtend en de lucht was benauwd en vol stof en muggen. Het metaal van de voetgangersbrug rammelde onder onze voeten toen we naar de smerige bushalte aan de andere kant liepen. Onder ons schoot een gestage, onverschillige stroom bestelbusjes en vrachtwagencombinaties door. In ons dorp was niet veel verkeer en hoewel het officieel een buitenwijk van Gritten was, was het op kaarten nauwelijks terug te vinden. Zelfs de naam – Gritten Wood – legde meer nadruk op het nabijgelegen bos dan op het idee dat er nog iemand woonde.

Eindelijk verscheen er in de verte een bus.

'Hebben jullie geld voor het buskaartje?' vroeg mijn moeder.

We knikten allebei, maar ik rolde met mijn ogen naar James

en hij glimlachte terug. We konden ons allebei prima redden in een bus, en we waren het afgelopen trimester al een keer naar Gritten Park geweest toen we hadden gehoord dat onze kleine middelbare school dicht zou gaan. Maar James vond het eng om het komende schooljaar naar een nieuwe school te gaan, al zou hij dat misschien niet hardop toegeven, en dus had mijn moeder een manier bedacht om hem te helpen zonder hem in verlegenheid te brengen, en daar werkte ik graag aan mee.

De rit duurde een halfuur. Bijna heel Gritten was doortrokken van armoede en wat je door het raam van de bus zag was zo grauw dat het af en toe lastig was om te zeggen welke panden leegstonden en welke werden bewoond. Ik wilde niets liever dan ontsnappen aan deze plek – ergens anders gaan wonen en hier nooit meer terugkomen –, maar het kostte me moeite om me voor te stellen dat het zover zou komen. Deze plek bezat een zwaartekracht die alles wat viel vasthield daar waar het neerkwam. Ook de mensen.

Nadat we waren uitgestapt, begonnen we aan de wandeling van vijf minuten naar Gritten Park.

De school was veel groter en intimiderender dan in mijn herinnering. De gymzalen stonden ongeveer honderd meter van de doorgaande weg af en hun enorme ramen weerspiegelden de saaie hemel en hielden hem gevangen in het glas. Daarachter was het hoofdgebouw te zien: vier verdiepingen vol sombere, eentonige gangen en lokalen met dikke, zware deuren, precies zoals de deuren in een gevangenis er in mijn verbeelding uitzagen. De hoek waarin de twee gebouwen stonden was net verkeerd, zodat het vanaf de straat leek alsof de school zich opdrukte uit de grond, met een schouder opgetrokken achter zich, onhandig en gebroken. Ik keek naar de plek rechts van de gymzalen. Dat gedeelte werd gerenoveerd en ik hoorde het geklop van een drilboor achter de afdekzeilen. Een hortend geluid, als geweervuur in de verte.

We bleven een poosje staan.

En ik weet nog dat ik me niet op mijn gemak voelde. De school straalde iets kwaadaardigs uit, in haar roerloosheid en de manier waarop ze naar me terug leek te staren. Op dat moment begreep ik waarom James het eng vond om hiernaartoe te gaan. De school was gigantisch – het veilige onderkomen, als je het zo kon noemen, voor ruim duizend leerlingen – en James was altijd een vanzelfsprekend mikpunt voor pestkoppen geweest. Maar ik zei tegen mezelf dat ik hem in het verleden altijd in bescherming had genomen, en dat ik dat zou blijven doen. Toch had de school die voor me stond op dat moment iets onheilspellends waardoor ik aan mezelf ging twijfelen.

Ons stilzwijgen duurde voort.

Ik weet nog dat ik naar mijn moeder keek en de verwarring herkende die ze voelde, alsof ze iets goeds, iets zorgzaams had willen doen, maar het op de een of andere manier verkeerd had aangepakt.

En ik herinner me James' gezichtsuitdrukking nog. Hij staarde naar de school met pure doodsangst. Ondanks alle goede bedoelingen van mijn moeder had deze excursie hem totaal niet geholpen. Het leek er meer op dat we hem hadden meegenomen om een kijkje te nemen op zijn toekomstige terechtstellingsplek.

De snelste route van het hospice naar het dorp zou me over dezelfde weg langs de school hebben gevoerd. Ik koos een andere weg. Ik wilde elk contact met de afgrijselijke dingen uit mijn verleden zo lang mogelijk vermijden.

Dat werd echter onmogelijk toen ik Gritten Wood zelf binnenreed. De tussenliggende jaren leken geen vat te hebben gekregen op de plek waar ik was opgegroeid. Het spinnenweb van stille, verlaten straten voelde onmiddellijk vertrouwd, en het landschap voor me werd nog altijd gedomineerd door de donkere muur van het bos. Die verhief zich dreigend boven de bouwvallige huizen van twee woonlagen die allemaal op een eigen met doornstruiken begroeid perceel stonden. Ik kreeg het gevoel dat het weinige zand dat werd opgeworpen door de wielen van de auto hetzelfde stof was dat hier had gelegen toen ik nog een kind was geweest. Opgepakt en iets verderop weer neergelegd, zonder zich ooit echt te verplaatsen.

Het nare voorgevoel dat me de hele dag al had vergezeld werd sterker. Dat kwam niet alleen door de aanblik van deze plek, maar ook door de sfeer die er hing. Telkens dreigden er herinneringen naar boven te komen – rimpels van de geschiedenis die het oppervlak van het heden begonnen te vervagen – en het kostte me de grootste moeite om ze te onderdrukken. Onderweg was het stuur glibberig geworden van mijn zweet, dat nauwelijks iets te maken had met de temperatuur.

Ik was nog behoorlijk ontdaan door het bezoek aan mijn moeder in het hospice. Nog geen minuut nadat ik op de alarmknop had gedrukt, was Sally verschenen, maar toen was mijn moeder alweer in slaap gevallen. Sally had de apparaten gecontroleerd en me een beetje geschrokken aangekeken. 'Wat is er gebeurd?'

'Ze werd wakker. Ze heeft iets gezegd.'

'Wat dan?'

Ik had niet meteen antwoord gegeven, want ik wist niet wat ik moest zeggen. Uiteindelijk vertelde ik dat mijn moeder me had herkend, maar ergens anders leek te zijn en leek op te gaan in een herinnering die duidelijk pijnlijk voor haar was. Maar ik vertelde Sally niet over welke tijd en plek dat was gegaan, of wat ze daarna had gezegd en hoe erg ze me daarmee had laten schrikken.

Overal rode handen.

Ondanks de warmte lieten die woorden me huiveren. Ik probeerde er nog steeds een logische verklaring voor te vinden. Mijn moeder was in de war en lag op sterven; het was logisch dat ze zich terugtrok in haar eigen verleden en dat een deel daarvan niet fijn voor haar was. Maar toch, wat ik mezelf ook voorhield, het weeë gevoel in mijn binnenste – het nare voorgevoel – werd almaar sterker.

Je zou hier niet moeten zijn.

Maar dat was ik wel.

Ik bracht de auto tot stilstand voor het huis van mijn moeder. Zoals bijna alle huizen in het dorp was het een krakkemikkig gebouw van twee verdiepingen, dat werd gescheiden van de buurhuizen door stroken aarde en heggen die voornamelijk uit braamstruiken bestonden. De houten voorgevel was verweerd en de ramen waren donker en leeg. De tuin was vreselijk overwoekerd. De regenpijpen en dakgoten waren verroest en vielen op sommige plekken bijna naar beneden.

Het huis leek in de loop der jaren niet echt veranderd, het was alleen oud geworden. De aanblik die het nu bood veroorzaakte een golf aan emoties. In dit huis was ik opgegroeid. In dit huis hadden vijfentwintig jaar geleden twee politiemannen samen met mij gewacht tot mijn moeder thuiskwam.

Ik had het achtergelaten, maar het was hier de hele tijd geweest.

Ik stapte uit. Binnen werd ik als eerste getroffen door de geur – alsof je een koffer vol jeugdherinneringen opendeed, je vooroverboog en de geur diep opsnoof. Maar bijna meteen kregen andere geuren de overhand. Ik keek naar de muur langs de trap en zag dat die was bedekt met vingerafdrukken van zwarte en grijze schimmel. Het vleugje schoonmaakmiddel in de lucht kon het stof en het vocht niet verhullen. Ik rook ammoniak. En nog iets anders. Dezelfde zoetige, weeë geur die ik in het hospice had ingeademd.

Die laatste geur bleek sterker te zijn in de voorkamer, waar mijn moeder duidelijk het grootste deel van de tijd had doorgebracht. Zo te zien had Sally een beetje opgeruimd, maar de stapel zachte dekens op de armleuning van de bank, hoe netjes opgevouwen die ook waren, maakte het alleen maar makkelijker voor me om de bank als geïmproviseerd bed te zien. Er was een kleine tafel naast gezet. Die was nu leeg, maar ik kon me er spullen op voorstellen.

Een glas water. Mijn moeders bril.

Misschien het boek. Het boek dat ik nu in mijn hand hield.

De nachtmerriemensen.

Terug in de gang volgde ik de geur van ammoniak naar de trapkast. Er zoemden een paar vliegen achter het troebele groene glas van het raampje, en het tapijt was er losgemaakt en vervolgens opgerold en in een zak gestopt. Het duurde een paar tellen voordat ik het begreep. Omdat mijn moeder de afgelopen weken niet meer naar boven had gekund, moest deze deprimerende plek dienst hebben gedaan als haar wc.

Daarna stelde ik me mijn moeder voor – haar lichaam verzwakt, haar verstandelijke vermogens aangetast, onhandig schuifelend door een wereld die zich om haar heen sloot – en werd ik overvallen door een golf van schuldgevoel.

Je zou hier niet moeten zijn.

Ondanks alles had ik dat wel moeten zijn.

De treden kraakten onder mijn voeten en ik ging behoedzaam naar boven, alsof ik bang was dat ik iemand zou storen. Toen ik halverwege was, keek ik omlaag. Het zonlicht viel schuin door de ruit in de voordeur en verlichtte een strook van de vloerplanken die was schoongemaakt en in de was gezet, en weer duurde het even voordat tot me doordrong wat ik zag. Daar moest mijn moeder hebben gelegen nadat ze was gevallen.

Boven bleef ik staan voor wat ooit mijn slaapkamer was geweest – een eeuwigheid, leek het wel – en toen ik de deur opendeed, piepten de scharnieren. De ruimte onthulde zich langzaam. Er was helemaal niets veranderd. Mijn ouders hadden de kamer duidelijk nergens voor gebruikt in de jaren na mijn vertrek en het enige echte verschil was dat die veel kleiner leek dan ik me herinnerde. De overblijfselen van mijn oude bed stonden nog steeds tegen de muur, niet meer dan een metalen frame met een kale matras erop, en mijn oude houten bureau stond ook nog altijd onder het raam ertegenover. De kamer was altijd al zo sober geweest. Ik had nooit veel gehad. Mijn kleren hadden in hopen op de grond bij de radiator gelegen en mijn boeken in wankele stapels tegen de muren.

Voor hetzelfde geld was ik hier gisteren pas weggegaan. Een deel van me kon bijna de geest voelen van de jongen die 's avonds laat over zijn bureau gebogen had gezeten, werkend aan de verhalen die hij destijds graag schreef.

Ik liep de kamer door en trok de gordijnen boven het bureau open, zodat de kamer baadde in het licht. Onder me bevond zich de achtertuin, een verwarde janboel, die helemaal doorliep tot het hek achterin. Daar weer achter lag de muur van bomen.

Het dorp mocht dan zijn vernoemd naar het bos, maar zoals

alle andere mensen hier kende ik dat als de Schaduwen. Zo lang ik me kon herinneren werd het door iedereen zo genoemd. Ondanks de zon hadden de ruimtes tussen de bomen altijd donker en geheimzinnig geleken, en nu ik naar de tuin keek, kwam er zwart en ongewenst een herinnering uit het bos gefladderd.

Dat Charlie ons er altijd mee naartoe nam.

Dat jaar hadden we elk weekend met elkaar afgesproken in de oude speeltuin. Van daaraf waren we naar het huis van James gegaan en vervolgens waren we via zijn achtertuin het bos in gelopen. Daar liepen we hele einden. Charlie ging altijd voorop. Hij beweerde dat het spookte in de Schaduwen, dat er een geest woonde, maar hoewel ik vaak het gevoel had dat iets tussen de bomen me in de gaten hield, was ik eigenlijk vooral bang geweest om te verdwalen. Ik had het bos altijd als iets levends en gevaarlijks beschouwd. Hoe dieper je erin ging, hoe meer je het idee kreeg dat je in feite stilstond; dat de illusie van beweging werd veroorzaakt doordat het land om je heen zich herordende, alsof de velden van een schaakbord zich om de schaakstukken bewogen.

Toch wist Charlie ons er altijd weer veilig uit te leiden.

Maar toen dacht ik aan de laatste tocht die ik ooit met hen in het bos had gemaakt. Diep tussen de bomen, kilometers verwijderd van elke andere levende ziel, had Charlie een geladen katapult op mijn gezicht gericht.

Ik trok de gordijnen weer dicht.

Net toen ik de kamer uit wilde gaan, zag ik dat die niet helemaal leeg was. Op de grond naast het bureau stond een oude kartonnen doos. Ooit was de bovenkant dichtgeplakt met bruin verpakkingstape, maar dat was nu losgeknipt en de zijkanten waren naar buiten getrokken. Ik knielde voorzichtig neer en duwde de flappen verder open.

Er lag een aantal van mijn oude bezittingen in. Het eerste wat ik tegenkwam was een vergeeld tijdschrift. *Het leven als schrijver.* Net als bij het boek in het hospice begonnen mijn vingertoppen te tintelen toen ik het aanraakte, en ik haalde het er snel uit en legde het naast me op de vloer. Daaronder lag een dun boek met een harde kaft. Ik wist welk boek dat was, en ik wilde er nu niet naar kijken, laat staan het aanraken.

En daaronder lagen enkele van mijn notitieboeken. Die waarin ik als tiener mijn aarzelende pogingen tot verhalen had opgeschreven.

Dat en andere dingen.

Ik pakte het bovenste notitieboek, sloeg het open en las het begin van de eerste aantekening.

Ik sta op de donkere markt.

Opeens schoot er een serie herinneringen door mijn hoofd, als vogels die werden opgeschrikt uit een boom.

James, die die dag boven op het klimrek had gezeten.

De klop op de deur, later die dag.

De gedachte die zo vaak bij me was opgekomen: *Je moet echt iets aan Charlie doen.*

Ik legde het notitieboek neer en voelde een lichte huivering, ook al was het een warme dag. Toen Sally me eerder die week had gebeld om me op de hoogte te brengen van mijn moeders ongeluk, en ze had gevraagd of ik hier kon komen, had ik niet meteen antwoord gegeven omdat het vooruitzicht om terug te gaan naar Gritten me met afschuw vervulde. Maar ik had mijn best gedaan om mezelf ervan te overtuigen dat het verleden voorbij was. Dat er geen enkele reden was om te hoeven denken aan wat zich hier had afgespeeld. Dat ik na al die jaren veilig zou zijn.

En ik had het mis gehad.

Want er kwamen nu meer herinneringen boven, duister en boosaardig, en ik besefte dat ik weliswaar niets liever wilde dan klaar zijn met het verleden, maar dat het erom ging of het verleden klaar was met mij. En terwijl ik luisterde naar de stilte in het huis achter me die dreigend gonsde, veranderde het nare voorgevoel dat me de hele dag al had vergezeld in de doodsangst van vijfentwintig jaar geleden die me nog helder voor de geest stond.

Er stond iets afgrijselijks te gebeuren.

4

Eerder

Het was begin oktober en ons eerste trimester op Gritten Park School was een paar weken oud. Die dag hadden we rugby. James en ik kleedden ons om in het hoofdgebouw met de rest van de klas en daarna liepen we over de geplaveide straat naar het sportveld. Ik weet nog dat de lucht ijskoud aanvoelde op mijn dijen en dat mijn adem voor wolkjes zorgde. Overal om ons heen klonk het harde, scherpe geklik van schoennoppen op asfalt.

Ik wierp een zijdelingse blik op James, die naast me liep met de uitstraling van iemand die ten dode was opgeschreven. Hij hield de grotere jongens voor ons nauwlettend in de gaten. Hoewel we allebei zo rustig mogelijk waren opgegaan in de achtergrond van onze nieuwe school, was James vanaf de eerste dag een mikpunt voor pestkoppen geweest. Als we bij elkaar waren deed ik mijn best om hem te beschermen, maar ik kon niet voortdurend bij hem zijn, en op het rugbyveld leek het wel alsof het jachtseizoen was geopend. Een plek waar geweld niet alleen werd getolereerd, maar zelfs gestimuleerd.

De leraar – meneer Goodbold – liep stoer tussen de voorste jongens en dolde wat met zijn favorieten. De man was precies een oudere, grotere versie van de pestkoppen op school. Hij had net zo'n agressief kaalgeschoren kop, koesterde dezelfde wrok jegens de wereld en slaagde er nauwelijks in zijn minachting voor de zachtere, meer gevoelige kinderen te verhullen. Ik had hem een paar keer met zijn buldog door Gritten zien lopen, allebei met hetzelfde ineengedoken, gespierde ritme.

We kwamen bij de weg en moesten wachten bij de verkeerslichten omdat de auto's gevaarlijk hard de hoek om stoven. Ik kromp ineen door de luchtstroming als ze langsraceten. Gezien hun hoge snelheid was het maar de vraag of ze op tijd voor een rood licht konden stoppen.

Ik boog me naar James toe om tegen hem te fluisteren: 'Het is net alsof elk onderdeel van deze ervaring speciaal is ontworpen om ons te doden.'

Hij glimlachte niet.

Toen we veilig waren overgestoken ging Goodbold ons voor naar een rugbyveld aan de achterkant van het sportterrein, waar een onderwijsassistent worstelde met een verward net vol rugbyballen. De hemel boven ons leek grijs en eindeloos.

'Twee groepen!' Goodbold spreidde zijn armen en slaagde erin zijn favoriete leerlingen te scheiden van de rest. 'Jullie langs deze lijn. Stel je op in volgorde van lengte.'

Hij leidde de grotere jongens naar de andere kant van het grasveld, en wij keken elkaar allemaal aan en begonnen rond te schuifelen. Ik was ruim een kop groter dan James, dus hij stond een stuk verder in de rij. De assistent gaf me een bal. Ik keek naar Goodbold, die de andere groep op een rij zette, zodat de langste jongen van die groep tegenover de kleinste van ons stond.

'Als ik hierop blaas,' brulde hij, een fluitje opstekend, 'dan probeer je jouw bal aan de overkant te krijgen. Je tegenstander zal je proberen tegen te houden. Zo eenvoudig is het. Begrijpt iedereen het?'

Een paar leerlingen mompelden: 'Ja, meneer', maar ik zei niets. Ik zag dat de jongens aan de andere kant van het veld achter Goodbolds rug stonden te smoezen en in een andere volgorde gingen staan. Een jongen die David Hague heette wisselde van plek met degene naast hem, zodat hij recht tegenover James stond. Lul, dacht ik. Hague was de grootste rotzak. Hij kwam uit een probleemgezin; zijn oudere broer zat in de gevangenis, en het had er alle schijn van dat hij daar ook zou eindigen. Op de eerste dag op Gritten had Hague me een duw gegeven, zogenaamd omdat ik hem had gekleineerd, en had ik zonder enige aarzeling een stomp uitgedeeld. We waren uit elkaar gehaald en sindsdien had hij mij min of meer met rust gelaten. Maar James was een makkelijker slachtoffer.

Ik zei tegen mezelf dat ik er niets aan kon doen. James stond er voorlopig alleen voor. In plaats daarvan richtte ik mijn aandacht op mijn eigen tegenstander. Het succes van mijn team kon me niet schelen, maar ik was vastbesloten om te winnen, zelfs al was het alleen voor mezelf, dus ik klemde mijn kaken op elkaar terwijl ik de bal tegen mijn zij drukte en mijn rechtervoet naar achteren zette. Mijn hart begon sneller te kloppen. Het fluitje klonk.

Ik vertrok zo snel als ik kon, me slechts vaag bewust van de jongen die vanaf de andere kant op me af kwam. Toen de tackle kwam, was die keihard. Hij knalde tegen mijn middel en de botsing sloeg alle lucht uit mijn longen en liet het veld rondtollen, maar ik bleef naar voren ploeteren terwijl ik furieus tegen hem aan kronkelde, hard stampte en me concentreerde op de lijn in de verte. Even later verloor hij zijn grip en stormde ik weer verder. Een tel later lag de bal op de lijn en drukte ik erop met mijn hand.

Er werd opnieuw op het fluitje geblazen.

Zwaar hijgend keek ik opzij langs de lijn. Slechts een handjevol van ons had het gered en het midden van het veld was bezaaid met jongens, van wie sommigen rechtop stonden en anderen nog lagen te worstelen op de harde grond. Als eerste zag ik Hague. Hij stond een stukje verderop te lachen. James lag in de foetushouding huilend aan zijn voeten.

Kennelijk zonder iets te zien slenterde Goodbold langs de lijn en telde de winnaars. Ik keek om en zag Hague, nog altijd lachend, op James spugen.

Opeens werd ik razend.

Hij keek op toen ik naderbij kwam, maar was niet snel genoeg om mijn harde zet te ontwijken, waarmee ik hem wegduwde van James. We schrokken er allebei van; ik had niet geweten dat ik dat zou gaan doen. Hague keek een tel lang al even verbaasd, maar toen werd zijn gezicht donker van woede. Vanuit het niets stonden twee van zijn vrienden ineens naast hem.

'Wat mankeert jou in godsnaam?' zei ik zachtjes.

Hague spreidde zijn armen. 'Wat nou? Is het soms mijn schuld dat je vriend een stomme flikker is?'

Ik slikte moeizaam. Zelfs als Goodbold toekeek, zou hij niet tussenbeide komen, in elk geval niet tot het serieus zou worden. Maar de andere kinderen keken wel en ik wist dat ik het me niet kon permitteren om terug te krabbelen. En dat hield in dat ik een paar klappen zou moeten incasseren. Het beste waar ik op kon hopen was dat ik er ook een paar zou kunnen uitdelen, dus balde ik mijn vuisten langs mijn zij en dwong mezelf om Hague strak aan te kijken.

'Wat mankeert jou in godsnaam?' vroeg ik nog een keer.

Hague deed een stap naar me toe. 'Wou je er soms iets aan doen?'

Praten was zinloos. Het zou beter zijn om uit te halen en er het beste van te hopen. Maar net toen ik dat wilde doen, werd ik me bewust van een aanwezigheid naast me. Ik keek naar rechts en zag dat er twee andere jongens bij ons groepje waren komen staan.

Charlie Crabtree.

Billy Roberts.

Ik kende alleen hun namen, en zelfs die maar vaag. Ze zaten in dezelfde klas en ze hadden een aantal vakken met James en mij, maar we hadden nog nooit met hen gepraat. Sterker nog: ik had ze nog nooit met iemand zien praten. Voor zover ik wist, zaten ze allebei al jaren op Gritten Park, maar het voelde alsof ze zich even afzijdig hielden van de andere leerlingen als James en ik. In de kleine en grote pauzes leken ze te verdwijnen.

Toch maakte hun lichaamstaal duidelijk dat ze mij steunden, al wist ik niet waarom. Op het eerste gezicht waren het geen van beiden vechtersbazen: Billy was lang en slungelig, te mager om een echte bedreiging te vormen, en Charlie was niet langer dan James. Maar eendracht maakt macht, en hoe onverwacht hun aanwezigheid ook was, op dat moment was ik er blij mee.

In elk geval tot Charlie zijn mond opendeed. 'Ik heb vannacht over je gedroomd, Hague,' zei hij.

Hij klonk zo serieus dat het een tel duurde voordat zijn woorden waren bezonken. Wat ik ook had verwacht hem te horen zeggen, dat niet.

Hague was ook verbijsterd. Hij schudde zijn hoofd. 'Waar heb je het verdomme over, Crabtree?'

'Precies wat ik zei.' Charlie glimlachte geduldig, alsof hij het tegen een achterlijk kind had. 'Je lag op de grond en je was ernstig gewond. Je schedel was ingeslagen en ik zag je hersenen pulseren, doordat je hart nog klopte. Je had nog maar één oog en dat keek me knipperend aan. Je was niet dood, maar dat zou niet lang meer duren. Dat wist jij ook. Je wist dat je op sterven lag, en je was doodsbang.'

Ondanks hun verschil in lengte leek Charlie totaal niet bang voor Hague en de lucht leek te gonzen, alsof hij iets afgrijselijks opriep, een soort innerlijke kracht die hij kon ontketenen wanneer hij maar wilde. Hague was meer gewend aan lichamelijke confrontaties. Hij had geen idee hoe hij moest reageren op zoiets bizars als hij net had gehoord.

Hij schudde zijn hoofd nog een keer. 'Jij...'

Achter ons klonk het fluitje.

Iedereen deed automatisch een stap naar achteren – behalve Charlie. Hij bleef staan waar hij stond. Nog altijd glimlachend. Nog altijd met zijn blik strak op Hague gericht.

'Zes van jullie hebben het gehaald.' Goodbolds stem schalde over het veld. 'Het zou fijn zijn geweest als Crabtree en zijn vrienden niet van de lijn waren gekomen. Denk daar volgende keer aan, jongens.'

Hague en zijn twee vrienden liepen terug naar hun lijn. Ik stak mijn hand uit naar James om hem overeind te trekken. 'Alles goed, man?'

'Ja.'

Maar hoewel ik James overeind hielp, keek hij strak naar Charlie, die nog altijd in zichzelf stond te glimlachen. Billy, die naast hem stond, keek me een tel recht aan, zijn gezicht nietszeggend en ondoorgrondelijk.

'Laten we het nog een keer proberen,' riep Goodbold.

Na de les liepen wij met z'n vieren over het veld. Ik had niet het idee dat het toeval was, maar ik wist ook niet precies hoe het was gebeurd; geen van ons leek de anderen op te zoeken, maar toch liepen we nu naast elkaar. Het voelde, zelfs toen al, alsof er een vooropgezet plan achter de gebeurtenissen zat.

Hague en zijn vrienden liepen een stukje voor ons, en Hague keek telkens naar ons achterom. Het effect van Charlies woorden was ondertussen vervaagd en hij had zijn gebruikelijke verbolgen bravoure terug.

Charlie leek onaangedaan door de aandacht. 'Ik vraag me af,' zei hij peinzend, 'hoe vaak meneer Goodbold de kleedkamer zal binnenkomen, zogenaamd om erop toe te zien dat we allemaal onder de douche gaan.'

Ik keek snel achter me om er zeker van te zijn dat Goodbold buiten gehoorsafstand was. Het was niet duidelijk of dat zo was. Ik draaide me weer om. 'Gelukkig zitten we niet al te erg onder de modder.'

Billy schopte tegen de harde grond. 'Het enige voordeel van de winter.'

'Het is nog geen winter,' zei Charlie.

Billy keek een beetje beledigd. 'Zo voelt het anders wel. Het is even koud als 's winters.'

'Ja, dat is waar,' gaf Charlie toe.

'Ik wil niet horen dat je over mij droomt, stomme flikker.' Voor ons had Hague zich omgedraaid en hij liep nu achterstevoren terwijl hij naar Charlie staarde. Hij praatte veel harder dan Charlie had gedaan, dus ditmaal was ik er zeker van dat Goodbold het kon horen. Al zou die natuurlijk niet ingrijpen.

Hague maakte kusgeluidjes. 'Al weet ik dat jij er ook niks aan kunt doen.'

Charlie glimlachte naar hem. 'Wie zegt dat ik er niets aan kan doen?'

'Wat?'

'Wie zegt dat ik er niets aan kan doen?' herhaalde Charlie. 'Misschien heb ik er wel voor gekózen om erover te dromen dat jij sterft, dat je oog gebarsten is en je hersenen uit je hoofd puilen. Ik bedoel, wie zou dat niet willen dromen? Het was een prachtig gezicht.'

Ondanks zijn herwonnen bravoure werd Hagues gezicht wat bleker.

'Jij bent godverdomme een engerd, Crabtree.'

'Ja,' lachte Charlie. 'Ja, dat ben ik zeker.'

Hague trok een vies gezicht en draaide zich weer om. Ik zag dat James nog steeds werd gebiologeerd door Charlie. Hij staarde hem aan alsof hij een raadsel was dat hij nog nooit had gehoord en dat hij moest oplossen.

'Echt een engerd,' zei Charlie.

Hij zei het zo hard dat Hague het kon horen, expres provocerend. En toen we bij de stoep kwamen, draaide Hague zich om en begon weer achteruit te lopen, kwaad omdat hij werd getergd. Maar wat hij ook had willen zeggen, ik heb het nooit gehoord, want hij stapte gedachteloos de straat op, waarop er een busje tegen hem aan reed en hij ineens verdween.

Er klonken piepende remmen. Ik keek verbijsterd naar links en zag het voertuig scheef over de weg schuiven, ondertussen rondtollend, waarbij het rookwolken veroorzaakte en slingerende bandensporen op het asfalt achterliet. Ongeveer dertig meter verderop kwam het op straat tot stilstand, met op de gebarsten voorruit een brede veeg bloed, als een gigantische handafdruk op het glas.

Een paar tellen was alles stil.

Toen begonnen er mensen te gillen.

'Opzij!' Terwijl Goodbold langs ons rende, keek ik naar Charlie. Ik was nog te geschrokken om met mijn ogen te knipperen, laat staan om alles wat er daarnet was gebeurd te verwerken, maar ik weet nog dat Charlie volkomen kalm leek. Hij had nog steeds dezelfde glimlach om zijn lippen.

James staarde hem aan, zijn mond open van afgrijzen en met iets wat vagelijk leek op ontzag.

Je schedel was ingeslagen, dacht ik. *Ik zag je hersenen pulseren.*

En ik weet nog dat Charlie ook naar James keek en hem een knipoog gaf.

5

‘Ik vond het echt heel goed.’

Ik keek op. De les creatief schrijven die in de lunchpauze werd gegeven zat erop en ik was druk bezig om mijn spullen in mijn Head-tas te proppen. Ik dacht dat iedereen al was vertrokken, maar een van de meisjes had wat getreuzeld en stond nu bij de deur van het klaslokaal.

‘Je verhaal,’ zei ze, langzamer. ‘Ik vond het echt heel goed.’

‘O... dank je.’ Het compliment gaf me een ongemakkelijk gevoel, vooral omdat het van een meisje kwam. Ze was klein, met inktzwart haar dat eruitzag alsof het ergens in een keuken met een schaar was kortgeknipt, en onder haar schoolblouse droeg ze een T-shirt.

Jenny... Chambers?

Haar naam was het enige wat ik echt over haar wist. Als ik me al van haar bewust was, leek ze zich op te houden aan de periferie van de school, net als James en ik.

‘Dank je.’ Ik had alles in mijn tas gestopt. ‘Ik vond het kut.’

‘Leuke reactie op een compliment.’ Ze leek eerder geamuseerd dan beledigd.

‘Sorry,’ zei ik. ‘Het is lief dat je het zegt. Maar je snapt wel wat ik bedoel. Je bent nooit tevreden met wat je doet.'

'Dat is de enige manier om beter te worden.'

'Ja, dat zal wel. Ik vond het jouwe ook heel goed.'

'Echt waar?'

Ze keek een tikje sceptisch. Het was vast overduidelijk dat ik het uit beleefdheid had gezegd en me haar verhaal eigenlijk niet kon herinneren. Onze lerares Engels, mevrouw Horobin, leidde één keer per week tijdens de lunchpauze een les creatief schrijven van een halfuur. Iedereen schreef van tevoren een verhaal en elke week lazen twee van ons dat voor. Jenny was vorige week aan de beurt geweest. Of was het de week daarvoor?

Net op tijd schoot haar verhaal me weer te binnen. 'Dat over de man en zijn hond,' zei ik. 'Dat vond ik geweldig.'

'Dank je. Al ging het meer over de hond dan over zijn baasje.'

'Ja, dat is waar.'

Ze had een verhaal geschreven over een man die zijn hond mishandelde. Hij sleurde het beest overal met zich mee, sloeg het en vergat het te eten te geven. Maar omdat de hond nou eenmaal een hond was, had hij toch van de man gehouden. Toen was de man thuis gestorven aan een hartaanval en omdat hij geen enkele vriend had, had het tijden geduurd voordat zijn lichaam werd gevonden. Daardoor was de hond – bijna schuldbewust – gedwongen geweest het lijk op te eten. Jenny had het geschreven vanuit het perspectief van de hond en had het 'Brave hond' genoemd.

Nadat ze het had voorgelezen was het een paar tellen stil gebleven en toen had mevrouw Horobin gekucht en het verhaal 'beeldend' genoemd.

'Ik geloof niet dat mevrouw Horobin dat echt had verwacht,' zei ik.

Jenny moest lachen. 'Nee, maar dat zijn toch de beste verhalen? Ik hou van verhalen met een onverwachte wending.'

'Ik ook.'

'En het wás gebaseerd op een waargebeurd verhaal.'

'Echt?'

'Ja, het heeft zich hier niet ver vandaan afgespeeld. Al was ik er natuurlijk niet bij. Daarom heb ik een groot deel verzonnen. Maar de politie heeft echt de restanten van die man in zijn huis aangetroffen.'

'Wauw. Daar heb ik niks over gehoord.'

'Ik heb het gehoord van een vriend.' Jenny knikte naar de deur. 'Ga je naar buiten?'

'Ja.' Ik ritste mijn tas dicht en we liepen samen weg.

'Waar heb je het idee voor jouw verhaal gekregen?' vroeg ze.

Opnieuw geneerde ik me. Mijn verhaal ging over een man die door het dorp liep waar hij was opgegroeid, op weg naar het huis waar hij als kind had gewoond. Ik stelde me voor dat hij werd opgejaagd, om wat voor reden dan ook, en nog een keer een bezoek wilde brengen aan zijn verleden – teruggaan naar een plek waar het had geleken alsof de wereld open was en allerlei kansen bood. Het was onduidelijk of hij het huis bereikte of niet, want het eindigde op het moment dat hij bij zijn oude straat kwam en er in de verte sirenes klonken. Ik had mezelf wijsgemaakt dat het heel slim en literair was om het zo dubbelzinnig te laten, maar in werkelijkheid had ik geen beter einde kunnen bedenken.

'Heb je *De beproeving* gelezen?' vroeg ik.

Ik verwachtte niet dat ze dat had gedaan, maar haar ogen werden groot.

'O god, ja! Ik vind Stephen King geweldig! En nu snap ik het. De Wandelende Dandy, toch?'

Haar enthousiasme wakkerde het mijne wat aan. 'Die kerel

is me echt bijgebleven... zelfs al bleek hij... je weet wel, de duivel of zo te zijn. Maar in het begin, wanneer hij alleen maar loopt en je niet weet waarom, dat vond ik echt heel goed.'

'Ik ook.'

'Heb je nog andere boeken van Stephen King gelezen?'

'Allemaal.'

'Allemaal?'

'Ja, natuurlijk.' Ze keek me aan alsof het idee om ze niet allemaal te lezen belachelijk was. 'Hij is mijn lievelingsschrijver. Ik heb de meeste twee of drie keer gelezen. Mínstens, bedoel ik.'

'Wauw.'

Later zou ik ontdekken hoe waar dat was. Jenny was een fanatieke lezer. Gedeeltelijk omdat haar ouders arm waren en boeken een goedkope vlucht uit de werkelijkheid waren, maar ook omdat ze gewoon zo in elkaar zat. Op dat moment stond ik alleen versteld dat ze meer van King had gelezen dan ik.

'Ik heb de meeste gelezen,' zei ik. 'Sómmige meer dan eens.'

'Wat zijn je lievelingsboeken?'

'*De Shining*.' Ik dacht er even over na. 'Misschien.'

'Ja, het is lastig kiezen, hè? Ze zijn allemaal zo goed.'

'En van jou?'

'*Dodenwake*.'

'O, god. Die is gruwelijk.'

'Ik weet het, ik vind hem geweldig.' Ze grijnsde. 'Het einde! Deprimerender. Kan. Niet.'

'En dat vind je léúk?'

'Tuurlijk. Het moeten toch zeker horrorverhalen zijn? En dat zijn het natuurlijk ook, maar neem nou *De beproeving*. Daarin gebeuren allerlei slechte dingen, maar uiteindelijk overwint het goede min of meer. En ja, het is heel zielig wat de vader in *De Shining* allemaal overkomt en zo, maar de jongen komt er heelhuids af. Nee, dan *De dodenwake*. Daar zit echt geen sprankje hoop in.'

Ik knikte, maar hoorde ook de treurige berusting in de manier waarop ze het zei. Een deel van me wilde tegen haar zeggen dat niet elke afloop hopeloos hoefde te zijn. Maar toen liepen we het grote plein op en zagen we de zee van leerlingen en het grauwe landschap om ons heen, en weigerden de woorden te komen. Op goede dagen lukte het me te geloven dat ik uit Gritten zou ontsnappen als ik volwassen was, maar in werkelijkheid zou bijna niemand hier iets anders krijgen dan een moeilijk, ellendig bestaan. Er was geen enkele reden om te denken dat Jenny en ik bijzonder waren of dat ons leven goed zou aflopen.

Ik keek naar rechts. Helemaal aan het einde van de gymzalen stond James op me te wachten. Ik hees mijn tas hoger op mijn schouder. 'Ik moet die kant op.'

'En ik de andere. Zo gaan die dingen.'

Wat een rare opmerking. Maar toen bedacht ik dat ik haar nooit zag in de pauzes en dat ze altijd op dezelfde manier leek te verdwijnen als James en ik. Ik vroeg me af waar ze naartoe ging; welk vergeten deel van de school had ze tot het hare gemaakt, en wat deed ze daar?

'Heb je *Het apenpootje* weleens gelezen?' vroeg ze.

'Ik geloof het niet. Dat is toch niet van Stephen King?'

'Nee. Het is een kort verhaal, behoorlijk oud al. Maar het heeft veel weg van *Dodenwake*. Het lijkt me net wat voor jou.'

'Klinkt goed.'

'Dat is het ook. Ik heb het thuis. Ik kan het voor je meenemen, zodat je het kunt lenen. Als je dat wilt, natuurlijk.'

Sommige mensen zouden met dat laatste voorbehoud zijn geëindigd om zich in te dekken voor een eventuele afwijzing, maar Jenny had het heel ontspannen gezegd. Alsof het haar echt niet kon schelen wat er zou gebeuren. Ze was altijd op me overgekomen als een eenling, maar nu ik met haar stond te praten viel het me op hoe zelfverzekerd ze was, hoe goed ze in haar vel leek te zitten. Het leek alsof de wereld haar volkomen onverschillig liet en het voelde als een vreemd voorrecht dat ze contact met me had gezocht.

'Ja,' zei ik. 'Dat wil ik graag.' Daarna liep ik naar James. En naar Charlie en Billy, natuurlijk.

In de weken en maanden na Hagues ongeluk begonnen we met z'n vieren op te trekken.

Ik heb nooit helemaal kunnen nagaan hoe dat was gebeurd. Het was een beetje gegaan als op die dag waarop we ineens samen van het veld waren gelopen – alsof het alleen de schijn van toevalligheid wekte. Maar ik wist dat het voornamelijk door James kwam. Na de gebeurtenissen van die ene dag raakte hij gefascineerd door Charlie. Op zijn beurt moedigde Charlie die belangstelling aan, en de aantrekkingskracht tussen hen tweeën bracht ons vieren gaandeweg meer in elkaars invloedssfeer. We trokken steeds meer met elkaar op. In het weekend nam Charlie ons mee op lange wandelingen door het bos en vertelde hij over spoken, en op school brachten we de lunchpauzes door in lokaal C5b.

Dat lokaal bevond zich in de kelder van de school, onder aan een verre trap aan het einde van de hoofdgang. Ik weet nog dat er beneden een donkere nis was, met een stokoude lift die eruitzag alsof de deuren zouden piepen als ze ooit opengingen. Voor zover ik kon bepalen, waren er boven geen overeenkomstige deuren, dus nam ik aan dat de lift naar een verdieping onder de kelder ging. Misschien was daar een stookruimte.

Een bedompte, vochtige kamer vol roestige, rammelende leidingen.

De enige andere deur daar beneden was die van lokaal C5b, waarvan ik vermoedde dat het ooit een klaslokaal was geweest. Vooraan stonden stoffige lessenaars in scheve rijen, maar achter in het lokaal stonden ook makkelijke stoelen, zodat dat een krakkemikkige, bij elkaar geraapte aanblik bood, alsof het meubilair in de loop der jaren in allerlei tweedehandswinkels op de kop was getikt. Het lokaal leek net een deel van de school dat was vergeten, en waarschijnlijk paste het wat dat betreft precies bij ons vieren. Daar troffen we elkaar en zaten we wat te chillen. We lunchten er. Kletsten. Soms schreven we met oude krijtstompjes songteksten op het schoolbord dat voorin stond. Nirvana. Pearl Jam. Faith No More. Alles wat we schreven bleef net zo lang staan totdat we de woorden uitveegden en iets anders opschreven.

Charlie en Billy waren er al toen James en ik die dag binnenkwamen. Billy zat onderuitgezakt in een leunstoel en las een van de tijdschriften over wapens en munitie waar hij een obsessie voor had. Hij keek even op om zich ervan te vergewissen dat er geen leraar binnenkwam om ons er eindelijk allemaal uit te gooien, en las toen weer verder. Charlie zat op zijn vaste plek helemaal achter in het vertrek, op een verhoging aan een eenzaam bureau van eikenhout. Hij gaf geen blijk van herkenning. Al zijn aandacht was gericht op een notitieboek dat voor hem op het bureau lag. Hij hield een pen boven een bladzijde, alsof hij op het punt stond een doorslaggevend teken te plaatsen.

Ik ging voorop door de doolhof van meubels. 'Hoi, wat zijn jullie aan het doen?'

Met een stuurs gezicht haalde Billy zijn schouders op, alsof hij ergens een uitbrander voor had gekregen. Maar omdat hij vaak zo keek, was het onmogelijk om daar zeker van te zijn. Charlie reageerde nog steeds niet. Maar toen we bij de achterkant van het lokaal kwamen, fronste hij bij zichzelf en schreef zorgvuldig iets in het notitieboek.

Ik ging op een leunstoel tegenover Billy zitten, pakte de lunch die ik 's morgens voor mezelf had klaargemaakt en negeerde Charlie net zo hard als hij mij. Ik was ondertussen gewend aan dit soort gedrag. Af en toe kwamen we binnen en troffen we Charlie aan terwijl hij heel opvallend iets geheimzinnigs aan het doen was. Maar terwijl ik zat te eten, zag ik de nieuwsgierigheid op James' gezicht en moest ik de ergernis onderdrukken die dat bij me opriep. Naar mijn smaak was hij de laatste tijd wat al te geïmponeerd door Charlie. Hoewel ik bereid was om Charlies zonderlinge gedrag voor lief te nemen, sloeg ik in gedachten wel altijd mijn ogen ten hemel. Daarentegen vond James dat Charlie even belangrijk was als Charlie zichzelf vond. Om redenen die ik maar slecht onder woorden kon brengen stoorde ik me daaraan.

'Wat ben je aan het doen, Charlie?' vroeg James na een tijdje.

'Dat heb ik ook al gevraagd.' Billy trok een gezicht, maar keek niet op uit zijn tijdschrift. 'Blijkbaar is het geheim.'

Charlie slaakte een zucht en legde zijn pen op het bureau.

'Het is niet geheim,' zei hij. 'Ik was me aan het concentreren. Als je aan iets belangrijks denkt, wil je dat kunnen doen zonder gestoord te worden.'

'Allemachtig,' mompelde Billy. 'Sorry, hoor.'

'Net zoals jij het niet leuk zou vinden als ik je stoor bij... wat je ook maar zit te lezen.'

Billy wierp een blik op het tijdschrift. Hij sloeg het dicht.

Charlie glimlachte naar James. 'Ik zat te schrijven in mijn dromendagboek.'

'Wat is een dromendagboek?'

Charlie stak het notitieboek omhoog. 'Elke ochtend schrijf ik op wat ik die nacht heb gedroomd.'

Ik nam een grote hap van een boterham. 'Het is nu geen ochtend.'

'Ik zei ook niet dat ik het nú aan het doen was.'

Ik slikte de hap door. Tot mijn ergernis was dat waar.

'Ik kan me mijn dromen nooit herinneren,' zei James.

'Dat geldt voor de meeste mensen.' Charlie legde het notitieboek neer. 'Dat kon ik vroeger ook niet. Dromen worden opgeslagen in het kortetermijngeheugen en daarom is het belangrijk om ze op te schrijven zodra je wakker bent, voordat je ze vergeet. Als je dat niet doet, zijn ze voorgoed weg.'

Ik onderdrukte de neiging om echt mijn ogen ten hemel te slaan. Ik was gewend geraakt aan Charlies fascinatie voor mysterieuze lariekoek. Hij bracht vaak boeken over magie en demonen mee naar school, maar ik had altijd het idee dat hij het belangrijker vond dat mensen hem daarin zagen lezen dan dat hij er nou echt belangstelling voor had – dat het bij het imago hoorde dat hij graag wilde uitstralen. Charlie zou het prima vinden als de mensen dachten dat hij elke avond in kleermakerszit in een met krijt getekend pentagram zat, omringd door kaarsen. Maar meestal gaf hij zijn reputatie een ruwer randje mee dan dit.

'Nou, wat was je dan aan het doen?' vroeg ik.

'Ik was op zoek naar patronen.' Hij keek me aan. 'En ik maakte aantekeningen over mijn bevindingen. Als je daar eenmaal mee begint, merk je dat dezelfde dromen terugkeren, telkens opnieuw. Dezelfde thema's. Dezelfde plekken. Dezelfde mensen.'

'Ja, en?'

'Dat helpt bij incubatie.' Charlie glimlachte.

En ik aarzelde een seconde, met de boterham halverwege mijn mond. Het voelde een beetje als toen hij iets tegen Hague had gezegd op de dag van het ongeluk – iets wat onverwacht en bizar genoeg was om je aandacht te trekken.

Incubatie.

Dat woord beviel me niet. Het deed me denken aan iets akeligs wat in een pot werd gekweekt. En natuurlijk besefte ik dat ik het net mis had gehad – na wat Hague was overkomen hadden dromen echt een ruwer randje waar het Charlie betrof.

James leek zich ook slecht op zijn gemak te voelen. 'Wat betekent incubatie?'

'Beïnvloeden waar je over droomt,' zei Charlie tegen hem. 'Dat helpt weer om luciditeit op te wekken. Weet je wat een lucide droom is?'

James schudde zijn hoofd.

'Dat is wanneer je je ervan bewust wordt dat je droomt terwijl je in een droom zit. Bijna alsof je wakker wordt in je droom, maar toch blijft slapen. Als je dat eenmaal kunt, bepaal jij wat er gebeurt. Dan kun je alles doen wat je wilt, elke ervaring beleven die je wilt, je droomwereld precies naar jouw wensen inrichten. Alles wat je maar kunt bedenken, kan waar zijn.'

Ik zag dat James daarover nadacht en vroeg me af wat hij zou kiezen als hij kon doen wat hij wilde. Wraak nemen op de pestkoppen die hem kwelden? Zich een gelukkiger gezinsleven voorstellen? Gritten voorgoed ontvluchten? Dat idee zou hem ongetwijfeld aanspreken, en de manier waarop hij Charlie aanstaarde, alsof die hem net iets magisch had aangeboden, beviel me niks.

'Het blijven maar dromen,' zei ik. 'Als je wakker wordt, doen ze er niet meer toe. Dan is er niets veranderd.'

Charlie keek me aan. Even was zijn gezicht volkomen uitdrukkingsloos, maar er school iets onder het oppervlak wat me prikkelbaar maakte, alsof ik een overtreding had begaan door zijn woorden in twijfel te trekken. 'Wat bedoel je?' vroeg hij.

Ik schokschouderde. 'Wat ik zeg. Het zijn maar dromen. Ze maken geen enkel verschil.'

Toen glimlachte Charlie, en vreemd genoeg maakte dat me nerveuzer dan zijn eerdere uitdrukkingsloosheid. Het was dezelfde glimlach die hij die ene dag aan Hague had laten zien: een glimlach die suggereerde dat hij mijlenver op me voorlag en dat ik iets al te eenvoudigs en kinderachtigs had gezegd wat hij al lang geleden achter zich had gelaten.

Het blijven maar dromen.

Een glimlach waarmee hij liet doorschemeren dat hij een geheim kende waar ik geen weet van had.

6

Nu

Amanda werkte die avond tot laat door.

Ze trok de jaloezieën in haar kantoor dicht en deed het licht uit, zodat het enige licht in de kamer afkomstig was van het computerscherm op haar bureau en een schuin gedraaide lamp die ernaast stond. Die combinatie was waarschijnlijk slecht voor haar ogen, maar als het kon werkte ze graag op deze manier. Het verscherpte haar concentratie en liet de rest van de wereld verdwijnen. Het zorgde ervoor dat ze kon nadenken.

Op dit moment dacht ze na over dromendagboeken.

Het hele idee kwam haar belachelijk voor. Gewone dagboeken waren al vreemd genoeg – als er iets gebeurde wat niet belangrijk genoeg was om te onthouden in je eigen hoofd, wat had het dan voor zin om het op te schrijven? Het idee om nog een stap verder te gaan en ook je dromen op te schrijven stond zo ver van haar af dat ze een verrekijker nodig had om het te kunnen zien.

Terwijl Robbie Foster elke medewerking weigerde en Elliot Hick bijna hysterisch was, was het de politie gelukt een ruwe tijdlijn van de gebeurtenissen op te stellen, waardoor Amanda beter wist wat er was voorgevallen. Rond het middaguur waren

Hick en Foster samen met een vriend die Michael Price heette naar de steengroeve gegaan, en daar hadden ze hem vermoord. Na afloop hadden ze slaappillen ingenomen. Toen ze uiteindelijk weer wakker waren geworden, hadden ze verdwaasd en onder de bloedvlekken over het braakliggende terrein gezworven, tot een bezorgde burger hen had gezien. De jongens hadden ieder een mes en een boek bij zich gehad. Geen van beiden had de moord ontkend en hoewel het forensisch onderzoek tijd in beslag zou nemen, twijfelde Amanda er niet aan dat de twee tieners schuldig waren. Ze wist het 'wat' en het 'wie'.

Het enige wat ze nog niet begreep was het 'waarom'.

Een uur eerder had ze een bespreking gehad met haar chef, hoofdinspecteur Colin Lyons. Lyons was een beruchte rotzak, en Amanda had heel goed geweten welke afwegingen hij in gedachten had gemaakt. Er had een moord plaatsgevonden in zijn district, wat er beslist niet goed uitzag, maar de moordenaars waren al in hechtenis genomen en er leek geen gevaar voor de gemeenschap als geheel te bestaan. De veroordelingen zouden waterdicht zijn, en als gevolg daarvan zou het korps goed voor de dag komen. Het kwam erop neer dat er weliswaar een jongen dood was, maar dat de zaken een stuk erger hadden kunnen zijn.

Zo dacht Lyons, en hoewel haar vader beslist géén rotzak was geweest, had Amanda het idee dat de twee mannen elkaar hierbij in elk geval zouden hebben begrepen. De vraag naar het waarom was niet per definitie belangrijk. Motieven, oorzaken, redenen bleken bijna altijd afgezaagd en teleurstellend te zijn. Welke verklaring kon in vredesnaam het afschuwelijke tafereel dat ze die middag in de steengroeve had gezien inzichtelijk maken? Vragen naar het waarom was hetzelfde als een duik nemen in een zwart gat. Hoe dieper je erin dook, hoe minder licht je aantrof.

Toch had ze zich gedwongen gevoeld om op zoek te gaan.

En ze was op een duisternis gestuit die moeilijk te begrijpen was. Foster en Hick hadden hun dromendagboeken meegenomen naar de plek van de moord, en op dit moment lagen er uitgeprinte kopieën van hun laatste aantekeningen op haar bureau. Ze las wat de jongens die ochtend hadden opgeschreven.

Eerst de aantekening van Robbie Foster:

> Ik ben in de steengroeve. De lichtval is vreemd. Ik voer de neustruc en de omgevingstechniek uit om mezelf te stabiliseren en daarna loop ik naar het podium. Elliot staat al op me te wachten. Hij is vaag, maar ik merk dat hij daar echt is. (We drukken allebei onze handen op de grond.) Rh zit in de bosjes naar ons te kijken en ik kan zijn gezicht bijna zien. Elliot ziet hem ook, en we weten allebei dat het moet gebeuren.

En daarna die van Elliot Hick:

> Ik sta op het podium in de steengroeve. De lucht heeft een rare kleur. Even later komt Robbie, en we stabiliseren elkaar door onze handen op de grond te drukken. Dat duurt een tijdje, maar dan voel ik Rh. Ik kan zijn gezicht nog steeds niet zien, maar hij zit in de bosjes aan de zijkant. Robbie glimlacht naar me. We hebben alles zorgvuldig voorbereid en we weten precies wat ons te doen staat, exact zoals Charlie ons heeft verteld. We weten allebei dat het morgen moet gebeuren.

Amanda liet zich achteroverzakken in haar stoel.

Als je de dagboekaantekeningen letterlijk nam, leek het erop dat de twee jongens dezelfde droom hadden gehad. Alleen waren de verslagen niet hetzelfde. Het leek eerder alsof er een gebeurtenis werd beschreven vanuit twee verschillende invalshoeken. Alsof Hick en Foster met z'n tweeën in dezelfde droom hadden gezeten.

En dat was natuurlijk onmogelijk.

Het stond buiten kijf dat de jongens gestoord moesten zijn om te doen wat ze hadden gedaan, maar wat haar vooral interesseerde waren de andere details die waren genoemd. Wat betekende Rh?

En wie was Charlie?

Wie hij ook was, vooral uit Hicks aantekening viel op te maken dat het tweetal instructies van hem had opgevolgd. En dat hield weer in dat deze moord misschien minder op zichzelf stond dan Lyons hoopte.

Amanda legde de uitgeprinte pagina's opzij en richtte haar aandacht op haar computer. Ze opende het dossier van de zaak, dat online steeds werd uitgebreid. De laptops van Hick en Foster waren al in beslag genomen. Die zouden allebei grondig onderzocht worden, maar ze had al een lijst van de zoekgeschiedenissen. Het tweetal had verscheidene sites bezocht. Maar nu Amanda de details snel doornam, leek het erop dat er één forum was dat bijna al hun aandacht had opgeëist.

Het Onopgeloste en het Onbekende.

Amanda typte het adres over in haar eigen browser.

Op haar scherm verscheen een rommelig uitziende website over waargebeurde misdaden. Helemaal bovenaan stond de naam gekrabbeld in het rood alsof hij was geschreven met een in bloed gedoopte vingertop en daaronder stond een duizelingwekkend aantal subforums. De mappen waren chronologisch gerangschikt met het recentste bericht bovenaan, en het eerste op de pagina trok gelijk haar aandacht:

Crabtree/Roberts – 'Rh'

Het gebruik van Rh kon nauwelijks toeval zijn. Ze klikte door en zag een andere tijdlijn van berichten, elk met hun eigen talrijke reacties. De bovenste berichten waren cursief – oude, vastgepinde threads, nam ze aan –, maar het werd haar zwaar te moede toen ze op het nieuwste bericht eronder klikte en de thread begon te lezen:

LP242: Mensen, ik heb net gehoord over een moord in Featherbank. Dat ligt niet ver bij mijn woonplaats vandaan, vandaar dat ik het weet. Nog geen details over het slachtoffer bekend, maar volgens de plaatselijke geruchten gaat het om een tiener en de politie heeft twee jongens opgepakt. Vlak bij @RF532 en @EH808, denk ik? Voor zover ik weet zijn die twee vandaag niet online geweest. Hoop dat ze geen stomme dingen hebben uitgehaald. Probeer meer te weten te komen.

KH854: Kan ook geen recente berichten van ze vinden. De moord zelf is op het nieuws geweest, maar tot nu kan ik geen verband met Rh vinden?? Laten we geen overhaaste conclusies trekken. Oproep aan @RF532 en @EH808: laat even wat van jullie horen, jongens!

SR483: Hoe dan ook, mijn gedachten zijn bij de arme ouders. Mijn bedenkingen tegen @RF532 en @EH808 staan al zwart op wit. Misschien kunnen de moderatoren overwegen of het nu eindelijk tijd is om @CC666 van dit forum te weren? Want als dit waar is, heeft @CC666 verdomme bloed aan zijn/haar handen.

LP242: Oké, ik heb een bron bij de politie gesproken die ik vertrouw. Slachtoffer en daders worden hier in de buurt met naam en toenaam genoemd. Er is me verteld dat het slachtoffer praktisch was onthoofd, dat er dromendagboeken zijn gevonden en dat er handafdrukken op de grond stonden. 100% Rh, maar óf de politie houdt zich op de vlakte, óf ze hebben het verband nog niet gelegd. Godverdomme, @RF532 en @EH808. We posten hier allemaal idiote berichten, maar ik had nooit gedacht dat jullie het echt zouden doorzetten. Dat het arme joch dat jullie hebben vermoord maar zacht mag rusten, en ik hoop dat jullie zullen wegrotten in de hel.

Amanda las de hele thread nog een keer.

Als dit waar is, heeft @CC666 verdomme bloed aan zijn/haar handen.

Ze keek hoe laat het was en pakte de telefoon.

Rechercheur Theo Rowan werkte in de kelder van het politiebureau. Zijn kantoor werd over het algemeen de 'donkere kamer' genoemd, en daar waren twee redenen voor. Namelijk het gebrek aan ramen en daglicht in de ruimte, maar ook het werk dat Theo en zijn team daar verrichtten. Amanda wist dat veel politieagenten op het bureau Theo maar eng vonden. Iets wat ze op zich niet onredelijk vond. Als sommige mensen een verzegelde doos met afschuwelijke dingen in hun hoofd bewaarden, dan had Theo waarschijnlijk een hutkoffer in zijn hoofd.

Maar hij was wel efficiënt. Nog geen twintig minuten nadat ze hem had gebeld, liet haar e-mailprogramma een *ping* horen en arriveerde er een complete download van alle berichten die Hick en Foster op *Het Onopgeloste en het Onbekende* hadden gepost in haar inbox. Ze knipperde even met haar ogen toen ze de hoeveelheid materiaal zag: de berichten waren in een Word-document geplakt dat bijna honderd pagina's lang was. De twee jongens waren duidelijk actieve deelnemers aan het forum geweest.

Amanda scrolde omlaag en begon op een willekeurige plek te lezen:

RF532: Tot nu toe beperkt succes met lucide dromen. Enige indruk van Rh maar @EH808 en ik hebben nog steeds moeite met contact maken. Suggesties?

PT109: Moeilijk te zeggen. Zo te horen boeken jullie wel vooruitgang. Maar probeer niet te vliegen voordat je vleugels hebt. Ga door met de dagboeken en de incubatie en dan zullen jij en @EH808 slagen! Heb vertrouwen, broeder.

Ze las verscheidene soortgelijke berichten die al even vaag waren, maar stuk voor stuk tot dezelfde conclusie leidden: Foster en Hick waren bezig geweest met een experiment en hadden op dit forum om advies en hulp gevraagd. Maar het was moeilijk te bepalen waar het nou precies om ging.

Even verderop stond een bericht dat een duistere wending nam:

RF532: Is er iemand die weet van welk merk het mes was dat CC en BR hebben gebruikt? Bij voorbaat dank.

FG634: Ja, dat weet ik! Het was een Ithaca S3-jachtmes. Er is een handjevol foto's van verschenen in de krantenberichten van toen. Heb een aantal oude scans bijgevoegd die ik destijds heb gemaakt. ALLEEN TER INFORMATIE, zoals altijd. Met vriendelijke groet.

[mes1.jpg]
[blackwidow1 – jachtmes.jpg]

De afbeeldingen zaten niet bij het Word-document. Maar een paar minuten later, in een bericht van een paar maanden daarvoor, vond ze wat ze zocht:

RF532: Wil adviezen, mensen. @EH808 en ik hebben tegenwoordig constant succes. Elke nacht gedeelde LD. Rh etc. Overwegen de volgende stap te zetten, maar een beetje bang gezien mislukte pogingen in het verleden. Wat is er toen volgens jullie misgegaan? Waarom lukte het wel bij CC, maar niet bij BR en de anderen? Theorieën welkom.

CC666: Ik was erbij. Stuur me een PB.

Amanda tuurde naar het scherm. Dat was de enige bijdrage aan de thread door de gebruiker die zich CC666 noemde. Er volgde nog een handjevol berichten, waaronder een reactie van SR483 waarin bezwaren werden geuit omtrent Fosters vraag en een verzoek om advies van de moderator. Maar dat leek niets te hebben opgeleverd, en Foster noch Hick had daarna nog op de thread gereageerd.

Ik was erbij. Stuur me een PB.

De persoonlijke berichten die de twee jongens via de site hadden verstuurd waren achter in het document geplakt. Amanda scrolde erdoorheen en vond al snel de berichten tussen Foster, Hick en wie zich ook maar CC666 noemde. De thread nam verscheidene pagina's in beslag:

[Deelnemers]: @RF532, @EH808, @CC666

RF532: Hallo, CC666. Als je 'ik was erbij' zegt, wat bedoel je dan precies?

CC666: Je weet wat er in Gritten is gebeurd. Meer wil ik er niet over zeggen, maar hier is bewijs. Je kunt tussen de regels door lezen en zelf bepalen wat je ervan denkt. Wil je een antwoord op je vraag of niet?

Er had een bijlage bij dat specifieke bericht gezeten: [dagboekaantekening.jpg]. Amanda kon die niet rechtstreeks openen uit het document, maar uit de daaropvolgende berichten bleek dat Foster en Hick onder de indruk waren van de inhoud:

RF532: Ja!

CC666: Mooi. Bij Billy en de anderen werkte het niet omdat ze er niet sterk genoeg in geloofden. Maar bij mij heeft het wel gewerkt en voor jullie kan het ook werken. Jullie moeten gewoon de instructies volgen.

Amanda las verder en voelde zich steeds misselijker worden.

Na een poosje sloot ze de transcripties en opende de nationale databank om te zoeken naar details van een andere misdaad, gepleegd op een andere plek. Vóór vandaag had ze nog nooit van Gritten gehoord. Het bleek een industriestad ruim honderdvijftig kilometer ten noorden van Featherbank te zijn. Een kwarteeuw geleden was daar een moord gepleegd.

Ze opende het dossier.

Omdat ze haar ogen niet kon geloven, boog ze zich dichter naar het scherm. Er zat een foto bij. Die was weliswaar jaren oud, maar had net zo goed vandaag in Featherbank kunnen zijn gemaakt. Het was een foto van een speeltuin. Het stoffelijk overschot was onder een heg gerold, misschien in een halfslachtige poging om het te verbergen, en op de grond van de speeltuin waren honderden bebloede handafdrukken te zien.

Ze las het verslag snel door.

Op de middag van de moord was een tiener die Paul Adams heette opgepakt op verdenking van moord. Maar hij was dezelfde avond weer vrijgelaten toen ene Billy Roberts het dorp in was geslenterd. Hij had onder de bloedvlekken gezeten, had een boek en een mes bij zich gehad en had de misdaad opgebiecht. Samen met Charlie Crabtree, een andere jongen, had hij die dag een van zijn klasgenoten vermoord in de speeltuin.

De politie in Gritten had het 'wat' en 'wie' bijna meteen geweten, maar het had wat langer geduurd voordat het 'waarom' boven tafel was gekomen – een verhaal dat in de dagen en weken erna langzaam was gereconstrueerd.

In de maanden voorafgaand aan de moord waren Charlie Crabtree en Billy Roberts geobsedeerd geraakt door het verschijnsel van lucide dromen. Ze hadden ieder een dagboek bijgehouden. Ze hadden geloofd dat ze in hun slaap dezelfde dromen deelden. Na verloop van tijd hadden ze een schimmige figuur bedacht die de scepter zwaaide over dit denkbeeldige koninkrijk, en de moord was een offerande aan hem. Ze hadden geloofd dat ze na het plegen van de moord uit de echte wereld zouden verdwijnen om daarna voor altijd – oppermachtig – door te leven in het land der dromen.

Na de moord waren de twee jongens met hun messen en dromendagboeken naar het nabijgelegen bos gelopen, waar ze slaappillen hadden ingenomen en in slaap waren gevallen in het struikgewas. Billy Roberts was uren later wakker geworden en teruggestrompeld naar het dorp, waar hij ogenblikkelijk was gearresteerd.

Maar Charlie Crabtree niet. Hij was van de aardbodem verdwenen en niemand had hem ooit nog gezien.

II

7

Nu

In de eerste paar dagen nadat ik naar Gritten was teruggekeerd, pendelde ik voortdurend heen en weer tussen het huis en het hospice.

De toestand van mijn moeder werd steeds slechter. Meestal sliep ze tijdens mijn bezoekjes, en ik voelde me schuldig omdat ik me daardoor opgelucht voelde. Hoewel ik mezelf voorhield dat zij het meest gebaat was bij rust, besefte ik dat ik ook bang was voor wat ze misschien zou gaan zeggen als ze wakker was. De paar keer dat ze wakker was, merkte ik dat ik mijn adem inhield en wachtte tot ze nog iets zou zeggen over een verleden dat ik heel bewust had opgeborgen en uit de weg ging. Dat deed ze niet. Meestal was ze in de war en leek ze me helemaal niet te herkennen. Het was alsof ik een vreemde voor haar was, en in zekere zin was ik dat ook – een gedachte die me een pakket schuldgevoel kwam brengen uit een totaal andere richting, wat me dan ook weer in verwarring bracht. Ik wist niet wat ik wilde dat er zou gebeuren. Ik wist niet wat ik moest zeggen of wat ik wilde horen.

Na afloop van de ziekenbezoekjes ging ik meestal een tijdje naar een pub in de buurt. Het was een buurtkroeg waarvan ik me herinnerde dat ik er als tiener stiekem naar binnen was geslopen, en de zaak was meer veranderd dan ikzelf. Toen was het een sjofele tent, maar tegenwoordig was het een sportbar, gelikt en efficiënt, met een interieur van donker hout en zachte verlichting. 's Middags was het er nooit druk. Ik zat altijd aan een tafeltje met één biertje te luisteren naar de tegen elkaar ketsende ballen van het poolbiljart ergens achter in de zaak, en deed een uurtje mijn best om nergens aan te denken.

Want in het huis werd ik overal geconfronteerd met herinneringen.

Ik had mijn oude spullen weer in de doos gestopt, maar ik voelde ze er steeds in zitten – een onophoudelijk dreigend gegons vanaf het bureau aan de andere kant van de kamer – en de geest van de jongen die ik daar in mijn gedachten zag zitten, leek met de dag vastere vorm aan te nemen.

Ik herinnerde me de lunchpauze waarin Charlie voor het eerst met ons over dromen had gepraat – over *incubatie* – en hoe ik die avond om twaalf uur 's nachts aan dat bureau had gezeten. Dat had ik altijd het fijnste moment van de dag gevonden. Klusjes klaar en huiswerk af, het huis gehuld in stilte, mijn ouders in diepe slaap. Dan sloop ik mijn bed uit, deed ik de lamp aan en ging ik aan de slag met mijn verhalen. Ik had een hele verzameling notitieboeken. Die verstopte ik in de bureaula, omdat mijn vader niet zou aarzelen ze te lezen als hij ze toevallig vond. Het kostte me geen enkele moeite om me de smalende grijns voor te stellen waarmee hij dat zou doen.

Maar die nacht had er een gloednieuw notitieboek voor me gelegen.

Die lunchpauze was verder precies zo verlopen als ik had verwacht. Omdat Charlie had besloten dat we allemaal iets moesten doen, hadden we uiteindelijk toegestemd om erin mee te gaan. Zelfs dat proces was voorspelbaar geweest. James had belangstelling gehad, en dat hield in dat Billy – die niet wilde dat Charlie James aardiger zou vinden dan hem – ook mee wilde doen. Daarmee was ik alleen overgebleven, en had ik uiteindelijk besloten om dan ook maar mee te doen.

Lucide dromen.

Hoe minachtend ik er toentertijd ook over deed, het idee had me geïntrigeerd. Terwijl ik door mijn stoffige, armoedige slaapkamer keek en aan mijn akelige thuissituatie en de eentonige, grauwe, deprimerende wereld om me heen had gedacht, had het een heel aantrekkelijk vooruitzicht geleken om aan dat alles te kunnen ontsnappen en alles te kunnen ervaren wat ik wilde. Ik had het gevoel gehad dat dit weleens de enige manier kon zijn waarop dat me ooit zou lukken.

Charlie had tegen ons gezegd dat we om te beginnen een dromendagboek moesten gaan bijhouden. Na een week zouden we alle aantekeningen moeten doorlezen om te kijken of er patronen waren. Dat vergrootte de kans dat we die in de toekomst zouden herkennen, en als dat gebeurde, zouden we beseffen dat we droomden en zouden we die droom kunnen sturen.

Die nacht in bed had ik eerst een tijdje naar het saaie plafond liggen staren en toen het licht uitgedaan met het koord dat bij het hoofdeinde hing. Charlie had uitgelegd dat je jezelf elke nacht iets moest vertellen voordat je ging slapen. Dat heette incubatie – een signaal naar het onderbewuste – en hoewel je misschien het gevoel had dat die woorden nergens naartoe gingen, zou iets wat diep in ons binnenste zat ze horen en erop reageren.

Ik zál mijn dromen onthouden, had ik tegen mezelf gezegd.

En dat had gewerkt. Toen ik de volgende ochtend wakker werd, herinnerde ik me veel meer dan normaal. Ik was na het wakker worden meteen aan mijn bureau gaan zitten met mijn notitieboek en er waren in rap tempo beelden naar boven gekomen, die allemaal weer naar een eerder beeld hadden geleid, alsof ik mezelf achteruittrok aan een nachtelijk touw.

In de droom die me het helderst voor de geest stond, was ik op een vreemde openluchtmarkt geweest. Het was daar nacht en ik rende door de smalle paden, langs kraampjes die te donker waren om ze goed te kunnen zien. Er liepen mensen om me heen, zo grijs en vaag als spoken, en ik wist dat ik moest maken dat ik wegkwam – dat er daar nog iets ánders bij me was. Dat hoorde ik boos en lukraak stampen op de paden vlak bij me, alsof het jacht op me maakte zoals een minotaurus in een labyrint. Toch leek elk pad hetzelfde en welke kant ik ook op ging, nergens leek een uitweg.

En ik wist dat ik in mijn eentje niet aan deze plek kon ontsnappen.

Ik stond op de donkere markt.

Maar het huis zat niet alleen vol met herinneringen van vijfentwintig jaar geleden. Er was ook de stilte die in elke kamer hing en die met de dag drukkender en meer bevooroordeeld leek te worden. Wat had mijn moeder bedoeld met haar woorden? Wát was er in het huis?

Ik probeerde mezelf voor te houden dat het niet uitmaakte – dat het verleden iets was wat je achter je kon laten –, maar er waren momenten waarop het leek alsof het huis en ik in een uitputtingsslag waren verwikkeld, en onwillekeurig bekroop me het gevoel dat het huis aan de winnende hand was. En dat er iets naars zou gebeuren als ik zou ontdekken wat.

Overal rode handen.

En op de vierde dag zag ik haar.

Ik zat op dat moment in de pub met een halfopgedronken biertje voor me op tafel. Ik wilde net het flesje pakken en liet mijn vinger over de koele condens op het glas gaan toen ik de deur tegenover me open zag gaan.

Er kwam een vrouw binnen, omlijst door een wig van warme middagzon. Ik ving slechts een glimp op van de zijkant van haar gezicht, en de halve schok van herkenning bleef onvervuld toen ze me meteen haar rug toekeerde en naar de toog liep.

Is dat…?

Ze droeg een blauwe spijkerbroek en een mooi jack van zwart leer, en haar bruine haar viel tot halverwege haar rug. Ik zag haar hannesen met haar tas en haar portemonnee. Ik wachtte af en hield mezelf voor dat ik kalm moest blijven, dat deze vrouw onmogelijk háár kon zijn. De barvrouw bracht een witte wijn waarvan ik niet had gemerkt dat die was besteld. De vrouw klikte haar tas dicht, draaide zich om en keek om zich heen naar een zitplaats.

Een paar tellen kon ik mijn ogen nauwelijks geloven.

Jenny zag er nu natuurlijk anders uit, maar ergens ook nog hetzelfde. Ik herkende het profiel van het vijftienjarige meisje dat ze vroeger was geweest. Inmiddels was ze veertig, haar gezicht getekend door het leven, maar nog altijd ogenblikkelijk herkenbaar.

De jaren vielen weg.

Misschien is het beter als ze je niet ziet.

Maar toen ving Jenny's blik de mijne, gleed eerst nog een stukje door en kwam toen bij me terug. Ze fronste. Ik kon zien dat zij hetzelfde dacht als ik daarnet.

Is dat…?

En toen glimlachte ze.

God, haar glimlach was geen spat veranderd. Bij de aanblik ervan verspreidde een warm gevoel zich door mijn borstkas. Alle angsten of bedenkingen over een weerzien met haar verdwenen toen ze op me af liep, waarbij de hakken van haar zo te zien dure laarzen klikten op de houten vloer.

'Godallemachtig,' zei ze. 'Hallo, vreemdeling.'

'Hallo. Wauw.'

'Ja, wauw. Zeg dat wel. Hoelang is het geleden?'

Ik probeerde het uit te rekenen. Toen ik nog studeerde was ze een paar keer bij me op bezoek geweest, maar dat was steeds ongemakkelijker gaan voelen en op een zeker moment hadden we het contact verloren.

'Twintig jaar?' zei ik.

'Dat is gewoon waanzinnig.'

Ze nam me even onderzoekend op en ik vroeg me af wat ze zag. Mijn eigen verschijning – sjofele kleren, slonzig haar, vermoeide blik – moet een scherp contrast hebben gevormd met de hare.

'Mag ik erbij komen zitten?'

'Natuurlijk.'

Ze ging tegenover me zitten en zette de wijn op tafel. 'Ach, eigenlijk verbaast het me niet dat ik je tegenkom,' zei ze. 'Ik had al gehoord dat je op bezoek was.'

Ik trok een wenkbrauw op. 'O?'

'Ja. Klein wereldje, nieuwtjes doen altijd snel de ronde – je weet wel. Zo is het altijd geweest en zo zal het altijd blijven. Je weet hoe het hier is.'

'Ja.'

'Ik zou wel iets van me hebben laten horen, maar ja... je weet hoe het gaat.'

Ja. Ik wist nog hoe de zaken tussen ons waren geëindigd. 'Jazeker,' zei ik.

Op haar gezicht verscheen een droevige glimlach. Er viel een korte stilte. Ze keek naar haar glas en streek langzaam met een vingertop over de rand. 'Zeg, ik vond het heel erg toen ik het hoorde van je moeder.'

'Lief dat je dat zegt.' Mijn reactie kwam automatisch, maar ik besefte dat ik helemaal het recht niet had om dat te zeggen. Mijn schuldgevoel was nog iets wat ik de afgelopen paar dagen had onderdrukt, maar nu ik hier met Jenny zat, durfde ik daar een klein beetje van aan de oppervlakte te laten komen.

'Ik weet eigenlijk niet hoe ik me voel,' zei ik. 'Ik had hier eerder naartoe moeten komen, maar mijn moeder en ik hebben elkaar de afgelopen tijd niet veel gesproken. Ik wist niet eens hoe ziek ze was. Na mijn vertrek uit Gritten ben ik hier nooit meer terug geweest.'

Jenny nam een slok van haar wijn. 'Ik heb het gevoel dat ik hier altijd ben,' zei ze. 'Ik kom vrij vaak terug om bij mijn moeder langs te gaan. Je herinnert je mijn moeder toch nog wel?'

'Natuurlijk. Hoe gaat het met haar?'

Jenny knikte bij zichzelf. 'Best goed. Ze is oud, maar ze maakt het goed.'

'Dat is beter dan het alternatief.'

'Dat is waar. Jeetje, ben je hier echt nooit terug geweest?'

'Nee,' zei ik. 'Ik ben weggegaan om te gaan studeren, en dat was het dan.'

'Waarom?'

'Te veel nare herinneringen hier.'

'Ja, daar kan ik in komen.' Ze liet een korte stilte vallen. 'Maar toch ook wel een paar goede?'

Ze waagde een glimlach, en ondanks mezelf beantwoordde ik die. Het was moeilijk om het op die manier te bekijken, maar inderdaad, er lagen hier ook goede herinneringen. Momenten die, nu ik er met een objectieve blik op terugkeek, vol licht waren geweest. Het probleem was alleen dat de latere gebeurtenissen een dusdanige schaduw wierpen dat de goede dingen slecht zichtbaar waren.

'Zeg, weet je dat ik jouw boek nog heb?' vroeg ik.

'Mijn boek?' Het duurde even voor ze het zich herinnerde. 'O. *De nachtmerriemensen?*'

'Ja, dat.'

Een dag nadat we met elkaar hadden gepraat, had ze het voor me meegenomen naar school: een beduimelde bundel klassieke horrorverhalen. De rug van het boek was zo verweerd als berkenbast, en de prijs – tien pence – stond in inmiddels vervaagd potlood in de bovenste hoek van het schutblad geschreven. Dat was niet veel geld natuurlijk, en ze had het me overhandigd met dezelfde onbezorgdheid die ze de dag ervoor had laten zien, maar ik had het gevoel gehad dat het boek belangrijk voor haar was en had me ter plekke voorgenomen om er voorzichtig mee te zijn. Al dreigde het in stukken uiteen te vallen, dat zou niet gebeuren wanneer ik het in mijn bezit had. En waarschijnlijk had ik er inderdaad goed voor gezorgd.

'Volgens mij was mijn moeder erin bezig,' zei ik.

'Ja, maar wat belangrijker is: heb jij het al een keer uitgelezen?'

Ik glimlachte. 'Vele malen.'

'Schrijf je nog altijd?'

'Nee. Je weet wat ze zeggen: wie het kan, doet het en wie het niet kan, geeft er les in.' Ik pakte mijn biertje en vertelde haar een beetje over mijn werk op de universiteit en over de vakken die ik gaf. 'En hoe zit het met jou?' vroeg ik.

'Nou,' zei ze, 'ik schrijf nog steeds. En ik hou me ook bezig met tekenen en schilderen, en met muziek. Maar schrijven vormt de hoofdmoot. Er zijn een paar boeken van me uitgegeven.'

'Wauw.' Ik was blij voor haar. Het was goed dat één van ons die specifieke droom was blijven nastreven. Terwijl ik ontspannen achteroverleunde in mijn stoel, drong het tot me door hoe fijn het was om weer met haar te praten, zelfs na al die tijd. Ze zag er fantastisch uit en ik stond er versteld van hoe gelukkig ze leek. Ik was blij dat alles voor haar zich ten goede had gekeerd – dat ze Gritten uiteindelijk achter zich had weten te laten en nu een fijn leven leidde.

'Wauw,' zei ik opnieuw. 'Ik heb nog nooit een boek gezien met jouw naam erop. Ik moet je eens opzoeken.'

Ze tikte geheimzinnig met een vinger tegen haar neus. 'Ik schrijf onder een pseudoniem.'

'En dat ga je me niet vertellen, zeker?'

'Nee. Nou, tot zover ons werk. Hoe zit het met familie? Ben je getrouwd? Heb je kinderen?'

Ik schudde mijn hoofd. In de loop der jaren had ik een hele reeks relaties gehad, waarvan een aantal serieuze, maar uiteindelijk was geen ervan blijvend geweest. Het zou te dramatisch zijn om te zeggen dat de vrouwen in kwestie een soort duisternis in mijn verleden hadden gevoeld, maar de gebeurtenissen van toen wierpen van tijd tot tijd wel een schaduw over me. Ik liet mensen niet toe in mijn leven en op mijn slechtste momenten duwde ik ze zelfs weg. De behoefte om het verleden uit de weg te gaan was altijd dringender, belangrijker dan de relatie die ik had, en diep vanbinnen wist ik dat zoiets geen basis was voor iets langdurigs. 'Nooit aan toegekomen,' zei ik. Vreemd genoeg weerstond ik de neiging om haar dezelfde vraag te stellen. Jenny droeg geen trouwring. Maar dat zei niets, en op dat moment besloot ik dat ik het niet wilde weten.

We zwegen een paar seconden.

'Ik hoop dat je moeder geen pijn heeft,' zei Jenny.

'Ze slaapt voornamelijk, en wanneer ze wakker is, herkent ze me niet...' Er verscheen een frons op mijn gezicht.

Jenny probeerde me verder te helpen. 'Behalve...?'

'Behalve toen ik haar de eerste keer zag.' En omdat het opnieuw veilig voelde om met Jenny te praten, vertelde ik haar wat mijn moeder tijdens dat eerste bezoek had gezegd. Dat ik hier eigenlijk niet zou moeten zijn. Dat er overal rode handen zaten. Dat er iets in het huis was.

Jenny schudde haar hoofd.

'Wat was er dan in het huis?'

'Ik weet het niet,' zei ik. 'Niets, waarschijnlijk. Er stond een doos met oude spullen van mij waar ze in had zitten kijken, dus misschien voelde ze zich gewoon schuldig dat ik dat zou zien. Maar ze is ook in de war. Waarschijnlijk heeft het helemaal niets te betekenen.'

'Ja, maar je bent er wel over begonnen. Het zit je duidelijk dwars.'

Ik aarzelde. 'Omdat ik mijn best doe om er niet aan te denken. Ik heb een beetje schoongemaakt en wat opgeruimd. Ik heb aan haar bed gezeten.' Ik gebaarde naar niets in het bijzonder. 'Ik wil gewoon doen wat ik moet doen en hier dan weer weggaan. Terug naar huis. Het verleden laten waar het hoort.'

Nog voor ik was uitgesproken, schudde Jenny haar hoofd al. 'Dat is gelul, Paul. Over al die dingen hoef je je geen zorgen te maken. Ik bedoel, neem ons tweeën nou. Is het vreemd dat je mij weer ziet?'

'Nee. Dat is leuk.'

'Precies. En ik ben toch ook een deel van je verleden? Het verleden is een hele tijd geleden. Het kan je nu geen kwaad meer doen.'

'Misschien, misschien niet.'

Ze keek op haar horloge en dronk haar glas leeg. 'Ik moet gaan.' Ze stond op. 'Maar als je je zorgen maakt over wat je moeder heeft gezegd... doe er dan iets aan. Voor hetzelfde geld heb je gelijk en heeft het niets te betekenen. Maar er is hier niets om bang voor te zijn.'

'Misschien, misschien niet.'

'Moet je jezelf nou horen – je kunt alleen "misschien" zeggen. Nou, misschíén loop ik je hier nog wel een keer tegen het lijf.'

'Ik hoop het,' zei ik. Opnieuw voelde ik dat warme gevoel in mijn borst toen ik haar naar de deur zag lopen. Een klein licht te midden van de schaduwen. Het was net een kaarsvlammetje waar ik mijn handen beschermend omheen wilde houden om er dan zachtjes op te blazen, zodat het feller zou gaan branden. Maar natuurlijk bestond er altijd een gevaar wanneer je dat deed.

Je liep altijd het risico dat je het uit zou blazen.

8

Doe er dan iets aan. De volgende ochtend klonken Jenny's woorden nog na in mijn oren, en terwijl ik zo goed en zo kwaad als het ging douchte in de kleine beige douchecel in de oude badkamer, besloot ik dat ze gelijk had.

O god, het is in het huis, Paul.

Het is verdomme in het huis!

Wat mijn moeder ook had bedoeld toen ze zei dat het in het huis was, het was waarschijnlijk niets. Hoe dan ook, er was hier niets om bang voor te zijn, al vond ik dat ik dat, voordat ik deze plek eindelijk voorgoed achter me zou laten, met zekerheid moest vaststellen. Toen ik de kraan van de douche dichtdraaide en me begon af te drogen, leek de stilte in het huis te gonzen.

Afwachtend.

Ik had geprobeerd om een beetje te werken in mijn oude slaapkamer, en mijn laptop stond daar op het bureau. Nadat ik me had aangekleed, liep ik de slaapkamer in en zette de laptop aan de kant. Daarna pakte ik de doos met daarin de bezittingen uit mijn tienertijd en legde de inhoud ervan systematisch op het bureau, item voor item.

De notitieboeken en het dromendagboek.

Het literaire tijdschrift.

Het dunne ingebonden boek. *Jonge schrijvers.*

Elk voorwerp veroorzaakte een flits van herkenning. Ze voelden aan als magische artefacten die samen een soort verhaal vertelden. Ik pakte het tijdschrift, waarvan de oude bladzijden ruw en stijf voelden onder mijn vingers, en zag de cover: *Het leven als schrijver.* Vervolgens keerde ik het om en las de achterkant, waarbij ik de jaren van me af voelde vallen. Ik legde het blad weer neer. Ondanks mijn nieuwe vastberadenheid was het verhaal dat deze dingen vertelden geen geschiedenis die ik van begin tot eind wilde volgen, in elk geval nu nog niet. En wat ik ook had gezegd tegen Jenny, ik was er bepaald niet van overtuigd dat mijn moeder het hierover had gehad, al had ze deze doos duidelijk doorzocht. Waar had ze het dan wel over gehad?

Tot nu toe had ik een groot deel van mijn tijd in het huis besteed aan schoonmaken: de keuken soppen, de dekens in de voorkamer opbergen in de klerenkast, vegen en poetsen. Maar in plaats van dat ik me productief had gevoeld, had het geleken alsof ik dingen voor me uit schoof. Nu zette ik me echter schrap en probeerde ik een antwoord te zoeken op de vraag waar mijn moeders woorden me voor hadden gesteld. Ik deed laden en kastjes open en doorzocht de inhoud. Ik haalde kleren tevoorschijn en gooide ze neer, ik tilde kussens op en legde ze op een hoop op de vloer. Nadat ik het huis dagenlang voorzichtig tegemoet was getreden, deed ik nu het tegenovergestelde: ik greep het beet en trok de vulling eruit, zoekend naar iets wat haar woorden zou kunnen verklaren.

Niets.

Althans, niets waar ik verder mee kwam. Maar hier waren wel herinneringen, die uit de naden van het huis opdwarrelden als stof. Ik doorzocht de kleding van mijn moeder en herkende spullen waarvan ik nog wist dat ze die had gedragen: een oude spijkerbroek, tot op de draad versleten door jarenlang gebruik, opgelapt bij de knieën en op de heupen; de dunne zwarte jas waar ze het 's winters altijd mee deed; een zak vol schoenen, per paar met de zolen tegen elkaar bewaard, neus tegen hak, en zo platgedrukt dat het leek alsof ze aan elkaar waren gelijmd.

En naast de herinneringen waren er raadsels: voorwerpen van een leven waar ik weinig over wist. In een sieradendoosje ontdekte ik ringen, armbanden en een medaillon aan een ketting dat een ovale zwart-witfoto onthulde van een vrouw die ik niet herkende toen ik het openklapte. Misschien was het mijn grootmoeder, maar dat viel onmogelijk te bepalen, omdat zelfs de delen van mijn verleden die ik niet wilde vergeten in nevelen waren gehuld. Ik realiseerde me dat ik, na het overlijden van mijn moeder, de laatste overlevende zou zijn van een familie die ik nooit had gekend. Heel even verdampte al mijn volwassen zelfvertrouwen en voelde ik me verloren en stuurloos.

Maar het vreemdste was de schoenendoos die ik vond, tot de rand gevuld met willekeurige foto's. Ik gooide hem leeg op het bed en spreidde de foto's uit tot een overlappend mozaïek op de lakens. Er zat geen enkele orde in. Verschillende momenten uit het verleden vermengden zich vrijelijk en lagen op of onder elkaar. Mensen en plekken uit verschillende periodes lagen zij aan zij.

Op sommige foto's stond ik ook.

Ik pakte een foto van mezelf als baby, in de armen van mijn moeder. Ik huilde, maar zij glimlachte, ook al zag ze er doodmoe uit. Op een andere foto stond ik op de oprit, als drie- of vierjarige. Ik liep heel parmantig en grijnsde vrolijk naar iemand buiten beeld. Ik was zes en zat op een fiets met zijwieltjes. Een schoolfoto van toen ik acht of negen was, mijn thuisgeknipte haar enigszins verward en mijn wangen vol sproeten. Mijn elfde verjaardag; ik had mijn handen diep in mijn zakken gestoken en met mijn magere schouders zag ik eruit als een vogelverschrikker terwijl ik onbeholpen naast de verjaardagstaart stond die ze voor me had gebakken.

Zij stond ook op de foto's.

Mijn aandacht ging niet zozeer naar de foto's waar ik op stond, maar naar de oudere foto's: beelden die zo flets waren dat het leek alsof het papier waarop ze waren gedrukt ze wilde vergeten. Er was een zwart-witfoto van mijn moeder als klein meisje, waarop ze op het gras ligt met een opengeslagen boek voor zich en verlegen glimlacht naar de camera. Op een andere foto was ze wat ouder en stond ze voor een huis dat ik niet kende terwijl ze een hand boven haar ogen hield tegen de zon.

Maar ik werd vooral getroffen door de foto's waarop ze als tiener stond. Ze was knap geweest, en de foto's hadden haar vastgelegd op onbewaakte momenten – haar gezicht zonder rimpels, iemand die haar hele leven nog voor zich had, haar ogen stralend als ze lachte. Ik vond een geposeerde groepsfoto van vijf mensen die op brede treden zaten. Drie van hen herkende ik niet, maar mijn moeder zat rechts en naast haar zat een tienerjongen van wie ik met een schok besefte dat het de jonge Carl Dawson was, die als volwassen man zou trouwen met Eileen en de stiefvader van James zou worden.

Op de foto zat hij naar haar toe gedraaid. Mijn moeder had haar handen op haar knieën gelegd en haar gezicht was bevroren in een uitdrukking van uitzinnige pret, iets wat het midden hield tussen ontzetting en vrolijkheid, alsof hij expres iets schandelijks had gezegd vlak voordat de foto werd genomen.

Je kunt echt iets veel beters krijgen.

Ik knipperde met mijn ogen, veegde de foto's bijeen en deed ze terug in de doos. In mijn gedachten was mijn moeder altijd iemand die er gewoon was – bijna alsof ze slechts een taak vervulde – en het was vreemd om te worden geconfronteerd met een waarheid die zonneklaar had moeten zijn: dat ze iemand was geweest met eigen dromen en verlangens, iemand die zich net zo had gevoeld als ik, iemand die ooit een leven had gehad dat volledig los had gestaan van haar relatie met mij.

Niets van dat alles bracht me dichter bij wat ik wilde weten.

Het is in het huis.

Ik liep de overloop op en wreef over mijn voorhoofd. Misschien had ik me opgelucht moeten voelen omdat ik niets had gevonden, maar nu ik eenmaal aan deze onderneming was begonnen, voelde ik me gefrustreerd. De afwezigheid van bewijs was nog geen bewijs voor afwezigheid. Het feit dat ik niets had gevonden betekende niet dat er niets te vinden was, alleen dat ik het nooit zeker zou weten.

De stilte gonsde nog steeds.

Kom op, huis, dacht ik. *Ik doe mijn best. Kom me een beetje tegemoet.*

Maar het huis zei natuurlijk niets.

Het raam van de overloop keek uit op de achtertuin en op de voorkant van de Schaduwen. Ik staarde een poosje naar buiten en keek naar de bomen die naar boven reikten, een muur van gebroken gebladerte die tot halverwege de hemel leek te komen.

Daarna richtte ik mijn blik nog iets verder omhoog. Recht boven me zag ik de vage contouren van een luik in het plafond.

De zolder.

Het gegons in het huis werd iets luider.

In haar huidige toestand had mijn moeder natuurlijk met geen mogelijkheid naar boven kunnen gaan, maar ik had geen flauw idee wanneer haar lichamelijke gezondheid achteruit was gegaan of hoe snel dat was gebeurd. En hoewel ik het geen prettig vooruitzicht vond, was de zolder het enige deel van het huis dat ik nog niet had doorzocht. Dus bracht ik een arm omhoog en drukte tegen de rand van het luik.

Het ging iets omhoog. Er klonk een zachte klik en toen ik mijn hand weer liet zakken, ging het luik mee. Ik verwachtte dat ik zou worden bedolven met stof en spinnenwebben, maar er kwam niets. De ruimte boven me was inktzwart, maar ik hoorde wel een zachte luchtstroom.

De trap was bevestigd aan de rand. Ik tastte opnieuw omhoog, rolde hem over het gat en klapte hem toen kletterend uit, zodat de onderkant zich vastzette op het tapijt. Als kind was ik een paar keer op de zolder geweest, maar nu ik omhoogklom, voelde het metaal gammel aan en veel zwakker dan ik me herinnerde. Terwijl ik langzaam de duisternis in klom, boog elke tree gevaarlijk door onder mijn gewicht.

De lucht boven was bedompt en koud – en rook nadrukkelijk naar oude kleren, koffers en tassen en vocht. Ik legde mijn handen op het ruwe hout van de eerste balk en drukte mezelf omhoog. Toen ik rechtop stond, deed ik een pas naar voren, waarbij ik enigszins wankelde omdat ik me ineens bewust werd van de hoogte en de afstand. Het luik achter me leek piepklein, en het zonlicht dat op de overloop beneden viel, leek eerder kilometers dan enkele meters lager. Ik had het gevoel dat ik me in een andere wereld bevond dan de rest van het huis.

Ik tastte naar rechts en vond het koord voor het licht.

Klik.

'Shit.'

Ineens werd ik omringd door een zwerm felrode vogels. De aanblik was zo overweldigend dat ik een stap achteruit deed. Mijn hart ging als een bezetene tekeer en ik viel bijna door het gat van het luik. Maar toen veranderde het tafereel om me heen in wat het werkelijk was. Het waren helemaal geen vogels. Nee, de binnenkant van het dak was bedekt met karmijnrode handafdrukken. Het waren er honderden, en ze waren in allerlei verschillende hoeken tegen het hout gedrukt, zodat de rode verf ervan elkaar op sommige plekken overlapte en de gespreide duimen en vingers de indruk wekten van vleugels.

Ze waren allemaal even groot. Allemaal klein genoeg om te zijn gemaakt door mijn moeder. Ik stelde me voor dat ze naar boven was geklommen, in de tijd dat ze dat nog had gekund, en als een spook langs de dakspanten had gefladderd, waarbij ze haar druipende handpalmen tegen het dak had gedrukt. Ik merkte dat hier een andere geur en ook een ander gevoel hing.

Het was alsof ik me te midden van waanzin bevond.

Terwijl mijn hart veel te snel sloeg, wendde ik mijn blik af van de handafdrukken en keek ik naar de andere kant van de zolder. Toen ik zag wat daar was, leek de wereld abrupt tot stilstand te komen.

Het is in het huis, Paul.

Want ik dacht dat ik het had gevonden.

9

Eerder

Ik weet nog dat ik een week na het begin van het experiment met de dromendagboeken de trap af liep naar lokaal C5b terwijl James achter me liep. Hij treuzelde een beetje en ik zag dat hij zenuwachtig was. 'Alles kits?'

'Ja.'

Het was duidelijk dat niet alles kits was. Hoewel hij het niet wilde toegeven, kon ik wel raden wat daar de meest waarschijnlijke reden voor was. Tijdens de komende lunchpauze zouden we onze pogingen met de dromendagboeken met elkaar bespreken, en uit James' nerveuze gedrag bleek duidelijk dat hij bang was dat hij Charlie teleur zou stellen. Dat besef veroorzaakte een steek van ergernis bij me. Het had niet zo belangrijk voor hem moeten zijn. 'Dit hele idee is verdomme achterlijk,' zei ik.

'Is het jou gelukt?'

'Ach, wat maakt het uit?'

Toevallig was het mij wél gelukt – althans, tot op zekere hoogte. De afgelopen week had ik me 's ochtends de dromen van de nacht ervoor steeds beter kunnen herinneren, en vannacht had ik een droom gehad die ik had herkend. Die had zich niet afgespeeld op de donkere markt, maar wel op een plek die bijna hetzelfde was: een benauwde plek die op een doolhof leek waarin ik was verdwaald, niet in staat om de weg naar buiten te vinden, terwijl ik het gevoel had dat ik ergens door werd belaagd.

Toen ik wakker werd, was de angst uit de droom blijven hangen. Maar er was ook een siddering van herkenning geweest. Het voelde alsof ik een vreemd soort van inzicht in mezelf had gekregen: een korte blik op de draaiende raderen onder de oppervlakte van mijn geest. Charlie had gelijk gehad. Al zou ik dat natuurlijk nooit tegen hem zeggen. 'Maak je niet druk,' zei ik. 'Dit is allemaal volkomen onbelangrijk.'

Toen we de kamer in liepen, zat Charlie op zijn vaste plek achterin. Billy zat in een van de meer comfortabele stoelen voorin en hield een oude jaarplanner vast die waarschijnlijk een nieuwe functie had gekregen voor het experiment. Toen James zijn dromendagboek pakte, zag ik dat het gewoon een stapeltje dubbelgevouwen A4'tjes was, dat bij de vouw was vastgeniet. Charlies dromendagboek lag voor hem op tafel. Het was een zwart notitieboek, exact hetzelfde als de boeken die ik gebruikte voor mijn verhalen en het exemplaar waarin ik nu mijn eigen dromen opschreef. Vreemd genoeg gaf dat me het gevoel dat er een onuitgesproken strijd tussen ons tweeën gaande was.

'Oké,' zei Charlie. 'Wie wil er beginnen? James?'

James verschoof ongemakkelijk in zijn stoel.

Jezus, dacht ik. *Stel je niet zo aan, man.* Ik wist niet of ik hem gerust wilde stellen of door elkaar wilde schudden. Maar al snel bleek het geen van beide nodig te zijn, want Billy was niet van plan om zich zijn rechtmatige positie als Charlies onderbevelhebber te laten afpakken door James.

'Ik heb een lucide droom gehad.' Billy glimlachte voldaan. 'Het werkte echt, het ging precies zoals je had gezegd. Op een nacht droomde ik dat ik in de werkplaats van mijn vader was, en de nacht erna had ik dezelfde droom. Op dat moment leek het alsof er een knop werd omgezet of zo. Ik werd helemaal wakker in mijn droom. Het was waanzinnig. Ik heb de neustruc gebruikt en al die dingen meer.'

'Wat is de neustruc?' vroeg ik.

'Daar komen we zo op.' Charlie keek me niet aan. 'Billy, ik ben ontzettend blij.'

Billy straalde zonder iets te zeggen.

'Hoelang heb je lucide gedroomd?' vroeg Charlie.

'Niet lang. Ik werd bijna meteen wakker. Omdat het zo'n schok was.'

'Dus je hebt de omgevingstechniek niet gebruikt?'

'Nee, dat ben ik vergeten.'

Charlie keek teleurgesteld. Billy's glimlach verdween en maakte plaats voor een schaapachtige uitdrukking. Zelf probeerde ik alleen om de situatie bij te benen. Toen ik even opzijkeek, zag ik dat James even verbijsterd was als ik. Door Charlies manier van praten was het alsof we een proefwerk hadden moeten doen zonder dat we de lessen hadden gekregen om ons erop voor te bereiden.

'Wat is "de omgevingstechniek" in godsnaam?' vroeg ik.

'Ik heb toch gezegd dat ik dat zal uitleggen?' Charlie keek me aan. 'Hoe zit het met jou, Paul? Hoe heb jij het ervanaf gebracht?'

Ik had eigenlijk nog niet besloten of ik wilde vertellen dat ik succes had gehad, maar de manier waarop Charlie het op dat moment formuleerde beviel me niet. *Hoe heb jij het ervanaf gebracht?* Alsof ik mezelf tegenover hem moest bewijzen.

‘Helemaal niets,’ zei ik.

‘Nee?’

‘Als ik die neustruc had gekend, was het misschien gelukt.’

Charlie negeerde mijn spottende opmerking en knikte alleen maar, alsof hij al zoiets had verwacht. Tegenover mij liet hij niets van teleurstelling merken, zoals hij bij Billy had gedaan. Hij ging verder.

‘En jij, James?’

James drukte de vastgeniete vellen hard op zijn schoot en keek ongemakkelijk.

Verdomme nog aan toe, wilde ik tegen hem zeggen. *Dit is volkomen onbelangrijk.*

‘Niets,’ zei James mistroostig. ‘Net als Paul.’

De woorden staken een beetje, maar de toon waarop hij het zei deed nog de meeste pijn. Hij liet het klinken alsof het een enorme mislukking was om op mij te lijken.

‘Heb je geen enkel patroon kunnen ontdekken?’ vroeg Charlie.

‘Helemaal niets. Het was één grote warboel.’

‘Geeft niet. Je hoeft alleen maar te oefenen en meer ervaring te krijgen. Geef het nog een week of zo, en dan lukt het je wel. Ik vind het al goed dat je het hebt geprobeerd.’

James wierp Charlie een zenuwachtige glimlach toe.

Billy keek hem aan. ‘Wat heb je dan wel gedroomd?’

James keek omlaag naar de vellen papier die voor een notitieboek moesten doorgaan. ‘Niets interessants.’

‘Nee, vertel eens.’ Billy boog zich naar voren en wilde het dromendagboek van James afpakken. ‘Misschien kunnen wij er een paar patronen in ontdekken, ook al is dat jou niet gelukt.’

James ontweek zijn handen. ‘Niet doen.’

‘Vertel het dan gewoon.’

'Nou... Vannacht heb ik over het bos gedroomd.' James wierp een steelse blik op mij. 'Het bos achter ons dorp. De Schaduwen.' Hij keek er enigszins schuldbewust bij. Misschien kwam dat doordat het dorp en het bos niet meer aanvoelden als van óns, na alle weekendexpedities met ons vieren. Het mocht dan de plek zijn waar James en ik waren opgegroeid, maar Charlie had ons op sleeptouw genomen het bos in en verhalen verzonnen over spoken.

'Vertel,' zei Charlie.

'Het was donker in de droom. Ik stond in mijn tuin aan de rand van het bos en keek naar de bomen.'

'Was er nog iemand anders?'

'Achter me, in de tuin, waren veel mensen, alsof er een feestje aan de gang was. Volgens mij droegen sommigen kappen en maskers. Maar het was niet eng. Het leek meer op een bijeenkomst waar ik niet voor was uitgenodigd.'

Charlie boog zich naar voren, inmiddels geïntrigeerd. 'Maar hoe zat het dan met het bos?'

James liet een korte stilte vallen. 'Ja, er was... iemand in het bos, geloof ik.'

'Eén iemand?'

'Dat kon ik niet zien. Meer een soort aanwezigheid. Maar ik had het gevoel dat degenen die daar waren mij wel konden zien. Alsof die me recht aanstaarden. Want het was een en al licht in de tuin achter me, snap je? Maar zij zaten tussen de bomen, in het donker, dus ik kon ze niet zien.'

'Vond je dat eng?' Charlie dempte zijn stem. 'Maakten de mensen in het bos je bang?'

James aarzelde.

'Een beetje.'

'Logisch.' Charlie ging weer ontspannen in zijn stoel zitten.

'Je had niet bang hoeven zijn, maar dat wist je toen nog niet. Denk je dat ze op het punt stonden je te roepen? Of dat ze naar je toe wilden komen?'

'Dat weet ik niet.'

'Wat gebeurde er dan?'

'De droom verplaatste zich. Ik ging gewoon naar een andere plek.'

Hoewel er pas een week was verstreken was ik er ondertussen bekend mee dat dromen naadloos in elkaar overgingen. Al bezorgde de manier waarop James het had verwoord me wel een ongemakkelijk gevoel. *Ik ging gewoon naar een andere plek.* Hij liet het klinken alsof de droom op de een of andere manier echt was. Charlie keek hem inmiddels gefascineerd aan, alsof er iets belangrijks was gebeurd en hij dat niet helemaal kon geloven.

'Je hebt hém gezien,' zei Charlie vol verbazing.

Er viel een korte stilte in het lokaal.

'Wie heeft hij gezien?' vroeg ik.

'Hij heeft hem níét gezien.' Billy klonk nors. 'Hij heeft nooit gezegd dat hij hem heeft gezíén.'

'Dan heeft hij hem gevoeld.' Charlie wierp Billy een heel korte blik toe en richtte zijn aandacht toen weer op James. 'Weet je wat ik vannacht heb gedroomd?'

'Nee.'

'Ik droomde dat ik op dezelfde plek was als jij. Ik was in het bos met hem, en ik zag dat jij naar ons stond te kijken. Het was heel donker waar wij stonden, dus ik wist niet zeker of je ons kon zien. Maar je hebt ons wel gezien.' Hij glimlachte trots. 'Het is veel eerder gebeurd dan ik had verwacht.'

'Waar heb je het over?' vroeg ik.

Charlie keek me aan.

'James en ik bevonden ons vannacht in dezelfde droom.'

'Wát?'

'James en ik hebben een droom gedeeld.'

'Jezus, doe niet zo debiel.' De woorden kwamen er als vanzelf uit, en de sfeer in het lokaal sloeg meteen om. Hoewel ik vóór vandaag weliswaar regelmatig mijn ogen ten hemel had geslagen, was ik nog nooit zo rechtstreeks of agressief de confrontatie met Charlie aangegaan. Zijn glimlach verdween en hij kreeg een lege blik in zijn ogen, en ik wist dat ik een grens over was gegaan.

Toch ging ik door. 'Dat kán gewoon niet, Charlie.'

'Ik begrijp het wel, Paul,' zei hij. 'Jij hebt gewoon minder je best gedaan dan wij. Jij hebt niets bereikt. Maar geloof me. Het is echt gebeurd.'

'Maak het nou! Het is echt niet gebeurd.'

Charlie sloeg zijn dromendagboek open en reikte het James aan over het bureau.

'James, zou je dit alsjeblieft willen voorlezen?'

James aarzelde. De plotselinge scherpe toon van het gesprek had hem nerveus gemaakt. Maar ik zag dat hij ook geïntrigeerd was, en een tel later liep hij naar het bureau en pakte Charlies dagboek aan. Hij bleef daar staan en las de bladzijde die opengeslagen lag. En zette grote ogen op.

'Wat nou?' zei ik.

Maar James gaf geen antwoord. Toen hij klaar was met lezen liet hij het boek zakken en keek hij Charlie aan met iets van ontzag. 'Maar dit... Dit kan gewoon niet waar zijn.'

'Maar dat is het wel.' Charlie knikte naar me. 'Laat het Paul maar eens zien.'

James overhandigde me het dromendagboek. Hoewel hij duidelijk geschrokken was, vond ik het hele gedoe nog steeds absurd. Mensen konden geen dromen delen. Ik keek omlaag naar het boek. Charlies recentste aantekening begon op de linkerbladzijde, en in zijn kleine, kriebelige handschrift had hij zowel de linker- als de rechterbladzijde volgeschreven. De datum erboven was die van vanochtend.

Ik begon te lezen:

Ik ben samen met hem in het bos.

Het is hier heel donker, maar ik zie dat hij die oude legerjas draagt, waarvan de schouders zo versleten zijn dat de stof daar op veertjes lijkt, als een engel wiens vleugels zijn gekortwiekt tot stompjes. Er is een beetje maanlicht. Zijn haar is zwart en warrig, wild zoals het struikgewas om ons heen, en zijn gezicht is zoals altijd een zwart gat. Maar hij zit in kleermakerszit en laat zijn handen rusten op zijn dijen. Om de een of andere reden kan ik zijn handen duidelijk zien. Die zijn felrood.

De man staat op en torent boven me uit, zo groot als een berg. Hij schuifelt verder het bos in en de bomen wijken voor hem, en ik begrijp dat ik hem moet volgen. Hij wil me iets laten zien, iets wat ik per se van hem moet zien.

Ik loop achter hem aan door het bos. Hij is net een beer, een monster, en omdat hij zo groot is, kan ik de weg voor me niet zien. Ik moet moeite doen om hem bij te houden, maar ik wil niet verdwalen en hem teleurstellen. Achter me sluit het bos zich even snel als het zich voor hem opent en ik sta versteld van de macht die hij hier heeft.

Plotseling blijft hij staan en steekt één rode hand uit, de vingers gespreid. Ik sta ook stil en ga vervolgens naast hem staan. Hij legt een enorme rode hand op mijn schouder, en mijn huid tintelt op de plek waar hij me aanraakt. Van zo dichtbij ruikt hij naar aarde en vlees, en naast me voel ik dat zijn reusachtige borstkas zich langzaam uitzet. Ik hoor zijn adem in zijn keel raspen. Ik wil me tegen zijn gewicht, kracht en bescherming aan drukken. Ik wil zijn gezicht zien, maar ik weet dat ik dat nu nog niet waard ben.

Voor ons strekt het bos zich nog een eindje uit. Daarna zien we iets wat op een tuin lijkt, en die is veel feller verlicht dan de plek waar wij zijn. Er staat daar iemand. Hij zal ons niet kunnen zien vanwege de duisternis, maar ik kan hem wel zien.

Het is James.

Mijn hart begint steeds sneller te slaan omdat ik weet dat het eindelijk werkt. Wat hij me heeft geleerd, me heeft verteld, komt uit. Ik zal ons een voor een naar hem toe leiden.

Net als ik James wil roepen, word ik wakker.

Toen ik klaar was met lezen, controleerde ik de datum nog een keer. Daarna las ik de dagboeknotitie een tweede keer om mezelf de tijd te geven erover na te denken. Het was stil geworden in het lokaal, en ik was me ervan bewust dat de anderen me aanstaarden terwijl ze wachtten op mijn reactie – zich afvragend of deze woordenwisseling door mij of door Charlie zou worden gewonnen. De spanning was om te snijden.

Ik keek op naar Charlie. Hij keek me nieuwsgierig aan en ik kon zijn blik maar een seconde vasthouden voordat ik weer omlaagkeek naar het boek.

Want ik wist echt niet wat ik moest zeggen. Wat ik daarnet had voorgelezen – wat ik op dit moment nog voor mijn neus had – was onmogelijk. Twee mensen kónden geen droom delen. Toch was ik er net zozeer van overtuigd dat James en Charlie niet stiekem hadden samengespannen. De ontzetting die ik op James' gezicht had gezien was oprecht geweest.

Ik voelde de seconden wegtikken, en met elke seconde werd

de frustratie in mijn binnenste groter. Hoe hard ik ook mijn best deed, ik wist niet hoe ik de magie moest ontrafelen die Charlie hier had laten zien. Maar ik moest iets zeggen, en mijn koppige verlangen om hem het hoofd te bieden was sterker dan ooit. Ik wist dat hier iets niet klopte. Dat het zelfs gevaarlijk was. Wat ik niet wist, was hoe ik daarmee om moest gaan.

Ik sloeg het dromendagboek dicht en liet het achteloos voor Charlie op het bureau vallen, en daarna probeerde ik mijn stem zo smalend mogelijk te laten klinken. ‘Nou, vertel eens. Wie is die *Roodhand* dan?’

10

Nu

‘Michael woonde praktisch hier beneden.’

Mary Price zei het zacht, alsof de lucht in de voorkamer broos was en ze bang was dat haar stem die zou bezeren.

Amanda keek om zich heen. De resten van het leven van Michael Price lagen hier inderdaad nog steeds achteloos verspreid. Bij het raam stond een glazen tafel waarop zo te zien het uitgespreide huiswerk van de jongen lag. Een paar hoody’s hingen slordig over de rug van een van de houten stoelen. Een zwarte koptelefoon was om de armleuning van de bank geklemd en op de grond bij de televisie zag Amanda doosjes van computerspelletjes naast een PlayStation liggen. De kamer zag eruit alsof Michael hier heel kortgeleden nog was geweest en binnenkort terug zou komen.

Maar toen Amanda’s blik weer naar de ouders van de jongen ging, was het meteen duidelijk dat hij dat niet zou doen. Mary Price zag er bleek en ontdaan uit. Haar man, Dean, zat met een uitdrukkingsloos gezicht naast haar op de bank, met één hand strak om een knie geslagen. Praten met familieleden van slachtoffers was voor Amanda het zwaarste onderdeel van het werk. Vooral de laatste tijd kostte het haar moeite om hun pijn niet over te nemen, zich niet voor te stellen dat ze naast haar op de plaats delict stonden en niet de klap van hun verdriet op te vangen. Het gevoel van verlies en afwezigheid dat nu in de kamer hing was bijna ondraaglijk voor haar.

'Sluit je ervoor af,' hoorde ze haar vader in gedachten zeggen. 'Je mag er niet emotioneel bij betrokken raken.'

Maar dat kon ze niet.

'Ik weet dat het gedeeltelijk onze schuld is,' zei Mary. 'We hebben nooit veel geld gehad. Michael slaapt al vanaf zijn achtste in dezelfde kamer. Die is te klein voor een tiener, er passen eigenlijk alleen een bed en een paar ladekasten in. God, wat ben ik toch een slechte moeder geweest.'

Amanda keek naar Dean Price en wachtte tot hij zijn vrouw zou troosten. Maar de man leek op dat moment zo ver weg dat ze niet zeker wist of hij haar wel had gehoord.

'Dat moet u niet zeggen. Ik weet zeker dat u allebei uw best hebt gedaan.'

'Hebt u kinderen?' vroeg Mary.

God, nee. Het stond Amanda nog levendig voor de geest hoe bang ze was geweest, toen ze begin twintig was, dat ze zwanger zou zijn. Dat was echt een van de allerergste dingen die haar ooit waren overkomen. 'Nee, nog niet.'

'Het is de moeite waard, maar het kan vreselijk moeilijk zijn. Michael was altijd al een rustig jochie, maar toen hij ouder was werd hij erg zwijgzaam. Met zijn moeder wilde hij natuurlijk helemaal niet praten.' Mary keek naar haar man, die nog steeds in de verte staarde. 'Maar de laatste tijd konden jullie het beter met elkaar vinden, hè? Dat was fijn voor jullie allebei. Dat gaf hem het gevoel dat hij wat minder eenzaam was, denk ik.' Mary gaf een klopje op zijn knie.

Dean reageerde niet en Mary wendde zich weer tot Amanda.

'Daarom vond ik het ook niet zo erg dat hij computerspelletjes speelde. Dan kroop hij een beetje uit zijn schulp, begrijpt u. Dan vergat hij dat ik er was. Het was fijn om hem met andere mensen te horen omgaan.'

'Dus hij had vooral internetvrienden?'

'Nou, dat waren eigenlijk niet echt vrienden. Het waren gewoon vreemden tegen wie hij speelde. Daarom... Daarom was ik erg blij toen hij een paar vrienden leek te hebben gemaakt in de echte wereld.'

Mary verviel in stilzwijgen en Amanda schoof ongemakkelijk heen en weer op haar stoel. Dit zou lastig worden. Maar het moest gebeuren. Los van alle andere dingen verdienden deze twee mensen het om te weten wat er was gebeurd. 'Zoals jullie allebei misschien weten,' zei ze, 'zijn er twee jongens aangeklaagd voor de moord op uw zoon. Begin volgende week verschijnen ze voor de rechter.'

Dean Price kwam tot leven. 'Elliot Hick,' zei hij. 'En Robbie Foster.'

Hij sprak langzaam en weloverwogen, maar bleef strak naar de tegenoverliggende muur staren. Amanda aarzelde. De jongens waren in de pers niet bij name genoemd, maar het leek weinig zin te hebben om deze informatie voor de ouders te verzwijgen. Ze wisten het al. Iedereen wist het. Zo'n gemeenschap was Featherbank nou eenmaal. Dat was het geworden na de Fluisterman al die jaren geleden.

'Hick en Foster waren al van jongs af aan bevriend,' zei Amanda. 'Klopt het dat uw zoon pas eerder dit jaar met hen begon om te gaan?'

'Ja, dat klopt.' Mary knikte. 'Ze hadden gevraagd of hij bij hen wilde komen zitten.'

Dat was precies wat Hick hun had verteld. De drie jongens

waren op school bij elkaar gaan zitten en daarna waren ze in de weekends naar de steengroeve gegaan. Michael Price was dolblij geweest met het gezelschap, had Hick gezegd. Hij was er bijna gênant dankbaar voor geweest. Hick had het laten klinken alsof Foster en hij een zwerfpup in huis hadden genomen. In het licht van wat er daarna was gebeurd werd Amanda misselijk bij die gedachte.

Op zaterdagochtend had Michael zoals gewoonlijk met Hick en Foster afgesproken op het braakliggende terrein en waren de jongens met z'n drieën naar de steengroeve gelopen. Waarschijnlijk had Michael meer verwacht van de vriendschap en het gezelschap waar hij zijn hele leven al naar op zoek was en dat hij nu gevonden dacht te hebben. Maar ditmaal hadden zijn vrienden hun messen en hun dromendagboeken meegenomen. Michael vermoorden was vanaf het allereerste begin al hun bedoeling geweest. En de bezoeker die bekendstond als CC666 had hun alles verteld wat ze moesten weten om de daden van Charlie Crabtree na te bootsen.

Ik was erbij. Stuur me een PB.

'Heeft Michael het ooit met jullie gehad over een plaats die Gritten heet?'

Daar dacht Mary met een wezenloze uitdrukking op haar gezicht over na. Maar na een poosje boog Dean zich naar voren. Amanda had gezien dat hij een man was die uit scherpe hoeken bestond, en de manier waarop hij zijn aandacht nu op haar richtte had bijna iets dreigends.

'Nee,' zei hij. 'Waar ligt dat?'

'Het is een stadje iets ten noorden van hier.' Ze aarzelde. 'Hebben jullie ooit gehoord van Charlie Crabtree? Of van iemand die Roodhand heet?'

Dean schudde alleen zijn hoofd.

'Wie is Roodhand?'

Een mythe, dacht Amanda. Of zelfs dat niet eens. 'Mythe' was een veel te grootse term voor een fantasiepersonage dat vijfentwintig jaar geleden was verzonnen door een groep tienerjongens.

Maar hoe absurd het ook was, en hoe triest en zinloos het Amanda ook voorkwam, toch leek dát daadwerkelijk ten grondslag te liggen aan de moord op Michael Price van het afgelopen weekend. De oorspronkelijke misdaad was van vóór het moderne internet, maar het raadsel van Charlie Crabtrees verdwijning was opgepakt en door de jaren heen als een estafettestokje doorgegeven: onderzocht, geanalyseerd, besproken – en nog erger: gebruikt als inspiratiebron.

In zekere zin was dat moeilijk te geloven, ware het niet dat ze zich, zelfs nu ze eind dertig was, nog steeds de inherente gruwel van haar tienerjaren kon herinneren. Ze wist nog wat een worsteling het was geweest om zich een weg te banen door een wereld die voortdurend leek te veranderen. De verwarring en de twijfel over de manier waarop je je het best kon gedragen om erbij te horen. Het web van tegenstrijdige spanningen en lasten. Maar ze herinnerde zich vooral het verlangen om aan dat alles te ontsnappen – om waar dan ook te zijn behalve op de plek waar ze was, en om degene te vinden die ze voorbestemd was te worden, alsof haar ware ik al ergens was en ze elkaar op een goede dag zouden ontmoeten en elkaar een hand zouden geven. Pubers dachten niet rationeel na, dat was het 'm nou net, en de wereld was niet altijd vriendelijk voor hen.

Ze deed haar best om aan Mary en Dean Price uit te leggen wat er vijfentwintig jaar geleden in Gritten was gebeurd. Ditmaal luisterde Dean aandachtig, terwijl zijn gezichtsuitdrukking steeds duisterder werd.

'Ik begrijp het niet,' zei hij. 'Wilt u nou zeggen dat mijn zoon is vermoord vanwege een spook?'

'Ik zeg niet dat het logisch is. Ik zeg alleen dat de jongens die Michael hebben vermoord werkelijk in dit alles lijken te hebben geloofd. Ze dachten echt dat het zou gebeuren. Ze geloofden dat ze zouden verdwijnen.'

'Hoe zijn ze hier eigenlijk achter gekomen?'

Amanda aarzelde opnieuw. Ze wilde niet zeggen wat cc666 op dat forum aan Hick en Foster had verteld. Ze kon echt niet riskeren dat uitgerekend dat detail algemeen bekend zou worden – vooral niet nu ze de inhoud van het 'bewijs' had gezien dat hij of zij via een persoonlijk bericht had aangedragen. 'Er is veel informatie over deze zaak op internet te vinden,' zei ze.

Gelukkig was Dean nog altijd met zijn gedachten bij alles wat ze hem daarnet had verteld. Hij leek zowel kwaad als verward en scheen niet goed te weten hoe hij zich een weg moest banen tussen die twee emoties.

'Maar waarom zou iemand in dat soort onzin geloven?'

'Zoals ik al zei, heeft die moord vijfentwintig jaar geleden plaatsgevonden. En na afloop is Charlie Crabtree echt verdwenen. Hij is in rook opgegaan.'

'Wat bedoelt u met "verdwenen"?'

'Precies dat,' zei Amanda. 'Voor zover ik heb begrepen is er destijds uitgebreid naar hem gezocht, maar hij is nooit meer gezien. Dus sommige mensen...'

Ze stond op het punt om te zeggen: *geloven dat het hem werkelijk is gelukt*, maar Dean Price viel haar opnieuw in de rede – ditmaal door alleen zijn hand op te steken. Het werd hem te veel. Hij stond op en liep zonder verder nog een woord te zeggen de kamer uit. Amanda en Mary luisterden naar het geluid van zijn voetstappen op de trap en daarna naar het geluid van een deur die boven op de overloop – opvallend zacht – werd dichtgedaan. Er viel een korte stilte.

'Mijn excuses voor mijn man,' zei Mary.

'U hoeft zich geen van beiden ergens voor te verontschuldigen.'

Mary stond langzaam op en liep naar de tafel. Ze begon de wankele berg hoody's over de rug van de stoel recht te leggen. 'Hij heeft het er gewoon erg moeilijk mee,' zei ze. 'Dean heeft vroeger in het leger gezeten, en Michael was altijd zo'n zacht, stil jongetje. Ze begrepen elkaar niet. Toen Michael klein was, was hij bang in het donker en riep hij om ons. Dan raakte Dean gefrustreerd en zei hij tegen hem dat spoken en monsters niet bestonden. Dus uiteindelijk was ik altijd degene die naar hem toe ging.'

'Ik was net zo als kind,' zei Amanda.

'Echt?'

'Nou en of.' Behalve dan dat het in haar geval altijd haar vader was geweest die bij haar kwam: een man die kalm, vriendelijk en geduldig was als hij voor zijn dochter moest zorgen of haar gerust moest stellen. Haar vader, die haar op dit moment beslist met opgetrokken wenkbrauwen zou hebben aangekeken en haar zou hebben uitgelegd dat een politieagent niet zulke persoonlijke dingen hoorde te onthullen wanneer hij of zij in functie was.

'Pas sinds Dean het leger heeft verlaten hebben die twee een band met elkaar gekregen,' zei Mary. 'Ze waren heel close. En Dean is altijd praktisch ingesteld geweest. Hij is iemand die problemen oplost.'

'Maar dit is geen probleem dat hij kan oplossen, hè?' zei Amanda.

Mary glimlachte treurig. 'Nee. Dit probleem kan niemand

oplossen, of wel soms? Het is gewoon iets waar je mee zult moeten leven.' Nadat ze de kleren had rechtgelegd slaakte ze een zucht. 'Wat denkt u dat er met hem is gebeurd? Met die ene jongen, bedoel ik.'

'Charlie Crabtree?'

'Ja. Denkt u dat hij nog leeft?'

Daar dacht Amanda even over na. In de afgelopen dagen had ze zo veel mogelijk gelezen over de moord in Gritten, maar ze wist nog steeds niet wat ze ervan moest denken. Aan de ene kant was er uitgebreid naar Charlie Crabtree gezocht, door honderden politieagenten, plaatselijke reddingsteams en speurhonden. Allemaal mensen die de omgeving en het terrein daar goed hadden gekend en die zich allemaal tot het uiterste hadden ingespannen om een tiener te vinden die toch zeker niet zo ver had kunnen komen. Maar aan de andere kant was hij nooit gevonden.

En dan had je CC666 nog. Degene die achter dat account zat leek te suggereren dat hij Charlie Crabtree was, en de informatie die deze persoon aan Foster en Hick had gegeven had tot de moord op Michael Price geleid.

Ze dacht aan [dagboekaantekening.jpg], het document dat was verstuurd als bewijs van de identiteit van de bezoeker. Toen ze dat had geopend, waren de rillingen haar over de rug gelopen zodra ze de afbeelding die op het scherm was verschenen had gezien. Een foto van een notitieboek, opengeslagen op twee bladzijden met een datum van vijfentwintig jaar geleden en gevuld met regels in een keurig zwart handschrift.

Ik ben samen met hem in het bos.

Het dromendagboek van Charlie Crabtree, dat naar verluidt tegelijk met hem van de aardbodem was verdwenen.

Amanda keek Mary aan, maar eigenlijk moest ze denken

aan de woorden van Dean en beantwoordde ze zijn vraag.

Wilt u nou zeggen dat mijn zoon is vermoord vanwege een spook?

'Ik weet het niet,' zei ze.

11

De zolder was bijna helemaal leeg, op drie opgestapelde kartonnen dozen na. Ze waren keurig op elkaar gezet en vormden duidelijk de blikvanger van de hele ruimte, als een altaar. Daarnaast stond een open pot met hard geworden rode verf en er lagen overal proppen opgerold keukenpapier, zo doorweekt van de verf dat ze met bloed doordrenkt leken.

Mijn moeder, zo nam ik aan, die haar handen had afgeveegd nadat ze klaar was met de creatie die ik overal om me heen zag.

Ik liep behoedzaam naar de dozen terwijl ik vanuit mijn ooghoeken alleen die waanzinnige rode handen zag. Ik had het onaangename gevoel dat ze bewogen wanneer ik niet naar ze keek. Dat ze de hele tijd dat ik hier de afgelopen dagen in het huis was geweest stilletjes op zolder in het donker langs de binnenkant van het dak hadden gefladderd.

Ik tilde de bovenste doos op de grond en ging op de vloer zitten.

Hij was dichtgemaakt met pakketplakband, en ik gebruikte een van mijn sleutels om het langs de naad open te snijden. In de doos zag ik een stapel verweerde kranten. Ik pakte de bovenste. Het was een exemplaar van de *Gritten Valley Times*, die in mijn jonge jaren de plaatselijk krant was geweest. Ik sloeg hem open op de vloerplanken en keek naar de grimmige krantenkop midden op de vergeelde voorpagina:

GRITTEN OPGESCHRIKT DOOR MOORD OP TIENER

De gedrukte tekst onder de krantenkop was beduimeld en in de loop van de tijd vervaagd, maar de korrelige begeleidende foto's waren nog steeds zichtbaar. Daar had je Billy, vijftien jaar oud, die nors in de camera keek. Zijn dikke bruine haar had een middenscheiding en hij had wat jeugdpuistjes op zijn wangen. Onder zijn foto stond er een van Charlie. Hij had een verstrooide, spottende glimlach op zijn gezicht, zijn zwartgeverfde haar was achterovergekamd en zijn ogen waren net zo leeg en vreemd als die van een haai.

Ik kende allebei deze foto's goed. Ze waren afkomstig van een klassenfoto waar we eerder in het jaar van de moord met z'n allen voor hadden geposeerd, en ik wist dat de rest van ons zich ergens buiten het kader bevond. Deze twee waren sterk uitvergroot, wat de slechte kwaliteit van de beelden verklaarde. Er waren andere, betere foto's van Charlie en Billy geweest, maar de pers had destijds meestal voor deze twee gekozen. Toen had ik niet begrepen waarom, maar nu besefte ik dat dit de foto's waren die het best bij het verhaal pasten – niet alleen waren de moordenaars zelf vastgelegd, maar ook hun rol in wat daarna was gebeurd.

Charlie, de leider.

Billy, de volger.

Ik had in geen jaren een foto van een van hen gezien en het bezorgde me een verdoofd gevoel vanbinnen. Ik zou toch iets moeten voelen, dacht ik, maar even wilden er geen gevoelens komen. Een paar lege seconden lang staarde ik naar de wazige afbeelding van Charlie, en daarna knapte er iets in me – eindelijk –, alsof een pees in mijn geest het door een plotselinge overbelasting had begeven, en toen kwamen de emoties naar buiten getuimeld, boos en misselijkmakend.

Ik haat je.

Ik háát je, verdomme.

Mijn handen trilden toen ik nog meer kranten uit de doos haalde. Daar waren andere exemplaren van de *Gritten Valley Times* bij, maar ook van landelijke kranten, allemaal met verhalen over de moord hier in Gritten en het daaropvolgende onderzoek. Er waren artikelen over Billy's arrestatie en de rechtszaak tegen hem. Over de zoektocht naar Charlie. Over het verdriet van een gemeenschap die aangeslagen was vanwege het gitzwarte kwaad dat zich in haar midden had ontwikkeld.

Mijn moeder had alles bewaard.

Maar waarom? Ik wist nog dat ze me toentertijd had aangeraden om alle berichtgeving erover in de media niet te volgen, en ze had haar best gedaan om me ertegen in bescherming te nemen. Natuurlijk had ik haar advies genegeerd, en bij elk artikel dat ik nu vluchtig doorlas volgde een schok van herkenning. Daar had je de foto van de speeltuin, afgezet met politietape, een politieman die op wacht stond bij de struiken. Daar alweer een kader waarin de obsessie van Charlie en Billy over lucide dromen op sensationele wijze uit de doeken werd gedaan.

Ik sloeg een pagina om en zag de foto van een mes – het bloed op het lemmet was opgedroogd tot roestig uitziende kruimels – en ik las het onderschrift:

Het wapen waarmee Charles Crabtree en William Roberts hun klasgenoot hebben doodgestoken. In totaal zijn er zevenenvijftig wonden op het lichaam aangetroffen, en het slachtoffer was zo goed als onthoofd.

Ik legde de krant snel opzij.

Ik voelde me nu hol vanbinnen. Mijn hele lichaam was lichtelijk verdoofd, alsof de klap van dit alles opnieuw te zien eerder lichamelijk dan geestelijk was. En al die tijd zag ik vanuit mijn ooghoeken de rode handen trillen.

Wat zat er in de andere dozen?

Die vraag leek ineens heel urgent. Ik tilde de tweede doos omlaag en maakte hem open. In deze doos zaten ook kranten, maar deze leken van recentere datum. De eerste die ik eruit haalde had een datum van slechts vier jaar eerder.

En toch kwam de krantenkop me afschuwelijk bekend voor:

JONGEN (14) VERMOORD DOOR KLASGENOTEN

Ernaast stond een foto van een jongen. Hij had een bos warrig blond haar, een stuk of wat sproeten en onderaan was nog net de kraag van zijn schooluniform zichtbaar. Hij glimlachte lief naar de camera. Het bijschrift vertelde dat zijn naam Andrew Brook was geweest. Hij zag er veel jonger uit dan veertien en heel even deed hij me zo sterk aan James denken toen die ook veertien was geweest dat het me de adem benam.

Terwijl ik de kranten een voor een doornam, voelde alles om me heen vreemd en uit balans, alsof de zolder zich een paar graden had gedraaid en de wereld nu in een bizarre, desoriënterende hoek stond. Het verhaal over wat er met Andrew Brook was gebeurd kwam stukje bij beetje uit de krantenkoppen naar voren:

TWEETAL GEARRESTEERD BIJ MOORDONDERZOEK

'BUITENSTAANDERS' AANGEKLAAGD VOOR WREDE MOORD

OCCULTE CONNECTIE EEN 'ONDERZOEKSRICHTING' BEWEERT POLITIE

De namen van de moordenaars werden nergens genoemd, maar nadat ik de artikelen vluchtig had doorgenomen bleek dat Andrew Brook was aangevallen door twee jongens van zijn school – jongens die hij als zijn vrienden had beschouwd – en dat de politie ervan uitging dat ze hem hadden vermoord als onderdeel van een ritueel. Ook stond er dat er dagboeken en andere spullen uit hun huis waren meegenomen voor nader onderzoek.

Ik trok de derde doos naar me toe en maakte hem open. Opnieuw kranten. Deze kranten waren van nog maar twee jaar geleden en de artikelen gingen over nóg een moord, ditmaal op een vijftienjarige jongen die Ben Halsall heette. Twee van zijn medeleerlingen waren gearresteerd en aangeklaagd voor zijn moord:

PLAATSELIJKE MOORD HOUDT VERBAND MET DROOMCULTUS

Net als bij de vorige doos hielden de artikelen de precieze details vaag, maar als je wist wat je zocht, was het verband in dit geval zelfs nog duidelijker. Er waren verwijzingen dat de twee verdachten teruggetrokken en geïsoleerd waren, dat ze een obsessie hadden gehad met dromen en internetmythologie. De invloed van de moord in Gritten was duidelijk. Ik wist precies wat ik hier voor me zag.

Imitatiemoorden.

Vijfentwintig jaar lang had ik mijn best gedaan om niet te denken aan wat Charlie en Billy hadden gedaan of aan mijn eigen rol in de gebeurtenissen die eraan vooraf waren gegaan. Alle schuldgevoelens waren veilig opgeborgen, en toen ik vertrok om te gaan studeren, had ik me ingebeeld dat de trein waar ik die dag in was gestapt me ervandaan had gevoerd. Voor zover ik er ooit nog aan had teruggedacht, was ik ervan uitgegaan dat de rest van de wereld hetzelfde had gedaan als ik, en dat Charlie was vergeten.

Maar dat was hij niet.

En dat had mijn moeder geweten.

Waarom heb je al die spullen bewaard, mam?

Maar natuurlijk kreeg ik hier geen antwoord op die vraag. Ik ging op mijn hurken zitten en deed mijn ogen dicht. De stilte galmde. En in het donker om me heen voelde ik een honderdtal bloedrode handen zachtjes langs de binnenkant van het dak glijden.

Een uur later parkeerde ik bij het hospice. De omgeving was even vredig als anders, terwijl de hete zonneschijn van die dag gefilterd door het gebladerte viel, maar de wereld voelde duisterder aan dan voorheen. Het was alsof er heel langzaam een schaduw over alles heen viel, en mijn borstkas stond strak van de zenuwen toen ik het gebouw in ging en naar de kamer van mijn moeder liep.

Ze sliep. Voor de eerste keer sinds ik weer in Gritten was wenste ik dat ze dat niet deed. Vandaag leek ze kleiner dan ooit en de trage ademteugen die haar lichaam nam waren nauwelijks zichtbaar. De machine die haar hart in de gaten hield liet om de paar seconden een piepje horen, en zelfs dat geluid leek zachter dan normaal.

'Waar droom je over?' vroeg ik stilletjes.

Daarna zat ik een tijdje in de stoel naast het bed, waarbij ik langzaam in mijn handen wreef. Het raam stond open, en ik rook de bomen en het gemaaide gras buiten en hoorde het zachte geruis van een briesje.

Hoewel mijn lichaam zich in het hospice bevond, keerden mijn gedachten telkens terug naar de zolder en naar de spullen die ik daar had gevonden. Terwijl ik wachtte tot mijn moeder wakker zou worden, pakte ik mijn telefoon en begon ik te zoeken op internet.

Ik kreeg duizenden zoekresultaten. Het zou me vele uren kosten om die allemaal te lezen, maar ik klikte op een groot forum dat gewijd was aan de moord in Gritten, en liet mijn ogen vervolgens vluchtig over de honderden berichten gaan die erop waren achtergelaten. De hoeveelheid informatie verraste me. Elk aspect van de zaak werd minutieus besproken. Maar wat me het meest fascineerde, waren de bijdragen gewijd aan de verdwijning van Charlie. De speculaties daarover waren eindeloos.

Het leek zo zinloos. Als de politie Charlie een kwarteeuw geleden niet had kunnen vinden, wat zou een stelletje internetamateurs nu dan kunnen bereiken? Toch had iedereen een eigen theorie over hoe hij zijn verdwijntruc had uitgevoerd. Sommigen dachten dat zijn overblijfselen ergens diep in Gritten Wood lagen te wachten om ontdekt te worden. Anderen dachten dat een medeplichtige hem had helpen vluchten en dat hij nog ergens in leven was.

Bij die gedachte liepen de rillingen me over de rug.

Maar nog erger waren de bijdragen van mensen die het onmogelijke leken te geloven. Charlie had gedacht dat hij door een offer te brengen voorgoed in de droomwereld zou kunnen verdwijnen, en op internet waren er mensen die oprecht geloofden dat hij daarin was geslaagd.

Dat was natuurlijk belachelijk. Maar tegelijkertijd wist ik nog maar al te goed welke aantrekkingskracht lucide dromen als tiener op me hadden uitgeoefend – en dat ik, al had ik de meest extreme aspecten van de onzin die Charlie ophing nooit geloofd, het kernidee van een ontsnapping heel aanlokkelijk had gevonden. Ik had hem misschien niet geloofd, maar een deel van me had dat wel graag willen doen. Dus ja, het wás belachelijk. Maar ik had het toch zeker met eigen ogen zien gebeuren? Ik had gezien hoe een overtuiging vat had gekregen op twee mensen, en daarna had ik de vreselijke gevolgen van die opvatting zich langzaam en meedogenloos in het echt zien ontvouwen.

De moordenaars van Andrew Brook en Ben Halsall hadden erin geloofd.

Ik werd er misselijk van. Wat Charlie en Billy op die bewuste dag hadden gedaan, was een verhaal geworden, een verhaal dat in de loop der jaren was aangedikt en verdraaid, en nu waren er minstens twee andere tieners dood vanwege hem. Het was misschien absurd om te geloven dat Charlie in een denkbeeldige wereld was verdwenen, maar in sommige opzichten was zijn wens uitgekomen. De moord was doorgesijpeld in de levens van talloze anderen, en Charlie leefde voort in hun dromen en nachtmerries, precies zoals hij had gewild.

En omdat ik zelf een rol had gespeeld in de gebeurtenissen slaagde ik er niet in het gevoel van me af te schudden dat ik gedeeltelijk verantwoordelijk was voor de moorden die daarna hadden plaatsgevonden. Dat die, of ik er nou wel of geen weet van had gehad, in zekere zin toch mijn schuld waren.

Na een tijdje bewoog mijn moeder zich in haar slaap. Haar

ademhaling veranderde, en hoewel het waarschijnlijk mijn verbeelding was leek de zachte piep van haar hartbewakingsapparaat iets luider.

Ze deed haar ogen open.

Ik wachtte terwijl ze een paar seconden naar het plafond staarde. Ze draaide haar hoofd naar me toe en keek me wezenloos aan. Daarna keek ze verdrietiger dan ik haar ooit had zien doen. Het leek alsof ze contact met iemand wilde maken – diegene wilde aanraken –, maar ze van elkaar gescheiden werden door een raam.

'Je kunt echt iets veel beters krijgen,' zei ze.

Ik herinnerde me de foto's die ik in haar huis had gezien. Mijn moeder als jonge vrouw, vervuld van hoop en dromen, zo blij lachend dat het leek alsof de hele wereld haar in verrukking bracht. Het contrast met nu was schrijnend.

'Mam,' zei ik. 'Ik ben het. Paul.'

Ze staarde me aan. Ik was bang dat ze misschien op dezelfde manier zou reageren als bij mijn eerste bezoek, maar in plaats daarvan veranderde haar gezichtsuitdrukking na een poosje en verzachtte de treurigheid tot iets wat een tikje blijer was, maar nog steeds met een zweem van melancholie en verlies.

'Wat zie je er volwassen uit,' zei ze.

'Dat ben ik ook.'

'O, dat weet ik wel. Tenminste, je dénkt dat je volwassen bent. Dat denkt iedereen van jouw leeftijd. Maar dat wil niet zeggen dat ik me geen zorgen om je maak. Mijn zoon die de grote, wijde wereld in trekt.'

Ik moest even slikken. Op dit moment was ze niet in het hier en nu bij mij, maar ik wist waar haar geest zich bevond en wat ze zag. Ik hoefde mijn ogen niet dicht te doen om me het beeld te herinneren van die laatste dag, terwijl we samen op het station op de trein stonden te wachten. Ik, die naar de universiteit ging, met mijn bagage naast me op het perron. Ik wist nog wat ze toen tegen me had gezegd.

Voor je het weet is het Kerstmis.

Nu kreeg mijn moeder een treurige glimlach op haar gezicht. 'En ik weet dat je niet terug zult komen,' zei ze.

Een paar tellen lang zei ik niets. Precies zoals ik toen ook had gedaan.

Daarna boog ik me voorover. 'Nee, ik kom niet meer terug,' zei ik zachtjes. 'Het spijt me.'

'Dat hoeft je niet te spijten.'

'Maakt het jou verdrietig?'

Ze schudde lichtjes haar hoofd, keek daarna omhoog naar het plafond en glimlachte opnieuw, ditmaal meer tegen zichzelf. 'Ik zal je ontzettend missen,' zei ze. 'Maar ik ben blij voor je. Ik wil dat je de wijde wereld in gaat en geweldige dingen gaat doen. Dat is het enige wat ik ooit heb gewild: dat jij deze plek en alles wat hier is gebeurd achter je laat. Ik wil je zo ver mogelijk hiervandaan hebben, zodat je op een betere plek groot en sterk kunt worden. Zodat je een mooi leven zult hebben. Het kan me niets schelen als je nooit meer aan me denkt. In plaats daarvan zal ik aan jou denken.'

Ik reageerde niet. Ik had niet geweten wat er die dag in het hoofd van mijn moeder was omgegaan, en ik had zelf nooit een kind gekregen om de onvoorwaardelijke opoffering die ze beschreef te leren doorgronden.

Dat is het enige wat ik ooit heb gewild. Dat jij deze plek en alles wat hier is gebeurd achter je laat.

Al die jaren had ze geweten van de imitatiemoorden. Ze had kranten bewaard waarin misdaden werden beschreven die verband hielden met mij, maar waarover ik in gezegende onwetendheid had verkeerd. Ze had me mijn ontsnapping gegund en vervolgens, in mijn afwezigheid, de last op haar schouders genomen die ik eigenlijk had moeten dragen. Ze had me beschermd.

'Ik ben op zolder geweest, mam,' zei ik.

Na die opmerking verflauwde haar glimlach even. Het was alsof mijn woorden haar ontvangst hadden verstoord en de sterkte van het signaal dat ze ontving hadden onderbroken, als een stoot van onplezierige ruis op het beeldscherm van haar herinneringen. Ik had er ogenblikkelijk spijt van. Als zij dat al die jaren voor mij had gedaan, was het nu toch zeker mijn beurt om de last op mijn schouders te nemen? Het belangrijkste was dat haar laatste dagen en uren vredig zouden zijn.

'Wat zei je?' vroeg ze.

'Niets, mam.'

Ze haalde traag adem. De seconden verstreken. Daarna fronste ze licht. 'Ik moet je iets vertellen,' zei ze.

'Wat dan?'

Meer stilte. Enkel die rustige ademhaling.

'Ik weet alleen niet meer wat het is,' zei ze.

Ik wachtte. Ik had geen flauw idee in welke tijd of op welke plaats mijn moeder zich nu bevond, omdat mijn woorden haar gedachten duidelijk hadden verstoord. Was ze nog steeds samen met mij op het station op die bewuste dag? Of kwamen deze gedachten van een heel andere plek?

Maar er kwam geen antwoord op die vraag. Waar mijn moeder hiervoor ook over had gedroomd, daar keerde ze nu weer naar terug.

12

Wilt u nou zeggen dat mijn zoon is vermoord vanwege een spook?

Amanda dacht nog steeds over die vraag na toen ze weer op het bureau kwam. In plaats van dat ze meteen naar haar kantoor ging, stapte ze in de lift en drukte op het knopje voor de kelder.

Hier beneden was het beslist een plek voor spoken. Hoewel de rest van het gebouw een paar jaar eerder was gemoderniseerd, was de kelder onaangeroerd gebleven. De verf op de muren bladderde her en der af, alsof er met vingernagels aan was gekrabd, en een paar van de plafondlampen flikkerden terwijl ze eronderdoor liep. De gangen hier waren stil, op een alomtegenwoordig gezoem na. Wanneer Amanda een bezoek bracht aan de kelder wist ze nooit of dat geluid werd veroorzaakt door de plafondlampen, de bedrading in de muren of door iets heel anders. Of welk van die mogelijkheden haar het meest verontrustte.

Op naar de donkere kamer dus.

Eenmaal daar klopte ze op de deur en bleef ze staan wachten. Hoewel ze het hier niet prettig vond, leek het gemakkelijker om er zelf langs te gaan dan om de telefoon te pakken of een e-mail te sturen.

Ze hoorde beweging in de kamer en even later ging de deur open. Rechercheur Theo Rowan had de gewoonte om die net niet zo ver open te doen als je misschien zou verwachten, wat haar deed denken aan iemand die de ketting op de voordeur hield als er een ongewenste bezoeker verscheen. Maar zijn reputatie binnen het korps was voornamelijk gebaseerd op het werk dat hij deed. Als de mensen hem in levenden lijve zouden ontmoeten, zou iedereen die wel van hem had gehoord maar hem nog nooit had gezien verbaasd staan. Theo was eind twintig, met een atletisch postuur en een grote bos krullen. En ondanks alle geruchten dat hij een engerd was, had hij een vriendelijke glimlach. En die verscheen nu.

'Amanda.'

'Ha, Theo.'

Hoewel de glimlach bleef, deed hij de deur niet verder open. 'Waaraan heb ik dit genoegen te danken?' vroeg hij.

'Ik heb hulp nodig om iemand op te sporen.'

Iets wat niet tot zijn taken behoorde, zoals ze allebei wisten. Maar ze had het al zonder succes via de normale kanalen geprobeerd, en ze ging ervan uit dat Theo wel zou begrijpen dat ze op zoek was naar een enigszins andere benadering. Niet iets wat volstrekt onwettig was, maar een methode die misschien wat minder conventioneel was dan de officiële regels toestonden.

Ze nam ook aan dat het vooruitzicht hem wel zou intrigeren. Ze had gelijk. Niet lang daarna werd de deur op een fatsoenlijke manier geopend.

'Dan moet je maar binnenkomen.'

Ze liep achter Theo aan het vertrek in en deed de deur achter zich dicht. Ondanks de bijnaam die de agenten deze ruimte hadden gegeven was de donkere kamer in werkelijkheid allesbehalve dat. Hoewel er geen daglicht naar binnen viel was de verlichting zo fel en waren de oppervlakten zo smetteloos schoon en glimmend dat het haar aan een laboratorium deed denken.

In een bepaald opzicht waren hier echt dingen aan het groeien.

Amanda keek één kant op. Hoewel het overgrote deel van het vertrek wit en brandschoon was, met bureaus waar keurig opgestelde computerschermen op stonden, was één van de muren donkerder en rommeliger. In grote stellingkasten bevond zich een enorme bibliotheek van zwarte harddrives. De kabels die daartussen vandaan kwamen, waren zorgvuldig gelust en vastgezet, maar vormden toch een borstelige massa waarin talloze groene en rode ledlampjes knipperden als spinnenogen. Elk van de drives was zorgvuldig gelabeld met een smal wit etiket. Ze wist dat veel ervan de namen van kinderen bevatten. Geen echte, levende kinderen, maar gefingeerde internetpersonages die Theo en zijn team hadden gecreëerd. Er waren ook volwassen personages bij die volkomen verzonnen waren. Op andere etiketten stonden slechts namen van internetforums. Sommige daarvan waren berucht, maar andere waren gelukkig volkomen onbekend bij het grote publiek.

Het werk dat Theo deed in de donkere kamer was zowel ongecompliceerd als schokkend. Zijn team en hij brachten hun dagen door in de krochten van het internet, waar ze het slijk opdregden. Als iemand haar kon helpen een internetspook op te sporen, dan was het rechercheur Theo Rowan.

Hij was op dit moment de enige die aanwezig was en hij ging

haar voor naar een bureau aan de andere kant van het vertrek.

'Heeft dit te maken met de moord op Price?' vroeg hij.

'Ja. *Het Onopgeloste en...*'

'*Het Onbekende*. Ja, ik weet het nog. Zeg maar wat je nodig hebt.'

Amanda vertelde hem over de geschiedenis van de zaak, en over de gebruiker op het forum die de foto had gestuurd van iets wat het dromendagboek van Charlie Crabtree leek. Met behulp van Fosters inloggegevens had ze vastgesteld dat iedereen die zich op de site registreerde een persoonlijk profiel had aangemaakt, maar dat het profiel van cc666 geen enkele informatie bevatte. De site werd in het buitenland gehost en de registratie was niet openbaar. Via een link op het forum had ze contact opgenomen met de anonieme eigenaar, maar ze was op zwijgzaamheid gestuit. Hij of zij leek geen enkele behoefte te hebben om medewerking te verlenen aan de politie. Daardoor waren tot dusverre haar enige aanknopingspunten over de gebruiker die zich cc666 noemde zijn of haar woorden op het scherm. Het leek alsof ze niet verder zou komen.

Theo luisterde geconcentreerd, maar halverwege haar verhaal richtte hij zijn blik al op een monitor voor zich en begon hij snel te typen. 'Dus jij denkt dat diegene Crabtree kan zijn?' vroeg hij.

'Dat weet ik niet,' zei Amanda. 'Het lijkt eigenlijk onmogelijk, maar dat lijkt degene die de berichten plaatst wel te suggereren. En gezien de manier waarop die berichten Hick en Foster hebben aangemoedigd, wil ik heel graag weten wie erachter zit. Ik kan alleen niet bedenken hoe ik dat voor elkaar moet krijgen.'

Theo hield op met typen. 'Misschien kan ik je hun IP-adres wel bezorgen.'

'Kun jij dat?'

'Wellicht. Maar zelfs als dat me lukt, is het misschien niet voldoende om die persoon te identificeren. IP-adressen zijn niet altijd even nauwkeurig. De kans bestaat dat ik niet het exacte huis voor je zal kunnen bepalen, maar misschien kan ik het wel terugbrengen tot een bepaald gebied.'

'Daar zou ik al mee geholpen zijn,' zei Amanda. 'Hoe ga je dat doen?'

Theo wees naar de andere kant van het vertrek, naar zijn muur met harddrives. 'Met een beetje hulp van mijn vrienden.'

Met andere woorden, een spook creëren om een spook te vangen.

Theo legde uit dat hij een van de door hem geschapen nep-identiteiten zou gebruiken om een account op het forum aan te maken. In het profiel zou hij genoeg informatie vermelden om iemand die het las te laten geloven dat het om een mens van vlees en bloed ging die in geen enkel opzicht iets met de politie te maken had. Daarna zou hij een persoonlijk bericht naar CC666 sturen met daarin een link die tot doel had zijn of haar nieuwsgierigheid te prikkelen. De link zelf zou er heel gewoon en onschuldig uitzien – samen kozen ze een krantenartikel uit –, maar zou eerst via een valse webpagina lopen die degene die erop klikte nooit op zijn scherm te zien zou krijgen. Die pagina zou uitgebreide informatie over de gebruiker in kwestie opslaan: de internetverbinding, details over de gebruikte computer en grofweg de locatie. En omdat CC666 de enige was die ooit op de link zou klikken, konden Theo en Amanda ervan uitgaan dat alle informatie die ze binnen zouden krijgen toebehoorde aan de door hen gezochte man of vrouw.

Theo liet het heel eenvoudig klinken. 'Het hangt er natuurlijk van af of CC666 toehapt,' zei hij.

'Zou jij dat doen?'

Hij trok één wenkbrauw op en begon te lachen.

Terwijl Amanda de lift omhoog nam, dacht ze nog steeds na over de vraag die haar die dag al twee keer was gesteld.

Dacht zij dat de gebruiker Charlie Crabtree was?

Dat was moeilijk te geloven. Crabtree moest ondertussen toch zeker dood zijn? Anders zou iemand hem wel hebben opgespoord. Ten tijde van de moord was hij vijftien geweest, en hoewel alles wat ze over deze zaak te weten was gekomen haar een idee had gegeven van hoe sluw hij was geweest en hoe zorgvuldig hij zijn plan ten uitvoer had gebracht, was moeilijk te geloven dat hij al die jaren uit handen van de politie had weten te blijven.

Maar onmogelijk was het niet.

Bij dat idee rilde ze even. Als hij het inderdaad was, waar was hij dan nu mee bezig? Wat kon hij ditmaal van plan zijn?

Zodra Amanda op haar kantoor was, sloot ze de jaloezieën, deed het licht uit en zette haar computer aan. Ze hield zichzelf voor dat ze logisch moest blijven nadenken. Voordat ze aan spoken kon gaan denken waren er nog andere onderzoeksrichtingen om na te trekken.

Ik was erbij. Stuur me een PB.

Het mocht de politie vijfentwintig jaar geleden dan niet zijn gelukt om Charlie Crabtree te vinden, maar het bewijs tegen Billy Roberts was overweldigend geweest. Roberts had de moord bekend. Zijn advocaat had betoogd dat de jongen aan schizofrenie leed, maar die diagnose werd tegengesproken door een tweede psychiatrisch onderzoek, waarna de rechter het pleidooi had verworpen. Er werd rekening gehouden met eventuele kindermishandeling en er werd erkend dat Crabtree het voortouw had genomen bij het plegen van de misdaad. Uiteindelijk was Roberts veroordeeld tot vijfentwintig jaar gevangenisstraf voor de moord.

Volgens de documenten die ze op internet had gelezen, had Roberts goed gereageerd op de verscheidene initiatieven en programma's waar hij tijdens het uitzitten van zijn straf aan had meegedaan. In evaluatierapporten werd hij bij herhaling omschreven als attent, berouwvol en vermoedelijk niet langer een gevaar voor de maatschappij. Men had hem geschikt bevonden voor vrijlating en tien jaar geleden was hij voorwaardelijk vrijgekomen.

Amanda liet zich achteroverzakken in haar stoel. Billy Roberts, iemand die er indertijd op die bewuste dag echt bij was geweest, liep op dit moment ergens vrij rond.

Die wetenschap riep gemengde gevoelens bij haar op. Ze had zich verdiept in de moord in Gritten, en de wreedheid van de gebeurtenissen daar had zich in haar hoofd vastgezet. Maar dat kon toch ook niet anders nu ze een reproductie ervan met eigen ogen had gezien in de steengroeve, dacht ze. Het idee dat een van de daders van die gruweldaad vrij rondliep in de maatschappij bracht haar enigszins van haar stuk.

Al was Billy Roberts natuurlijk ten tijde van de moord eigenlijk nog maar een kind geweest. En ze móést geloven dat mensen konden veranderen.

Tegelijkertijd was ze wat dat betreft niet bereid om volledig op het oordeel van vreemden af te gaan. Ze las de verslagen op het scherm nogmaals door. Roberts kon zich aan de oppervlakte best hebben voorgedaan als attent en berouwvol, maar wie kon zeggen welke onzichtbare schade de moord en de daaropvolgende celstraf op een dieper niveau bij hem hadden aangericht? Vooral nu ze wist dat Charlie er ongestraft mee weg was gekomen.

Amanda opende een nieuw venster op de computer en begon te typen. Ze zou proberen om Billy Roberts op te sporen via het systeem van de reclassering – al knarste ze met haar tanden bij het idee van de bochten waarin ze zich daarbij zou moeten wringen –, maar uiteindelijk bleek dat niet nodig te zijn. Hoe ongelooflijk ze het ook vond, zijn adres en zijn telefoonnummer waren openbaar vermeld.

Althans, ze nam aan dat hij het was. Dat kon niet anders. Het adres dat in het systeem stond lag slechts een paar kilometer bij het centrum van Gritten vandaan, en een snelle blik in het oorspronkelijke document leerde haar dat het om het adres ging waar Roberts' ouders destijds hadden gewoond. Ze spitte wat dieper en keek toen knipperend naar wat ze had ontdekt. De moeder van Roberts was overleden toen hij in de gevangenis zat. Na zijn vrijlating was hij klaarblijkelijk teruggegaan naar huis en was daar bij zijn vader ingetrokken, die een paar jaar later was overleden. Daarna was Roberts in het huis van zijn ouders blijven wonen.

Jezus, dacht ze.

Gezien zijn achtergrond had hij waarschijnlijk weinig keus gehad, maar het was bijna onvoorstelbaar dat een man die een dergelijke misdaad had begaan was teruggekeerd naar het stadje waar die had plaatsgevonden. Dat hij daar gewoon woonde – of dat in elk geval probeerde. Ze vroeg zich af hoeveel van zijn buren nog hadden geweten, of te weten waren gekomen, wat Roberts had gedaan, en of zijn voortdurende aanwezigheid in het gebied moeilijker voor hen of voor hém was geweest.

Amanda pakte de telefoon.

Die ging een hele poos over.

'Hallo?' Een mannenstem die erin slaagde om zowel nors

als hol te klinken, alsof het hem ergerde dat hij werd gestoord door iets waarvan hij wist dat het met geen mogelijkheid belangrijk kon zijn. Op de achtergrond klonken andere stemmen. Ze hoorde gevloek en geschreeuw, maar allemaal ver weg, alsof het uit een ander vertrek kwam.

'Hallo,' zei Amanda. 'Spreek ik met William Roberts?'

'Wie bent u?'

'Rechercheur Amanda Beck. Ik probeer om...'

Roberts hing op.

Amanda belde het nummer nog eens. Maar ditmaal, zoals ze min of meer al had verwacht, werd er niet meer opgenomen.

Ze fronste haar wenkbrauwen. *Waarom wil je niet met me praten, Billy?*

Er waren natuurlijk talloze antwoorden op die vraag mogelijk. Maar het feit bleef dat er iemand was die beweerde erbij te zijn geweest op de dag van de moord in Gritten, die de beschikking had over iets wat op het verdwenen dromendagboek van Charlie Crabtree leek en die had geholpen bij de aanzet tot een moord. De val die Theo had opgezet zou haar misschien uiteindelijk een resultaat opleveren, maar ondertussen leek Roberts een goede kandidaat om na te trekken.

Ze zette de computer uit en ging naar Lyons.

13

Ik wilde Jenny nog een keer zien, en ik had wel een idee hoe ik haar het best kon vinden. De manier waarop de witte wijn de vorige keer ongevraagd was verschenen, deed vermoeden dat ze regelmatig in de plaatselijke pub te vinden was wanneer ze in de stad was, en ik kon me zo voorstellen dat ze 's middags graag even haar moeders huis ontvluchtte om wat tijd voor zichzelf te hebben.

En inderdaad, toen ik de pub in ging, zag ik haar meteen. Ze zat aan dezelfde tafel als de vorige keer met een glas wijn voor zich. Ik bestelde een drankje en liep ermee naar haar toe. Toen ik bij haar in de buurt kwam, keek ze me enigszins schuldbewust aan.

'Je hebt me betrapt,' zei ze. 'Ik heb geen drankprobleem, hoor. Heus niet.'

'Toe, ik ben hier toch ook? Mag ik bij je komen zitten?'

'Ga je gang.'

Ik ging tegenover haar zitten en begon aan het bierviltje te plukken om mijn handen iets te doen te geven. Een poosje zaten we zwijgend bij elkaar, tot ze zich ten slotte achterover liet zakken in haar stoel.

‘Ik heb nagedacht over wat je me gisteren hebt verteld.’

‘Wat precies?’

‘Dingen over je leven. Ik ben er altijd van uitgegaan dat je ondertussen wel een vrouw en kinderen zou hebben. Dat je nog steeds verhalen zou schrijven. En ik moest denken aan dat je geen zin had om te onderzoeken wat je moeder tegen je had gezegd. Je bent gewoon heel anders dan vroeger. Laten we zeggen dat ik me je herinner als iemand die een beetje... proactiever te werk ging.’ Ze trok één alwetende wenkbrauw op.

Ik merkte dat ze me, zelfs na zoveel jaar, nog kon laten blozen en veegde om mezelf af te leiden met mijn vinger over de condens op het bierflesje.

Ze had natuurlijk gelijk. Maar in plaats van terug te denken aan ons tweeën in vroeger tijden, gingen mijn gedachten naar de dag dat we tijdens gymles hadden gerugbyd – de dag waarop Hague was gestorven. Ik bedacht hoe vastbesloten ik was geweest om de jongen te passeren die tegenover me op het veld had gestaan. Dat ik het altijd voor James had opgenomen en hem had beschermd. Hoe geconcentreerd ik als tiener tot diep in de nacht aan mijn ideeën voor verhalen had zitten werken in een donker en stil huis.

‘Daar kun je best eens gelijk in hebben,’ zei ik.

‘Wat is er dan veranderd?’

Ik keek haar aan. ‘Dat weet je best.’

‘Maar dat is al vijfentwintig jaar geleden.’ Ze wierp me een scherpe blik toe. ‘Dat lijkt me nogal lang om ergens bij te blijven hangen.’

Ik gaf geen antwoord. Opnieuw nam ik aan dat ze gelijk had. Ik had bijna mijn hele leven geprobeerd om niet te denken aan wat er in Gritten was gebeurd, maar je kon ook worden beïnvloed door iets waar je niet aan dacht. Ik was op drift geraakt en doordat ik mijn ogen dicht had gehouden, had ik de juiste koers nooit meer kunnen terugvinden.

'Nou,' zei ik ten slotte, 'ik heb wel degelijk geprobeerd te ontdekken waar mijn moeder op doelde. Ik heb het hele huis doorzocht. Je zou trots op me zijn geweest.'

'Dus je hebt gezocht. En?'

'Ik heb iets gevonden.'

Ik vertelde haar over de kartonnen dozen met de kranten die mijn moeder had verzameld. Niet alleen artikelen over wat Charlie en Billy hier in Gritten hadden gedaan, maar ook over de moorden die later waren gepleegd. Dat andere tieners in de loop der jaren kennelijk over Charlie hadden gelezen en een poging hadden gedaan om dat wat hij volgens sommigen van hen had bereikt te evenaren.

'Imitatiemoorden,' zei ik. 'Ik heb het nagetrokken op het net. Daar zijn alle details te vinden. Charlie geloofde dat hij door een offer te brengen aan Roodhand voor altijd in de droomwereld zou mogen leven, en omdat hij inderdaad is verdwenen, geloven sommige mensen dat het hem is gelukt.'

Jenny schudde haar hoofd. 'Maar dat is...'

'Belachelijk? Ja, ik weet het. Maar er zijn allerlei websites.' Ik wilde mijn telefoon pakken, maar besloot dat ik dat beter niet kon doen. 'Het is waanzin. Die internetspeurders – ik bedoel, zo noemen ze zichzelf letterlijk – nemen echt alle details onder de loep om erachter te komen hóé Charlie is verdwenen.'

'Mensen houden van een goed raadsel,' zei Jenny.

'Maar niemand zal dit raadsel ooit oplossen. Voor hetzelfde geld leeft Charlie nog ergens.' Ik wenste meteen dat ik mijn woorden terug kon nemen. Het idee dat hij na zijn daad zijn gerechte straf had weten te ontlopen was onverdraaglijk, maar het was ook eng om je voor te stellen dat hij nog ergens zou rondlopen. Zelfs na zoveel tijd maakte het idee dat hij in de buurt was me nog bang.

Er viel een korte stilte.

‘Ergens is het ook net alsof hij nog leeft,’ zei ik. ‘Er zijn immers nog steeds mensen die naar hem luisteren? Mensen die nog steeds van hem leren.’

‘Waarom denk jij dat je moeder al die spullen heeft bewaard?’

‘Dat weet ik niet,’ zei ik. ‘Ik denk dat ze niet wilde dat ik ervan wist of het zou moeten verwerken. We hebben het over een groot schuldgevoel, en volgens mij heeft zij geprobeerd die last op zich te nemen, zodat ik dat niet meer hoefde te doen.’

‘Jij hoeft je echt nergens schuldig over te voelen.’

‘Toch wel, hoor.’ Ik keek haar aan en er kwam een andere herinnering bij me naar boven. Ik had mijn eerste lucide droom een paar weken nadat Charlie en James voor het eerst een droom leken te hebben gedeeld. Het was begonnen als een van mijn telkens terugkerende dromen over de donkere markt – ik zwierf door smalle paden terwijl er iets reusachtigs en gevaarlijks op me joeg –, maar die keer was het anders.

Ik ben hier eerder geweest, dacht ik. *Ik herken het hier.*

Ik had mijn neus dichtgeknepen en had geprobeerd om adem te halen. Er waren verscheidene manieren om na te gaan of je droomde of niet, maar Charlie had ons verteld dat de ‘neustruc’ het betrouwbaarst was. In het echt zou je dan geen adem krijgen, maar in een droom altijd wel. Ik kreeg het verrassende, onmogelijke gevoel dat mijn longen zich vulden met lucht.

God, had ik gedacht. *Ik droom nu.*

Ik had om me heen gekeken naar de grijze kraampjes, de zwakverlichte kratten, de gammele tafels en de krakende luifels, die allemaal volkomen echt hadden geleken. Deze wereld was niet te onderscheiden geweest van de wereld om me heen als ik wakker was, en ik had een diepe verwondering gevoeld. Alles was zo complex dat het absurd was om te denken dat mijn hersenen zoiets ingewikkelds konden construeren.

Laat me zien hoe ik hieruit moet komen, dacht ik.

'Paul.' Meteen had ik Jenny's stem van links horen komen. 'Deze kant op.'

Mijn onderbewustzijn had Jenny verzonnen om me te helpen tijdens die eerste lucide droom. Als het dat niet had gedaan, zouden de zaken heel anders zijn geëindigd.

Jij hoeft je echt nergens schuldig over te voelen.

'Toch wel,' zei ik nu opnieuw.

Met een frons keek Jenny me aan. 'Heb je je al die tijd echt zó gevoeld?'

'Nee,' zei ik. 'Dat is iets van de laatste tijd. Toen ik hier wegging, heb ik heel weloverwogen besloten om het van me af te zetten – om alles achter me te laten. Ik had me schuldig móéten voelen.'

'God, jij moet nodig eens met iemand gaan praten.'

'Dat doe ik toch?'

'Met iemand die daarvoor geschikt is, bedoel ik. Iemand die je kan helpen.'

'Ja. Misschien.'

'Daar heb je dat woord weer. Zoals ik al zei: je was vroeger besluitvaardiger.' Ze zuchtte en stond op. 'Ik moet ervandoor.'

'Dat weet ik.'

'Maar nu even serieus. Denk eens na over wat ik heb gezegd.'

Terwijl ik haar nakeek toen ze de deur uit liep, deed ik dat. *Jij hoeft je echt nergens schuldig over te voelen.* Ik dacht er telkens opnieuw over na en probeerde het te geloven, maar het voelde niet aan als de waarheid.

Later schrok ik midden in de nacht wakker en ik begreep niet goed wat er aan de hand was. Om me heen in de slaapkamer was het bijna pikdonker. Ik wist zeker dat ik uit een diepe slaap was getrokken – dat iets me wakker had geschud –, maar ik wist niet wat.

Ik lag daar terwijl mijn hartslag in mijn oren gonsde.

Stukje bij beetje werd de slaapkamer zichtbaar. Schaduwachtige vormen kwamen langzaam tevoorschijn, alsof ze uit de duisternis naar me toe stapten. Mijn oude slaapkamer. De aanblik ervan bezorgde me een hinderlijk gevoel waaraan ik gewend was geraakt sinds ik hier terug was. Ik was niet waar ik moest zijn, maar toch kwam de kamer me zo vertrouwd voor dat die een plek leek waar ik altijd al was geweest.

Boem.

Boem.

Boem.

Met bonzend hart schoot ik overeind.

Het geluid kwam van beneden – iemand die op de voordeur klopte. Alleen had het ritmischer geklonken dan dat: na elk geluid was een stilte gevolgd, alsof het wie er ook buiten stond moeite kostte om zijn of haar arm op te heffen. Te oordelen naar de kracht van de slagen leek het alsof iemand de voordeur uit zijn scharnieren probeerde te beuken.

Ik zwaaide mijn benen uit bed en tastte op de vloer naast me. Ik vond mijn telefoon en het ding kwam tot leven in mijn hand. Het was net na drieën 's nachts. Enigszins in paniek trok ik mijn spijkerbroek van de vorige dag aan en stommelde naar de overloop.

Beneden werd de vloer bij de voordeur verlicht door een streep zwak licht afkomstig van de straat. Ik staarde er even naar in de verwachting dat ik de geluiden opnieuw zou horen en dat ik de deur in zijn kozijn zou zien trillen door de harde slagen.

Niets.

Ik aarzelde.

Vroeger was je besluitvaardiger.

Dus liep ik langzaam naar beneden, mijn mobieltje nog altijd in mijn hand. Toen ik bij de voordeur kwam, veegde ik over het scherm van de telefoon en drukte op de zaklampfunctie. Fel licht vulde de gang en daarna schoot de lichtstraal in het rond omdat ik de ketting van de deur haalde en de deur opentrok.

Er was niemand buiten. Het voorste deel van het tuinpad was leeg en de straat erachter was uitgestorven.

Maar het tuinhek stond open. Had ik vergeten om het dicht te doen?

Ik kon het me niet herinneren. Ik stapte naar buiten, de nachtlucht koel tegen mijn huid en het stenen pad ruw onder mijn blote voeten. Ik liet de zaklamp van links naar rechts gaan, zodat de overwoekerde tuin bespikkeld werd met licht en schaduw. Daar zat niemand verscholen. Daarna liep ik over het pad en stapte ik door het open tuinhek de stoep op. De straat was in een ziekelijke amberkleurige gloed gedompeld en was aan beide kanten leeg.

Ik luisterde.

Het hele dorp was stil en nergens bewoog iets.

Ik deed het tuinhek dicht en liep weer naar het huis. Toen ik bijna bij de voordeur was, bewoog de lichtbundel van de zaklamp daaroverheen.

Ik verstijfde, en mijn hart ging als een bezetene tekeer.

Ik pakte de telefoon wat steviger vast en toen ik de lichtstraal over het hout liet gaan en aan het geklop dacht dat ik eerder had gehoord, kreeg ik kippenvel.

Net als toen ik de sporen bekeek die op de deur waren gemaakt.

14

Eerder

In de weken na mijn eerste lucide droom kwamen er steeds meer. Dat verzweeg ik voor Charlie en de anderen. Gedeeltelijk omdat het te persoonlijk leek om te delen, maar ook omdat ik met het verstrijken van de tijd een hekel kreeg aan de manier waarop het experiment ons leven ging beheersen.

Charlie begon steeds vaker gesprekken over onze 'bevindingen', en ondertussen was duidelijk dat, wat er ook precies speelde, dit geen bevlieging van hem was. Als ik erop terugkijk, is het moeilijk om me precies te herinneren hoe het allemaal is gegaan. Het concept van gedeelde dromen was onmogelijk, maar toch deelden ze die, of dat beweerden ze in elk geval. Het had wel iets weg van een wapenwedloop. Het kon gebeuren dat Charlie als eerste voorlas uit zijn dromendagboek, waarna Billy dan zíjn droom beschreef, en er een verband tussen was. Dan was Charlie blij, en dat zette James ertoe aan om een verband te vinden met zijn eigen droom. Of James ging als eerste en vervolgens beschreef Charlie een soortgelijke droom, waarna Billy, die niet wilde achterblijven, beweerde dat hij iets soortgelijks had ervaren. Na de eerste keer lieten ze elkaar nooit meer hun dromendagboek lezen. Misschien om de fantasiewereld die ze met z'n drieën creëerden niet lek te prikken.

Het voelde ook steeds meer als 'zij drieën'. Mijn onwil om mee te doen zorgde voor een breuk in de groep. Ik bleef echter hopen dat mijn onverschilligheid de anderen op andere gedachten zou brengen, maar dat gebeurde niet. Vooral James leek elke dag meer in de ban van Charlie te komen.

Nog iets waar ik een hekel aan had.

Ik had het vervelende gevoel dat we allemaal naar iets toe werkten. Wat Charlie deed had een doel, en hoewel ik niet begreep was dat was, bezorgde het me een steeds onbehaaglijker gevoel.

Maar hoe stom ik het hele gedoe ook vond, ik weet nog dat ik dacht: *Wat kan het voor kwaad?* Dit was onbelangrijk, zoals ik tegen James had gezegd op de dag dat we onze dromendagboeken voor de eerste keer hadden vergeleken. Dromen waren dromen. Vandaar dat ik dacht dat dit wel zou doodbloeden en dat het leven weer normaal zou worden.

Dit is volkomen onbelangrijk.

Dat hield ik mezelf telkens voor.

Incubatie.

Ondanks de onheilspellende bijklank beschreef het woord een simpel feit: onze dromen worden sterk beïnvloed door de echte wereld. Ons onderbewustzijn neemt alledaagse ervaringen en smijt ze op de grond kapot alsof het om een vaas gaat. Vervolgens pakt het een paar scherven en maakt daar iets willekeurigs en nieuws van, dat het ons laat zien als we slapen. Misschien herkennen we een paar fragmenten, maar die worden op een vreemde manier samengevoegd en worden gescheiden door bizarre barsten. Een droom is een lappendeken die bestaat uit aan elkaar genaaide gebeurtenissen uit ons echte leven.

Maar soms kan het omgekeerde waar zijn.

Tijdens een lunchpauze liepen James en ik over het schoolplein, op weg naar lokaal C5b. Ik had niet veel zin in de gebruikelijke activiteiten en dat gevoel werd onderweg sterker. Ik kon echter geen smoes verzinnen om niet te gaan.

Toen wierp ik een blik achterom.

Jenny stond helemaal aan de andere kant van het veld en liep de richting op van de bouwplaats. Ze zag er even zelfverzekerd en onafhankelijk uit als anders – alleen, maar nooit eenzaam – en als je haar manier van lopen zag, zou je denken dat ze een route tussen de andere leerlingen door had uitgestippeld, waardoor ze zonder ergens te stoppen in een rechte lijn kon lopen.

Ik keek haar na terwijl ze door het smalle straatje langs de bouwplaats liep. Waar ging ze naartoe? Aan die kant was bijna niets, alleen de tennisbanen, een paar noodlokalen en het parkeerterrein voor het personeel, maar toch liep ze met een kalme zekerheid en had ze duidelijk een bestemming in gedachten.

'Wat is er?' vroeg James.

Het duurde even voor ik antwoord gaf. Doordat ik Jenny zag moest ik denken aan mijn eerste lucide droom. En net zoals onze dromen worden gevormd door onze werkelijkheid, zijn er ook momenten waarop ons leven gevormd kan worden door de dromen die we hebben gehad.

'Ik zie jullie straks wel weer,' zei ik.

'Hoezo?'

'Ik moet even met iemand praten.'

'Oké.' Hij haalde zijn schouders op en liep door.

Ik aarzelde even, maar liep toen terug. Van dichtbij waren de bouwhekdoeken zo doorschijnend dat je de modder kon zien die tegen de andere kant was gespat. De opgeheven arm van een graafmachine hing hoog in de lucht, de dikke metalen tanden misvormd en verroest, en ik rook de vage geur van teer. Waarschijnlijk gebeurde daar iets, maar het was zo stil op de bouwplaats dat je je makkelijk kon voorstellen dat het een illusie was: dat de dekzeilen op een gegeven moment zouden worden weggetrokken als de zakdoek in een goocheltruc om te onthullen dat er niets was veranderd.

Er was hier verder niemand en hoe verder ik liep, hoe stiller de wereld werd. Links van me lagen de tennisbanen, omsloten door een afrastering van gaas, en de noodlokalen aan de rechterkant leken net caravans van golfplaat die in een slordige rij waren achtergelaten. Een klein stukje daar voorbij stond een houten bank. Daar zat Jenny. Ze kon niet meer dan een minuut voorsprong op me hebben gehad, maar toch zat ze al verwoed te schrijven in een opschrijfboek op haar schoot.

Ik bleef op een afstandje staan. Ondertussen voelde ik me onzeker en een beetje dom. Dit was overduidelijk háár plekje, en ze ging zo op in wat ze deed dat het verkeerd leek om haar te storen. En hoewel ik een keer of wat met haar had gepraat sinds ze me het boek had geleend, was dat altijd bij toeval gebeurd: gesprekken na een bijeenkomst van de creatieve schrijfclub, of een kort babbeltje als we elkaar tegenkwamen op de gang. Ik was nog nooit doelbewust op haar af gestapt zoals nu. Ik had geen idee wat ik moest zeggen. Een droom mocht me hier hebben gebracht, maar in het echte leven was ik met stomheid geslagen. Daarom stond ik op het punt om me om te draaien, toen ze opkeek en me zag staan.

Ze hield onmiddellijk op met schrijven en uit haar gezicht kon ik even niets opmaken.

Toen riep ze naar me. 'Hoi.'

Ik hees mijn tas wat hoger op mijn schouder. 'Hoi.'

Nog een korte stilte.

'Nou,' zei ze. 'Kom je of ga je?'

Weer voelde ik me dom. Maar ik zou mezelf nog belachelijker maken als ik me nu omdraaide en wegging. Dus liep ik naar de bank. 'Sorry,' zei ik. 'Zo te zien heb je het druk.'

'Druk?' Ze keek omlaag naar haar opschrijfboek. 'O, nee hoor. Ik ben een beetje aan het spelen met ideeën.'

'Ideeën voor verhalen?'

Ze sloeg het boek dicht. 'Min of meer. Ga je zitten of blijf je staan?'

Nog een vraag waarop, nu ik hier eenmaal was, slechts één antwoord mogelijk was. Ik ging aan het uiteinde van de bank zitten, zodat er voldoende afstand tussen ons zat. Vol verwachting keek ze me aan.

O, ja, dacht ik. *Ik moet natuurlijk een reden hebben om hier te zijn.* Ineens kreeg ik een ingeving. 'Ik zag je en toen schoot me te binnen dat ik je mijn excuses moet aanbieden,' zei ik. 'Ik heb dat boek van je nu al zo lang thuis.'

'O. Dat geeft niks, hoor.'

'Ik had het idee dat het belangrijk voor je is.'

'Ja, maar ik heb het al eeuwen. Heb je alle verhalen al gelezen?'

'Nog niet helemaal.'

'Hou het dan vooral nog wat langer. Doe je huiswerk. Want ze zijn allemaal goed. Er staat een aantal echte klassiekers in. Geloof me, die moet je echt lezen.'

Ik glimlachte. 'Om mezelf te ontwikkelen?'

'Ja. Als je schrijver wordt, moet je je vakgebied kennen. Een beetje respect hebben voor het verleden. Hoe geweldig Stephen King ook is, ik kan niet toestaan dat je de rest van je leven alleen zijn werk leest.'

‘Nee, daar heb je waarschijnlijk gelijk in.’ Nu voelde ik me nog opgelatener. *Als je schrijver wordt.* Dat wilde ik worden, maar door alle afleiding van de laatste tijd had ik al wekenlang bijna niets geschreven. Ik had een paar ideeën opgeschreven, maar die leken vlak en saai. Het leek alsof ik niets had om over te schrijven. Geen enkel verhaal om te vertellen. ‘Waar werk jij aan?’ vroeg ik.

‘Een horrorverhaal, natuurlijk.’ Op haar gezicht verscheen ineens een aanstekelijke vrolijkheid. ‘Of iets wat erop lijkt. Een spookverhaal, dus het is vooral droevig.’

‘Hoezo droevig?’

‘Omdat spookverhalen droevig horen te zijn. Vind je niet?’

Spookverhalen deden me meestal denken aan witte lakens, rammelende kettingen en donkere gangen waarin plotseling gedaantes op je af sprongen. Maar nu ik erover nadacht, begreep ik wat Jenny bedoelde. ‘Ja, ik denk het wel. Het moet droevig zijn om een spook te zijn.’

‘Precies! Als er een spook is, moet er iemand zijn overleden. Er is iemand achtergebleven en die kan geen rust vinden. Andere mensen rouwen. Enzovoort.’

‘Dus geen bloederige taferelen in dit verhaal?’

‘Nee.’ Ze snoof even. ‘Nou ja, niet veel.’

Ik glimlachte toen ik aan ‘Brave hond’ dacht, het gruwelijke verhaal dat ze had voorgelezen over de hond die zijn baasje na diens overlijden had opgegeten. Dat deed me denken aan Goodbold en aan de manier waarop hij met zijn huisdier door de straten paradeerde. Stiekem hoopte ik dat hem op zekere dag hetzelfde zou overkomen. Alleen leek hij, ondanks al zijn tekortkomingen waar het ons betrof, wel goed voor de hond te zorgen.

‘Dat verhaal over die hond was onwijs goed,’ zei ik.

'Dank je.'

'Je zei dat het op iets waargebeurds was gebaseerd. Hoe heb je daarvan gehoord?'

'Dat heeft Marie me verteld.'

'Wie is Marie?' vroeg ik.

'Een vriendin van me.' Jenny legde het opschrijfboek tussen ons in op de bank. 'Zeg, dat doet me eraan denken: ik heb iets voor je. Ik weet niet of je er iets voor voelt, maar ik kreeg het van Marie en toen moest ik ook aan jou denken. Momentje.'

Ze boog zich voorover en rommelde in de tas die bij haar voeten stond. Uiteindelijk haalde ze er een verfomfaaid tijdschrift uit. Dat gaf ze aan mij. '*Het leven als schrijver*,' zei ik.

'Kijk eens op de achterkant.'

Ik draaide het om en liet mijn ogen snel over de tekst gaan.

'Het is een schrijfwedstrijd voor korte verhalen,' zei Jenny. 'Voor iedereen onder de achttien. Als je wordt geselecteerd... De winnende verhalen worden gebundeld in een echt boek. De inzendingsdatum loopt binnenkort af.'

'Oké.'

Ik keek naar de advertentie, zonder het te begrijpen. Eindelijk viel het kwartje. 'Wat, vind jij dat ik iets moet insturen?'

'Ja! Absoluut. Ik vond je verhaal echt heel goed. Dat moet je zeker insturen.'

'Ga jij het jouwe insturen?'

'Natuurlijk. Ik bedoel, wie niet waagt, die niet wint, toch?'

Ik staarde een paar tellen naar het tijdschrift en las de voorwaarden nog een keer, ditmaal een stuk aandachtiger. Van doorslaggevend belang was dat je geen inschrijfgeld hoefde te betalen. Dus wat kon het voor kwaad? Ik was natuurlijk wel bang dat ik afgewezen zou worden, maar in elk geval vond Jenny mijn verhaal goed genoeg. 'Ik heb geen pen bij me.'

Ze sloeg haar ogen ten hemel. 'Je hoeft het niet meteén in te sturen.'

'Dat weet ik ook wel. Ik wil het adres overschrijven.'

'Nee, dat hoeft niet. Neem het tijdschrift maar mee. Ik heb het adres al opgeschreven. Daarom heb ik het meegenomen.'

Daarom heb ik het meegenomen.

Ik weet nog dat dat me heel blij maakte. Dat betekende namelijk dat Jenny, hoe weinig contact we ook hadden gehad, aan me had gedacht, en bij dat besef voelde ik een opwinding die bijna niet te beschrijven viel. Een warmte in mijn buik. Zoiets had ik nog nooit ervaren, maar het was alsof ik net had ontdekt dat de wereld mogelijkheden bood die me tot dan toe volkomen onbekend waren geweest.

Ik stopte het tijdschrift in mijn tas. 'Dank je wel.'

'Graag gedaan,' zei Jenny. 'Het was een kleine moeite.'

De volgende ochtend liep ik gapend door het dorp en nam bijna op de automatische piloot een slingerweg naar het huis van James. Gelukkig hielp de kou me om een beetje wakker te worden, al was het officieel al lente. Gritten leek zich net zo hard vast te klampen aan zijn winters als aan zijn inwoners. Maar in elk geval groeide het gras in het dorp weer, en hoewel de zon niet veel meer was dan een glanzende munt achter de wolken, voelde ik dat ze aan kracht won. Ik hoorde vogelgezang, naar mijn idee voor het eerst in maanden. Een voorzichtig geluid dat het noodlot niet leek te willen tarten, maar het was er wel degelijk.

De moed zonk me in de schoenen toen ik bij het huis van James kwam.

Meestal hielp Carl hem om zich klaar te maken voor school en zwaaide Carl hem uit, maar die dag stond Eileen buiten op de drempel. Ze droeg een vale ochtendjas en ze veegde over de deur met een oude blauwe lap die ze als een prop in haar vuist hield. Op haar gezicht lag een uitdrukking van verbeten concentratie.

Het hek hing slechts aan één oud scharnier en het hout schraapte over de grond toen ik het openduwde. Eileen keek scherp naar me op, en ik hield mijn hoofd gebogen toen ik het pad op liep. 'Goedemorgen, mevrouw Dawson.'

'Wat is er zo goed aan?' Ze hervatte haar bezigheid, waarbij ze de deur met haar ene hand vasthield en de lap er met de andere tegenaan drukte, terwijl ze zo hard wreef dat ik half en half verwachtte dat het oude hout het zou begeven. Ze riep naar binnen: 'Kom naar buiten, knul. Tijd om naar school te gaan!'

Er kwam niet meteen een reactie. Ik stond er wat onbeholpen bij en keek toe terwijl zij bezig was. Bij haar voeten stond een fles schoonmaakmiddel. 'Is er gisteravond ook iets bij jullie gebeurd?' vroeg ze.

Die vraag bracht me van mijn stuk; ik had geen idee waar ze het over had. Na een tel – misschien omdat ze mijn zwijgen als teken van schuld opvatte – keek ze me achterdochtig aan.

'Was jíj vannacht buiten?'

'Pardon?'

'Staar me niet zo dom aan, knul. Heb jij hier vannacht buiten rondgelopen?'

'Nee.'

Ze wierp me een doordringende, onderzoekende blik toe. Na wat aanvoelde als een eeuwigheid schudde ze haar hoofd en richtte haar aandacht weer op de deur. 'Nou, een van jullie deed dat wel. Een van jullie rotjochies was hier aan het donderjagen.'

Voordat ik nog iets kon zeggen, verscheen James in de deuropening. Hij schoof voorzichtig langs zijn moeder heen, alsof ze elektrisch geladen was en hem een schok zou geven als ze elkaar aanraakten.

'Tot straks, pap,' riep hij naar binnen. 'Ik hou van je.'

Carls stem kwam van diep in het huis. 'Ik ook van jou.'

Ik wachtte tot James en ik buiten gehoorsafstand waren. 'Alles kits?'

'Ja.'

Dat was duidelijk een leugen, maar ik wilde niet aandringen. Toen de bus kwam, stapte hij als eerste in. Als ik voorop-liep, ging ik altijd helemaal achteraan op het bovendek zitten – want dat voelde als de plek waar je op onze leeftijd hoorde te zitten –, maar vandaag liep James naar een lege bank halverwege het onderdek. Toen de deuren dichtgingen en de bus wegreed, bleven we een tijdje zitten zwijgen. Maar hoewel ik James niet ronduit wilde vragen wat er was gebeurd, was ik wel nieuwsgierig wat Eileen precies had bedoeld.

Is er gisteravond ook iets bij jullie gebeurd?

'Wat was je moeder aan het doen?' vroeg ik.

'Ze maakte de deur schoon.'

'Ja, dat zag ik. Maar ik bedoel: waarom deed ze dat?'

James aarzelde even.

'Heb jij iets gehoord?' vroeg hij. 'Vannacht, bedoel ik?'

Ik dacht nog een keer na. Voor zover ik me kon herinneren had ik ongestoord geslapen. 'Niet dat ik me kan herinneren.'

'Weet je het zeker?' James zag er even moe uit als ik me voelde. Maar ook bang.

'Ik weet het niet,' zei ik. 'Wat moet ik dan hebben gehoord?'

Maar na een tel draaide James zijn hoofd om en keek hij naar het sombere landschap dat voorbijflitste. 'Nee, niks.'

'Ja, je laat het echt klinken alsof er niks is gebeurd.'

'Er heeft iemand op de deur geklopt. Heb jij dat ook gehoord?'

'Geklop? Nee.'

'O.'

'Heb jij dat dan wel gehoord?'

'Nee, maar mijn moeder zei het. Iemand heeft midden in de nacht bij ons op de deur staan bonzen. Ze was kwaad omdat ze er wakker van was geworden.' James haalde zijn schouders op – een klein, schuw gebaar dat nauwelijks werd afgemaakt. 'Dus heeft ze mijn vader en mij ook wakker gemaakt. Maar er was niemand. Ik dacht dat ze het zich had ingebeeld, alleen zat er vanochtend iets op de deur. Dat was ze aan het doen: het aan het schoonmaken.'

'Wat was ze aan het schoonmaken?'

Weer gaf James geen antwoord. Ik vroeg me af of hij het wel wist en of er wel echt iets op had gezeten. Eileen dronk veel, en het was niets voor haar om toe te geven dat ze zich had vergist. Het was niet moeilijk te geloven dat ze 's nachts een geluid had gehoord, daar overdreven op had gereageerd en toen vanochtend was gaan schoonmaken om koppig te kunnen volhouden dat ze gelijk had.

De bus draaide van de snelweg af en begon aan de route langs lege fabrieken, vervallen winkels en dichtgespijkerde huizen.

James mompelde iets wat ik niet verstond.

'Wat?' vroeg ik.

'Bloed.' Hij keek nog steeds naar het saaie landschap en zijn stem klonk zo zacht dat ik hem nauwelijks kon verstaan. 'Ze zei dat er bloed op onze deur zat.'

15

Nu

Agent Owen Holder keek met samengeknepen ogen naar de voordeur van mijn moeder. 'Wat denkt u dat het is?' vroeg hij.

'Ik weet het niet. Het lijkt op bloed.'

'Ja, dat kan.' Hij hield zijn hoofd schuin. 'Misschien.'

Ik gebruikte dat woord zelf veel te vaak en nu Holder het zei, ergerde ik me eraan. Er stonden drie karmijnrode vegen op de deur, elk ongeveer zo breed als de zijkant van een gebalde vuist. Ze staken scherp af tegen het witte hout, mat glanzend in het vroege licht. Was het al zenuwslopend geweest om ze te zien bij het licht van een zaklantaarn, alleen in het donker, nu maakte de aanblik me misselijk. Het vocht begon te stollen en er waren al een paar vliegen op af gekomen.

'Volgens mij is het echt bloed,' zei ik.

'En eerder waren ze er dus nog niet?'

'Ze zijn niet echt over het hoofd te zien, hè?'

'Nee,' zei Holder. 'Niet echt.'

Hij ging weer rechtop staan, stak zijn handen in zijn broekzakken en fronste zijn wenkbrauwen, alsof hij niet precies wist wat hij hiermee aan moest. Dat wist ik ook niet. Ik had geaarzeld of ik de politie moest bellen en had uiteindelijk besloten dat het wel tot de volgende ochtend kon wachten. Maar nu, wat de uitkomst ook zou zijn, was ik blij dat ik het had gedaan. De vegen op de deur waren duidelijk een boodschap, die ik weliswaar nog niet precies begreep, maar die me meer beangstigde dan ik wilde toegeven.

Nadat het geklop me om twee uur wakker had gemaakt, had ik niet meer geprobeerd om weer te gaan slapen. In plaats daarvan had ik de sloten van alle ramen en deuren van het huis gecontroleerd en daarna was ik in het donker op mijn moeders bed gaan zitten, met de gordijnen op een kiertje open, zodat ik de straat kon zien. Zo had ik zitten wachten en kijken, tot de stilte in de lucht begon te gonzen. En hoewel er niemand buiten was geweest en er in het dorp geen enkele beweging te zien was, had ik nog steeds het griezelige gevoel dat ik in de gaten werd gehouden. Ook nu nog.

Holder haalde een keer langzaam en diep adem en keek toen langs het tuinpad naar de straat. Op zijn gezicht stond twijfel te lezen. 'Ik weet niet goed wat ik moet zeggen, meneer Adams. Het is een soort vandalisme, denk ik. En ik begrijp dat het vervelend moet zijn. Maar er is geen echte schade aangericht. Het was waarschijnlijk een kwajongensstreek.'

Een van jullie rotjochies was hier aan het donderjagen.

Ondanks de warmte van die ochtend ging er bij die herinnering een rilling door me heen. Holder leek echter niet ouder dan eind twintig, en ik ging ervan uit dat hij te jong was om te weten wat zich hier jaren geleden had afgespeeld. Ik had een poging kunnen wagen om het hem uit te leggen, maar ik had het gevoel dat ik veel te veel zou moeten vertellen om alles uit de doeken te doen. En zelfs als ik dat deed, zou hij het zelf meegemaakt moeten hebben om de echte betekenis ervan te voelen.

‘Ik wil in elk geval graag dat het wordt vastgelegd,’ zei ik.

Hij slaakte een zucht en pakte zijn telefoon. ‘Natuurlijk, meneer.’

Hij nam foto’s van de deur vanuit een paar verschillende hoeken, en ik sloeg mijn armen over elkaar en keek vanaf een afstandje toe terwijl ik mijn blik tegelijk over de straat en de nabijgelegen huizen liet gaan. Ook nu was daar niets te zien. Maar als iemand me in de gaten hield, wist diegene nu dat ik de situatie hoe dan ook serieus nam. Dat ik me – in elk geval op het oog – niet liet intimideren.

Toen Holden klaar was en weer was vertrokken, ging ik terug naar binnen. De hele toestand voelde zowel vreemd als teleurstellend: er was iets ernstigs gebeurd, maar het huis zelf zag er volstrekt normaal uit en het leven leek hetzelfde gangetje te gaan als het de afgelopen dagen had gedaan. Ik wist niet zo goed wat me nu te doen stond.

Begin eens met de deur schoonmaken.

Ja, dat zou proactief zijn. Dus haalde ik doeken, zette een emmer water en een fles schoonmaakmiddel op de stoep en ging aan de slag. Maar ik bleef voortdurend naar de straat achter me kijken. En ook al was daar niemand, toch was ik blij dat ik klaar was en weer naar binnen kon gaan, en de voordeur op slot kon doen om de rest van de wereld buiten te houden.

Het huis was stil.

Wie had die vlekken op de deur gemaakt? Die vraag viel onmogelijk te beantwoorden. Toen ik gisteren op internet had zitten lezen, had ik een aantal verwijzingen gevonden naar het geklop op de deur van het huis waar James vroeger had gewoond. Dat was niet meer dan een van de beruchte details van de zaak: een stukje van de puzzel dat bekend was bij duizenden geobsedeerde internetgebruikers. Als iemand een geintje met me wilde uithalen, was er een schat aan materiaal om inspiratie uit te putten.

En misschien was het niet meer dan dat.

Maar toen ik terugdacht aan alle berichten die ik op internet had gelezen, herinnerde ik me ook alle gebruikers die geloofden dat Charlie nog in leven was, en alle mensen die zich voorstelden dat hij het onmogelijke had gepresteerd. Het gevoel van naderend onheil dat de afgelopen dagen almaar was toegenomen werd nog sterker. Het bange vermoeden dat het verleden niet weg was, en dat er iets afschuwelijks stond te gebeuren.

Maar als dat zo was, wat was het dan?

Ik liep langzaam de trap op en bleef staan bij het raam op de overloop, omhoogkijkend naar de zolder. Hoewel het luik dichtzat, kon ik de aan het oog onttrokken rode handafdrukken en de dozen met kranten boven me bijna voelen.

Het is in het huis, Paul. Het is verdomme in het huis.

Ik herinnerde me weer hoe dringend mijn moeders woorden hadden geklonken en dat haar stem gespannen was geweest van paniek en angst. Ik had dozen vol artikelen over drie moorden gevonden, moorden die weliswaar met tussenpozen van vele jaren waren gepleegd, maar die een gemeenschappelijk element hadden dat terugvoerde naar mij. Hoewel het pijnlijk was geweest om te ontdekken wat mijn moeder al die tijd voor mij verborgen had gehouden, had ik mezelf wijsgemaakt dat er niet meer te vinden was. Maar nu vroeg ik me af of ik iets over het hoofd had gezien. Een detail dat dusdanig belangrijk was dat iemand me een boodschap of een waarschuwing had gestuurd om me erop te wijzen.

Een dreigement.

Dat idee beangstigde me.

Maar ik moest er nog een keer gaan kijken. Net toen ik mijn arm strekte om het luik open te duwen zag ik iets vanuit mijn ooghoek. Ik bleef doodstil staan en dwong mezelf om naar boven te blijven kijken. Het raam naast me bood uitzicht op de achtertuin en het bos, en ik wist zeker dat ik bij de bosrand een snelle beweging had gezien.

Ik wierp een blik naar buiten, keek een paar tellen naar het bos en probeerde nog een glimp op te vangen van wat het ook maar was geweest.

Er was daar niets.

En toen ineens wel.

Ik was er niet helemaal zeker van, maar ik dacht een gehurkte gedaante in het struikgewas achter het hek te zien.

Normaal blijven doen, zei ik tegen mezelf.

Vervolgens moest ik mijn best doen om mijn kalmte te bewaren. Na een tel keerde ik het raam mijn rug toe en bleef daar nog even om me heen staan kijken, alsof me niets bijzonders was opgevallen. Alsof ik niet precies wist wat ik moest doen.

In zekere zin was dat ook zo. Wilde ik de confrontatie aangaan met wie er ook buiten was? Mijn hart klopte in een regelmatig ritme van *nee*, *nee*, *nee*. Dat was wel het laatste waar ik zin in had. Maar toen moest ik denken aan wat Jenny tegen me had gezegd, en ik herinnerde me hoe ik op die jongen op het rugbyveld af was gestormd, die ene dag lang geleden, en concludeerde ik dat datgene waar je zin in had niet altijd hetzelfde was als wat je moest doen.

Ik liep de trap af.

De achtertuin was heel diep. Tussen de deur en het bos bevond zich ongeveer vijftig meter kreupelhout en als ik er via die kant naartoe ging, zou degene daar me zien en zich terugtrekken tussen de bomen voordat ik hem of haar zou bereiken. Maar je kon de Schaduwen ook op andere manieren in gaan.

Buiten draaide ik de voordeur op slot en liep daarna snel de straat door. Een stukje verderop leidde een overwoekerd voetpad weg van de straat in de richting van het bos. Dat nam ik. Door de dempende werking van de heggen aan weerskanten werd de wereld zo stil dat ik alleen nog de bijen zachtjes hoorde zoemen in de braamstruiken om me heen, en zelfs dat geluid verdween toen ik het einde van het pad bereikte en voorzichtig tussen de bomen door liep.

Het onbehaaglijke gevoel nam toe. Ik was vijfentwintig jaar niet in dit bos geweest, maar ik herinnerde het me nog maar al te goed. Je hoefde maar een paar meter het bos in te lopen en de bewoonde wereld was achter je verdwenen en had plaatsgemaakt voor een doodse, zenuwslopende stilte. Dan voelde je je gevangen en verloren, zelfs op het kale pad waar de struiken waren platgetrapt. En had je de hele tijd het gevoel dat je bespied werd.

Maar ik was geen tiener meer.

Nadat ik een klein stukje het bos in was gelopen ging ik naar links en liep ik schuin tussen de bomen door naar de achterkant van mijn moeders huis. Als ik voorzichtig was, zou ik degene die ik bij het hek had gezien ongezien kunnen besluipen.

Even later schatte ik in dat ik er was. Het was bloedheet en ik bleef even staan om het zweet van mijn gezicht te vegen, waarna ik me wat bukte en langzamer verderging. Langzaam verscheen de achterkant van de huizen in de verte tussen de takken van de bomen.

Onder mijn voet knapte een tak. Ik bleef weer even staan. Ik hoorde geen enkele reactie.

Ik ging verder en kwam een paar tellen later bij het hek. De bomen stonden hier verder uit elkaar en ineens kwam mijn moeders rommelige achtertuin in zicht. Hier was niemand. Maar toen ik omlaagkeek, was het struikgewas duidelijk platgetrapt, en ik rook iets in de lucht.

Een weeïge vleug van modder en zweet.

De huid van mijn nek begon te kriebelen. Langzaam draaide ik me naar het bos achter me. Er was altijd iets mis geweest met deze plek – het land stootte een zacht, statisch gezoem uit, net zoals wanneer je vlak bij een hoogspanningsmast stond –, maar wat ik nu voelde, was nog erger.

Er was daar iemand. Er zat iemand verscholen tussen de bomen.

'Hallo?' riep ik. 'Is daar iemand?'

Geen antwoord. Maar de stilte had iets scherps, alsof iemand zijn adem inhield.

'Charlie?' Ik had geen flauw idee waarom ik zijn naam riep, maar het had effect. Na een stilte die een paar tellen duurde, hoorde ik links voor me zachtjes takken knappen. Met bonzend hart bleef ik doodstil staan. Aan die kant was het bos zo dicht dat ik niet meer dan een paar meter vooruit kon kijken, maar het geluid had niet ver weg geklonken. Wie daar ook was, diegene was nog in de buurt.

Ik zette me schrap en liep toen aarzelend naar voren, waarbij ik ruwe stammen van bomen ontweek, over warrige graspollen stapte en dunne lange takken wegduwde. En toen, op het moment dat ik bij een open plek kwam, bleef ik als aan de grond genageld staan.

Aan de andere kant stond een man. Hij bevond zich ongeveer tien meter bij me vandaan en stond met zijn rug naar me toe, zijn hoofd gebogen en zijn lichaam doodstil.

'Hallo?' zei ik.

De man reageerde niet. Ik keek wat beter en zag dat hij iets droeg wat op een oude legerjas leek, versleten bij de schouders zodat de stof omhoogstak als donzige plukjes. En toen ik goed luisterde, hoorde ik hem ademhalen.

Nee, dacht ik. *Nee, nee, nee.*

Een deel van me wilde dichter naar hem toe gaan, maar mijn lichaam weigerde dienst. Ik voelde me net zo in de grond verankerd als de bomen die aan weerskanten van me stonden. Ik kneep even in mijn neus. Ik droomde niet.

En toen, zomaar ineens, was de man tussen de bomen verdwenen. Ik staarde hem vol ontzetting na, maar hij verdween bijna meteen uit het zicht. Er knapten takjes toen hij dieper het bos in ging.

Toen werd de wereld stil.

Ik stond daar maar, terwijl mijn hart tekeerging.

En net zoals Charlies naam daarnet uit het niets was gekomen, zo schoot me nu een gedachte te binnen die al even ongewenst was, namelijk dat ik net helemaal geen man had gezien. Dat ik iets had gezien wat zich uit de krochten van de Schaduwen omhoog had gesleept om mij een bezoek te brengen en nu terugkeerde naar het bos, waar het thuishoorde.

16

Jezus, dacht Amanda toen ze Gritten binnenreed.

In twintig minuten leek de wereld om haar heen volledig veranderd. Nog niet zo lang geleden had ze over rustige landwegen gereden die werden omgeven door zonnige, schilderachtige akkers en weilanden en had ze gedacht: *Best mooi hier.* Maar nu zag ze alleen maar verlaten industrieterreinen en vervallen huizen en winkels en dacht ze: *Wat een kloteplek.*

Wat op zich hardvochtig was. Uit ervaring wist ze dat een plek niet meer was dan dat. Het ging om de mensen die er woonden, en een dure wijk bood geen enkele garantie; goed en kwaad kwam je overal tegen. Toch had Gritten iets ontzettend naargeestigs. Ondanks het zonlicht leek de lucht saai en grijs, als een oude, natte lap die half was uitgewrongen. Toen ze de verwaarloosde wijken zag waar ze doorheen reed kon ze het gevoel bijna niet van zich af schudden dat dit oord op de een of andere manier vervloekt was, dat hier iets giftigs in de grond zat wat wortel had geschoten in de geschiedenis van deze plek en ervoor zorgde dat het land onvruchtbaar bleef en de mensen vanbinnen dood waren.

Haar telefoon zat in een houder op het dashboard en de navigatieapp wees haar de weg. Nog een kleine kilometer te gaan.

Ze nam wat gas terug toen er een scherpe bocht kwam en reed daarna langs een stel nieuwbouwwoningen aan de linkerkant. *De waanzin als hoop het wint van ervaring*, dacht ze. Ze kon zich maar moeilijk voorstellen dat iemand die kon gaan wonen waar hij of zij wilde voor Gritten zou kiezen. Maar sommige mensen hadden natuurlijk geen keus.

Een paar minuten later parkeerde ze iets voorbij het adres waar Billy Roberts stond ingeschreven. Het huis was klein, stond een stukje van de weg af en lag tussen twee veldjes met verwaarloosd, overwoekerd gras. Het metselwerk onder de oude raamkozijnen brokkelde af en de verf van de voordeur bladderde zo erg dat het leek alsof iets er zijn klauwen in had gezet. De restanten van een oude garage hingen nog half aan de linkerkant. Daar lagen verspreide stukken golfplaat op de grond en er staken nog een paar roestige stutten uit het huis, als een lichaam waarvan de arm was afgerukt en de gescheurde pezen er los bij hingen.

Amanda's eerste gedachte was dat het huis betere tijden moest hebben gekend. Maar toen schoot haar te binnen wat ze tussen de regels door over de jeugd van Roberts had gelezen – verwaarlozing, extreme armoede, aantijgingen van misbruik – en vroeg ze zich af of het er niet altijd zo had uitgezien.

Ze zette de motor uit en stuurde een kort berichtje naar Lyons om hem te laten weten dat ze was aangekomen. Toen ze de dag ervoor naar zijn kantoor was gegaan, had hij haar verzoek om naar Gritten te rijden en daar met Billy Roberts te praten meteen ingewilligd. Op zich was dat geen verrassing geweest. Met de mogelijke betrokkenheid van een derde partij op internet was de moord op Michael Price aan de randen uitgedijd, en Lyons verloor nooit zijn einddoel uit het oog. Als zou blijken dat Roberts er iets mee te maken had, of – nog beter – dat Charlie Crabtree echt nog leefde en ze iets konden vinden wat hen naar zijn verblijfplaats zou leiden, zou iedereen een tien met een griffel krijgen.

Maar Lyons had de rest van de dag nodig gehad om haar bezoek aan Gritten rond te krijgen met de politie van Gritten. Wat ze niet had verwacht was dat ze, toen ze de andere betrokkenen bij het oorspronkelijke misdrijf had nagetrokken, van de universiteit waar Paul Adams werkte te horen zou krijgen dat hij op dat moment ook in Gritten was. Dat had Lyons natuurlijk geweldig gevonden: twee vliegen in één klap. En daarom had ze voor iets wat ze eerst als een dagtochtje had beschouwd een kamer moeten reserveren in een klotehotelletje hier en halsoverkop een koffer moeten pakken, die op dit moment in haar bagageruimte gepropt zat.

Eerst Roberts.

Terwijl ze naar het huis liep pakte ze haar mobiel en belde Roberts' nummer nog een keer. Het was zo stil op straat dat ze de telefoon in het huis hoorde overgaan toen de verbinding tot stand kwam. Maar er nam niemand op. Ze verbrak de verbinding weer en het werd stil in huis, totdat ze op de deur klopte.

Ze wachtte.

Bewoog er binnen iets?

In de deur zat een spionnetje en een paar tellen later bekroop Amanda het onaangename gevoel dat er aan de andere kant iemand naar haar stond te kijken. Ongeduldig keek ze achterom naar de vervallen omgeving. Aan de overkant was een rij gesloten winkels waarvan de metalen rolluiken beklad waren met simpele graffiti. Een stukje verderop zag ze een omheinde tuin die vol lag met stapels oude autobanden. Aan het hek van metaalgaas hing een onleesbaar geworden houten bord.

Ze draaide zich weer naar het huis en klopte nog een keer.

Geen reactie.

Ze deed een stap naar achteren.

Volgens de gemeentelijke administratie was Billy Roberts al een paar jaar werkloos, wat natuurlijk niet per se wilde zeggen dat hij thuis was. Op zich was dat geen probleem; ze kon altijd terugkomen. Ze keek echter nog een keer naar de fisheyelens van het spionnetje. Ze had het gevoel gehad dat er iemand had gestaan, en gezien Roberts' onwil om de telefoon op te nemen was ze er niet helemaal van overtuigd dat hij wel de deur open zou doen. Ze knielde op het stoepje en klapte de brievenbus open.

'Meneer Roberts?'

Niets.

Zo goed en zo kwaad als het ging tuurde ze naar binnen en ze werd beloond met een smalle aanblik van de gang. Die kwam uit bij een deur die toegang gaf tot de keuken, waar één gebroken jaloezie schuin voor het raam aan de achterkant hing, als een guillotine. Alles wat ze zag deed ouderwets aan: het gedessineerde behang, het stof op de fotolijstjes die in de gang hingen. Het leek alsof Roberts niets had veranderd toen hij hier weer was gaan wonen. Het beige tapijt was groezelig, tot op de draad versleten en er stonden...

Voetafdrukken op.

Amanda staarde er even naar.

Róde voetafdrukken.

Haar hart begon sneller te kloppen. Ze liet de brievenbus langzaam weer dichtvallen, waarna ze opstond en aan de deurkruk voelde. Die gaf soepel mee, en op piepende scharnieren draaide de deur draaide langzaam naar binnen.

Ze deed een stap het huis in.

'Meneer Roberts?'

Het huis was doodstil.

Controleer de uitgangen.

Ze keek snel om zich heen. Links van haar was een deur die was afgesloten met een roestig hangslot. Vermoedelijk was die vroeger van de garage geweest. Er ging een trap naar boven, maar op de donkere overloop op de eerste verdieping was niemand. De oude gang recht voor haar was leeg, en zo smal dat er slechts één iemand tegelijk door kon. In het gedeelte van de keuken dat zij kon zien was niemand, al had de keuken waarschijnlijk een achterdeur die buiten haar blikveld viel.

Ze keek naar rechts. De open deur daar gaf zo te zien toegang tot een voorkamer. Ze zag geen meubels en langs de plinten stonden lege blikjes en flessen. Er was niemand te zien. Maar van die kant kon voor haar het directe gevaar komen, de plek waarvandaan ze niemand zou kunnen zien naderen.

Ze stapte er even bij vandaan.

Nu ze binnen was, leken de voetafdrukken die verder de gang in liepen nog meer op bloed dan eerst. Voor zover ze iets uit het patroon kon opmaken, leek het alsof er iemand uit de voorkamer was gekomen die zich naar de voordeur had begeven, maar daarna door de gang naar de keuken was gegaan.

Amanda spitste haar oren.

Stilte.

Ze haalde haar telefoon uit haar zak en toetste het nummer van de politie in. Met haar duim in de aanslag boven de groene beltoets probeerde ze zich te vermannen. Daarna liep ze zijwaarts de voorkamer binnen.

Onmiddellijk drukte ze op 'Bellen'.

Dat ging in feite vanzelf, want het duurde heel even voordat haar brein echt begreep wat ze zag. Haar aandacht werd getrokken door de donkerrode bank links van haar, die met de rugleuning tegen de muur van de gang stond. En toen zag ze de roerloze gestalte die erop zat. Ze herkende die niet meteen als persoon, alleen als iets wat veel weg had van een mens, maar tegelijk ook totaal niet klopte. Het hoofd had geen herkenbare gelaatstrekken en was veel te groot, en pas toen ze er een tijdje naar had staan staren, besefte ze dat het gezicht van de man onherkenbaar was geworden, de huid opgezwollen tot bijna onmogelijke afmetingen door alle blauwe plekken en snijwonden die hem waren toegebracht.

Amanda bracht de overgaande telefoon naar haar oor.

Neem op, neem op, neem op.

'Politie van Gritten, wat...'

'Agent verzoekt om assistentie. Gable Street 18. Ik heb hier dringend politie en een ambulance nodig. Een man lijkt dood te zijn. Verdachte omstandigheden. Verblijfplaats van de dader onbekend.'

Al pratend liep ze heel voorzichtig naar het lichaam en nam de details in zich op. De handen van de man lagen op zijn schoot, alle vingers gebroken tot een soort misvormd nest. Nog een stap en haar voet maakte een zompig geluid. Ze keek omlaag. De bank was helemaal niet rood, dacht ze. Hij was alleen doordrenkt met bloed, dat ook in het tapijt eronder was getrokken.

Ze keek weer op.

Vlak naast de bank stond een deur open. Te oordelen naar de lengte van de kamer kon die alleen toegang geven tot de keuken.

Verblijfplaats van de dader onbekend.

'Mevrouw, kunt u mij uw naam geven?'

'Rechercheur Amanda Beck,' zei ze. 'Kom gewoon snel hiernaartoe.'

De man aan de andere kant van de lijn zei nog iets, maar Amanda liet haar telefoon zakken. Haar hart bonsde in haar oren en haar aandacht was volledig gericht op de open deur voor haar. Ze dacht aan de voetafdrukken in de gang. Die verdwenen de keuken in, maar de meest logische route om daar van hieraf te komen was via de deur aan de andere kant van deze kamer. Toch was degene die de voetafdrukken had achtergelaten in plaats daarvan de gang in gelopen en naar de voordeur gegaan.

Ze herinnerde zich welk gevoel ze had gekregen toen ze had aangeklopt. Het gevoel dat er iemand naar haar stond te kijken.

Rustig blijven.

Met haar blik strak op de deur van de keuken gericht, liet Amanda haar telefoon in de zak van haar jack glijden. Ze pakte haar sleutels zo vast dat die tussen haar vingers door staken. Daarna liep ze behoedzaam naar de andere kant van de kamer, zodat ze meer afstand, meer tijd en een betere hoek zou hebben. Niet dat ze met haar armzalige bewapening ook maar een schijn van kans maakte tegen iemand die in staat was tot het meedogenloze geweld dat ze roerloos aan de andere kant van de kamer zag zitten.

De keuken onthulde zich stukje bij beetje aan haar. Eerst zag ze het uiteinde van het aanrecht, dat vol vuile vaat stond, en toen de rand van de gootsteen. Het raam.

Ze aarzelde, gevangen tussen de angst voor wat ze in de keuken kon aantreffen en die voor het verwoeste, karmijnrode geval dat nu achter haar zat.

Langzaam werd ze bevangen door paniek.

Ik kan dit niet.

En heel even was ze weer acht. Doodsbenauwd, maar te bang om te roepen, omdat ze wist dat er niemand in huis was die zou komen.

Toen hoorde ze haar vader in gedachten zeggen: 'Je kunt dit. Ik heb je beter opgevoed dan dit.'

Ze deed nog een zijwaartse stap.

De keuken was leeg. Ze kon nu de hele lengte zien, helemaal tot de nis aan het einde, waar het zwarte oog van een oude wasmachine naar haar terugkeek. Ze zag het gebobbelde glas van de achterdeur, die openstond tegen de boiler aan de muur, zodat er halfslachtig zonlicht naar binnen stroomde.

Alles is goed met je.

Ze werd overspoeld door opluchting en liep nu wat sneller, waarbij ze om de bloederige voetafdrukken heen stapte die binnenkwamen vanaf de gang. Toen ze bij de deur kwam en de lucht inademde, was die – ondanks de hitte buiten – koeler en frisser dan de gekwelde atmosfeer die achter haar pulseerde. Buiten was een slordig betegeld gedeelte waar gras groeide tussen de voegen van de vuile tegels, met daarachter een uitgestrekt stuk met bomen.

Nergens iemand te zien.

Ze keek omlaag.

De bloederige voetafdrukken liepen over de tegels naar de bomen aan het uiteinde van de tuin. Maar hoe verder ze gingen, hoe vager ze werden, alsof degene die ze had gemaakt al rennend in rook was opgegaan. En bij de bosrand was diegene volledig verdwenen.

17

Eerder

Ik herinner me de laatste keer dat ik samen met de anderen de Schaduwen in ging.

Het was het weekend nadat er 's nachts bij James op de deur was geklopt, en zoals gewoonlijk troffen we elkaar in de speeltuin van het dorp en liepen we daarna naar zijn huis. We konden kiezen uit talloze routes, maar Charlie vond het altijd fijn om het bos vanaf dat punt binnen te gaan. Toen we die dag door James' achtertuin kuierden, liep ik een stukje achter de andere drie. De bomen voor me leken nog donkerder en onvriendelijker dan anders, en hoe dichter we bij het hek kwamen, hoe meer ze de hemel vulden. Mijn huid voelde kil aan in de schaduw.

Ik keek achterom. Achter het raam op de bovenverdieping van het huis zag ik iemand staan. Carl keek naar ons, maar door de weerkaatsing van de wolken in het raam was zijn gezicht niet goed te zien. Ik stak mijn hand op om te kennen te geven dat ik hem had gezien, maar eerst reageerde hij niet. Toen bracht hij zijn eigen hand aarzelend naar het glas.

Ik draaide me terug, boog de dunne draden van de afrastering achterin uit elkaar en dook eronderdoor. Ik liep naar de bosrand en volgde de anderen het bos in. Alle geluiden klonken nu wat zachter en het zachte geruis van de echte wereld achter ons stierf weg. De stilte in het bos was griezelig, en terwijl ik achteraan liep merkte ik niet voor het eerst dat ik steeds om me heen keek, mijn hart bonzend door het vreemde gevoel dat je bekruipt als je denkt dat je wordt gadegeslagen.

Wat natuurlijk stom was. Hier was niemand, alleen wij. Maar het bos maakte me altijd bang. Mijn moeder had me gewaarschuwd dat het hier niet veilig was. Er waren maar weinig paden, zodat je al snel verdwaalde, en zelfs als dat niet gebeurde was het terrein zelf verraderlijk en onveilig. Er waren hier verlaten mijnen en plekken waar de grond was ingestort, zodat de bomen schuin waren gaan staan en versplinterde kruisen vormden boven afbrokkelende mijnschachten. Dit was geen vriendelijk bos. Geen leuke plek voor kinderen om te spelen.

En dan had je natuurlijk nog alle verhalen van Charlie over dat het spookte in het bos. Die gedachte kreeg ik maar niet uit mijn hoofd. Charlie was altijd degene die per se wilde dat we hiernaartoe gingen, en hij ging elke keer voorop en leidde ons via verschillende routes door het bos. Ik had het gevoel dat hij hier iets zocht, en ik tuurde vaak opzij of keek achter me. Tussen de bomen was het zo donker en stil dat je je makkelijk kon voorstellen dat iets ons besloop.

Die dag liepen we ongeveer een halfuur. Toen haalde Charlie zijn tas van zijn schouder en liet hem op de grond zakken. 'Hier,' zei hij. 'Niet echt de goede plek, maar het moet maar.'

'Waar is de goede plek dan?' vroeg ik. Ik verwachtte geen antwoord, en dat kreeg ik ook niet. De afgelopen weken deed ik steeds vaker openlijk strijdlustig tegen Charlie, en op zijn beurt was hij gaan doen alsof ik lucht was of niks had gezegd.

Ik bekeek de plek waar hij ons naartoe had gebracht.

Een groot deel van het bos was ondoordringbaar, maar die dag was Charlie ons voorgegaan buiten de gebaande paden, en was hij er toch in geslaagd om iets te vinden wat op een open plek leek. De grond was er zwart en geblakerd, alsof er brand had gewoed en het land daar nooit helemaal van was hersteld. De verkoolde bomen staken kaarsrecht omhoog uit de donkere aarde en de takken hoog boven ons leken op wijd gespreide vingers. Op deze plek hing ook een vreemde, knetterende energie. Ik draaide een rondje en ademde de sfeer in, denkend aan elfjes en monsters. Als iets van dat alles in het bos had geleefd, leek dit de plek waarop ze bijeen zouden komen. Er hing een gevoel van verwachting in de lucht, alsof de plek wachtte tot iets zijn opwachting zou maken.

Billy had zelf ook een tas bij zich: een oude gymtas met een trekkoord die onder de vlekken zat. Hij haalde er een mes en een katapult van het merk Black Widow uit. De katapult gaf hij aan Charlie, maar het mes hield hij zelf. Hij draaide het rond in zijn hand en bekeek het lemmet aandachtig. De katapult had ik al eerder gezien, maar van het mes kreeg ik de kriebels. Het was ongeveer vijftien centimeter lang en had een gekartelde rand en een gemene gekromde punt. Het weinige licht dat op het metaal viel onthulde dat het lemmet onder de krassen zat. In gedachten zag ik Billy voor me in zijn vaders werkplaats, waar hij het mes sleep volgens de instructies uit een van zijn tijdschriften.

De grond maakte een dof geluid toen Charlie ertegen schopte om een goede steen voor de katapult te zoeken. Toen hij er een vond, haakte hij de beugel van de katapult over zijn onderarm, legde de steen in het stukje leer en trok het elastiek helemaal naar achteren.

Ik hoorde het gekraak van het rubber dat werd uitgerekt.

Hij kneep één oog dicht om beter te kunnen mikken en draaide zich toen om en richtte op mijn gezicht.

'Fuck!' Als vanzelf deed ik mijn ogen dicht en stak een hand op. Hij had zich zo snel bewogen dat mijn brein de rest van de actie aanvulde, en ik stelde me al voor dat mijn oog uit elkaar zou spatten. Dat gebeurde niet. Toen ik mijn hand liet zakken en weer keek, stond Charlie naar me te glimlachen, nu met de katapult op de grond gericht.

'Daar schrok je even van, hè?'

'Jezus, man.' Mijn hart klopte zo snel dat praten moeite kostte. 'Waar ben je in godsnaam mee bezig?'

'Ik klooide gewoon maar wat.'

Maar de achteloosheid waarmee hij dat zei zag ik niet terug in zijn ogen. Hij draaide zich om en richtte op een van de bomen. Ik slikte moeizaam en probeerde mezelf weer rustig te krijgen. Als zijn hand daarnet was weggegleden, zou hij me waarschijnlijk hebben vermoord.

Doe er dan wat aan.

De drang was er. Maar hij hield de katapult nog steeds vast. En Billy was dichter bij me komen staan. Hij stond met de punt van zijn mes in een boom te porren. Niet echt met steekbewegingen, maar meer alsof hij uit een soort doelloze nieuwsgierigheid de boom martelde, zijn gezicht volkomen uitdrukkingsloos.

Ineens drong het besef tot me door: *Ik ken deze mensen niet meer.*

'Goodbold,' zei Charlie. Hij schoot.

De steen overbrugde de afstand zo snel dat ik hem niet kon volgen, maar er klonk een enorme knal aan de ene kant, en toen ik keek zag ik Goodbold daar echt even staan met één rood oog, terwijl de splinters van zijn schedel in het rond vlogen bij zijn oor. Toen was het weer gewoon een boom. Charlies schot had op hoofdhoogte een stuk schors weggeslagen.

'Precies in het midden,' zei hij.

Ik schudde mijn hoofd, ofwel omdat ik het niet met hem eens was, ofwel om het beeld van me af te zetten dat hij had opgeroepen. 'Niet precies in het midden,' zei ik. 'Eerder in een oog.'

'Een oog dan. Nog altijd recht in zijn hersens, of wat daarvoor door moet gaan. Nu jij, James.'

Charlie stak James de katapult toe en die pakte hem aarzelend aan, waarna hij keek of hij ergens op de grond een steen zag liggen. Toen hij er een had gevonden, legde hij die tegen het leertje, zette zijn voeten een stukje uit elkaar en richtte onhandig op dezelfde boom waarop Charlie had geschoten.

'Een beetje meer naar links,' zei Charlie.

James kon niet van nature met wapens overweg. Ik zag dat hij zich voorbereidde op een mislukking, net zoals hij deed op het sportveld. Terwijl hij wat beter richtte, raakte Charlie zijn bovenarm aan en stuurde hem zachtjes bij.

'Iets verder.' Hij fluisterde bijna. 'En ook iets hoger. Ja, zo. Goed, kun je Goodbold daar zien?'

James had één oog dichtgedaan om zich te concentreren. 'Ja.'

'Doe het dan.'

James schoot, maar bewoog op het laatste moment iets opzij. De steen stuiterde weg door het kreupelhout. Terneergeslagen liet hij het wapen zakken.

'Je moet gewoon oefenen,' zei Charlie. 'Doe het nog eens.'

James laadde de katapult opnieuw. 'Ik wou dat we dit in het echt met hem konden doen.'

'Dat gaan we ook doen,' zei Charlie.

Even was het doodstil op de open plek, behalve dan het regelmatige *tjak* van Billy's mes, waarmee hij nog altijd in de boom zat te hakken. Ik keek naar Charlie. De zelfverzekerdheid in zijn stem stond ook te lezen op zijn gezicht. Hij zag er kalm uit. En bloedserieus.

'Hoe bedoel je?' vroeg ik. Bij een ander zou ik het misschien voor bravoure hebben aangezien, maar Charlie stelde bijna nooit iets voor wat hij niet meende.

Hij keek me aan. 'We gaan hem vermoorden,' zei hij.

'Ik denk... Ik denk niet dat we dat moeten doen.'

'Waarom niet? Die kerel is een bullebak. En een pedofiel.'

'Ik weet bijna zeker dat hij niet echt een pedofiel is.'

'O nee?' Met een frons keek Charlie me aan. 'Hoe noem jij een man dan die jongens dwingt om zich uit te kleden waar hij bij is?'

Het kwam erop neer dat ik Goodbold eigenlijk als een volwassen versie van Hague beschouwde. Een gefrustreerde man, die de problemen van zijn eigen ellendige leven afreageerde op ons. 'Hij is een bullebak,' zei ik.

'Nee, hij is iets veel ergers.'

'Misschien. Maar jezus nog aan toe, zelfs als dat waar is, betekent dat nog niet dat we hem mogen vermoorden.' Ik schudde mijn hoofd, want dit hele gesprek was idioot. 'Nog los van al het andere, geloof ik niet dat een van ons in de gevangenis wil belanden.'

'Dat gaat ook niet gebeuren,' zei Charlie.

'Nee, natuurlijk niet.'

'Omdat we het *Roodhand* zullen laten doen.'

Weer leidde ik uit zijn stem en gezichtsuitdrukking af dat hij volkomen serieus was. Ik keek rond in het bos en voelde me onbehaaglijker dan ooit. *Wie is die Roodhand dan?* Charlie had mijn vraag nooit beantwoord, maar diep vanbinnen had geen van ons een antwoord nodig gehad. Roodhand was overduidelijk de geest die volgens hem in dit bos rondspookte en die hij ook probeerde op te roepen in de droomwereld. En vreemd genoeg leek alles geloofwaardiger te worden door het juist niet hardop uit te spreken. Als mensen denken dat ze zelf iets hebben uitgevogeld, hebben ze eerder de neiging om dat als de waarheid te beschouwen. Alleen wist ik op dat moment niet waarom.

Ik keek naar Billy en James. Zij leken geen van beiden ook maar enigszins van de wijs gebracht door wat Charlie had gezegd.

Weer kwam dezelfde gedachte bij me op: *Ik ken deze mensen niet meer.*

'Maar hij is niet echt,' zei ik behoedzaam. 'Het zijn maar dromen.'

'Dat zeg je alleen omdat jij hem nooit hebt gezien.'

'Nee, dat zeg ik omdat het onmogelijk is.'

'James?'

We draaiden ons allebei naar James, die ongemakkelijk naar de zwartgeblakerde grond staarde.

'Wat is er?' vroeg ik.

James aarzelde. 'Ik heb hem gezien,' zei hij. 'Ik heb hem gezien met Charlie.'

'Nee, dat heb je niet.'

'Wel waar, eerder deze week. Ik droomde dat ik hier in het bos was, en zij waren hier ook allebei. Roodhand zag er precies zo uit als Charlie hem had beschreven. Hij droeg zo'n oude legerjas, waarvan de schouders helemaal gerafeld waren, zodat het leek of hij vleugels had gehad die waren afgerukt.'

'En ik heb hetzelfde gedroomd,' zei Charlie. 'Ja toch?'

James knikte. Toen keek hij me hoopvol aan. 'Zijn haar stond alle kanten op, Paul. En zijn handen waren felrood. Maar ik kon zijn gezicht niet zien. Dat was helemaal donker. Dat was alleen een gat.'

De overtuiging op zijn gezicht maakte me bang. Ik wendde mijn blik af. De ruimtes tussen de bomen om ons heen voelden nu onheilspellend aan, alsof er iets meeluisterde, naderbij werd gelokt door de stille gekte die zich op de open plek ontvouwde.

'Vertel hem de rest,' zei Charlie.

'Weet je nog, die ochtend laatst?' James deed een stap naar me toe. 'Dat geklop midden in de nacht?'

O god.

Hij keek heel geestdriftig. Het was zonneklaar dat hij al geloofde wat hij ging uitleggen en dat hij dolgraag wilde dat ik het ook zou geloven. Dat hij het met mij wilde delen – mij wilde meenemen op de reis die hij was begonnen.

'Ja,' zei ik. 'Dat weet ik nog.'

'En de strepen die 's ochtends op de deur stonden?'

Bloed. 'Ja.'

'Charlie heeft me zijn dromendagboek laten lezen. Zijn aantekening van de avond ervoor. Híj was het. Dat heeft hij gedaan in zijn droom.'

'Nee.' Charlie stak zijn hand uit. 'Ik was het niet.'

Zonder dat hem iets werd gevraagd overhandigde James hem de katapult.

'Híj heeft bij jullie op de deur geklopt,' zei Charlie. 'Heel hard. Ik herinner me dat de droom nog echter voelde dan anders, alsof we daar echt met z'n tweeën stonden. Ik keek omhoog en zag boven een lamp aangaan.'

'Dat is precies hoe het is gegaan.' James smeekte me nu bijna. 'Mijn moeder ging naar beneden, maar er was niemand. Dat weet je toch nog?'

Voordat ik kon reageren, schudde Charlie zijn hoofd.

'Het werd me te veel,' zei hij. 'Het was te echt. Vlak voordat de deur openging, werd ik wakker. Het was net alsof de droom me eruit gooide.'

Ik deed mijn ogen dicht en dacht aan Eileen, die op de ochtend in kwestie verwoed over de deur had staan wrijven – om het bloed weg te poetsen, als het dat echt was geweest. En het was me duidelijk wat er was gebeurd, zelfs al was de rationele verklaring bijna even ongelooflijk als degene die James bereid was te accepteren. Charlie was midden in de nacht stiekem naar buiten geglipt en had dat gedaan. Daarna had hij de aantekening in zijn dagboek geschreven om James te overtuigen.

Het was opzettelijk en berekenend. En het lag er duimendik bovenop.

Maar toen ik mijn ogen weer opendeed, zag ik dat James het geloofde. In elk geval geloofde hij er genoeg van om erin mee te gaan. Zijn gezichtsuitdrukking maakte me misselijk. Maar wat kon ik zeggen? Opeens besefte ik hoe ontzettend alleen ik hier was en hoe ver wij vieren verwijderd waren van andere mensen. Charlie, die daar stond met de geladen katapult. Billy, die zich had afgekeerd van de boom en naar me keek, met het mes in zijn hand. En James, een onschuldige pion in een spel dat ik nog altijd niet begreep.

Je moet nu heel goed oppassen, hield ik mezelf voor. *Heel goed oppassen.*

'Goed,' zei ik langzaam. 'Dus Roodhand zal tot leven komen om Goodbold voor ons te vermoorden. En hoe gaat dat dan in zijn werk?'

'Daar zijn we alle vier voor nodig,' zei Charlie. 'Met z'n allen, en met zijn hulp, zijn we sterk genoeg om de werkelijkheid te beïnvloeden.'

'Alsjeblieft, Paul,' zei James.

Je bent knettergek, dacht ik. *Jullie zijn allemaal knettergek*. Al wist ik niet zeker of dat waar was. Daarvoor leek Charlie de situatie veel te goed in de hand te hebben. De echte vraag was wat hij hoopte te bereiken. Want ook al had hij James tot nu toe weten te overtuigen, dit experiment kon onmogelijk verdergaan. 's Nachts ons dorp in sluipen en bij James op de deur bonzen was één ding, maar ik achtte zelfs Charlie niet in staat om Goodbold te vermoorden.

Het gaat er nu om dat je hier weg moet zien te komen, Paul. Bij dat besef ging er een huivering door me heen. 'Goed,' zei ik. 'Hoe pakken we dat aan?'

Charlie duwde met zijn voet tegen de tas die op de grond stond en glimlachte naar me. 'Incubatie,' zei hij.

18

Laat die avond zat ik aan het bureau in mijn kamer, het huis donker en stil achter me, met in mijn hand het voorwerp dat Charlie me die middag in het bos had gegeven.

Een pop.

Die was met de hand gemaakt en ongeveer vijftien centimeter lang. De binnenkant was een oude houten wasknijper, maar die had Charlie omhuld met een allegaartje aan materialen: oude lapjes, lussen touw, klonten opgedroogde verf en klodders lijm. Het haar op wat moest doorgaan voor het hoofd was donker en woest, en het gezicht dat door het haar werd omlijst was helemaal zwart geverfd. Het lichaam was gehuld in een soort camouflagestof en uit de mouwen staken armen gemaakt van pijpenragers. Aan de twee uiteinden waren vijf lange stukken rood koord bevestigd – vingers, vermoedde ik, maar ze waren zo lang dat ze helemaal tot de voeten van de pop kwamen toen ik die rechtop hield.

Ik draaide de pop om in mijn hand. Die zag er weerzinwekkend uit. Hij had iets smerigs en kriebeligs, als een speeltje dat onder een bank of in de hoek van een kamer was beland waar nooit werd schoongemaakt.

Incubatie.

Waarom had ik hem gehouden? In het bos had ik geen andere keus gehad. Charlie had vier van die poppen gemaakt, en de andere drie waren even gedetailleerd en zorgvuldig samengesteld als de mijne. Hoe walgelijk ze ook waren, hij moest er veel werk in hebben gestoken, en Billy en James hadden hun pop dankbaar aanvaard. Het had me gevaarlijk geleken om de mijne te weigeren. In plaats daarvan had ik geluisterd naar wat Charlie ons vertelde, en had ik moeten doen alsof ik het met hem eens was, waarbij ik mezelf de hele tijd had voorgehouden dat ik dat lelijke kloteding zou weggooien zodra ik veilig was.

En toch hield ik het nu nog steeds in mijn handen.

Ik staarde naar de zwarte afwezigheid van zijn gezicht. Nadat Charlie ons de poppen had gegeven had hij uitgelegd wat we moesten doen. Als we deze pop bij ons hielden en ons er voordat we gingen slapen op concentreerden, dan zou de verschijning ons 's nachts makkelijker kunnen vinden, zo was het idee. Als we een lucide droom hadden, moesten we ons naar lokaal C5b verplaatsen, en dan zou Charlie ons laten zien wat we moesten doen.

Het was natuurlijk onmogelijk. Net als in het bos geloofde ik nu ook niet dat het kon, en ik realiseerde me dat ik alleen overwoog om aan dit gedoe mee te doen vanwege James. Als ik Charlie de rug toekeerde, zou ik mijn beste vriend kwijt zijn. En ik was bang dat ik James in gevaar bracht als ik hem in de steek liet. Daarom moest ik het spelletje meespelen.

En hoelang kon Charlie dit nou helemaal volhouden? Er wás geen gedeelde droomwereld. Het was onmogelijk dat onze dromen een concreet effect hadden op de echte wereld. En er bestond geen Roodhand.

Dat betekende dat er niets zou gebeuren. En morgen zou het voorbij zijn.

Desondanks was er een grens aan hoever ik wilde gaan. Charlie had ons opgedragen om met de pop onder ons kussen te gaan slapen, maar daar moest ik niet aan denken. In plaats daarvan legde ik het ding in de bureaula. Eenmaal in bed deed ik het licht uit en bleef daar een tijdje liggen, en toen ik me de anderen voorstelde in hun eigen bed, schrok ik ervan hoe makkelijk ik me hen voor de geest kon halen. De afgelopen dag had me de stuipen op het lijf gejaagd. In het donker ging ik op mijn zij liggen, en daarna herhaalde ik de mantra's die me ondertussen vertrouwd voorkwamen.

Ik zal me mijn dromen herinneren. Ik zal wakker worden in mijn dromen.

Er zou Goodbold niets overkomen. James zou Charlie binnenkort doorhebben, hij zou ontwaken uit zijn betovering, en over een paar weken zou dit allemaal vergeten zijn.

Hoe zou het anders kunnen gaan?

Ik had nog altijd geen idee waartoe Charlie in staat was.

Ik droom.

Ik herinner me de bekende opwinding als je lucide werd in een droom. En het onbehaaglijke gevoel dat daarop volgde.

Want ik stond onder aan de trap in de kelder van de school, met mijn gezicht naar lokaal C5b gericht. De deur voor me zat dicht en het raam van draadglas aan de ene kant was mistig en grijs. Door de angst die ik voelde werd de droom wazig aan de randen, waardoor ik bijna wakker werd, dus knielde ik neer en gebruikte de omgevingstechniek door mijn hand op de koude tegelvloer te leggen en met mijn handpalm een rondje te draaien over het ruwe steen. Dat gevoel verankerde me.

Ik stond weer op.

Er is niets om bang voor te zijn.

Dit was een droom, wat betekende dat ik er nu de baas over was en dat er geen enkele reden was om ergens bang voor te zijn. Ik had toen ik in slaap was gevallen aan de gebeurtenissen van de vorige dag liggen denken, dus was het logisch dat mijn onderbewuste deze plek tevoorschijn had getoverd.

Maar ik had geen enkele reden om hier te blijven. Nog steeds met mijn rug naar de trap gekeerd hield ik mezelf voor dat er bovenaan een deur zou zijn wanneer ik me omdraaide, en als ik die deur opendeed, zou ik op een strand komen. Het was makkelijker dan proberen te teleporteren. In een lucide droom kon je brein zich vastklampen aan de vertrouwde regels van wat mogelijk was, en deze techniek had ik al eerder gebruikt, en die werkte altijd.

Ik haalde het me duidelijk voor de geest en draaide me toen om.

De overloop boven was grijs en doods, en...

Kling.

In de verte hoorde ik een geluid. Het klonk alsof er met een hamer op een pijp werd geslagen. Het geluid galmde na en stierf toen weg. Ik kon niet bepalen waar het vandaan was gekomen en voelde me nog onprettiger. In mijn droom was ik wakker, maar ik had het gevoel dat ik hem niet in de hand had, alsof een ander er invloed op uitoefende en hij of zij dat beter kon dan ik.

Kling.

Weer dat geluid. Ditmaal klonk het harder.

Ik draaide me om en liep naar de deur van lokaal C5b. Het raam aan de zijkant was grijs, maar de lucht erachter leek te wervelen, alsof de kamer vol rook stond. En er was daar nog iets anders, zag ik opeens. Een bleke vorm, vlak bij het glas.

Het was een gezicht, of in elk geval een soort lugubere benadering daarvan. Het was een langwerpig ovaal, de ogen opgerekt en vervormd tot vage strepen, de neus weinig meer dan twee verticale gleufjes en de mond een dunne zwarte spleet. Maar hoe vervormd het ook was, ik herkende James erin. Zijn ogen werden groot toen hij me zag en zijn mond begon op een vreemde manier te bewegen en nam bizarre vormen aan terwijl hij met me probeerde te communiceren over een soort scheidslijn, die we geen van beiden konden oversteken. Hij zag eruit alsof hij was verdronken en onder water was achtergelaten. Ik zag zijn beeltenis zwemmen aan de andere kant van het raam.

Kling.

En opeens klonk er achter me een veel harder geluid. Het afgrijselijke geschraap van metaal over metaal. Een gepiep en geknars van verroeste onderdelen die in geen tijden hadden bewogen en plotseling uit hun stilstand kwamen.

Ik draaide me langzaam om.

In de schaduw onder de trap gloeide nu een vage gele driehoek boven de deuren van de oude lift. Daar kwam het geluid van knarsend metaal vandaan. Mijn hart begon zo hard te bonzen dat ik er wel wakker van móést worden. Maar dat gebeurde niet.

De toon van het knarsende metaal werd anders.

Word wakker, zei ik tegen mezelf.

De metalen deuren schoven schokkerig open.

Ik draaide me terug naar het lokaal. James was er nog en schudde nu zijn hoofd heen en weer, waardoor zijn verschrikkelijke gelaatstrekken vervaagden tot één langzaam bewegende veeg toen dat wat er uit de krochten van de school was opgestegen achter me kwam staan.

Word wakker.

Ik deed mijn ogen dicht en stelde me mezelf liggend in mijn bed voor terwijl ik mezelf probeerde te dwingen om daar weer naartoe te vluchten.

Word wakker.

Maar toen ik mijn ogen weer opendeed, leek de droom nog levendiger dan eerst. Het lokaal bevond zich nog steeds vlak voor me, en nu voelde ik dat er iets achter me stond. De huid van mijn nek jeukte door zijn aanwezigheid.

Word wakker.

Ik rook bladeren en omgewoelde aarde, en hoorde een weerzinwekkend gerasp, alsof iemand moeizaam ademhaalde omdat hij een kapotte keel had.

Word wakker, word wakker, word wakker.

Toen werd er van achteren een natte rode hand op mijn gezicht gelegd, sloten ranzige vingers zich over mijn neus en mond en knepen die dicht. Ik probeerde adem te halen. Er kwam niets. En toen ik dreigde te stikken, maaide ik in hulpeloze paniek wild om me heen.

Ineens drong tot me door waarom ik niet wakker kon worden.

Dit was namelijk geen droom.

19

Nu

Terug in mijn moeders huis deed ik de deuren op slot en daarna leunde ik op het aanrecht, terwijl ik door het raam naar de Schaduwen staarde en probeerde mijn ademhaling weer onder controle te krijgen.

Afgezien van de heen en weer schietende vliegen bij het hek was alles doodstil.

Er was daar nu niemand.

Toch stond ik te trillen.

Ik wist nog hoe ik, nadat ik wakker was geworden uit de nachtmerrie die Charlie en zijn pop hadden veroorzaakt, had geprobeerd om het voor mezelf te verklaren. Het te beredeneren. Het was logisch dat ik over het lokaal in de kelder en over Roodhand had gedroomd. Na de intensiteit van de voorafgaande dag, waarop ik was geconfronteerd met Charlie en zijn opgeheven katapult en de collectieve gekte van mijn vrienden, zou het bijna vreemd zijn geweest als ik dat niet had gedaan.

Ik deed mijn best om nu hetzelfde te doen. De vlekken op de deur konden een rotgeintje zijn. En iedereen had het volste recht om in het bos te lopen. Misschien had ik een zwerver gezien, een man die daar woonde omdat hij nergens anders terechtkon. Het zou niet zo vreemd zijn als zo iemand een voddige oude jas zou dragen.

Dat wilde ik geloven.

Hoewel ik het niet graag toegaf, was ik daarnet bang geweest. Ik kon mezelf wel voorhouden dat het geen zin had gehad om achter de man aan te gaan – dat het bos zo dicht en ondoordringbaar was dat ik hem waarschijnlijk snel uit het oog zou zijn verloren –, maar hoe waar dat ook was, ik wist dat het niet de afweging was die ik toen had gemaakt.

Nee, toen ik hem had gezien, was ik doodsbang geworden. En ik had daar gestaan, als bevroren, en me weer een tiener gevoeld.

Ik schrok van een klepperend geluid achter me. Maar dat geluid was als een vertrouwde echo van een jeugdherinnering. Het was de brievenbus maar. Ik draaide me om en zag dat de post van die dag was gekomen.

Ik liep de gang door en pakte de verspreid liggende brieven. Nog meer rekeningen en circulaires. Ik legde ze bij de andere, maar bedacht me toen. Op het grote geheel waren ze natuurlijk onbelangrijk, maar op een gegeven moment moesten ze worden doorgenomen, en een routineklusje zou nu goed voor me zijn. Dat zou me weer verankeren aan de echte wereld. Dus pakte ik de hele stapel, liep ermee naar de voorkamer en ging op de bank zitten.

Mijn moeder was van de oude stempel en kreeg overal nog papieren versies van. Er waren de standaardrekeningen van nutsbedrijven, die ik openscheurde en onverschillig bekeek, een bankafschrift dat ik nog even ongeopend besloot te laten, menu's van afhaalrestaurants en brochures van hoveniers en dakgootspecialisten uit de buurt.

En er was een telefoonrekening. Nadat ik die had geopend

bleef ik er een paar tellen naar staren. Het was een kwartaalrekening voor de vaste telefoon, drie pagina's lang. Mijn blik gleed langs de gespecificeerde nummers op het eerste vel – allemaal nummers die mijn moeder had gebeld – en daarna bekeek ik de tweede pagina en ten slotte de laatste.

Pas bij de gesprekken van bijna twee maanden terug kwam ik mijn mobiele nummer tegen. Die datum leek heel lang geleden. Waar hadden we het over gehad? Ik wist het niet meer. Ongetwijfeld nergens over, gewoon een standaardgesprek om bij te praten, dat ik vast zonder erbij na te denken zo kort mogelijk had geprobeerd te houden. Mijn moeder had mij altijd gebeld, en de tijd tussen die onregelmatige telefoontjes leek te verstrijken zonder dat ik ooit de neiging voelde om zelf contact te zoeken.

Bij die gedachte werd ik overspoeld door een golf van verdriet.

Het kan me niets schelen als je nooit meer aan me denkt. In plaats daarvan zal ik aan jou denken.

Want dat was toch wat ouders deden? Die wilden hun kinderen beschermen. Die wilden dat hun kroost het best mogelijke leven zou krijgen. En daar verwachtten ze niets voor terug. Maar uit het aantal nummers op deze lijst bleek duidelijk dat mijn moeder behoefte had gehad om met iemand te praten, en nu voelde ik me schuldig dat het niet met mij was geweest. Dat ik niet vaker aan haar had gedacht.

Met wie had ze dan gesproken?

Ik ging terug naar de eerste pagina. De afgelopen maand was er een paar keer gebeld naar een nummer dat ik herkende als dat van Sally, en naar enkele andere nummers, die me niets zeiden. Vooral één sprong eruit, omdat het zo vaak was gebeld. Het was een mobiel nummer en hoewel mijn moeder het niet elke dag had gebeld, scheelde dat niet veel. De gesprekken varieerden in lengte en hadden plaatsgevonden op onregelmatige tijden, vaak midden in de nacht. Ik had geen idee wie het was – maar ja, waarom zou ik ook? Ik wist maar heel weinig over het leven van mijn moeder.

Misschien was het nog niet te laat om daar iets aan te doen.

Ik pakte mijn mobieltje en belde het nummer. De telefoon ging een eeuwigheid over en schakelde toen door naar een anonieme, blikkerig klinkende voicemail, die me uitnodigde om een bericht in te spreken. Dat deed ik niet. In plaats daarvan verbrak ik de verbinding en probeerde het even later nog een keer. Misschien was de eigenaar van het nummer even niet in staat geweest om op te nemen.

Ditmaal ging de telefoon helemaal niet over en hoorde ik alleen een holle piep.

Ik verbrak de verbinding en keek met een frons naar mijn toestel. Degene aan de andere kant van de lijn had besloten dat hij niet wilde opnemen en zijn telefoon uitgeschakeld. Een andere interpretatie van de situatie leek niet mogelijk, maar ik snapte ook niet goed wat ik ervan moest denken.

Verward bleef ik even zitten.

En toen ging mijn mobiele telefoon over – een plotselinge uitbarsting van lawaai en trillingen in mijn hand. Ik keek naar het schermpje, in de verwachting daar hetzelfde nummer te zien, maar de beller was Sally. 'Hallo?'

'Ik bel over je moeder,' zei ze tegen me. 'Ze is wakker. Ze vraagt naar je.'

Te hard reed ik naar het hospice. Wat Sally me had verteld had niet echt dringend geklonken – niet alsof ik er moest zien te komen voordat het te laat was –, maar toch. Mijn moeder was wakker en vroeg naar me, en ik kende haar slaappatroon goed genoeg om te weten dat ik deze kans om met haar te praten niet voorbij mocht laten gaan. Na jaren waarin er voornamelijk stilte tussen ons had geheerst, had ik het gevoel dat ik haar nog heel veel wilde vragen.

Nadat ik de auto had geparkeerd ging ik naar binnen en zag ik Sally, die bij de balie op me stond te wachten. Ik tekende het bezoekersregister en we liepen snel verder.

'Is ze nog wakker?' vroeg ik.

'Daarnet nog wel.'

'Waar wilde ze met me over praten?'

'Dat weet ik niet.' Sally keek me meelevend aan. 'Ik zou er maar niet te veel van verwachten. Ze vroeg wel naar je, maar ik vond haar nog behoorlijk verward.'

Toen we bij de kamer kwamen, bleef Sally op de gang staan wachten. Ik duwde de deur langzaam open en zag mijn moeder in bed liggen. Ze leek kleiner en zwakker dan de dag ervoor. Haar lichaam werd met het uur fragieler, maar haar ogen waren open. Ze keek naar me terwijl ik de deur zachtjes sloot en volgde me met haar blik toen ik naar de stoel bij het bed liep.

'Dag, mam.'

'Hallo, Paul.'

'Sally zei dat je me iets wilde vertellen.'

Ze fronste. 'Wie is Sally?'

De vrouw die al maanden je thuiszorgmedewerker is, dacht ik.

'Dat is niet belangrijk,' zei ik.

'Is ze je vriendin?'

'Geen sprake van.'

'Degene die ik niet mag ontmoeten?' Mijn moeder glimlachte en keek naar het plafond. Ik zei niets. Ze had het nu over Jenny; op die plek en in die tijd in het verleden bevond ze zich nu. ‘Dat moet je aan je vader vragen.’

Mijn vader was al zes jaar dood. Zelfs toen hij nog had geleefd, had ik hem nooit iets willen vragen, en ik snapte even niet waar mijn moeder het over had.

Ze keek me aan en schonk me een bemoedigende glimlach, in de hoop dat ik het zou begrijpen. ‘Voor de envelóppen, Paul. Je weet dat hij degene is die zulke dingen heeft. Je hebt er toch twee nodig? En postzegels, natuurlijk.’

Ineens snapte ik waar ze was: op de dag dat ik haar het tijdschrift had laten zien dat Jenny me had gegeven, met de informatie over de korte-verhalenwedstrijd op de achterkant. Deelname mocht dan gratis zijn, dat betekende niet dat ik alles had wat ik nodig had. Enveloppen en postzegels. Ik weet nog dat ik misselijk was geworden bij het vooruitzicht mijn vader om hulp te moeten vragen en hoe smalend hij had gekeken toen ik dat had gedaan. Hij had me gedwongen om precies te vertellen waar ik ze voor nodig had.

‘Niet dat ze je verhaal terug zullen sturen.’ Mijn moeder klakte een paar keer met haar tong. ‘Niet als ze weten wat goed voor ze is.’

‘Ik geloof niet dat het erg goed was, mam.’

‘Onzin. Toen je op school was, ben ik namelijk stiekem naar je kamer gegaan om het te lezen. Dat verhaal over die man die door de straten loopt waar hij is opgegroeid vond ik briljant.’

Toen fronste ze tegen zichzelf. ‘Ik bedoel, ik weet dat ik dat niet had mogen doen, maar jij laat me nooit iets zien, Paul. Het spijt me.’

Ik slikte. Als ik destijds had geweten dat ze dat had gedaan, zou ik me kapot hebben geschaamd, maar nu leek alles zo lang geleden dat het er nauwelijks meer toe deed. ‘Het geeft niet, mam.’

Ze keek weer naar het plafond en deed haar ogen dicht. Ik wachtte, omdat ik niet goed wist wat ik moest zeggen of doen. Ik had me hiernaartoe gehaast omdat ze wakker was en me iets wilde vertellen. Misschien was het dom, maar na wat er vandaag bij het huis was gebeurd, had ik aangenomen dat het daar iets mee te maken had: met het geklop op de deur en de man die ik in het bos had gezien.

Maar het was alleen dit.

'Mam, weet je nog dat ik je heb verteld dat ik naar zolder ben gegaan?'

Even kwam er geen reactie. Toen slaakte ze een zucht. 'Ze zijn allemaal hetzelfde.'

'De... zaken?'

'Nee.' Nog altijd met haar ogen dicht glimlachte ze alsof ze ergens stilletjes blij mee was. 'Ze zijn allemaal hetzelfde. Daarom zal hij het nooit vinden.'

'Wie? En wat zal hij niet vinden?'

Maar ze schudde alleen haar hoofd. Het leek erop dat ze, wie 'hij' ook was en wat ze ook voor hem verborgen hield, vastbesloten was om het ook voor mij geheim te houden. Ach, ik kon later nog een keer alle kranten doornemen. Ik onderdrukte mijn frustratie en probeerde een andere benadering. 'Heb jij... iemand in het bos gezien?'

Weer reageerde ze niet meteen. Maar de glimlach verdween en een paar tellen later vlogen haar ogen ineens open en keek ze me paniekerig aan. 'Hij is in het bos, Paul!'

'Er is niks aan de hand, mam.'

'Hij is in het bos. Nu, op dit moment!'

Ik streek rustig de deken in de hoek van het bed glad. Het voelde als een nutteloze poging om haar te kalmeren, maar even later leek haar lichaam zich enigszins te ontspannen. 'Wie is in het bos, mam?'

'Ik wil de naam van die afschuwelijke jongen niet uitspreken.' Ze schudde haar hoofd nog een keer en deed haar ogen dicht. 'Niet na wat hij heeft gedaan. Niet na alle pijn die hij in de loop der jaren heeft veroorzaakt.'

Ik aarzelde. 'Heb je Charlie in het bos gezien?'

Ze knikte afwezig. 'Als flikkerend schijnsel tussen de bomen.'

Dat beeld vond ik verontrustend en ik haalde mijn hand van het bed. Nu zag mijn moeder spoken. Maar ik bedacht dat ze die waarschijnlijk al maanden zag. Dat wilde nog niet zeggen dat ze echt waren.

'O,' zei ze opeens. 'Ik weet het weer.'

'Wat weet je weer?'

'Wat ik je moest vertellen.'

Haar ogen bleven dicht en haar stem klonk nu zwakker. Ze doezelde weg. Mijn kans werd kleiner, en ik wist niet hoeveel ik er nog zou krijgen.

Ik boog me weer dichter naar haar toe. 'Wat dan?'

'Ik ben heel trots op je.' Ze glimlachte flauwtjes. Terwijl ze weer in slaap sukkelde, gingen haar gedachten tussen verschillende periodes heen en weer, en ik wist waar ze nu was. Ze stond samen met haar zoon op een perron, wachtend tot hij zou vertrekken. Ze wist dat hij niet zou terugkeren, maar ze liet hem de wijde wereld in trekken zonder ook maar een moment aan zichzelf te denken.

Even was het stil in de kamer.

'Dank je,' zei ik zacht.

'Volgens mij word je later schrijver.'

Ook al was haar stem nu nauwelijks verstaanbaar, ze zei het met zoveel overtuiging dat ik niet in staat was om te reageren. In plaats daarvan bleef ik naar het beddengoed zitten kijken, dat bijna onzichtbaar op- en neerging bij elke ondiepe ademteug die ze nam. En toen, eindelijk, vond ik de juiste woorden. 'Ik hou van je,' zei ik.

Maar mijn moeder sliep alweer.

Teder drukte ik een kus op haar voorhoofd en ik bleef nog een tijdje bij haar zitten.

Ik ben heel trots op je.

Later, toen ik weer naar buiten liep, moest ik aan die woorden denken. Ze hadden troost moeten bieden, maar ik wist dat ze het niet echt tegen mij had gehad – of in elk geval niet tegen degene die ik nu was. In mijn huidige leven was niets waar iemand trots op kon zijn, en wat er vroeger ook eventueel was geweest was in de tussentijd vervaagd. Terwijl mijn moeder blij was geweest dat ik kon ontsnappen aan Gritten en alles wat hier was gebeurd, had ik dat in werkelijkheid nooit gedaan. Niet echt. De schaduw ervan was altijd aanwezig geweest.

Volgens mij word je later schrijver.

Wat een mop. Een deel van me was blij dat haar gedachten waren teruggegaan naar een tijd en een plaats waar ze nog kon geloven dat ik iets zou bereiken.

Ik duwde de deuren van het hospice open en kneep mijn ogen tot spleetjes toen ik de felle middagzon in stapte. Ik liep naar mijn auto, het grind knerpend onder mijn voeten, en door het felle licht, de hitte en alle emoties die in mijn binnenste kolkten, zag ik pas toen ik daar was aangekomen dat er nu een andere wagen naast stond. Daar leunde een vrouw tegenaan met haar armen over elkaar geslagen, en ze keek naar mij.

Ze leek achter in de dertig, met lang bruin haar dat in een staart zat. Ze was niet gekleed op het weer – ze droeg een donkere spijkerbroek en een lange zwarte jas –, maar aan haar gezicht te zien bekommerde ze zich totaal niet om de temperatuur.

Ze zette zich af tegen de auto. ‘Paul Adams?’

‘Ja.’

Ze knikte bij zichzelf, alsof ik de volgende teleurstelling uit een lange reeks was. ‘Rechercheur Amanda Beck,’ zei ze. ‘Is hier ergens een café, Paul? Ik weet niet hoe het met jou zit, maar ik ben dringend aan een borrel toe.’

20

Paul reed niet ver.

Een paar minuten nadat ze het terrein van het ziekenhuis hadden verlaten, zette hij zijn richtingaanwijzer aan en reed een parkeerplaats op. Amanda deed hetzelfde en zette haar auto achter de zijne. Daarna volgde ze hem de pub naast de parkeerplaats in. Gezien de algehele staat waarin Gritten verkeerde, was ze bang dat het een sjofele tent zou zijn, maar dat viel alleszins mee: donker hout, opgepoetst koper en genoeg televisieschermen om de indruk te wekken dat het later drukker zou worden, maar voorlopig was het rustig in de zaak. Al was het allerbelangrijkste op dat moment natuurlijk dat het een bar was.

Ik ben dringend aan een borrel toe. Amanda nam aan dat ze dat al talloze keren in haar leven had gezegd, meestal na een werkdag die bij nader inzien tamelijk makkelijk was geweest. Maar vandaag was het echt waar. Dat ze de moordenaar bij het huis van Billy Roberts bijna tegen het lijf was gelopen had haar vecht-of-vluchtreactie geactiveerd en nadat de politie en de ziekenwagen waren gearriveerd, was de adrenaline lusteloos in haar lichaam bezonken. Adrenaline was een vergif; als jij die niet gebruikte, gebruikte hij jou. Ze had staan rillen tijdens haar gesprek met de onderzoeksleider, ene Graham Dwyer, en zelfs nu trilden haar handen nog een beetje.

De barvrouw gaf Paul een biertje zonder dat hij erom hoefde te vragen. Met de alcohollimiet in haar achterhoofd bestelde Amanda een wodka-cola plus één pure wodka. Zodra het laatste drankje werd neergezet dronk ze het glas in één teug leeg.

Paul wilde zijn portemonnee pakken, maar terwijl haar keel brandde maakte ze een afwerend gebaar. 'Ik betaal.'

'Dank je wel.'

Nadat ze had afgerekend, keek ze om zich heen en ging hem toen voor naar een tafeltje aan de zijkant, zo ver mogelijk bij de andere bezoekers vandaan. Ze namen plaats en ze onderdrukte de neiging haar tweede glas ook in één keer leeg te drinken. In plaats daarvan nam ze een slokje, deed haar ogen dicht en liet de vloeistof rondgaan in haar mond.

'Gaat dit om wat er vanochtend is gebeurd?' vroeg Paul.

Amanda slikte de drank langzaam door en deed haar ogen open. 'Vanochtend?'

'De vegen op de voordeur van mijn moeders huis,' zei Paul. 'Er is een agent komen kijken. Holder, als ik het goed heb. Hij heeft foto's genomen, maar leek verder niet echt geïnteresseerd.'

Dat was Amanda beslist wel. 'Wat voor sporen?'

'Iemand heeft 's nachts op de deur staan kloppen en vuistafdrukken achtergelaten op het hout. Die agent dacht dat iemand een geintje had uitgehaald.'

'Vreemd soort geintje.'

'Ja, dat vond ik ook.'

Hij keek haar heel even aan alsof hij nadere uitleg wilde geven, maar niet precies wist hoe hij dat moest doen. Daarna schudde hij zijn hoofd. 'Maar dat is niet de reden dat jij hier bent.'

'Nee.' Amanda haalde haar identiteitsbewijs tevoorschijn en liet het hem zien. 'Ik werk niet bij de politie van Gritten. Ik kom uit een plaats die Featherbank heet.' Ze hield zijn reactie scherp in de gaten. Als Paul Adams achter het CC666-account zat, zou die plaatsnaam hem beslist bekend voorkomen. Maar op zijn gezicht was geen teken van herkenning te zien. Ze borg haar identiteitsbewijs op. 'Ik ben hier vanwege een misdaad die daar het afgelopen weekend heeft plaatsgevonden. Een moord. Twee jongens hebben een klasgenoot om het leven gebracht.'

Dat ontlokte hem wel een reactie. Paul deed zijn ogen dicht en wreef met zijn vingertoppen over zijn voorhoofd.

Opnieuw sloeg ze hem aandachtig gade. Ze schatte dat hij nu een jaar of veertig was, maar hij had een aantrekkelijk gezicht waardoor hij – onder normale omstandigheden – waarschijnlijk veel jonger zou lijken. Op dit moment leek hij de last van de hele wereld op zijn schouders mee te torsen en waren al die jaren stuk voor stuk in zijn gezicht gegrift. Zo te zien had zij daar zojuist nog wat aan toegevoegd.

'Nog een,' zei hij zacht.

'Nog een?'

'In de loop der jaren zijn er nog twee andere geweest. Minstens.'

Verdomme. Amanda pakte haar telefoon. 'Weet je hoe ze heetten?' Ze tikte de informatie die hij haar gaf in in haar notitie-app. Die zou ze later moeten natrekken. Kon CC666 daar ook bij betrokken zijn? 'Van die moorden had ik nog nooit gehoord,' bekende ze.

'Ik ben er gisteren pas achter gekomen. Tot die tijd had ik er geen idee van. Ik was er gewoon van uitgegaan dat al die dingen waren... vergeten.'

‘Nou, op internet niet.’

Hij trok zijn wenkbrauwen op. ‘Nee, dat heb ik gezien. Maar begrijpen doe ik het niet.’

‘Nou ja, je weet wel...’ Amanda haalde haar schouders op en liet haar volgende hint zo achteloos mogelijk vallen. ‘Mensen zijn altijd geïnteresseerd in het onopgeloste en het onbekende.’

Hij schudde zijn hoofd. ‘Maar dit was niet onopgelost.’

‘Nee, dat is waar.’ Als hij dat forum kende, kon hij goed toneelspelen. Ze maakte een afweging. ‘Om precies te zijn is dat de naam van een website: *Het Onopgeloste en het Onbekende*. Heb je daar weleens van gehoord?’

‘Nee.’

‘Ik ook niet, tot een paar dagen geleden. Kijk, het zit zo: die jongens uit Featherbank waren allebei lid van die website. Ze waren geobsedeerd door de zaak van Charlie Crabtree. En er was een andere gebruiker die hen leek aan te moedigen. Diegene wist een heleboel over wat er hier in Gritten was gebeurd.’

‘Ja, het is me opgevallen dat dat voor veel mensen geldt.’

‘In dit geval was het iemand die suggereerde dat hij Charlie wás.’

Dat werkte als een toverspreuk. Heel even verstrakte Pauls hele lichaam. Daarna verscheen er een uitdrukking van ongeloof op zijn gezicht: een mengeling van walging, verwarring en verdriet. Niemand kon zó goed toneelspelen, besloot Amanda. Wat Paul Adams verder ook mocht zijn en welke problemen hij ook had, ze was er zeker van dat hij niet achter het CC666-account zat. En dat was bijna teleurstellend.

‘Waarom zou iemand dat doen?’ vroeg hij.

‘Dat weet ik niet.’ Ze aarzelde. ‘Ik bedoel, denk jij dat diegene de waarheid kan hebben gesproken?’

‘Nee. Charlie is dood.’ Maar hij zei het te snel, op een manier die op zich al een soort toverspreuk leek: een bezwering die, wanneer je hem maar vaak genoeg herhaalde, bewaarheid zou worden.

'Hoe weet je dat zo zeker?' vroeg ze. 'Voor zover ik weet heeft de politie het bos destijds uitgebreid doorzocht.'

Daar dacht Paul een tijdje over na. 'Ja, dat herinner ik me nog,' zei hij ten slotte. 'Ik weet nog dat ik door mijn slaapkamerraam de honden hoorde blaffen. Af en toe zag ik een politieagent bij de bosrand. Kijk, als je er op internet over leest, dan lijkt het net alsof Charlie spoorloos is verdwenen. En dat is gewoon niet zo.'

'Nee?'

'Nee. Hij en de anderen waren zo vaak in dat bos geweest dat er overal sporen van hem waren. Dus de honden vonden een spoor dat terugleidde naar een ander spoor, en uiteindelijk liepen ze in kringetjes rond. Ze zaten letterlijk achter hun eigen staart aan. Die zoektocht mag dan uitgebreid zijn geweest, maar als je zelf nooit in dat bos bent geweest, heb je geen idee hoe groot het is. Hoe makkelijk het is om erin te verdwalen.'

Hoewel al die dingen waar konden zijn, merkte ze aan hem dat hij nog twijfels had. Hij was minder zeker van zichzelf dan hij het liet klinken. Ondanks alle aanwijzingen en de zwaarwegende waarschijnlijkheid, was een deel van hem er niet zeker van.

'Wist jij dat Billy Roberts in Gritten woonde?' vroeg ze.

'Nee.' Hij knipperde met zijn ogen. 'Fuck. Daar had ik geen idee van.'

'Hij woonde in het huis dat vroeger van zijn ouders was.'

'Ik wist niet eens dat hij weer was vrijgekomen.'

'Echt niet?' Alweer een waarheid, dacht ze, maar wel eentje die haar verbaasde. 'Gezien de gebeurtenissen zou ik hebben verwacht dat je deze zaak door de jaren heen was blijven volgen.'

'Integendeel. Ik heb mijn best gedaan om er nooit meer aan te denken. Nadat ik uit Gritten was vertrokken, wilde ik het gewoon vergeten. Doen alsof het nooit was gebeurd.'

Jezus, dacht Amanda. *Iedereen heeft verdomme een doos in zijn hoofd om dingen in op te bergen.* Behalve zijzelf, natuurlijk. Op dit moment hoefde ze haar ogen niet eens dicht te doen om Billy Roberts weer op zijn met bloed doordrenkte bank te zien. Dat beeld bleef maar door haar hoofd spoken en het kostte haar de grootste moeite om het buiten de deur te houden. Later zouden er zeker nachtmerries komen.

'Woonde?' vroeg Paul.

'Pardon?'

'Je zei dat Billy daar woonde.'

Dat was scherp opgemerkt van hem. Amanda pakte haar glas, nam nog een slok en vroeg zich af hoeveel ze hem moest vertellen. Al zou het nieuws zich natuurlijk snel genoeg verspreiden. 'Ze hebben hem vandaag dood aangetroffen,' zei ze. *Ik heb hem dood aangetroffen.*

'Hoe?'

'Daar wil ik nu even niet op ingaan. Laat ik het zo zeggen: ik ben niet officieel betrokken bij dat onderzoek. De politie van Gritten heeft al verscheidene verdachten op het oog die ze aan de tand willen voelen. Ik ging bij hem langs vanwege een heel andere zaak, die er helemaal los van staat.'

Daar dacht Paul even over na. 'Denk jij dat hij achter die berichten op internet kan zitten?'

Nog scherper opgemerkt.

'Dat weet ik niet. Het is een van de dingen die we onderzoeken. Acht jij hem daartoe in staat?'

'Billy? Ik weet helemaal niets over hem.'

Tegenwoordige tijd. Hoewel ze Paul net had verteld dat Roberts dood was, was die informatie nog niet diep genoeg bij hem bezonken om zijn taalgebruik aan te passen. Ze was er al van overtuigd dat Paul niet achter het CC666-account zat en nu was ze er ook zeker van dat hij niet betrokken was bij de moord op Billy Roberts. Maar wie had het dan wel gedaan?

Een heel andere zaak, die er helemaal los van staat, had ze net tegen Paul gezegd, wat naar alle waarschijnlijkheid ook waar was. Hoewel ze niet betrokken was bij het moordonderzoek, was ze wel op de plaats delict geweest, had ze een uitgebreide verklaring afgelegd en na afloop met rechercheur Graham Dwyer gesproken. Dwyer had al een lijst met mensen die hij wilde ondervragen op het bureau. Billy Roberts was zo nu en dan opgetrokken met een stel drinkebroers uit de buurt die een vaak ontvlambare relatie met elkaar hadden: mannen die zo goed als dakloos waren, makkelijk ruzie kregen en al na een halve fles met elkaar op de vuist konden gaan, waarbij al hun onderdrukte woede en wrevel explosief naar buiten kwamen. Vooruitlopend op het forensisch onderzoek zouden die mannen het vanzelfsprekende middelpunt worden van het politieonderzoek, en Amanda nam aan dat er een goede kans bestond dat Dwyer uiteindelijk gelijk zou krijgen.

Maar ze kon het gevoel van eerder die dag toen ze voor Roberts' voordeur had gestaan niet van zich af zetten: namelijk dat er iemand aan de andere kant van de dunne deur naar haar had staan kijken. Als dat inderdaad zo was, duidde dat op een moordenaar die veel meer zelfbeheersing had dan de voorlopige theorie deed vermoeden. En Amanda wilde niet geloven dat degene die verantwoordelijk was voor de afschuwelijke dingen die ze in dat huis had gezien koel en beheerst was geweest tijdens die daad. Want met wat voor monster had je dan te maken?

Paul staarde hulpeloos voor zich uit, bijna overdonderd door de informatie die ze hem had gegeven.

'Het spijt me dat ik nare herinneringen bij je heb opgerakeld,' zei ze.

Hij schudde zijn hoofd. 'Geloof me, die werden al opgerakeld.'

'Je moeder... Gaat het niet goed met haar?'

'Ze ligt op sterven.'

'Tja, ik probeerde een beetje discreet te zijn.'

'Dat hoeft niet, hoor.'

Ze knikte en wist nog hoe het was geweest toen haar vader op sterven lag. De eindeloze bezoekjes, de geur van het ziekenhuis, dat hij met de dag kleiner leek te worden, krimpend tot iemand die niet paste bij het postuur van de man die ze zich herinnerde. Het had onmogelijk geleken. Maar alles is goed tot het dat niet meer is. Mensen zijn er, levensgroot en vanzelfsprekend, en dan zijn ze er ineens niet meer. 'Nou, ik vind het vervelend voor je,' zei ze. 'Je hebt het er vast moeilijk mee.'

'Voor haar is het waarschijnlijk moeilijker.' Paul pakte zijn glas bier en dronk dat in één teug half leeg.

Amanda wachtte.

'Ik had haar al heel lang niet meer gezien,' zei hij. 'Ik ben hier nooit meer terug geweest. Ken je dat gevoel, dat je iets hebt weggestopt en het bent vergeten, alsof het er niet meer is? Om vervolgens tot de ontdekking te komen dat het eigenlijk nooit weg is geweest?'

'Als een doos die niet dicht wil blijven zitten?' vroeg ze.

'Precies.'

'Geloof me, daar heb ik elke dag mee te maken. Je logeert nu in het huis van je moeder, hè?

Hij knikte.

'Het verbaast me dat je niet naar een hotel bent gegaan,' zei ze.

'Universitair docenten krijgen niet zoveel betaald.'

'Maar dan nog.'

Hij reageerde niet, en ze merkte dat ze zich probeerde voor te stellen hoe het moest zijn om terug te keren naar een huis uit je kindertijd met zoveel nare geschiedenis in de muren en vloeren. Vooral omdat Paul dat, in tegenstelling tot Billy Roberts, waarschijnlijk niet had hoeven doen. Maar nu ze hem eens goed bekeek, besefte Amanda dat de last die hij meetorste voornamelijk uit schuldgevoel bestond, en ze vroeg zich af of een deel van hem had besloten dat hij terug moest gaan, ook al wilde hij eigenlijk niet meer denken aan wat zich hier had afgespeeld.

'Ik weet het niet,' zei hij ten slotte traag, alsof hij langzaam tot hetzelfde besef kwam. 'Hoe moeilijk ik het hier ook heb gehad, toch denk ik dat ik bij mijn moeder in het krijt sta. Zij heeft voor me gezorgd toen ik klein was. Ze heeft me beschermd. Me opgevoed. Misschien is dit wel het minste wat ik kan doen. Al is het daar nu duidelijk te laat voor.'

'Niet per se.'

Haar telefoon zoemde. Ze keek op het scherm en zag een bericht van Lyons waarin hij vroeg om een voortgangsrapport over wat er in vredesnaam aan de hand was. Het was zo beleefd geformuleerd dat ze merkte dat hij kwaad was omdat hij in het ongewisse verkeerde. Nou, hij zou nog even moeten wachten. Ze scrolde omhoog in de hoop dat er een update van Theo zou zijn, maar er was niets. De mysterieuze gebruiker achter het cc666-account had duidelijk nog niet toegehapt. En als bleek dat het Billy Roberts was geweest, dan zou dat ook nooit meer gebeuren.

Er schoot een flits van het tafereel van daarnet door haar hoofd. Ze zette het van zich af en dronk haar glas leeg. 'Oké,' zei ze. 'Ik moet er weer vandoor.'

'Nou, bedankt voor het drankje.'

'Graag gedaan. Fijn dat ik iets voor je kon betekenen, nu ik weet dat universitair docenten niet veel verdienen. Ik neem waarschijnlijk nog wel een keer contact met je op. Misschien is het handig om te praten over wat er hier is gebeurd, al is het maar om mij een idee te geven van wat ik precies zoek.'

'Ik weet niet of je wat dat betreft veel aan me zult hebben.'

'Ik ook niet. Maar we zullen zien.' Ze stond op. 'Ken jij hier in de buurt trouwens nog andere mensen die voor mij de moeite waard zijn om een praatje mee te maken?'

Na die woorden keek Paul langs haar heen naar de deur van de pub. Tot op dat moment had ze hem heel openhartig gevonden, waardoor ze aan geen enkel woord van hem had getwijfeld. Maar nu was zijn houding ineens omgeslagen. Hij leek niet op iemand die in zijn geheugen groef naar een naam, maar op iemand die er al een in gedachten had en zich afvroeg of hij die moest noemen of niet.

'Nee,' zei hij uiteindelijk. 'Niemand.'

21

Toen ik later terugreed naar Gritten Wood, ging ik niet meteen naar het huis van mijn moeder.

Terwijl ik de afslag nam van de vierbaansweg, zag ik in de verte de muur van de Schaduwen: een zwarte en solide aanwezigheid aan de onderkant van de hemel. Binnenkort zou het nacht zijn, en het idee om in mijn oude kamer te gaan slapen na alles wat er vandaag was gebeurd maakte me zenuwachtig. Omdat alles wat ik had ontdekt in mijn hoofd rondkolkte. Omdat het huis om me heen zou tikken en kraken en de bomen aan het einde van de tuin vol duisternis en spoken waren.

Al waren er hier natuurlijk overal spoken.

Ik zette de auto stil voor een ander huis en staarde door het raampje naar buiten. De tuin was erg overwoekerd, met braamstruiken die zich als rollen prikkeldraad over het gras bogen. De struiken die vlak langs het huis groeiden, kwamen helemaal tot het vieze zwarte glas van de ramen op de benedenverdieping. Het huis was eigenlijk niets meer dan een leeg omhulsel. Ik had het gevoel dat het bos erachter zijn vingers had uitgestrekt naar de achtertuin en langzaam zijn vuist balde om het huis weer op te eisen voor de wildernis.

James' oude huis.

Ik herinnerde me vaag dat mijn moeder me had verteld dat Carl en Eileen jaren geleden waren verhuisd. Misschien hadden ze geprobeerd dit huis eerst te verkopen, maar wie wilde er nou een huis kopen in Gritten Wood? Het dorp stierf een langzame dood. De huizen waren als lampen, die een voor een uitgingen zonder dat de kapotte peertjes werden vervangen. Het gebouw naast me was duidelijk al jarenlang onbewoond en de ziel was er lang geleden uit verdwenen.

Billy is dood, dacht ik.

De woorden hadden duidelijk iets te betekenen, maar toch drongen ze niet dusdanig tot me door dat ik ze kon begrijpen. Het leek iets wat belangrijk voor me zou moeten zijn – dat ik íéts hoorde te voelen. Misschien moest ik blij zijn. Blij dat die klootzak eindelijk zijn verdiende loon had gekregen na wat hij had gedaan. Dat zou toch zeker een natuurlijke reactie zijn? Maar elke keer dat ik een reactie bij mezelf probeerde te vinden, kon ik niets ontdekken.

De waarheid was dat Billy, in alle mogelijke opzichten, al vijfentwintig jaar dood voor me was. Hij was gewoon als een oude foto die ik al heel lang geen blik meer waardig had gekeurd. Toentertijd zou ik hem zelf graag hebben vermoord om wat hij had gedaan, maar die gevoelens waren in de tussenliggende jaren afgenomen. Achteraf besefte ik dat Billy altijd makkelijk te manipuleren was geweest. Hij had een moeilijke jeugd gehad, en ik kon me heel goed voorstellen dat zijn leven als volwassene ook zwaar moest zijn geweest. De enige emotie die zijn dood nu bij me opriep was een vreemd soort verdriet. Hoeveel levens waren er wel niet kapotgemaakt door wat hier was gebeurd, en wat een verspilling was het allemaal geweest.

En nu was er weer een jongen vermoord.

Charlie is dood. Dat had ik tegen Amanda gezegd, maar de woorden waren er als vanzelf uit gekomen. Het was het zinnetje dat ik door de jaren heen tegen mezelf had gezegd omdat ik niet anders kon. Ik keek naar het bos achter het huis. De meest voor de hand liggende verklaring voor Charlies verdwijning was dat hij daar ergens in de Schaduwen was – dat hij na wat hij samen met Billy had gedaan wakker was geworden en was weggeslenterd, en dat zijn beenderen ergens diep tussen de bomen lagen weg te rotten, uit elkaar getrokken door een wirwar van gras, verdwenen in het kreupelhout.

Toch kreeg ik nog altijd kippenvel.

Terwijl om me heen de avond neerdaalde en het donkerder werd, dacht ik aan het geklop van afgelopen nacht, aan gedaantes in het bos en aan wat mijn moeder had gezegd over dat ze Charlie als een flikkerend schijnsel tussen de bomen had gezien.

Over iemand die zich op internet voordeed als Charlie.

Denk jij dat diegene de waarheid kan hebben gesproken?

Op dat moment wenste ik dat ik even zeker was van mijn zaak als ik me in de pub had voorgedaan, maar in werkelijkheid voelde ik hem nog overal. Terwijl ik de motor weer startte en wegreed, maakte die gedachte me bang. Als Charlie nog steeds in leven was, wat was hier dan nu gaande?

Billy is dood.

De woorden kwamen tijdens het rijden opnieuw bij me boven. En al had Amanda gezegd dat haar zaak er niets mee te maken had en dat de verdachten al bekend waren, toch welde er paniek in me op. Omdat er opnieuw rode handafdrukken op de wereld werden gedrukt en ik almaar het gevoel had dat er nog iets afschuwelijks zou gebeuren. Maar het belangrijkst waren de woorden van mijn moeder: *Je zou hier niet moeten zijn.*

Nadat ik de auto voor het huis had geparkeerd, gunde ik mezelf even de tijd om tot rust te komen. Ik durfde bijna niet naar binnen te gaan, en dat was natuurlijk niet goed. Mijn terugkeer naar Gritten had me van mijn stuk gebracht, dat was alles. En hoewel er zeker nog moeilijke momenten zouden komen, was het voornaamste dat dit alles binnenkort achter de rug zou zijn. Als ik had gedaan waarvoor ik was gekomen, kon ik mijn eigen leven weer oppakken en dit allemaal opnieuw vergeten. Ondertussen was het logisch dat ik geestverschijningen in de Schaduwen zag. Maar dat wilde nog niet zeggen dat die er ook echt waren.

Het verleden is het verleden. En dat kon me nu geen kwaad meer doen.

Het huis was donker en somber terwijl ik de voordeur van het slot deed en de deurkruk omlaagdrukte. De deur bleef even ergens achter haken en ging vervolgens langzamer open dan normaal. Er zat iets klem aan de onderkant van het hout. Ik duwde de deur ver genoeg open om me door de opening te wringen en deed hem daarna achter me dicht. Het voorwerp dat onder de deur bekneld had gezeten kwam los.

Ik drukte op het lichtknopje naast me. En verstijfde.

Wat is dat?

Al wist ik dat eigenlijk al. Ik dwong mezelf om naast de mat te hurken en onderdrukte de walging die in me opwelde toen ik het ding dat door de brievenbus van mijn moeder naar binnen was geduwd aanraakte. Het materiaal was stoffig en oud. Op sommige plekken had de stof losgelaten, waardoor de kleverige lijmklodders eronder zichtbaar waren geworden. Toen ik de pop omdraaide en in het pikzwarte gezicht keek, kriebelden zijn vingers van rood garen tegen de rug van mijn hand.

Wat was het?

Het antwoord dat bij me opkwam, veroorzaakte een huivering toen ik dacht aan de donkere weidsheid van het bos dat zich nu achter me bevond.

Incubatie.

22

Eerder

Ik weet nog dat ik me bang voelde toen ik op de ochtend na de nachtmerrie over Roodhand door het dorp naar het huis van James liep. Ik wist dat mijn droom – het gevoel dat ik me buiten het lokaal in de kelder van de school bevond en wat er daar met Roodhand was gebeurd – niet meer was geweest dan dat: een droom die op dat moment misschien lucide had geleken, maar dat eigenlijk niet had kunnen zijn. Ik had gewoon geen adem gekregen omdat het een nachtmerrie was en ik had geen moment controle gehad over wat er daarin gebeurde. Maar hoe ik ook mijn best deed het voor mezelf te beredeneren, het akelige residu ervan speelde me nog steeds parten. De wetenschap dat Charlie zo diep in mijn hoofd had kunnen doordringen was doodeng.

James zag er moe en bedrukt uit. Toen we samen naar de bushalte liepen, was het wel duidelijk dat hij ook liep te piekeren over wat hij die nacht had gedroomd. We zwegen er alle twee over, totdat de bus de grote weg verliet.

'En... hoe is het gegaan?' vroeg James.

'Hoe is wat gegaan?'

'Afgelopen nacht. Het experiment. Waar heb jij over gedroomd?'

Ik dwong mezelf mijn schouders op te halen, alsof het niets voorstelde. Toch had ik die ochtend plichtsgetrouw een eenvoudig verslag van de droom in mijn dagboek geschreven en als ik dat uiteindelijk tijdens de lunchpauze zou moeten voorlezen, leek het vrij zinloos om nu te liegen over wat er was gebeurd.

'Ik heb over het lokaal gedroomd,' bekende ik.

'Ik ook. Wat gebeurde er in jouw droom?'

'Er gebeurde niks.'

'Maar daarnet zei je dat je over het lokaal had gedroomd.'

'Ja.' Ik had het daar graag bij willen laten, maar hij wachtte tot ik verderging en was niet bereid om dit onderwerp te laten rusten. Waar zijn droom ook over was gegaan, hij leek er bang voor te zijn. Daarom slaakte ik een zucht en vertelde vrij beknopt dat ik me buiten het lokaal had bevonden en hem achter het glas had zien zweven. Maar ik zei er niet met zoveel woorden bij hoe griezelig de hele droom was geweest en bracht al helemaal niet ter sprake wat er op het laatst was gebeurd. 'Verder was er niemand,' zei ik. 'Echt, ik weet niet eens zeker of jij het wel was. Het was gewoon een stomme droom.'

James draaide zijn hoofd om en keek door het raam.

'En jij dan?' vroeg ik.

'Ik wil het er niet over hebben.'

'Waarom niet?'

'Omdat het afschuwelijk was.' Hij schudde zijn hoofd. 'Het zit me niet lekker wat we hebben gedaan, Paul. Ik ben bang dat we iets heel slechts hebben gedaan.'

Iets belachelijks, zul je bedoelen.

Toch zei ik dat niet. Iets in de klank van zijn stem zat me dwars. Gisteren had ik geen moment geloofd dat Charlie het lef had om zijn aanklop-truc te herhalen en een poging zou wagen om Goodbold iets aan te doen. Maar daar was ik vanochtend niet meer zo zeker van. 'Maak je niet druk,' zei ik. 'Als we zo op school komen gaat alles vast gewoon zijn normale gangetje. Geloof me, Goodbold is er gewoon. En hij zal net zo'n rotzak zijn als anders.'

James reageerde niet.

De bus schokte en rammelde.

'Echt, je zult het zien,' zei ik.

Maar Goodbold was die ochtend niet op school.

Nadat we naar de kleedkamers waren gesjokt om ons te verkleden voor voetbal, liep meneer Dewhurst, een andere gymleraar, met ons naar het sportveld. Onder normale omstandigheden zou dat een goed teken zijn. Dewhurst was een stuk strenger dan Goodbold, waardoor het er op het veld veel minder ruig aan toe zou gaan. Maar dit was waarschijnlijk de eerste dag sinds ik op deze school in Gritten zat dat ik Goodbold graag had willen zien. Toen we de straat op liepen, zag ik Charlie glimlachen en werd het onbehagen dat me die ochtend al vanaf het wakker worden had vergezeld sterker.

Er was iets gebeurd.

Het zit me niet lekker wat we hebben gedaan, Paul.

Toen het bijna lunchpauze was, gonsden de zenuwen door mijn lijf. James en ik gingen naar beneden, naar lokaal C5b. Onze voetstappen echoden door het lege trapportaal en het was duidelijk te zien dat de last die James 's ochtends al had meegetorst de afgelopen uren nog zwaarder was geworden. Toen hij de deur openduwde, voelde ik de behoefte om hem opnieuw gerust te stellen. Om tegen hem te zeggen dat hij zich geen zorgen hoefde te maken. Dat alles goed zou komen.

Alleen kon ik de woorden niet vinden.

Charlie en Billy zaten op hun gebruikelijke plek, maar de rest van het lokaal leek donkerder dan anders. Het duurde even voordat ik zag hoe dat kwam. De lampen het dichtst bij de deur waren uitgezet, zodat Charlie en Billy van achteren werden uitgelicht en je vanuit de schaduw naar hen toe werd getrokken. Hadden ze dat expres gedaan? Ik vermoedde van wel. Charlie zette alles altijd heel zorgvuldig in scène.

Terwijl James en ik tussen de stoelen door liepen, besloot ik dat ik geen zin had om me nog langer door hem te laten manipuleren. Op dit moment waren we niet met z'n vieren in het bos, kilometers van alles en iedereen verwijderd. Hier was er geen gevaar. Dus liet ik iets van de boosheid die ik gisteren had onderdrukt naar de oppervlakte komen. Welke kant dit experiment ook op ging, ik vond dat het moest ophouden. 'Nou, vertel op,' zei ik. 'Wat is er verdomme aan de hand?'

'Ga zitten.'

Ik negeerde Charlie, maar James deed natuurlijk wat hem was opgedragen. Zijn handen trilden toen hij zijn dromendagboek uit zijn tas haalde.

'Waarover hebben we met z'n allen gedroomd?' vroeg Charlie.

'Ik vroeg je wat er aan de hand is.'

Hij glimlachte geduldig. 'James?'

James wierp me een zenuwachtige blik toe. 'Ik wil dat Paul als eerste gaat.'

Charlie schudde zijn hoofd. 'Nee.'

'Ik wil niet zeggen wat ik heb gedroomd.'

'Dan doe ik het wel voor je.' Charlie stak zijn hand uit om James' dromendagboek in ontvangst te nemen en hij maakte het gebaar met het volste vertrouwen dat hij zou worden gehoorzaamd.

'Je hoeft het niet te doen,' zei ik tegen James.

Maar Charlie hield zijn hand uitgestoken en ik zag dat James precies deed wat hem was opgedragen. Hij wilde niet dat zijn dagboekaantekening werd voorgelezen, maar Charlie had hem zo in zijn macht dat James niet in staat was om te weigeren.

Charlie sloeg James' dromendagboek open. 'Ik droomde dat ik in lokaal C5b was,' las hij. 'Charlie en Billy waren er ook. Paul niet. De lucht was vreemd en vloeibaar, zodat het leek alsof we door water zwommen. Toen ik naar de deur liep, keek ik door het raam aan de zijkant en daar stond Paul.'

James keek me heel even aan en wendde daarna snel zijn blik weer af.

'Ik kon hem niet goed zien,' ging Charlie verder. 'Zijn gezicht was vervormd en het was net alsof hij zich niet echt in de droom bevond. Hij leek bang. Ik probeerde tegen hem te praten, maar volgens mij kon hij me niet horen. Toen was hij er ineens niet meer.'

James keek naar de vloer en durfde mij inmiddels helemaal niet meer aan te kijken. Ik kon mijn oren niet geloven. Zijn droom kwam bijna volledig overeen met de mijne, maar zelfs als ik rekening hield met incubatie, was het gewoonweg onmogelijk dat onze dromen zoveel op elkaar leken. Ik kon maar één verklaring bedenken voor wat ik nu hoorde: hij had zijn dagboekaantekening pas geschreven na ons gesprek in de bus.

Ik wil dat Paul als eerste gaat.

Want dan zou ik het verslag over mijn droom hebben voorgelezen en daarna zou hij het zijne hebben voorgelezen, en zouden die twee hetzelfde zijn geweest. En daarmee zou hij niet alleen indruk hebben gemaakt op Charlie, maar ook hebben aangetoond dat Charlie gelijk had gehad, zelfs al wist James diep vanbinnen dat het allemaal op fantasie en op leugens was gebaseerd.

Jezus, dacht ik.

Na alles wat we door de jaren heen hadden meegemaakt – na alle keren dat ik voor hem in de bres was gesprongen en hem in bescherming had genomen – was hij nu zo ver heen dat hij bereid was mij te gebruiken om Charlies waandenkbeelden te bevestigen.

'Gelul,' zei ik.

Charlie hield op met lezen. 'Wat?'

'Ik zei dat dit gelul is.'

'Hoezo?' Charlie keek van mij naar het dagboek en toen weer terug en deed net alsof hij in verwarring was gebracht. 'Dit is gewoon wat James heeft opgeschreven. Wat wil je nou zeggen?'

Heel even was ik te kwaad – te gekwetst – om antwoord te geven. Ik keek hen een voor een aan. Charlie wachtte op mijn antwoord. Billy kon het niet schelen wat ik zou zeggen. En James keek nog steeds omlaag en schaamde zich zo overduidelijk voor zichzelf dat ik de woorden niet uit mijn strot kon krijgen. *Ik zeg dat mijn beste vriend een leugenaar is.*

'Paul?' zei Charlie.

'Lees de rest van James' droom maar voor.'

Maar Charlie legde het dromendagboek van James op het bureau. 'Jij hebt hier altijd je twijfels over gehad, of niet soms?' zei hij. 'Waarom vertel je ons niet wat jij hebt gedroomd? Ik kan daarna wel verdergaan met James' verslag.'

Ik keek naar de grond, naar de tas die bij mijn voeten stond met mijn dromendagboek erin. Maar daar kon ik nu niet meer uit gaan voorlezen, of wel soms? Want daarmee zou ik ofwel bevestigen wat James had opgeschreven, ofwel ik zou zijn woorden openlijk in twijfel trekken, en op dat moment vond ik beide mogelijkheden ondraaglijk. 'Lees nou maar verder wat James heeft opgeschreven,' zei ik.

'Straks,' zei Charlie. 'Maar ik denk dat ik beter eerst mijn droom kan voorlezen. Of nee, laat Billy dat maar doen. Op die manier kunnen we alle twijfels of verdenkingen vermijden. Ga jij maar eerst, Billy.'

Nadat ze hun dromendagboek aan elkaar hadden gegeven, begon Billy te lezen: 'Billy, James en ik waren hier in dit lokaal,' zei hij. 'Eerst wist ik niet zeker of zij ook lucide droomden, zoals ik, maar ik dacht van wel. Paul was er niet bij. Ik voelde dat hij vlakbij was, maar om de een of andere reden wilde hij zich niet bij ons voegen. Ik was teleurgesteld, omdat ik wist dat we in het begin misschien alle vier nodig waren om ons doel te kunnen bereiken. Het zou veel lastiger zijn als we maar met z'n drieën waren, vooral als er iemand in de buurt was die er niet in geloofde. Paul wilde zich niet bij ons voegen...'

Charlie stak een hand op. 'Hou maar op, Billy. Dan zal ik nu het begin van jouw droom voorlezen.'

Ik schudde mijn hoofd. 'Dit slaat verdomme helemaal nergens op.'

'Charlie en ik waren in het lokaal,' las Charlie voor. 'James was er ook, maar hij was schimmig, alsof het hem niet was gelukt om net zo aanwezig te zijn als Charlie en ik. Alsof hij minder verbonden was. Maar ik zag Charlie wel heel duidelijk. Paul was nergens te bekennen. Hij was er helemaal niet.'

Charlie hield op met lezen. En keek me aan. 'Wat heb jij gedroomd, Paul?'

Ik gaf geen antwoord, en de stilte die in de lucht hing begon te galmen. Na een poosje hief James zijn gezicht op en keek hij me smekend aan, waardoor mijn misselijkheid alleen maar groter werd. Op zijn eigen sneue manier deed hij een poging om mij weer aan boord te krijgen. Om mij de kans te geven me net zo onder te dompelen in Charlies fantasie als hij had gedaan.

Ik staarde hem aan en mijn gezichtsuitdrukking verhardde. 'Mijn droom leek daar helemaal niet op,' zei ik effen. 'Ik was er niet. Ik heb jullie geen van allen gezien.'

'Voor zover je je kunt herinneren,' verbeterde Charlie me. 'James schreef dat hij jou wél zag.'

'Ik geloof dat ik wel klaar ben met dit hele gedoe.'

'Ja.' Charlie leunde achterover. 'Dat denk ik ook. Jouw deelname belemmert ons drieën. Daarom kregen wij niet goed contact: jij zette je niet volledig in.'

'James?' zei ik. Ik bleef staan wachten, in de hoop dat James iets zou zeggen. Dat hij bij zinnen zou komen en alles zou opbiechten. Dat hij een einde zou maken aan deze hele poppenkast. Uit Charlies woorden bleek zonneklaar dat hij op dat moment een poging deed mij uit de groep te zetten, en dit was voor mijn zogenaamde beste vriend dé kans om zijn mond open te doen en een einde aan dit gedoe te maken. Om samen met mij te vertrekken.

Maar hij zei niets.

'Je hebt gelijk.' Ik kwam weer tot leven en pakte mijn tas. 'Ik zie jullie nog wel.' Ik liep naar de deur. Daar bleef ik even staan en ik wierp een blik achterom. Want ook al wist ik dat er niets kon zijn gebeurd, feit bleef dat Goodbold vandaag niet op school was.

'Hoe is het eigenlijk afgelopen?' riep ik.

'De droom viel uiteen,' zei Charlie. 'Door jou. Ik weet nog dat James en Billy bij me vandaan dreven en dat de droom begon te vervagen. Roodhand en ik hebben samen het huis van Goodbold weten te bereiken, maar ik wist dat we met z'n tweeën niet sterk genoeg zouden zijn om daar binnen te komen. Allemaal vanwege jou.'

Ik schudde mijn hoofd en lachte flauwtjes. 'Dus er is niets gebeurd.'

Charlie glimlachte. 'Het is ons gelukt om zijn hond te doden,' zei hij.

23

De volgende dag was Goodbold weer op school.

Ik merkte dat ik hem, om begrijpelijke redenen, vanuit mijn ooghoeken in de gaten hield. Op het eerste gezicht was er niets aan hem veranderd: zoals altijd sjokte hij rond, rollend met zijn schouders terwijl het fluitje aan een koord om zijn hals hing. Maar als je wist waar je op moest letten, leek het alsof hij iets trager liep dan anders, als iemand die herstellende was van een operatie. En om de zoveel tijd betrapte ik hem erop dat hij argwanend om zich heen keek, alsof hij iemand zocht.

Ik kon onmogelijk weten of Charlie zijn hond echt had gedood. Zo'n incident zou niet de krant hebben gehaald en zou ook niet rondzingen op school. Maar ik vond dat Goodbold er gepijnigd uitzag. Als ik op onbewaakte momenten naar zijn gezicht keek, was het alsof iemand hem iets wreeds had aangedaan en hij niet begreep waarom.

Dus hoewel ik het onmogelijk kon weten, wist ik het toch.

Want ik zag dat Charlie en de anderen Goodbold ook gadesloegen. Ik weet nog dat ze, op die eerste dag dat Goodbold weer op school was, in de kleine pauze met z'n drieën op een bankje zaten voor het gebouw van de hoogste klas. Hoewel ik hen sinds de dag ervoor zo goed mogelijk uit de weg ging, was ik dicht genoeg in de buurt om Goodbold langs te zien lopen toen hij moest surveilleren op het schoolplein, en gade te slaan wat er gebeurde toen hij bij hun bankje kwam.

James staarde naar de grond. Billy had zijn blik afgewend. Maar terwijl Goodbold op hen af liep, keek Charlie hem de hele tijd strak aan.

Ik zag Goodbold even onverschillig naar hen kijken. Maar ineens richtte hij zijn blik opnieuw op hen, en ditmaal keek hij veel aandachtiger.

En toen bleef hij stilstaan. Omdat Charlie naar hem glimlachte. Met een alwetende glimlach – eentje die makkelijk te ontkennen viel, maar die toch zoveel zei dat Goodbold zou begrijpen wat erachter school. Om hem te laten weten dat Charlie deze afschuwelijke daad had begaan en dat hij er helemaal niets aan kon doen.

Het moment leek een eeuwigheid te duren. Ik had het gevoel dat mijn hart ophield met kloppen terwijl ik me afvroeg hoe dit verder zou gaan. Zou Goodbold op Charlie af stappen om hem ermee te confronteren? Of zou hij misschien zijn zelfbeheersing verliezen en Charlie aanvliegen?

Goodbold deed echter niets van dat alles.

Hij stond daar maar wat te staan. Maar zijn gezichtsuitdrukking veranderde wel. Het was alsof hij niet goed begreep wat hij zag – alsof hij, zelfs op dat moment, wel begreep wat er was gebeurd, maar niet waarom. En in die paar tellen zag ik de man plotseling in een ander licht. Ik herinnerde me de keren dat ik hem door Gritten had zien lopen met zijn hond, en ik stelde me zijn eenzame privéleven voor, met alle frustraties en teleurstellingen in zijn dagelijkse bestaan. Ik zag voor me hoe hij gisterochtend wakker was geworden en naar beneden was gegaan, zijn tuin in was gelopen en daar had gezien wat hem was afgenomen. En ondanks alle vernederingen die hij ons in de afgelopen maanden had laten ondergaan, had ik medelijden met hem.

Toen wendde hij zich af van Charlie en liep verder.

En ons leven ging gewoon door.

In de daaropvolgende weken was het eenvoudig genoeg om James te ontwijken. Het dorp was klein, maar er waren routes te bedenken waardoor ik 's ochtends niet langs zijn huis hoefde. Het kostte me ook geen moeite om hem te negeren als we wachtten bij de bushalte. Tijdens de rit naar school zat hij beneden, dus lag hij altijd een eind op me voor als ik uitstapte. Na schooltijd zag ik hem vaak ineengedoken over de brug over de snelweg sjokken met zijn hoofd omlaag, zijn handen in zijn zakken terwijl hij net wat te snel liep, alsof hij ergens aan probeerde te ontsnappen.

Op school zaten zij drieën waarschijnlijk meestal in lokaal C5b, en ik had geen reden meer om daarnaartoe te gaan. Hetzelfde gold voor het bos. In de weekends bleef ik ver bij de Schaduwen uit de buurt. Ik had geen enkele behoefte om hen met z'n drieën in die wildernis tegen te komen terwijl ze hun stomme plannetjes smeedden, geloofden in elkaars fantasieën en contact hadden met het monster uit hun dromen.

Ik kon me natuurlijk niet helemaal van hen losmaken. Ik zag ze tijdens de lessen en af en toe ook op het schoolplein. Hoewel ik mijn best deed hen te negeren, zorgde dat altijd voor ongemakkelijke momenten, omdat ik de indruk had dat ze mij niet negeerden – of in elk geval deed Charlie dat niet. Om de zoveel tijd kreeg ik kippenvel en als ik dan opkeek, zag ik ze met z'n drieën ergens in de buurt staan. Charlie met een spottende grijns en een sluwe, triomfantelijke uitdrukking op zijn gezicht.

Jij mag dan geen zin meer hebben in het spel, leek hij te zeggen, *maar het spel is nog niet klaar met jou.*

Ik wendde elke keer mijn gezicht af terwijl ik me afvroeg hoe ik ooit bevriend met hem was geraakt. Vanwege James, natuurlijk. Maar ik zag James nooit naar me kijken. Hij staarde altijd naar de grond, beschaamd en onbehaaglijk, en ik weet nog dat hij zich voor mijn gevoel steeds slechter op zijn gemak leek te voelen bij de andere twee. Toen we met z'n vieren waren geweest, hadden er in de groep steeds machtsverschuivingen plaatsgevonden, maar mijn aanwezigheid had de boel altijd een beetje in evenwicht gehouden. Nu ik er niet meer bij was, leken Charlie en Billy weer dichter naar elkaar gegroeid en domineerden zij James.

Op een dag tijdens de lunchpauze had ik aan de rand van het schoolplein gestaan en hen met z'n drieën in de verte gezien. James had tussen hen in gelopen en hij had er zo geknakt uitgezien dat hij me deed denken aan een gevangene die tegen zijn wil ergens naartoe werd geleid. Maar hij had zijn keus gemaakt, nietwaar?

Ik keek hen een poosje na en hield mezelf voor dat het me niets kon schelen en dat ik hem niet nodig had.

Hij kan doodvallen.

Daarna sloeg ik mijn tas over mijn schouder en liep langs de bouwplaats naar de tennisbanen en het bankje.

Er was namelijk iemand anders met wie ik mijn tijd kon doorbrengen.

24

Nu

Het verbaast me dat je niet naar een hotel bent gegaan.

Dat had Amanda gisteren tegen me gezegd. De opmerking had me toen van mijn stuk gebracht. Het was geen moment bij me opgekomen om dat te doen, en ik vroeg me af waarom ik dat niet had gedaan. Het was geen kwestie van geld, dus misschien wilde iets in me mezelf straffen. Of had ik, gezien de manier waarop mijn leven in de loop der jaren door de schaduw van de gebeurtenissen had gehaperd en gefaald, onbewust besloten dat ik dit móést doen, bijna als een uitdaging aan mezelf.

Zie je wel? Alles is in orde.

Als dat zo was, dan had het feit dat Charlies pop bij mijn moeders huis was bezorgd daar verandering in gebracht. Er was geen sprake van dat ik vannacht in het huis zou slapen. Ik pakte mijn spullen, inclusief de dozen die mijn moeder had bewaard, stapte in mijn auto en reed terug naar Gritten. Ik koos het goedkoopste hotel dat ik kon vinden, checkte in en besloot dat ik morgenochtend wel zou bepalen hoe verder te gaan.

Maar ik had nooit goed kunnen slapen in hotels. En zelfs daar, weg van het huis, voelde ik dezelfde onheilspellende dreiging. Het geklop op de deur was misschien een geintje geweest en de gestalte die ik in het bos had gezien kon een vreemdeling zijn geweest, maar die pop viel onmogelijk weg te redeneren.

Er waarde daar iemand rond. Iemand had het op mij voorzien.

En hoezeer ik mezelf ook voorhield dat het onmogelijk was, ik kon het idee niet van me af zetten dat Charlie erachter zat. Ik lag te draaien en te woelen terwijl de ochtend naderde en moest terugdenken aan de manier waarop hij naar me had gekeken in de weken nadat ik de groep had verlaten. Dat ik toen het gevoel had gehad dat het nog niet voorbij was.

Het spel is nog niet klaar met jou.

Al vroeg in de ochtend was ik buiten en liep ik door de straten van Gritten.

Op dit uur was de wereld stil en vredig. Er stond geen wind; ik voelde alleen de druk van koele lucht op mijn huid, een bijna welkome gewaarwording voorafgaand aan de hitte waarvan ik wist dat die later zou komen. Langgerekte, sliertige wolken hingen laag aan de ochtendhemel. Ze waren zo dichtbij dat het net geesten leken die waren afgedaald om me te bespieden en ze hingen zo stil dat je je bijna niet kon voorstellen dat ze ooit verder zouden zweven.

Ik kuierde door straten die ik me nog heel goed herinnerde. Er waren eindeloze, anonieme rijen eengezinswoningen van rode baksteen, ongemakkelijk tegen elkaar aan gedrukt. Toentertijd waren er waslijnen over de straat gespannen, waar wasgoed aan hing dat op rafelige vlaggen leek. De straten waren wel iets veranderd, maar ze bleven bekend. En hoewel ik mezelf voorhield dat ik gewoon maar wat rondzwierf, wist ik dat dat niet waar was, en uiteindelijk bevond ik me op de top van een heuvel die ik beter kende dan de meeste mensen.

Jenny's vroegere huis bevond zich net voor me.

Ik liep de straat een eindje in en bleef toen staan. Het huis zag er bijna hetzelfde uit als vijfentwintig jaar geleden. Mijn blik ging naar een raam op de bovenverdieping, dat van haar slaapkamer was geweest, en ik dacht aan haar eenpersoonsbed met het effen beddengoed, het bureau met een kleine televisie erop, de akoestische gitaar op een standaard in een hoek. Aan de muren hadden van plafond tot vloer planken gehangen – duidelijk doe-het-zelfwerk – die altijd te zwak hadden geleken voor het enorme aantal boeken dat erop stond. Alleen de ondersteuning van nog meer boeken eronder had voorkomen dat het hele bouwwerk was ingestort.

God, ik kon het nog allemaal heel duidelijk voor me zien.

Ik herinnerde me de eerste keer dat ik hier was geweest en hoe vreemd het was geweest om Jenny niet in haar schooluniform te zien. Toen ze de voordeur opendeed, droeg ze een spijkerbroek, een vaal T-shirt van Iron Maiden dat een paar maten te groot voor haar leek, en een openhangende zwart-wit geblokte blouse.

We waren samen naar boven gegaan.

'Sorry voor de rommel,' zei ze tegen me.

Ze had zich niet hoeven te verontschuldigen. Ik werd onmiddellijk getroffen door het contrast met mijn eigen slaapkamer en ik had beschaamd aan de kale vloerplanken, de eenvoudige matras, de stapels kleren en boeken en de vochtige muren gedacht. Zelfs het idee van een eigen kleren- of boekenkast was me vreemd, laat staan een televisie.

'Je zou mijn kamer eens moeten zien,' zei ik.

Dat leverde me een opgetrokken wenkbrauw op. 'Jij durft!'

Nu ik eraan terugdacht verscheen er een glimlach op mijn gezicht. Op dat moment had ik moeten blozen, maar tegelijkertijd was het wriemelende gevoel in mijn buik ook heel prettig geweest. En even later, toen Jenny de boeken had ingepakt die ze wilde meenemen naar haar favoriete tweedehandswinkel, waren beide gevoelens teruggekeerd.

'Zullen we weer naar beneden gaan?' vroeg ze. 'Anders wordt mijn moeder nog achterdochtig.'

Een stukje verderop in de straat ging de voordeur open. Ik kreeg veel zin om me te verstoppen, maar ik kon nergens heen. Misschien zou het niet Jenny zijn die naar buiten kwam... Maar ze was het natuurlijk wel.

Ik keek toe terwijl ze het tuinpad op stapte. Ze riep nog iets naar binnen en liep toen naar de straat, terwijl ze een tas over haar schouder hing. Ditmaal geen plastic tas vol boeken, maar een tas die er veel volwassener uitzag: een duur designergeval. Ze kon zich elk moment omdraaien en dan zou ze me hier als idioot midden op de stoep zien staan.

Je bent geen tiener meer. Nee. Dus in plaats van nog langer te talmen begon ik te lopen.

Ze draaide haar hoofd om en toen ze me zag, keek ze nog eens goed. Daarna glimlachte ze. 'Hallo, vreemdeling.'

'Ik ben net onkruid,' zei ik. 'Je komt nooit van me af.'

'Je moet jezelf niet zo omlaaghalen. Jij lijkt in de verste verte niet op onkruid. Wat brengt jou hier op dit uur?'

'Mijn voeten. Ik stalk je heus niet, hoor. Echt niet. Ik was gewoon een eindje aan het wandelen.'

'Ja, ja. Ik geloof je. Al zouden duizenden dat niet doen.' Ze gebaarde naar het huis achter zich. 'Hé, heb je zin om even binnen te komen? Om mijn moeder gedag te zeggen?'

Daar kon ik me op dat moment niks bij voorstellen. 'Nee, bedankt. Momenteel ben ik waarschijnlijk geen prettig gezelschap. Ik was echt alleen een stukje aan het lopen.'

'Klinkt ernstig.' Ze tikte op haar tas. 'Ik was net op weg om lekker vroeg te gaan ontbijten. Een beetje lezen, wat aantekeningen maken. Zin om met me mee te gaan?'

'Tuurlijk.'

Ik ging naast haar lopen. En tijdens onze wandeling herinnerde ik me dat we dat zo vaak hadden gedaan in die ene zomer: zwervend door de straat, naast elkaar, kletsend over van alles en nog wat, ook over onze ambities voor de toekomst.

In de loop der weken kreeg ik steeds meer het gevoel dat onze levens zich langzaam met elkaar verstrengelden en er was een lichte spanning tussen ons ontstaan: een gedeeld besef dat zich iets opbouwde. Natuurlijk was er sindsdien veel tijd verstreken en was alles veranderd, maar op dit moment was de ongedwongenheid die het resultaat was van leeftijd en ervaring op zijn eigen manier even prettig.

'Waarom hebben we elkaar eigenlijk uit het oog verloren?' vroeg Jenny.

'Ik weet het niet.' Ik stak mijn handen in mijn zakken en dacht terug aan de bezoekjes die ze me had gebracht toen ik studeerde en aan de paar keer dat we elkaar daarna nog hadden gezien, en het enige wat ik wist, was dat het steeds ongemakkelijker was geworden. Jenny was mijn eerste liefde geweest, en wanneer je jong bent, klamp je je daaraan vast tot ver na het punt waarop je weet dat het eigenlijk voorbij moet zijn. Je weet dat je elkaar moet loslaten, maar dat is zo triest en moeilijk dat je het pas doet als je echt niet anders kunt. Tot de pijn van het van iemand houden groter is geworden dan de pijn om diegene te verliezen.

'Ik weet het niet,' herhaalde ik. 'Het is een hele tijd geleden. Ik weet alleen dat het fijn is om je nu weer te zien.'

'Ja. Vind je ook niet?' Ze schonk me een glimlach. 'En? Zijn er nog nieuwe ontwikkelingen?'

Ik aarzelde even. 'Daar wil ik het nu eigenlijk niet over hebben.'

'Nee, dat merk ik. Reden te meer om het toch te proberen, zou ik denken.'

En dus, na een korte aarzeling, deed ik dat. Ik vertelde haar over het geklop op de deur en over de gestalte die ik in het bos had gezien. En dat Billy dood was.

'Nou,' zei ze over dat laatste, 'daar ben ik blij om.'

'Dat dacht ik al. Dat hoor ik eigenlijk ook te zijn.'

'Ja, maar jij was altijd al gevoeliger dan ik.' Ze fronste haar wenkbrauwen. 'En, wat denk jij dat er aan de hand is?'

'Ik weet het niet. Maar herinner jij je de poppen nog die Charlie had gemaakt?'

'Ik weet nog dat je me erover hebt verteld.'

'Iemand heeft er gisteren eentje door mijn moeders brievenbus gedaan.'

'Wát?' Jenny bleef ineens geschrokken stilstaan. 'Waarom zou iemand dat doen?' vroeg ze.

Dat was een van de vragen die me dwarszaten. Tot nu toe was de aandacht die aan mij was besteed weliswaar bedreigend geweest, maar niet gevaarlijk. Misschien wilde dat zeggen dat iemand me, om welke reden dan ook, wilde afschrikken. Maar het gedrag leek ook te escaleren – alsof het ergens naartoe werkte – en ik kon het gevoel niet van me af schudden dat ik hier gevaar liep. Maar er was één vraag die me nog meer angst aanjoeg: *Wie?* 'Ik weet het niet,' zei ik.

'Je moet naar de politie gaan,' zei Jenny.

Ik keek haar aan. 'Nee, dat is niet nodig,' zei ik. 'Ik kan altijd gewoon weggaan.' Ik had het nog niet gezegd, of ik besefte dat ik het meende – dat die gedachte bij me was opgekomen toen de pop was bezorgd, al gaf ik dat nu pas aan mezelf toe. Ik kon weggaan. Er was geen wet die me dwong hier in Gritten te blijven. Als dat betekende dat ik mijn moeder daarmee in de steek liet – nou, in de loop der jaren had ik wel met ergere schuldgevoelens rondgelopen. Had ze me niet zelf verteld dat ik hier niet hoorde te zijn?

Ik hoefde hier niet te blijven.

Jenny glimlachte triest. 'Ik denk dat je dat ditmaal niet zult doen, Paul.' En toen legde ze haar hand even op mijn arm.

Het was ons eerste lichamelijke contact na ruim twintig jaar. Het gevoel zond een schok door me heen en toen ze haar hand daar liet rusten, voelde ik een warmte die zich over mijn huid verspreidde.

Ik denk dat je dat ditmaal niet zult doen.

'Omdat ik het aan mijn moeder verplicht ben, zeker?' zei ik.

'Nee, omdat je het aan jezelf verplicht bent. En zal ik je eens wat zeggen? Volgens mij wil je het ergens ook. Je hóéfde hier toch zeker niet terug te komen? Je hóéfde niet in het huis te blijven of op de zolder te kijken. Maar dat heb je wel gedaan.'

'Ja.'

'Omdat je diep vanbinnen weet dat je dat móét doen.'

Ik zei niets terug.

Na een poosje haalde ze haar hand weer weg. 'Hier moet ik trouwens zijn.'

Ik keek opzij en besefte dat we op een van de doorgaande wegen voor een ontbijtcafé stonden. Ons gesprek had me zo in beslag genomen dat ik geen aandacht had besteed aan de wereld om ons heen. 'Goed, dan laat ik je verder je gang gaan,' zei ik. 'Maar bedankt.'

'Nou, graag gedaan.'

Daarna liep ze naar binnen en liet ze mij achter op de stoep, mijn arm nog altijd tintelend door het contact. Haar woorden bleven ook bij me hangen, en ik wist dat ze gelijk had. Ja, ik kon mijn spullen in de auto stoppen en hier weggaan. Een kind kon de was doen. Maar het was niet wat ik móést doen.

En ik besefte dat er nog een vraag was die beantwoord moest worden met betrekking tot de pop. Niet alleen waarom en wie, maar ook: hoe? Ik wist niet wat er met de andere drie poppen was gebeurd, maar ik kon me niet herinneren dat ik de mijne had weggegooid. Hij had in de doos moeten liggen, bij alle andere spullen van vroeger. Maar daar had hij niet in gezeten. En als de pop die door de brievenbus was gedaan de mijne was, hoe had iemand anders dat ding dan in handen gekregen?

Ik kon maar één antwoord bedenken. Diegene moest op een gegeven moment in het huis zijn geweest.

25

Halverwege de ochtend kwamen eindelijk de resultaten van Billy Roberts' autopsie binnen, en Amanda voelde zich nu al doodop. Ze hield niet van hotels. Of was het precies andersom? Die gedachte bracht haar even in verwarring. Daarna schudde ze haar hoofd, nam een slok koffie en probeerde zich te concentreren op het scherm voor zich.

Dat viel niet mee. Een van de vele dingen die deze zaak haar had geleerd was dat mensen droomden in het lichtste deel van de slaap. Afgelopen nacht had de ongemakkelijke matras zijn best gedaan om haar in dat deel te houden en haar zo van een overvloed van dromen voorzien.

De nachtmerrie, natuurlijk.

Gezien sommige van de gruwelijke dingen die Amanda tijdens haar carrière had aanschouwd, zouden haar nare dromen akelig en primitief moeten zijn, maar de droom die ze het vaakst had was op het eerste gezicht onschuldig. Daarin was alles om haar heen pikzwart en had ze het gevoel dat ze zich midden in een uitgestrekte ruimte bevond, alsof de hele wereld leeg en schoon was geveegd. Er was geen geluid. Om precies te zijn was er geen enkele zintuiglijke gewaarwording, behalve de strakke knoop van besef in haar hoofd dat zich ergens in die duisternis een verdwaald kind bevond, dat zou sterven als zij het niet zou vinden. En dat ze te laat zou komen.

Uit die droom ontwaakte ze altijd hevig ontredderd, met een schrijnend gevoel in haar borstkas. Niet zozeer een pijn als wel een afwezigheid: een gevoel van uitzichtloosheid en wanhoop. Iets wat vanochtend nog eens werd versterkt door paniek. De slaapkamer was bijna even donker als de wereld in de nachtmerrie, en het weinige dat ze kon zien in het halfduister was onbekend en bedreigend.

Ze was snel rechtop gaan zitten.

Waar was ze? Een paar tellen had ze niet na kunnen denken. In die tijd had ze het gevoel gehad dat ze zelf weer een kind was, haar wanhoop verergerd door het vage besef dat haar vader dood was en dat er niemand zou komen als ze zou gaan gillen.

In elk geval wist ze waar ze nu was: in de kantine van het politiebureau van Gritten. Een echte klassieker in zijn soort: een kleine ruimte met beige stoelen en oude opklaptafels waarvan het formica aan de randen was afgeschilferd. De catering bestond uit een automaat in een hoek. Ze nam nog een slokje van de ronduit smerige koffie die ze daar had gehaald en dacht: *Concentreer je, meid.* Daarna opende ze het autopsieverslag op haar laptop.

Er waren foto's bijgevoegd, maar die vermeed ze voorlopig. De details bleken al akelig genoeg te zijn en die las ze zo oppervlakkig en emotieloos mogelijk door. Het geschatte tijdstip van overlijden was gisteren aan het einde van de ochtend. Die informatie bezorgde haar een koude rilling. Ze was ervan overtuigd geweest dat de moordenaar nog in het huis was geweest toen zij was aangekomen, iets wat nu zo goed als bevestigd werd door het forensisch rapport. Toen zij had aangeklopt, had er aan de andere kant van de deur een monster naar haar staan kijken.

Jezus nog aan toe. Als ze op dat moment de deurklink omlaag had gedrukt...

Ze deed haar best om de gedachte van zich af te zetten en las verder. De doodsoorzaak leek een woeste steekwond in Roberts' keel te zijn, maar zoals haar op de plaats delict ook al was opgevallen, werden er nog talloze andere verwondingen in het verslag vermeld: snijwonden in het gezicht en op de armen, uitgebreide kneuzingen op het hoofd en het lichaam, botten die systematisch waren gebroken. Billy Roberts was afschuwelijk gemarteld voordat hij daadwerkelijk was gestorven, en de sporen op zijn polsen duidden erop dat hij gedurende een groot deel van zijn kwelling handboeien om had gehad.

Amanda zette zich schrap en opende een van de foto's.

Die toonde een close-up van wat er nog over was van zijn gezicht. Ze deinsde iets terug van de afbeelding. Tijdens haar onderzoek had ze foto's van Billy Roberts als tiener gezien, en de foto die haar het meest was bijgebleven kwam uit de persberichten: het norse gezicht dat recht in de camera keek, ergens in dat onduidelijke stadium tussen jongen en volwassen man. Het verschil tussen de foto van de tienerjongen en de foto waar ze nu naar keek, was in alle mogelijke opzichten grimmig te noemen.

Wie heeft je dit aangedaan, Billy? dacht ze. Maar zoals altijd drong zich nog een andere vraag aan haar op. En die leek op dit moment belangrijker dan ooit. *En waarom?*

Rechercheur Graham Dwyer was er tamelijk zeker van dat hij het antwoord op beide vragen wist. 'Walt Barnaby, Jimmy Till en Stephen Hyde,' zei hij. 'Een stel verrekte hufters.'

Amanda liep achter hem aan door een van de oeroude gangen in het politiebureau van Gritten, verscheurd tussen de behoefte hem bij te houden en het verlangen om dat juist niet te doen. Dwyer was een rijzige man. De rug van zijn nauwelijks ingestopte overhemd zat onder de transpiratievlekken en zijn dunne grijze haar was vochtig van het zweet. Zelfs van een afstandje kon ze hem ruiken, en het was duidelijk dat dat hem geen moer kon schelen. Het was even duidelijk dat hij haar aanwezigheid eerder gedoogde dan waardeerde – aan welke touwtjes Lyons ook boven in de hiërarchie van Gritten had getrokken, lager in de pikorde waren die wat meer in de knoop geraakt.

Ze nam aan dat dat begrijpelijk was. Als de situatie andersom was geweest, zou zij waarschijnlijk hetzelfde hebben gereageerd. Maar toen dacht ze daar eens goed over na. Misschien ging dat niet meer op. Ze dacht aan het onderzoek naar de verdwijning van het kleine jongetje, en hoe vervelend ze het in eerste instantie had gevonden dat er een andere rechercheur bij was gehaald om haar te assisteren, terwijl ze die man momenteel alleen maar miste. 'Dat zijn drie mensen,' zei ze.

Dwyer vertraagde zijn pas niet. 'Goed geteld.'

'Ik heb maar één stel voetafdrukken gezien op de plaats delict,' zei ze.

'Een stel blóéderige voetafdrukken.'

'En dat duidt op slechts één moordenaar.'

'En dat zal één van de drie mannen zijn die ik daarnet heb genoemd.' Dwyer ging haar voor zijn kantoor in, dat netter was dan ze had verwacht. Op de planken stonden zorgvuldig gelabelde dossierdozen en zijn bureau was leeg, op zijn computer en wat keurig opgestapelde bruine mappen na. Godzijdank stond het raam achter zijn bureau open.

Dwyer plofte neer op zijn stoel en slaakte een zucht. 'Vergeet niet dat jij die mensen niet kent. Barnaby, Till en Hyde. Zoals ik net al zei: alle drie verrekte hufters. Als je me niet gelooft, dan liggen hun dossiers daar.' Hij gebaarde naar de stapel mappen, zonder de moeite te nemen haar die aan te reiken. 'Ga gerust je gang.'

'Bedankt.' Amanda bladerde ze door en concludeerde dat Dwyers definitie van 'hufters' enigszins verschilde van de hare. Misschien was ze in de loop der jaren milder geworden, maar ze merkte dat ze een beetje medelijden had met de drie mannen. Ze waren allemaal in de veertig, maar zagen er op hun politiefoto's veel ouder uit. Gelige huid. Warrig haar. Wilde blik in de ogen. Natuurlijk herkende ze het type, en ze kon tussen de regels van de verscheidene arrestaties en aanklachten door lezen. Dit waren van die mannen die naar de rand van de samenleving waren gedreven of tussen wal en schip waren gevallen. Je zag ze overal. Overdag zaten ze zich te bezatten in goedkope, ruige pubs; ze dronken blikjes bier in het park, raakten buiten westen in elkaars huis of flat, en voor hen liepen de dagen en nachten ongemerkt in elkaar over. Een veranderlijk netwerk van vrienden waar onder de oppervlakte de dreiging van geweld altijd gonsde. Eén verkeerd woord of een opmerking die door de ander als belediging werd opgevat was genoeg. Eén ruzie.

Dwyer keek haar aan. 'Ze zitten alle drie in hechtenis,' zei hij. 'We hebben talloze getuigen die zeggen dat deze mannen samen met Billy Roberts in het huis hebben zitten drinken op de dag voordat hij werd vermoord.'

Amanda herinnerde zich het korte telefoontje naar Billy Roberts en de luide stemmen die ze aan de andere kant van de lijn had gehoord. 'En wat nog meer?'

'Ze zeggen alle drie dat ze op een gegeven moment zijn vertrokken.' Dwyer spreidde zijn vingers. 'Alleen kan niemand dat bevestigen. En hun verhalen spreken elkaar allemaal tegen.'

'Misschien waren ze dronken.'

Dwyer lachte. 'O, dat waren ze zeker.'

'Oké,' zei ze. 'Is er nog iets uit het huis ontvreemd?'

'Wie zal het zeggen? En voordat je het vraagt: we wachten nog op de resultaten van het forensisch onderzoek. Ik gok dat we bergen forensisch bewijs zullen vinden.'

'Nou ja, je had al gezegd dat ze allemaal in het huis waren.'

Dwyer negeerde haar. 'Momenteel doorzoeken we wat moet doorgaan voor hun woning. En we ondervragen ze. Dat proberen we tenminste. Twee van hen zijn nog steeds lazarus. Maar geloof me, uit ervaring weet ik dat één van hen de verrekte moordenaar zal blijken te zijn.'

Amanda legde de dossiers terug op het bureau, verscheurd tussen haar intuïtieve neiging om het met Dwyer oneens te zijn en de wetenschap dat hij waarschijnlijk gelijk had. Er was geen reden om te denken dat de moord op Billy Roberts ook maar iets te maken had met wat er in Featherbank was gebeurd. Meestal bleek de meest voor de hand liggende oplossing de juiste te zijn. Dwyer plaatste zijn weddenschap op precies dezelfde manier waarop zij zou hebben gedaan als ze in zijn schoenen had gestaan. Niet alles hoefde een diepere betekenis te hebben; soms was een sigaar gewoon een sigaar.

Maar toch.

De bruutheid waarmee Roberts te lijf was gegaan stond haar nog helder voor de geest. Ja, de hoeveelheid geweld die was gebruikt paste bij een dader wiens geest was vernietigd door jarenlang alcohol- en drugsmisbruik en Joost mocht weten wat nog meer. Maar toch voelde het aan alsof de dader in het huis blijk had gegeven van meer zelfbeheersing, en ze hier iets over het hoofd zagen.

'Je kijkt bezorgd,' zei Dwyer.

'Dat ben ik ook.'

'Waarover?'

'Ik ben bang dat deze zaak iets te maken heeft met de reden waarom ik hier ben.'

Dwyer sloeg zijn ogen ten hemel. 'Rechercheur Beck, ik weet waarom je hier bent,' zei hij. 'En ik kan je vertellen dat plaatsen als deze een heel lang geheugen hebben. Niemand is vergeten wat hier is gebeurd. Maar kijk, het zit zo: er wil ook niemand meer aan denken. Het is gebeurd. Het is verleden tijd. Het leven gaat door.'

'Iemand heeft bloed op de voordeur van Paul Adams gesmeerd.'

'Kennelijk. Ik zei dat de mensen het niet fijn vinden om eraan te denken. Maar misschien vinden ze het prima als ándere mensen er wel aan denken.'

Ze leunde op het bureau. 'Charlie Crabtree is nooit teruggevonden.'

Het werd even stil in de kamer. Dwyer keek haar ijzig aan, alsof ze een overtreding had begaan, een grens was overschreden.

Daar zat ze niet mee. 'Als je het mis hebt,' zei ze rustig, 'dan loopt de moordenaar nog steeds vrij rond. En ik maak me zorgen over wat hij hierna eventueel gaat doen.'

Net toen ze nog meer wilde zeggen begon de telefoon in haar zak te zoemen. Ze deed een stap bij het bureau vandaan, pakte haar telefoon en zag dat ze een bericht van Theo had gekregen.

BEL ME ZSM.

Dwyer trok spottend één wenkbrauw op. 'Wat heb je daar?' vroeg hij. 'Een bekentenis?'

Ze keek hem aan. 'Ja,' zei ze. 'Misschien wel.'

Ze liep de gang op om Theo te bellen en leunde tegen de muur terwijl ze wachtte tot hij opnam. Toen hij dat deed, hoorde ze het zachte gezoem van de harde schijven waardoor hij in zijn dagelijkse werk werd omringd. Of ze beeldde zich in dat ze die kon horen. 'Met Amanda,' zei ze. 'Wat heb je ontdekt?'

'We hebben niet echt een antwoord van CC666 gekregen,' zei hij, 'maar er is wel op de link geklikt die ik had meegestuurd. Ik zou je kunnen vervelen met alle informatie die ik over de computer van de gebruiker heb achterhaald, maar dat zal ik voorlopig achterwege laten. Het belangrijkste is dat het makkelijk was om het IP-adres te lokaliseren. Dat heb ik tot een paar straten kunnen terugbrengen. Die computer staat in een plaatsje dat Brenfield heet. Dat ligt zo'n honderdzestig kilometer bij Gritten vandaan.'

'Wanneer is dat gebeurd?'

'Gisteravond. Het spijt me, ik had het tot nu toe over het hoofd gezien.'

'Geeft niet.'

Wie er ook achter het CC666-account zat, het was Billy Roberts duidelijk niet. De plaatsnaam bleef aan haar knagen. Brenfield. Die naam had ze ergens in de dossiers gelezen. Maar ze was nu zo moe dat het moeilijk was om in gedachten de reusachtige hoeveelheid informatie na te gaan die ze in de afgelopen dagen tot zich had genomen.

Het geluid op de lijn veranderde iets en ze stelde zich voor dat Theo in zijn donkere kamer van computerscherm naar computerscherm liep. 'Die naam herken je toch wel, hè?' vroeg hij.

'Ik heb een paar heel drukke dagen achter de rug.'

'Goed dan.' Dus vertelde hij het haar. En toen wist Amanda het weer. En terwijl ze nog naar hem luisterde, snelde ze de gang al door.

26

Ik zat op de rand van mijn hotelbed, pakte mijn telefoon en belde een nummer. Ik wist niet goed wat ik wilde vragen of wat ik moest doen met de informatie die me ter ore zou komen, maar ik wist dat ik íéts moest doen.

Het duurde een paar tellen voordat ze opnam. 'Met Sally Longfellow.'

'Hallo, Sally,' zei ik. 'Je spreekt met Paul Adams.'

'Paul, hallo. Ik ben nu thuis. Hoe gaat het vandaag met Daphne?'

'Ik ben nog niet bij haar geweest.'

'Ik weet dat het moeilijk is. Nou ja, ik denk dat ze slaapt.' Ze dempte haar stem enigszins. 'Hoe triest het ook is, dat is eigenlijk het beste waar je op kunt hopen in dit stadium, hè?'

Hier was ik niet voor in de stemming en ik besloot om meteen ter zake te komen. 'Ja, ik denk het wel,' zei ik. 'Ik bel eigenlijk omdat ik je graag wat meer wil vragen over het ongeluk van mijn moeder.'

'Natuurlijk. Wat wil je precies weten?'

'Ze is toch gevallen?'

'Ja.'

Ik wachtte en keek uit het raam naar de straat beneden, maar Sally had kennelijk geen zin om meer te vertellen zonder dat ik haar verder hielp. Als je een defensieve houding kon horen in stiltes, dan leek dit telefoongesprek daar vol mee te zitten. Misschien dacht ze dat ik haar de schuld wilde geven van wat er was gebeurd, dat ik haar op de een of andere manier van nalatigheid wilde betichten.

'Liep ze de trap op of af toen ze viel?'

'Dat weet ik echt niet. Is dat belangrijk?'

'Dat weet ik niet zeker.' Ik schudde mijn hoofd. De vraag was uit het niets gekomen, en toch leek die ineens belangrijk. 'Heeft ze na afloop nog iets gezegd over wat er was gebeurd?'

'Nee. Ze was vrij ernstig gewond. En u weet hoe uw moeder is, meneer Adams. Ik weet niet eens zeker of ze wel begreep dát er iets was gebeurd.'

'Hoelang heeft ze daar gelegen?'

'Dat weet ik ook niet. Ik kan u alleen vertellen dat ik zo snel mogelijk naar haar toe ben gegaan.'

Ik liet een stilte vallen. Ik had aangenomen dat het een gepland bezoek was geweest. 'Wacht even, hoor. Dus... je wist dat ze was gevallen?'

'Niet dat ze was gevallen, maar Daphne had een seniorenalarm. Dat is eigenlijk een pieper die patiënten bij zich dragen die een signaal doorstuurt naar onze telefoon. Ik kreeg een alarm van Daphne, dus heb ik naar haar huis gebeld. Toen ze niet opnam, ben ik meteen naar haar toe gereden.'

Daar dacht ik even over na. 'Was ze bij bewustzijn na de val?'

'Niet meer toen ik aankwam, maar eerder moet ze dat duidelijk wel zijn geweest. Ik kan u alleen vertellen dat ik binnen een halfuur ter plekke was, meneer Adams. Ik had sneller kunnen zijn, maar het was al laat.'

Eerder moet ze dat duidelijk wel zijn geweest.

Tenzij ze, om de een of andere reden, op de alarmknop had gedrukt voordat ze was gevallen. Misschien had iets of iemand in het huis haar bang gemaakt.

'Meneer Adams? Is er verder nog iets wat u wilt weten?'

'Ja, sorry.' Ik schudde mijn hoofd. 'Nog één ding, om precies te zijn. Zat de deur op slot toen je aankwam?'

Een korte stilte.

'Ik heb een sleutelbos. De sleutelbos die ik aan u heb gegeven.'

'Ja. Maar had je die op die avond ook nodig?'

Nog meer stilte terwijl ze het zich voor de geest probeerde te halen. 'Nu u het zo zegt, weet ik het eigenlijk niet precies meer. Ik geloof dat ik de sleutel niet heb gebruikt. Ik heb aangeklopt, en toen er geen reactie kwam, ben ik meteen naar binnen gegaan. Volgens mij hoefde ik de sleutel toen niet te gebruiken.'

'Oké, bedankt.'

'Maar wat is er...'

Ik verbrak de verbinding, wat natuurlijk ontzettend onbeschoft van me was. Maar gezien de omstandigheden dacht ik dat het universum me er wel voor zou vergeven, al deed Sally dat misschien niet.

Ik staarde uit het raam naar de straat en de winkels tegenover het hotel, naar de mensen die hun gewone gang gingen, en ik probeerde alles wat ik al wist te rijmen met dat wat me net was verteld.

Op de avond dat mijn moeder was gevallen, had ze een alarmsignaal verstuurd om aan te geven dat ze hulp nodig had en de deur had niet op slot gezeten toen Sally was gearriveerd. Daaruit viel een voor de hand liggend, onschuldig verhaal te construeren, en dat hadden de mensen duidelijk ook gedaan.

Behalve dan dat mijn moeder zich gedesoriënteerd had gevoeld en ergens bang voor was geweest. Zij beweerde dat ze Charlie in het bos had gezien. En als het inderdaad mijn pop was die door de brievenbus was gedaan, dan moest er op een bepaald moment iemand anders in huis zijn geweest. Ik vroeg me af of er méér achter de val van mijn moeder zat dan iedereen dacht. Of ze op de avond in kwestie misschien niet alleen was geweest.

Of ze misschien helemaal niet was gevallen.

Terwijl ik met een verloren en angstig gevoel in de hotelkamer zat, kwam die ene gedachte almaar bij me terug: *Het spel is nog niet klaar met jou.*

Daarom nam ik een besluit.

Dat betekende echter niet dat mijn vastberadenheid een ontmoeting met de werkelijkheid zou overleven, en al voordat ik bij het politiebureau aankwam, voelde ik me stom. Dat gevoel werd nog sterker toen ik naar binnen ging. De receptieruimte was in de loop der jaren nauwelijks veranderd en ik moest heel even denken aan die keer dat ik hier verloren en verdoofd naast mijn moeder naar binnen was gelopen. Zij had een arm om me heen geslagen en leidde me achter de twee politieagenten aan die ons waren voorgegaan in hun auto.

Maar ik was geen tiener meer.

Bij de balie vroeg ik eerst naar Amanda, maar na wat aanvankelijke verwarring bleek die op dat moment niet op het bureau te zijn. Dus vroeg ik naar agent Owen Holder, de man die het bloed op mijn moeders voordeur had gezien, en daarna bleef ik een tijdje staan wachten in de receptieruimte.

'Meneer Adams?' Toen Holder binnenkwam, leek hij nogal verbijsterd om me te zien, al deed hij zijn best om dat te verbergen. 'Komt u maar mee.'

Hij ging me voor naar een klein vertrek aan de ene kant van de receptie. Het had meer weg van een voorraadkast dan van een kantoor, maar er stond wel een computer. Holder ging aan de andere kant van het bureau zitten en tikte op het toetsenbord. Ik nam tegenover hem plaats en wachtte af. Aan zijn gezicht te zien was hij waarschijnlijk bang dat hij het aanklop-incident niet had geadministreerd, zoals ik hem wel had gevraagd, en toen hij ontdekte dat hij dat wel had gedaan, keek hij ineens heel opgelucht.

'Is er nog meer... schade aangericht aan uw huis?'

'Het is mijn huis niet,' zei ik. 'Het is het huis van mijn moeder.'

'Ja, natuurlijk.'

'Mijn moeder heeft een ongeluk gehad. Ze is van de trap gevallen. Alleen betwijfel ik of het echt zo is gegaan.'

'O?'

'Ik denk dat er misschien nog iemand in huis was.'

Holder had naar het computerscherm zitten staren, maar nu keek hij mij aan. Op weg hiernaartoe had ik me al voorgesteld dat het belachelijk kon klinken als het hardop werd gezegd. En hoewel dat best zo kon zijn, had ik ook het idee dat ik het juiste deed. Holder leunde achterover, bij het scherm vandaan, en keek me aandachtig aan. 'Vertel.'

Ik vertelde hem alles wat er was gebeurd. In eerste instantie knikte hij alleen bij alles wat ik zei, maar daarna boog hij zich weer voorover, pakte pen en papier van het bureau en begon aantekeningen te maken. Hij leek nogal sceptisch wat betreft de man die ik in het bos had gezien.

Maar toen legde ik de pop van meneer Roodhand op het bureau.

Holder keek op van zijn aantekeningen en verstrakte. 'Wat is dát in godsnaam?' vroeg hij.

'Dat is een pop,' zei ik. 'Iemand heeft dat ding bij mijn moeder door de brievenbus geschoven. Charlie Crabtree heeft hem lang geleden gemaakt. Charlie Crabtree was...'

'Ja, ik weet wie Charlie Crabtree was.'

Holder pakte de pop behoedzaam op en bekeek hem nauwkeurig.

Hij was te jong om zich de zaak zelf nog te herinneren, maar misschien had ik het collectieve geheugen van plaatsen onderschat – de manier waarop verhalen in de loop der jaren steeds opnieuw worden verteld. En Gritten was altijd al bij uitstek zo'n plek geweest. Het stadje klampte zich vast aan zijn inwoners en verhalen, ook al wilde niemand het er met zoveel woorden over hebben.

'Wat een... walgelijk ding,' zei Holder ten slotte.

'Ja. Zeg dat wel.'

Hij legde de pop neer en stak zijn handen onder het bureau. Ik vroeg me af of hij zonder het zelf te beseffen met zijn vingers over zijn broek wreef om de onzichtbare smet af te vegen die de pop gevoelsmatig met zich meedroeg.

'Dus u beweert dat iemand dit ding bij u door de brievenbus heeft gedaan?'

'Door mijn moeders brievenbus,' zei ik. 'Maar inderdaad.'

Holder hield zijn blik op de pop gericht. Het was alsof hij nu met eigen ogen iets zag waar hij tot dan toe alleen in geschiedenisboeken over had gelezen. Ik kon zien dat mijn verhaal hem niet lekker zat, maar dat hij niet precies wist wat hij ermee aan moest. Maar in elk geval luisterde hij naar me.

'U weet dus wie Charlie Crabtree was,' zei ik.

'Natuurlijk. Dat weet iedereen hier.'

'Dan weet u ook wat er is gebeurd. U weet wat dit ding is.'

'Ja. En ik weet ook wie u bent. Ik zal open kaart met u spelen, meneer Adams. Dat is de enige reden waarom ik de sporen op uw voordeur – op uw moeders voordeur, bedoel ik – echt serieus heb genomen. En...' Hij wendde zijn blik af en keek ineens onbeholpen.

'En?' spoorde ik hem aan.

'En ik begrijp ook dat het u zwaar moet vallen om weer in Gritten te zijn, vooral na zoveel tijd.'

Ik wachtte.

'Wat ik eigenlijk wil zeggen,' zei hij, 'is dat verdriet vreemde dingen met een mens kan doen. En dat bedoel ik echt niet onbeleefd. Ik vraag me alleen af of u dit in uw hoofd niet een beetje groter hebt gemaakt. Groot genoeg om het meer te laten lijken dan het is. Of om er zelfs meer belang aan te hechten.'

Opnieuw zweeg ik. Ik had me erop voorbereid dat ik me stom zou voelen als ik hier was of dat ik te horen zou krijgen dat de politie te weinig aanwijzingen had om iets te kunnen doen, maar ik had niet verwacht om te worden beschuldigd van liegen – zelfs niet indirect – over wat er was gebeurd. Heel even geneerde ik me, maar toen schoten de woorden van Jenny me te binnen: *Vroeger was je besluitvaardiger.*

'Ik zuig dit niet uit mijn duim,' zei ik.

'Dat zeg ik ook niet.'

'Dat zegt u wel.' Mijn stem klonk kil. Holder had in elk geval in één opzicht gelijk: alle emoties van de afgelopen dagen borrelden omhoog, en ik moest oppassen dat ik niets zou zeggen waar ik spijt van kreeg. Met kwaad worden zou ik niet verder komen. 'Waar is rechercheur Amanda Beck?' vroeg ik.

'Wie?' Hij schudde zijn hoofd. 'Dat is die rechercheur uit Featherbank, hè? Ik weet niet waar ze nu is. Misschien is ze wel weer vertrokken.'

'En hoe zit het dan met Billy Roberts? U weet toch dat hij dood is?'

‘Natuurlijk weet ik dat.’ Holder keek me bijna smekend aan. Hij gebaarde naar de pop. ‘Maar dat heeft hier niets mee te maken. We hebben al mensen in hechtenis genomen, en...’

‘Wie? Wie hebben jullie in hechtenis?’

Holder nam heel even de tijd om zich te herpakken. ‘Die informatie mag ik u op dit moment niet verstrekken, meneer Adams.’

‘U denkt dat ik lieg.’ Ik stond op en pakte de pop. ‘Of dat ik gek ben geworden.’

‘Nee, ik denk alleen dat...’

‘Nou, bedankt. Aan u heb ik dus ook niets.’

‘Meneer Adams...’

Maar ik had geen zin om nog langer naar hem te luisteren. En tegen de tijd dat ik bij mijn auto kwam, was ik zelfs nog kwader geworden. Ik voelde me net zo machteloos en gefrustreerd als toen ik een tiener was geweest. Ik deed de kofferbak open en gooide de pop er zo hard in dat die bijna weer naar buiten stuiterde, en daarna smeet ik de klep van de kofferbak zo hard dicht dat voorbijgangers me bevreemd aankeken.

Maar ik negeerde ze.

Daarna bleef ik op de stoep staan, omdat ik niet wist wat ik nu moest doen. Het politiebureau lag aan een drukke weg, met daaraan vooral winkels, en er liepen tientallen mensen in de zonneschijn met tassen in hun hand. Ik merkte dat ik aandachtig de gezichten bekeek, op zoek naar iemand die ik kende of iemand die me in de gaten hield.

Ben je hier ergens?

Was ik echt op zoek naar Charlie?

Terwijl ik daar stond in de zon, omringd door de doodnormale bezigheden van het leven van alledag, leek die gedachte absurd. Maar ik besefte dat ik het wel degelijk deed. Ik liet mijn blik over de mensen om me heen gaan, op zoek naar het gezicht van een jongen die ik al vijfentwintig jaar niet meer had gezien. Geverfd zwart haar, opzijgekamd. Lege ogen. Ondertussen volwassen, maar niet zoveel veranderd dat ik hem niet meer zou herkennen. Een jongen van wie niemand zeker wist of hij nou echt was verdwenen.

De wereld om me heen draaide gewoon door, zich kennelijk niet bewust van dit alles. Niemand leek ook maar enige aandacht aan me te besteden.

Ik begon te lopen. Gedeeltelijk omdat ik niet wist wat ik anders moest doen, maar ook met in mijn achterhoofd de gedachte dat als ik echt werd gevolgd, dit misschien de beste manier was om diegene te ontdekken. Dus liep ik door en deed mijn best om er zorgeloos uit te zien, terwijl ik de mensen om me heen scherp in het oog hield.

Niets.

Twintig minuten later besefte ik ineens in welke straat ik was. Ik keek verbaasd om me heen naar de keurige nieuwe winkels die ik nauwelijks herkende en naar de schoongeveegde stoep. Toen ik nog een tiener was, waren de meeste panden dichtgespijkerd geweest en de winkels die wel open waren, hadden er vervallen uitgezien. Nu waren alle winkelpanden bezet en leken ze het goed te doen. In kleine, met hekken omgeven perkjes waren langs de weg zelfs bomen geplant.

Die winkel kan er nu echt niet meer zitten.

Ik ging iets sneller lopen.

De eerste keer dat ik bij Jenny op bezoek was gegaan, had ze me meegenomen naar deze straat terwijl ze een tas vol boeken had gedragen. Ze was me voorgegaan naar een winkel die er – zoals toen zoveel – op het eerste gezicht vervallen had uitgezien. De deur was oud en krakkemikkig geweest, aan de buitenkant van de ramen had kippengaas gezeten, en de ruiten daarachter waren zo grijs van het stof dat je er bijna niet doorheen kon kijken.

Die winkel kan er nu echt niet meer zitten...

Toch zat hij er nog.

Op de hoek van de straat bleef ik staan. De deur was nieuw, het kippengaas was verdwenen en de ruiten waren schoon. Maar in veel opzichten leek er helemaal niets veranderd. Ik keek omhoog. Het groene uithangbord was overgeverfd, maar het strekte zich nog steeds uit over de hele lengte van de winkel, de naam erop geschreven in sierlijk schuinschrift, als iets uit een andere tijd: JOHNSON & ROSS.

Ik bleef een tijdje naar de winkel staren. Die kwam me zo vertrouwd voor, en de wereld om me heen was ineens zo stil dat ik me bijna niet aan de indruk kon onttrekken dat ik was teruggereisd in de tijd.

Ik stak mijn hand uit en drukte de deurkruk langzaam naar beneden. En duwde.

In de winkel rinkelde een bel.

En terwijl ik me even nerveus voelde als vijfentwintig jaar geleden tijdens dat eerste bezoekje met Jenny, liep ik de winkel in. Ik verliet het heden en stapte het verleden binnen.

27

Eerder

Zodra ik op die eerste dag achter Jenny naar binnen stapte, werd ik spontaan verliefd op Johnson & Ross.

De deur gaf toegang tot een benauwde winkelruimte. Ik werd ogenblikkelijk overspoeld door een kakofonie van indrukken. De hele winkel stond bol van de texturen. Aan elke muur hingen boekenplanken met enorme hoeveelheden boeken erop, er stonden boeken in kasten en ze lagen op tafels, en in het vertrek hing een vertroostende muffe geur, alsof de lucht in de loop der jaren was doordrenkt met de geur van al het leer en papier om me heen. Ik weet nog precies hoe het daar was. Ik zag niet alleen boeken, ik voelde ze ook op mijn huid en ik ademde ze heel diep in.

Jenny leidde me door een van de propvolle gangpaden. Maar op dat moment was ik nogal afgeleid, omdat ik vol verbazing om me heen keek, bijna geschokt door mijn lichamelijke reactie op de winkel. Rondlopen tussen de boeken voelde als een omhelzing van iemand die voor me had gezorgd toen ik nog zo jong was geweest dat ik me hem of haar niet goed meer kon herinneren. Ik was hier nog nooit geweest, maar had het idee dat ik thuiskwam.

De toonbank bleek nauwelijks meer dan een grot tussen de vele planken en kasten te zijn. Op het eerste gezicht kon ik niet bepalen hoe iemand erachter kon komen, maar toch zat er een vrouw met een opengeslagen krant op de toonbank voor zich. Ze was in de veertig, haar lange haar zo blond geverfd dat het bijna wit was, en ze droeg een klein brilletje. Terwijl we naar haar toe liepen, keek ze me nieuwsgierig aan over de rand van het montuur.

Daarna richtte ze haar blik op Jenny en ze wierp haar een warme glimlach toe, duidelijk blij om haar te zien. 'Jenny! Wat heb je vandaag voor me meegebracht?'

Jenny hield de tas met boeken op. 'Een paar van vorige maand.'

'Ik had het níét over de boeken, jongedame.'

Jenny keek even achterom naar mij, en voor het eerst, voor zover ik me kon herinneren, leek ze zelf een beetje nerveus.

'Ik ben haar, eh... stagiair,' zei ik.

'Ah!' De vrouw leek zo mogelijk nog blijer. Ze sloeg de krant dicht en gaf Jenny een samenzweerderige knipoog. 'Degene over wie je me hebt verteld. Ja toch?'

'Dit is Paul,' zei Jenny. 'Ja.'

Aan haar gezicht te zien was ze er niet meer zo zeker van dat dit een goed idee was geweest. Maar daarna draaide ze zich naar me om. 'En dit is mijn vriendin: Marie.'

Marie bleek de Johnson te zijn van de naam van de boekwinkel. Ross was de naam van de vorige eigenaar, een man met wie ze had samengewerkt, maar die een paar jaar eerder met pensioen was gegaan.

'Maar ik heb zijn naam op het bord laten staan,' zei Marie tegen me. 'Traditie is belangrijk, hè? Je moet ergens van afstammen. Plekken zijn net als mensen: ze moeten weten waar ze vandaan komen en waar ze nu zijn, anders weten ze nooit waar ze naartoe gaan.'

Dat beaamde ik, maar eerlijk gezegd kon ik ook bijna niet anders. Marie was een soort oerkracht. In de twintig minuten daarna stommelde ze rond en sleepte ze me mee om me de verschillende delen van de winkel te laten zien, waarbij ze me ondertussen voortdurend met vragen bestookte. Die vragen gingen vaak vergezeld van geamuseerde blikken naar Jenny, alsof ze evenzeer bedoeld waren om haar te plagen als om mij af te tasten. 'Waar kennen jullie elkaar eigenlijk van?'

'We zitten op dezelfde school,' zei ik.

'Dat is een non-antwoord. Er zitten heel veel jongens bij Jenny op school, en ik kan me niet herinneren dat ze er ooit eerder een aan me heeft voorgesteld.'

Jenny trok een wenkbrauw op. 'En dan vraag jij je af waarom niet?'

Maar ik merkte dat ze inmiddels wat minder zenuwachtig was, en ze leek stilletjes tevreden, alsof mijn kennismaking met Marie een soort inwijding was die ik tot nu toe goed doorstond. Het was duidelijk dat Jenny en Marie elkaar al een hele tijd kenden en dat Jenny het belangrijk vond wat Marie van me dacht. Zelf vond ik het leuk om te zien dat Jenny zich een beetje ontspande. Ik had altijd bewondering gehad voor haar onafhankelijke uitstraling, maar het was ook fijn om haar meer op haar gemak te zien.

Iemand in zijn of haar eigen omgeving zien, zoals mijn moeder altijd zei.

Toentertijd was het me niet opgevallen, maar nu ik erop terugkijk, zie ik deze hele ontmoeting pas voor wat die was. Marie, die ouder was dan Jenny en ik, en die meer ervaring had, nam ons als het ware bij de hand en trok ons naar elkaar toe. Op die manier dwong ze ons bijna om te gaan flirten, iets waar wij allebei nog behoedzaam omheen draaiden.

'We zitten allebei in de creatieve schrijfclub,' zei ik.

'Maar dat had ik je al verteld,' zei Jenny tegen Marie.

'Ach ja, dat is waar ook.' Marie deed alsof ze vergeetachtig was. 'Ach, als jullie zo oud zijn als ik... De creatieve schrijfclub... Zeg, nu je het er toch over hebt: heb je jouw verhaal nog ingezonden voor die wedstrijd?'

Jenny trok een gezicht. 'Ja. Niet dat er iets uit zal voortkomen.'

'Hou je mond, jij. Je bent een heel goede schrijfster. Heb jij al eens een verhaal van haar gelezen, Paul?'

'Alleen dat in de club. Nou ja, ik bedoel dat ik ernaar heb geluisterd. Dat verhaal over de hond.'

Marie begon te lachen. 'Ja, dat vond ik ook leuk. Misschien een tikkeltje te dicht bij de waarheid, maar dat geldt voor sommige van de beste verhalen.'

'Marie is een bron van plaatselijke kennis,' zei Jenny tegen me.

'Er zijn verhalen zat in deze contreien, geloof mij maar.'

'Dat weet ik,' zei Jenny. 'Dat wéét ik.'

Dat idee monterde me een beetje op. Zo lang als ik me kon herinneren had ik Gritten beschouwd als een grauwe, saaie plek, en ik had ervan gedroomd om eraan te ontsnappen en ergens naartoe te gaan waar het beter was. Voor die tijd was het nooit bij me opgekomen dat mijn woonplaats op zijn eigen manier misschien even interessant was als de plaatsen waar ik mezelf naartoe had zien gaan.

'Paul heeft ook een verhaal ingestuurd.' Jenny keek me aan. 'Ja toch?'

‘Ja.’ Ik had mijn moeders instructies opgevolgd. En mijn vader had inderdaad heel smalend naar me gekeken toen ik hem om twee enveloppen en postzegels had gevraagd: de ene om het verhaal in op te sturen en de andere geadresseerd aan mezelf voor het geval het verhaal werd afgekeurd en werd teruggestuurd. Of nee, wannéér het werd teruggestuurd.

‘Ik verwacht ook niks van het mijne, hoor.’ Ik keek Jenny aan en voegde er snel aan toe: ‘Niet dat het jouwe zal worden afgewezen. Jij wint vast. Jouw verhaal is vast veel beter dan het mijne.’

‘Je hebt het nog niet eens gelezen.’

‘Nee. Maar dat wil ik wel graag. Dat wil zeggen, als jij het me wilt laten lezen.’

‘Ja, natuurlijk. Maar alleen als jij het echt wilt.’

Marie volgde ons gesprek terwijl ze haar blik telkens van de een naar de ander liet gaan. Ze keek ongelovig. ‘Tieners!’

‘Wat zei je?’ vroeg Jenny.

‘Niets, liefje. Maar goed, laat eens zien wat je voor me hebt meegebracht. Qua boeken dan.’

Jenny haalde de boeken uit de tas, en ze namen samen de inhoud door. De boeken waren allemaal tweedehands, en ik nam aan dat Jenny ze ook hier had gekocht. Terwijl ik naar Marie keek, die de met potlood geschreven prijzen aan de binnenkant van het omslag controleerde en een lijst getallen op een velletje papier schreef, vermoedde ik dat, zeker voor een aantal van haar klanten, haar zaak evenzeer een bibliotheek als een boekwinkel was.

Marie keek me aan over de rand van haar bril. ‘Zou je me een plezier willen doen, Paul?’

‘Natuurlijk.’

‘Geweldig! Ik vind hem nu al heel erg aardig, Jenny. Oké, jij ziet eruit als een grote, sterke jongen. Achter de winkel heb ik een doos met boeken staan die iemand voor me naar binnen moet brengen. Zou jij zo vriendelijk willen zijn om die te halen?'

'Geen probleem.'

Marie haalde een sleutelbos onder de toonbank vandaan en stak me die toe. 'Ga maar achterlangs.' Ze knikte naar de achterkant van de winkel. 'Gewoon die gang door lopen. Mijn auto staat achter de winkel. Het is een oude oranje Ford. Je kunt hem niet missen. Het is de enige auto die er staat.'

Ik nam de sleutels van haar aan.

'De doos staat in de kofferbak. Wees voorzichtig, hoor. Het metaal wordt heel heet in de zon en ik wil niet dat je je handen eraan brandt.' Ze keek Jenny met één opgetrokken wenkbrauw aan. 'En ik weet zeker dat Jenny dat ook niet zou willen.'

Ik had nog net tijd om te zien dat Jenny knalrood werd en prentte de opmerking snel in mijn geheugen, waarna ik me naar de achterkant van de winkel haastte.

De laatste drie weken van het schooljaar leken voorbij te kruipen. Ik merkte dat ik de dagen telde tot de grote vakantie zou aanbreken en snakte ernaar om Gritten Park in elk geval een tijdje niet meer te hoeven zien.

Ik deed mijn best om Charlie, Billy en James te ontlopen, en meestal lukte dat. Niet altijd, natuurlijk. Er waren momenten dat ik hen wel zag, en die momenten leken nooit helemaal toevallig. Dan staarde James altijd naar de grond en bleef Charlie glimlachend naast hem staan, alsof hij pronkte met een trofee die hij had gewonnen.

Ik wendde mijn blik steevast snel af. Van mij mochten ze doodvallen.

Maar zelfs wanneer ik ze niet echt tegen het lijf liep, kon ik ze af en toe voelen, al wist ik niet precies hoe dat kwam. Elke keer dat ik in de buurt was van de trap die omlaagvoerde naar lokaal C5b, leek het alsof ik een gestage hartslag onder me bespeurde, en dan vroeg ik me af wat er daar beneden gebeurde. Wat waren ze al dromend met z'n drieën aan het bekokstoven?

Maar ondertussen bracht ik zo veel mogelijk tijd met Jenny door. Tijdens de kleine pauze en de lunchpauze zaten we samen op haar bankje, totdat dat niet langer aanvoelde als háár plekje, maar als het onze. We bespraken de boeken die we hadden gelezen en de verhalen die we hadden verzonnen, of we zaten gewoon wat met elkaar te praten, en soms liepen we samen over het schoolplein. In de weekends ging ik naar haar huis. Haar moeder was altijd thuis, dus onze mogelijkheden waren beperkt, maar ik weet nog dat we vaak in haar kamer zaten, waar we elkaar kusten of wat zaten te vozen. Onze band werd steeds hechter. Ik had me nog nooit zo op mijn gemak en ontspannen gevoeld in het bijzijn van een ander – zo in staat om mezelf te zijn zonder bang te zijn dat mezelf zijn een probleem was – en het besef dat dat andersom ook gold was genoeg om me de adem te benemen.

En we gingen natuurlijk vaak naar de boekwinkel.

Marie voorzag ons van koffie en cake en maakte af en toe een schuine opmerking, maar dat laatste bracht ons steeds minder vaak in verlegenheid. Gedeeltelijk omdat Jenny en ik minder gespannen waren in elkaars bijzijn, maar ook omdat Marie tegen die tijd een beetje achterlag op wat er al tussen Jenny en mij was gebeurd. Maar meestal waren we gewoon met z'n drieën aan het praten. Ik mocht Marie graag en hielp haar vaak een handje wanneer we bij haar op bezoek waren: ik sleepte met dozen, pakte ze uit en zette de boeken netjes op de planken.

Op een keer was Marie met Jenny aan het kletsen toen er een klant bij de toonbank kwam staan, en toen riep ze naar me: 'Paul? Zou jij deze meneer alsjeblieft even willen helpen?'

'Tuurlijk.' Ik had geen flauw idee hoe ik de kassa moest bedienen. Ik drukte op een paar van de meest voor de hand liggende knoppen, morrelde wat aan de geldlade en maakte daarna de berekening in mijn hoofd.

Na afloop kwam Marie naar me toe. 'Binnenkort begint de zomervakantie, toch?'

'Over tien dagen.' Ik deed alsof ik op een horloge keek dat ik niet had. 'Zestien uur, tien minuten en vijftien seconden.'

Ze begon te lachen. 'Nou, ik heb eens zitten denken... Dan zul je wel een heleboel vrije tijd hebben.' Ze keek even naar Jenny. 'En ik neem aan dat je hier in de buurt zult zijn. Dus ik vroeg me af of je misschien een baantje wilde?'

Ik knipperde met mijn ogen en keek toen om me heen in de winkel. 'Bedoel je híér?'

'Ik zal je even laten zien hoe je de kassa moet bedienen,' zei ze snel.

Mijn moeder was blij dat ik een deeltijdbaantje had gevonden om me bezig te houden. 'En nog wel in een boekwinkel!' zei ze.

Misschien had ik verwacht dat mijn vader ook blij zou zijn, maar ik had allang de hoop opgegeven om indruk op hem te maken. Bovendien leek het feit dat het om een boekwinkel ging – en dan nog wel een tweedehandsboekwinkel – een zelfs nog grotere minachting bij hem op te roepen dan normaal. Maar in plaats van dat ik me daardoor liet ontmoedigen, merkte ik dat ik er stilletjes kracht uit putte. Het was alsof werken bij Johnson & Ross me op de een of andere manier dichter bij mijn droom bracht.

Toen de grote vakantie begon, hielp ik Marie drie keer per week, en zodra ik de bediening van de kassa onder de knie had, merkte ik dat ik het werk bevredigend vond. Ik moest zorgen dat de boeken op de juiste plek stonden, dozen in- en uitpakken en de vaste klanten leren kennen. Nu Jenny er niet was om te plagen, gedroeg Marie zich een stuk minder provocerend. Ze liet me een aantal van de duurdere boeken in de winkel zien en ze leerde me zelfs hoe ik een eventueel waardevolle druk kon herkennen. Ik vond haar steeds aardiger. En Jenny had gelijk gehad: Marie zat boordevol verhalen. Ze was net een wandelende encyclopedie van de plaatselijke geschiedenis en er ging geen dag voorbij dat ze me niet onthaalde op een of ander waanzinnig verhaal uit deze contreien.

Laat op de avond, als mijn ouders al naar bed waren, ging ik verder met mijn pogingen om zelf verhalen te schrijven. Dat was moeilijk. Ideeën had ik weliswaar genoeg, maar er ontstond een probleem wanneer ik aan mijn bureau ging zitten en die ideeën in woorden probeerde te vatten. Marie was van nature een begenadigd verhalenvertelster, en ik nam aan dat dat ook voor Jenny gold. Ik was dat echter niet. Ideeën die goed leken in mijn hoofd, waren op papier saai en levenloos. Ik begon aan talloze verhalen, maar maakte er geen een af.

De rest van de tijd bracht ik met Jenny door.

De intensiteit van mijn gevoelens voor haar beangstigde me. Het was raar om te bedenken dat ik haar aan het begin van het schooljaar nauwelijks had opgemerkt en dat ik nu steeds aan haar moest denken. Mijn hart klopte op een vreemde manier alsof het stiekem drumles had genomen en nieuwe, onbekende trucjes had geleerd. Wanneer we niet bij haar thuis waren, liepen we langzaam door de straten van haar deel van Gritten. Ze liet me het park zien waar ze als klein meisje had gespeeld, de winkels die ze zich herinnerde van vroeger, maar die nu gesloten waren. Het stelde allemaal niet heel veel voor, maar door de intimiteit werd elk detail levendig en speciaal. Het was warm en stralend weer, en ik zag ineens overal kleur. Het was zomer. Een wereld die voorheen saai en grijs was geweest werd met de dag kleuriger.

En Charlie, Billy of James kwam ik nergens meer tegen.

Al die jaren later, tijdens mijn eerste ontmoeting met Jenny na mijn terugkeer naar Gritten, had ze me eraan herinnerd dat ik hier zowel goede als slechte herinneringen had. Dat was waar. Ik had hier zowel fijne als nare dingen beleefd toen ik voor het eerst verliefd werd. De eerste drie weken van die grote vakantie waren de gelukkigste van mijn hele leven. Maar in de vierde week liep alles mis.

28

Nu

Dat ik na al die jaren weer bij Johnson & Ross naar binnen ging bracht een bijna overweldigende explosie van herkenning met zich mee.

Weliswaar was de buitenkant opgeknapt, maar binnen was bijna alles bij het oude gebleven. De planken en kasten stonden allemaal nog vol boeken, vele zo oud en versleten dat je zou denken dat het dezelfde waren die hier vroeger hadden gestaan. De geur en de sfeer waren nog precies hetzelfde als in mijn herinnering. Elke indruk was zo intens dat ik automatisch terugdacht aan mijn eerste bezoek aan de winkel, hoe dat had gevoeld als thuiskomen, en ik vroeg me heel even af of dat een onmogelijke sprong vooruit van toen naar nu kon zijn geweest. Een weggestopte herinnering die niet uit het verleden, maar uit de toekomst kwam.

Een beetje onvast op mijn benen liep ik door het gangpad.

Er stond niemand achter de toonbank. Ik keek rond en luisterde aandachtig, maar er leken ook geen andere klanten in de winkel te zijn. Toen ik hier had gewerkt, was dat vaak het geval geweest. Die zomer, op de minder drukke momenten, had ik hier vaak rustig gezeten en de geur van boeken ingeademd. Op sommige momenten had ik gemeend dat ik de pagina's om me heen zacht hoorde ritselen, alsof de verhalen die erop stonden schuifelden in hun slaap.

Was het mogelijk dat Marie nog steeds in de winkel stond?

Ik wist niet welk antwoord op die vraag me ongeruster maakte: dat ze was vertrokken of dat ik haar na al die tijd zo meteen misschien weer zou zien. Welk gevoel zou ik aan beide uitkomsten overhouden?

Van achter uit de winkel kwam een geluid. 'Ik kom eraan,' riep een vrouwenstem. 'Momentje.'

Mijn hart begon sneller te kloppen. *Het is nog niet te laat*, dacht ik; ik kon me nog omdraaien en de deur weer uit zijn voordat zij haar opwachting maakte. Maar ik dwong mezelf te wachten. Eindelijk dook ze tussen de stapels op. Ze was zichtbaar ouder – haar gebleekte blonde haar was kortgeknipt en nu van nature wit – en ze liep een beetje onhandig, maar in mijn ogen was ze net zo weinig veranderd als de winkel zelf.

Marie verwachtte mij natuurlijk niet, dus keek ze me eerst een paar tellen nietszeggend aan, misschien een beetje verbaasd door de felheid waarmee ik terugstaarde. Maar toen herkende ze me en verscheen er een glimlach op haar gezicht die de rimpeltjes bij haar ooghoeken liet uitwaaieren. 'Paul!' Langzaam liep ze naar me toe en sloeg haar armen om me heen.

Hoe het zou voelen om haar na al die tijd te zien? Ook dit voelde net als thuiskomen.

Marie draaide het bordje op de deur om naar GESLOTEN en zette toen koffie voor ons in de kitchenette achter de toonbank. 'Ik ben bang dat ik geen cake heb.'

'Dat geeft niet,' zei ik. 'Ik heb geen honger.'

'Nee. Maar zo te zien ben je wel aan koffie toe.'

Was dat zo? Ik voelde me nog moe van vanochtend, maar ik had me niet gerealiseerd dat het me zo duidelijk aan te zien was. Misschien was er nog een andere reden dat de politie dacht dat ik mijn grip op de situatie kwijtraakte. 'Ik slaap de laatste tijd slecht.'

'Heel begrijpelijk. Het moet moeilijk voor je zijn.'

'Ik ben blij dat jij hier nog bent,' zei ik.

'Dat is ook moeilijk. Ik heb het zo lang mogelijk volgehouden, maar ik geloof niet dat ik nog veel energie overheb.'

'Daar geloof ik helemaal niks van.'

Ze glimlachte en blies toen op haar koffie en nam een slokje. 'Het spijt me van je moeder, Paul. Ze is een lieve vrouw.'

Dat verbaasde me. 'Ken je haar?'

'Een beetje. Niet echt goed, maar ze kwam hier vrij vaak.'

Daar dacht ik even over na. 'Ze lijkt een behoorlijk fanatieke lezer te zijn geworden.'

'Na de dood van je vader. Ja, inderdaad.'

Ik knikte bij mezelf. Mijn vader was hard en onverzoenlijk geweest, een man die het land bewerkte als er werk voorhanden was, maar die altijd trotser leek op de manier waarop het land hem bewerkte, alsof hardheid veroorzaakt door lijden iets begeerlijks was.

Van boeken had hij nooit iets begrepen, en daardoor had hij ook nooit iets van mij begrepen – zijn stille, leesgrage zoon, die altijd in zijn eentje boven zat en verdiept was in het relaas van een ander of zelf onbeholpen verhalen probeerde te schrijven.

Ik dacht aan de foto die ik had gezien van mijn moeder als kind, liggend op het zonovergoten gras met een open boek voor zich. En het kostte me geen enkele moeite om haar voor me te zien bevrijd van mijn vaders afkeuring, eindelijk in staat om toe te geven aan haar onderdrukte passie voor lezen. Dat had een vertroostend beeld kunnen zijn, maar in plaats daarvan zag ik in gedachten een eenzame vrouw die wanhopig verlangde naar contact, op zoek naar vertroosting en sociale contacten op de enige plaatsen waar ze die kon vinden, en ik werd overspoeld door een enorme golf van schuldgevoel omdat ze die niet bij mij had kunnen vinden.

Jij laat me nooit iets zien, Paul.

'Hoe was ze?' vroeg ik. 'De laatste tijd, bedoel ik.'

Marie aarzelde.

'Je mag het best zeggen, hoor.' Ik nam zelf ook een slok koffie. 'Ik wil het horen. Ik weet al dat ze vaak in de war was.'

'Ja. Soms wel.' Marie zette haar kopje op de toonbank en keek er peinzend naar. We wisten allebei dat ze me vroeger iets had verteld wat onvoorstelbare gevolgen had gehad, en ik zag dat ze probeerde te bepalen welk effect haar woorden ditmaal zouden hebben.

'Ga door,' zei ik.

'Ze vroeg vaak naar jou.'

'Naar mij?'

'Ja. Soms dacht ze dat je hier nog werkte. En op andere dagen zocht ze naar boeken die jij had geschreven. Ze bleef maar zeggen dat ik wat boeken van jou in huis moest halen. Ze vertelde altijd dat die als warme broodjes over de toonbank zouden gaan.'

Ik reageerde niet.

'Ik zei natuurlijk dat ik mijn best zou doen.' Marie glimlachte. 'Dan vertelde ik haar dat ik dacht dat we er een paar hadden gehad, maar dat die alweer waren verkocht. Zoiets.'

'Dat moet heel… moeilijk zijn geweest om mee om te gaan.'

'Het was nooit moeilijk om lief te doen tegen je moeder, Paul.'

Nee, dacht ik. Vast niet. Want mijn moeder was zelf altijd lief geweest, niet alleen voor mij, maar voor iedereen. Dat besef veroorzaakte een enorm verdriet. Nu pas drong tot me door dat ik vele jaren had verspild, en dat ik haar nog van alles wilde vertellen nu ze het nog kon horen.

'Ze had heel veel vrienden, weet je,' zei Marie. 'Ze was niet ongelukkig. En ze was ontzettend trots op je.'

'Daar had ze geen enkele reden voor.'

'Ach, ik weet zeker dat dat niet waar is.'

Ik bleef zwijgen.

Volgens mij word je later schrijver. Ooit had ik hetzelfde gedacht. Maar ik herinnerde me een dag, in hetzelfde jaar, vlak voor het einde van het laatste trimester, toen ik beneden was gekomen en er een envelop op me lag te wachten. Al vanuit de deuropening van de keuken had ik mijn eigen handschrift herkend, samen met de postzegel die ik in de hoek had geplakt. De weken nadat ik mijn korte verhaal had ingestuurd voor de wedstrijd had ik mijn best gedaan er niet aan te denken, had ik mezelf voorgehouden dat het verhaal niet erg goed was, dat het niet zou worden geaccepteerd en dat het geen zin had om veel hoop te koesteren. Maar de wetenschap dat ik het had ingestuurd had mijn hart toch zacht laten fladderen, alsof er een vogeltje in woonde. Het was alsof een deel van me deze plek had verlaten en de wijde wereld in was getrokken, en diep vanbinnen had ik mezelf laten geloven dat het daar een thuishaven had gevonden.

Toen ik de envelop openmaakte, zat het korte verhaal erin, samen met een standaard-afwijsbrief waarin stond dat mijn inzending tot hun spijt ditmaal niet was uitgekozen.

Ik weet nog dat ik het een paar keer had gelezen en hoe het had gevoeld toen dat wat in de weken ervoor in mijn borst had geleefd was doodgegaan. 'Ik geef tegenwoordig creatief schrijven,' biechtte ik op tegen Marie. 'Dat is een onderdeel van mijn takenpakket. Maar ik schrijf zelf niet meer.'

'Wat jammer. Waarom ben je ermee opgehouden?'

'Omdat ik wist dat ik nooit goed genoeg zou zijn.' Maar dat was niet helemaal waar. In werkelijkheid had ik nooit hard genoeg mijn best gedaan om te ontdekken of ik het kon, en daar zou ik eerlijk voor uit moeten komen. 'Na alles wat er gebeurd was leek dát het enige verhaal dat ooit belangrijk zou zijn. En ik geloof niet dat ik ooit de juiste woorden heb kunnen vinden om daarover te schrijven.'

'Misschien komt daar nog verandering in.'

'Dat denk ik niet. Dat verhaal heeft geen einde.'

'Nog niet.'

Ik dacht aan de mensen die de zaak op internet bestudeerden. Volslagen onbekenden die ook na al die jaren per se het raadsel van Charlie Crabtrees verdwijning wilden oplossen. 'Er is te veel water naar zee gestroomd,' zei ik. 'Het is oude koek. Het ligt ver achter me.'

Marie glimlachte weer. 'Volgens mij werkt het niet zo, Paul. Naarmate je ouder wordt, versmelt alles met elkaar. Je begint te geloven dat het leven nooit een rechte lijn is geweest. Dat het altijd meer een... kronkellijn was.'

Ze lachte zacht. Het was een achteloze opmerking, maar ik vond het een treffende vergelijking. In Gritten zag ik overal sporen van het verleden onder de details die de jaren daarna eroverheen hadden geëtst. Plekken. Mensen. Het verleden was er nog, diep verborgen onder het heden: geen rechte lijn, maar een kronkellijn. Hoe hard je ook je best deed om het te vergeten, je maakte altijd pas op de plaats, misschien zonder dat je het ooit besefte.

Net toen ik nog iets wilde zeggen – toen ik door wilde vragen over mijn moeder, welke boeken ze leuk had gevonden, wat ze allemaal had gezegd – zoemde mijn telefoon in mijn zak.

Een telefoontje van Sally.

Ik nam op. En daarna luisterde ik, en merkte ik dat ik op de juiste momenten reageerde, zachtjes, formeel en bijna intuïtief.

Marie keek me de hele tijd aan, haar gezicht een en al medeleven. Omdat ze het wist.

Toen het gesprek voorbij was, waren alle vragen die ik even geleden nog had willen stellen me ontschoten. Er was slechts een handjevol woorden over om uit te spreken, en dat deed ik op de automatische piloot. 'Mijn moeder is overleden,' zei ik.

Toen ik bij het hospice kwam, was Sally er niet, en er liep een verpleegster met me mee naar de kamer. Ze was respectvol, maar professioneel. 'Gecondoleerd met je moeder,' zei ze tegen me in de foyer, en verder deed ze er het zwijgen toe toen we samen naar de kamer liepen. Er waren ongetwijfeld talloze formaliteiten en procedures die moesten worden afgehandeld, maar haar houding maakte duidelijk dat die konden wachten.

Voorlopig was er alleen dit.

Voor de deur bleven we staan.

'Neem alle tijd die u nodig hebt,' zei ze.

Vijfentwintig jaar, dacht ik.

De kamer was stil en vredig. Ik deed de deur voorzichtig dicht, alsof ik de kamer was binnengegaan van iemand die langzaam wakker werd in plaats van die van iemand die dat nooit meer zou doen. Net zoals anders lag mijn moeder in bed. Maar hoewel haar hoofd op het kussen lag, leek het al enigszins te verdwijnen in de meegevende vulling. Ik ging naast het bed zitten en werd getroffen door de afwezigheid die in de kamer heerste. Mijn moeders huid was geel en lag als dun overtrekpapier over de contouren van de schedel eronder. Haar ogen waren gesloten en haar mond stond iets open. Ze lag onmogelijk, onmenselijk stil. *Alleen is zij het niet*, dacht ik. Want dit was mijn moeder niet. Haar lichaam lag hier wel, maar zij niet.

Tijdens mijn eerdere bezoeken waren er momenten geweest waarop haar ademhaling zo oppervlakkig was en haar lichaam er zo roerloos bij lag dat ik me had afgevraagd of ze was overleden. Alleen het zachte gepiep van het apparaat naast het bed had me van het tegendeel overtuigd, en zelfs dat had bij tijd en wijle een truc geleken. Nu zweeg het apparaat en het verschil was groot. Ik was nooit gelovig geweest, maar er was zo overduidelijk een bepaalde vonk van levendigheid uit de kamer verdwenen dat het moeilijk was om je niet af te vragen waar die naartoe was gegaan. Het leek onmogelijk dat die geheel en al was verdwenen. Dat sloeg nergens op.

Ik voelde me als verdoofd. Maar op een vreemde manier was de stilte in de kamer zo plechtig dat die ongeschikt leek voor emoties. Ik wist dat die zouden komen. Want ondanks alles had ik van mijn moeder gehouden.

Iets wat ik haar gisteren had verteld, toen ze sliep. Toen ze het niet kon horen.

Ik bedacht hoe anders onze relatie zou zijn verlopen als Charlie en Billy niet hadden gedaan wat ze hadden gedaan. Welke andere koers mijn leven dan had kunnen nemen, en waar mijn moeder en ik dan hadden kunnen eindigen, in plaats van nu op dit moment.

Stelletje klootzakken, dacht ik.

De gebeurtenissen van de afgelopen dagen hadden me bang gemaakt, en die angst bleef. Het gevoel van dreiging was er nog. Maar daarnaast gloeide nu ook woede.

Korte tijd later – ik wist niet precies hoelang – werd ik me bewust van zachte stemmen voor de kamer, en toen werd er schuchter op de deur geklopt. Ik stond op en liep ernaartoe. De verpleegster stond in de gang en Sally was ook gekomen.

'Gecondoleerd, meneer Adams.' Sally liet haar hand even zacht op mijn arm rusten en gaf me toen een papieren zakdoekje aan. Ik besefte dat ik op een zeker moment moest hebben gehuild.

'Ja, het raam staat open,' zei ik. 'Mijn hooikoorts speelt altijd verschrikkelijk op in dit jaargetijde.'

Sally glimlachte vriendelijk.

'Zeg,' zei ik, 'ik wil je bedanken. Voor alles wat je hebt gedaan. Ik heb waarschijnlijk niet echt het recht om dat te zeggen, na alles, maar mijn moeder zou hebben gewild dat ik je bedank. En het spijt me van eerder.'

'Je hoeft je niet te verontschuldigen. En graag gedaan.'

Ze nam de formaliteiten met me door die zouden volgen, en de regelingen die ik zou moeten treffen. Haar woorden overspoelden me. Ik wist dat ik dit allemaal goed moest onthouden, maar ik kon mijn aandacht er niet bij houden. Het enige wat doorsijpelde was dat het een paar dagen zou kosten om het te regelen.

'Kun je blijven?' vroeg Sally.

Ik dacht aan alles wat er was gebeurd. Hoe bang ik was geweest. Dat ik hier eigenlijk alleen weg wilde en het verleden wilde vergeten. Maar dat ik dat niet zou doen, wat hier ook speelde. Want naast die angst gloeide ook de woede nog.

'Ja, dat is geen probleem,' zei ik.

29

Het was al donker toen Amanda terugkwam uit Brenfield, de stad waar ze het account van CC666 toe hadden herleid, en ze reed langzaam en behoedzaam over de snelweg die naar Gritten Wood voerde. Door de straatverlichting boven haar baadde de auto met tussenpozen in oranje golven: een hypnotiserend effect dat haar in een soort droomtoestand leek te brengen. De wereld buiten de auto leek niet helemaal echt. Ze deed haar best om zich te concentreren, maar haar gedachten konden geen grip krijgen.

Ze nam de afslag naar links toen die zich aandiende. Voor haar lag het dorp, donker en doods, de straten nauwelijks meer dan zandpaden. De huizen leken op zelfgebouwde hutten van hout, half begraven in de duisternis, elk op zijn eigen perceel. Onder het rijden zag ze hier en daar een paar verlichte ramen – stempeltjes van licht in de donkere avond –, maar nergens waren echte tekenen van leven.

In de verte torende de donkere muur van het bos hoog boven alles uit.

Een paar minuten later bracht ze de auto tot stilstand voor een huis dat nog verlatener leek dan alle andere, en ze stapte uit. De klap waarmee haar portier dichtsloeg weerkaatste door de lege straten en ze keek een beetje zenuwachtig om zich heen, alsof ze iets of iemand zou hebben gestoord. Er was niemand te zien. Maar ondanks het gebrek aan zichtbare activiteit had ze het gevoel dat ogen haar in de gaten hielden. Dat haar aanwezigheid was opgemerkt.

Na de gebeurtenissen van de afgelopen twee dagen maakte dat haar bang.

Ze keerde zich weer naar het huis. Het hek aan de voorkant was kapot en bungelde aan een roestige scharnier. Ze liep erlangs en stapte het overwoekerde pad naar de voordeur op. De gebarsten ruiten aan weerskanten ervan waren grijs en wazig, en aan de binnenkant waren er vergeelde kranten tegenaan geplakt. Met een zaklamp had ze wellicht de koppen kunnen lezen – verhalen uit een andere tijd –, maar de indruk dat ze werd bespied was zo sterk dat ze liever geen aandacht op zichzelf wilde vestigen.

Ze voelde aan de deurkruk. De deur zat natuurlijk op slot.

Ze deed een stap naar achteren en keek op naar het verweerde hout van de gevel. De ramen boven waren zo rook-donker als kapotte gloeilampen en een deel van de goot hing los. Tussen de balken boven de deur groeide mos.

Stik maar.

Ze pakte haar telefoon en deed de zaklamp aan, waarna ze voorzichtig in het hoge gras aan de ene kant van het pad stapte en het licht door het raam liet schijnen, op de plek waar een deel van de krant was weggekruld van de ruit. De lichtbundel gleed stil door de lege kamer. Poelen van licht en schaduw golfden over kale vloerplanken en muren die bespikkeld waren met vochtplekken.

Amanda deed het licht weer uit.

Hier was niemand. Het huis was verwaarloosd en al lang geleden verlaten. Maar hier hadden Eileen en Carl Dawson gewoond en hier was James Dawson vijfentwintig jaar geleden opgegroeid. Charlie Crabtree had altijd per se hiervandaan willen vertrekken wanneer hij de jongens was voorgegaan op hun wandelingen door het bos dat achter het huis lag.

Eileen en Carl Dawson hadden hier tot ongeveer tien jaar geleden gewoond, toen Carl een bescheiden bedrag had geërfd en het echtpaar eindelijk had besloten om Gritten Wood te verlaten. Ze hadden het huis echter niet kunnen verkopen, want wie wilde nou een huis kopen in zo'n dorp? Maar toch. Ze hadden hun spullen gepakt en waren hier weggegaan, waarbij ze het huis en alle slechte herinneringen die het bevatte veilig opgeborgen hadden achtergelaten.

En ze waren verhuisd naar Brenfield, ruim honderdvijftig kilometer verderop.

Amanda stapte weer in haar auto, reed een paar straten door en stopte toen voor een huis dat op naam stond van Daphne Adams. Hier zou Paul moeten logeren. Maar hoewel de woning iets beter onderhouden was dan het huis dat ze net had gezien, straalde die dezelfde leegheid uit toen ze het tuinpad op liep. Het huis zelf was donker en stil, en de moed zonk haar in de schoenen toen ze dichterbij kwam. Ze keek achterom naar de straat. Pauls auto stond er niet. Hij zou er ook niet zijn.

Ze klopte aan en wachtte. Ze had geen reactie verwacht, en kreeg er ook geen.

Haar frustratie nam toe, want ze moest hem echt spreken. Waar hing hij verdorie uit? Ze wist dat hij eerder die dag naar de politie van Gritten was gegaan om melding te maken van een pop die bij hem door de brievenbus was geduwd, maar de agent die hem te woord had gestaan – Holder – had de zaak niet serieus genomen. Dat was een van de fouten in een hele reeks van blunders, waarvan sommige waarschijnlijk door haar waren begaan. Ze had niet eens een telefoonnummer van Paul. Ze had gehoord dat hij hier in Gritten was toen ze had gebeld met iemand van de universiteit waar hij werkte, maar zo laat op de avond zou daar niemand meer zijn om haar telefoontje te beantwoorden. Ze had het vage vermoeden dat Theo haar hiermee zou kunnen helpen, maar ze had het enige nummer dat ze van hem had al gebeld, en kennelijk was hij al naar huis gegaan.

Ze liep een stukje naar achteren.

De tuin hier was minder overwoekerd dan die bij het oude huis van de familie Dawson en na een korte aarzeling schakelde Amanda de zaklampfunctie op haar telefoon weer in, liep vervolgens naar de zijkant van het huis en volgde toen het met onkruid begroeide pad dat naar de achterkant voerde. Daarbij hield ze de hele tijd haar oren gespitst, maar ze hoorde alleen het zachte geruis van de avondbries. Toen ze in de achtertuin kwam, bescheen ze die met de lichtbundel. Die kwam niet ver, maar aan het einde ervan kon ze net de vage lijn van de draadomheining helemaal aan de achterkant zien en ze voelde de enorme, ondoordringbare duisternis van het bos daar weer achter.

Het bos waarin Charlie Crabtree was verdwenen.

Ze huiverde.

Charlie is dood.

Amanda wist niet meer of dat wel waar was. Nu ze naar die donkere, eindeloze hoeveelheid bomen staarde, vroeg ze zich af wie of wat daar op dit moment misschien ronddoolde.

Hoewel ze eerder die dag op weg was gegaan naar Brenfield,

had ze het huis van Carl en Eileen Dawson nooit bereikt. Uit beleefdheid had ze onderweg gebeld met het politiekorps van Brenfield, en ze had te horen gekregen dat de politie al in de woning aanwezig was. Omdat er die ochtend een man en een vrouw waren aangetroffen die waren afgeslacht.

Ik ben bang dat dit verband houdt met de reden van mijn komst.

Ze wist nog dat Dwyer zijn ogen ten hemel had geslagen toen ze dat had gezegd, en wat zij daarna tegen hem had gezegd: dat de echte moordenaar nog vrij rondliep als hij het mis had, en dat ze bang was voor wat die zou gaan doen.

Waar ben je, Paul?

Amanda staarde naar het inktzwarte bos dat voor haar lag. De Schaduwen, zo werd het door de mensen hier genoemd. Ze hoorde niets, alleen die loodzware stilte, maar ze voelde hoe zwaar de geschiedenis was die erin besloten lag. Een geschiedenis die nu leek te zijn teruggekeerd.

Een geschiedenis die het ene na het andere leven eiste.

III

30

Eerder

Week vier van de zomervakantie.

Ik was bij Jenny thuis, boven, in haar slaapkamer. We zaten te zoenen en wat te foezelen. Haar moeder leek het niet erg te vinden dat Jenny alleen met een jongen op haar kamer was, maar de deur stond open en ze liep voortdurend de trap op en af, onvermoeibaar aan het werk. Op een gegeven moment hoorden we haar op de overloop en we lieten elkaar snel los. Jenny stond op en liep bij het bed vandaan, waar we half op hadden gelegen. Ik weet nog dat haar moeder afwezig voor zich uit zong toen ze door de gang liep terwijl ze het ene na het andere klusje deed.

Jenny en ik luisterden even. Toen we haar voetstappen weer op de trap hoorden, glimlachte Jenny naar me en ze ging weer op het bed zitten. 'Hoe fijn dit ook is,' fluisterde ze, 'het zou nog fijner zijn om wat meer privacy te hebben, vind je niet?'

Mijn hart voerde een van die verrassende nieuwe trucjes uit. 'Ja,' zei ik. 'Zeker.'

Niet dat die gedachte nog nooit bij mij was opgekomen. En omdat mijn ouders allebei de hele dag weg waren, had ik ook bedacht dat mijn huis precies dát zou bieden. Ik had het gewoon nog niet ter sprake durven brengen. En nu ik regelmatig bij Jenny kwam, was ik me er pijnlijk van bewust hoe armoedig en verwaarloosd alles bij mij thuis was in vergelijking met haar huis. Maar het was stom om me ervoor te schamen. 'Je zou een keer bij mij kunnen komen.'

'Ja?'

'Mijn ouders zijn niet veel thuis.'

Ze glimlachte. 'Nou, dat lijkt me dan een goed idee.'

'Morgen moet ik werken. Vrijdag misschien?'

'Ja, leuk.'

We keken elkaar even aan, en toen drong tot me door dat zij even zenuwachtig en opgewonden was als ik.

'O.' Opeens stond ze op. 'Ik moet je iets laten zien.' Ze liep naar een ladekast. Naast de televisie die daar stond lagen allerlei papieren en boeken. 'Eigenlijk heb ik het al een paar dagen geleden gekregen, maar ik wist niet zeker of je het wel wilde zien.'

'Wat is het dan?'

Ze pakte een dun ingebonden boek op. 'De bloemlezing. Van de schrijfwedstrijd? Ze hebben me een exemplaar gestuurd.'

'O, wauw.' Ik geneerde me een beetje, maar was ook ontroerd dat ze het boek niet zomaar aan mij had durven laten zien. 'Nee, niks aan de hand. Echt niet. Ik wil het graag bekijken. Het ziet er fantastisch uit.'

Ze glimlachte en liep met het boek naar het bed. Het had geen stofomslag, maar was fraai verzorgd. Op de lichtblauwe voorkant stonden de titel en lijst met schrijvers, twaalf in totaal. Ik zocht haar naam en streek met mijn vinger over de reliëfletters.

'Het ziet er ontzettend professioneel uit,' zei ik.

'Ja, hè?'

'Je eerste gepubliceerde werk.'

'Eigenlijk is er toen ik zeven was al een keer een verhaal van me verschenen in het tijdschrift *Kicks*.'

'Oké, je tweede publicatie dan. Maar de eerste met je naam op de voorkant. En ik denk dat er nog heel veel zullen volgen.'

'Dank je.' Ze glimlachte. 'Ik ben er heel blij mee.'

'Het is te gek.'

Dat was het echt. De teleurstelling vanwege mijn eigen afwijzing was ondertussen wat afgenomen, maar het zou geen moment bij me zijn opgekomen om Jenny haar succes te misgunnen. Ik keek naar de voorkant en stelde me voor dat mijn eigen naam op zo'n boek zou staan. Ik nam me voor om me extra in te spannen; misschien zou ik op een goede dag zelfs iets hebben wat ik aan haar kon laten zien.

De rug zei zacht maar bevredigend *krak* toen ik het boek opensloeg en terwijl ik het voorzichtig vasthield bladerde ik naar de inhoudsopgave.

'Je hoort het te lezen, niet zorgvuldig te bewaren,' zei Jenny.

'Ik wil er gewoon zuinig op zijn.'

'Zoveel stelt het niet voor.'

'Ja, dat doet het wel.' Ik liet mijn blik over de lijst van deelnemende auteurs gaan. Die was niet alfabetisch, en ik vond haar bijna onderaan.

'Roodhand', door Jenny Chambers.

Ik staarde een paar tellen naar die titel en er liep een rilling over mijn rug. Ik kreeg bijna de neiging om mijn neus dicht te knijpen, maar dat was niet nodig, want ik wist heel zeker dat ik op dat moment niet droomde. Wat ik niet wist, was hoe ik wijs moest worden uit wat ik zag.

'Paul?'

Ik werd me ervan bewust dat Jenny me fronsend aankeek.

Toch bleef ik naar dat ene onmogelijke woord staren: *Roodhand*. De rest van de tekst op de bladzijde begon te draaien voor mijn ogen. Drie weken lang had ik mijn best gedaan om alles over Charlie en zijn stomme verhalen te vergeten, en dit leek net een hinderlaag die hij van tevoren had weten op te zetten. Alsof me een kunstje werd geflikt.

'Paul?'

'Sorry.' Ik schudde mijn hoofd en zocht snel in het boek naar het begin van haar verhaal. 'Geef me even de tijd.'

Ik kwam bij de goede pagina en begon te lezen.

'Roodhand'

Door Jenny Chambers

Het was bijna middernacht toen de man in het bos de jongen bij zich riep...

Ik deinsde terug toen Jenny mijn arm aanraakte. Ze trok haar hand weg alsof ze een elektrische schok had gekregen.

'Jezus, wat is er? Je kijkt alsof je een spook hebt gezien.' Ze probeerde te glimlachen. 'En je hebt het nog niet eens gelezen.'

Met een misselijk gevoel keek ik haar aan. 'Is het dat: een spookverhaal?'

'Min of meer. Het is het verhaal waar ik je over heb verteld.'

'Het treurige verhaal.'

'Ja.' Ze wreef over mijn arm. Deze keer deinsden we geen van beiden terug. 'Wat is er aan de hand, Paul?'

'Ik weet het niet. Mag ik het eerst lezen?'

'Ja.' Ze schoof iets bij me vandaan. 'Natuurlijk.'

Het verhaal ging over een jongetje dat midden in de nacht uit zijn huis werd gelokt door een man die hem riep vanuit het bos. De jongen sloop over de overloop om zijn moeder niet wakker te maken, en het was duidelijk dat hij om de een of andere reden een hekel aan haar had. Beneden deed hij de achterdeur zo zachtjes mogelijk van het slot en daarna stapte hij de kou en de duisternis in. Zijn achtertuin was verwilderd en stond vol met wuivend zwart gras.

De man stond bij de bosrand, helemaal achter in de tuin. De jongen kon het gezicht van de man niet zien, maar zag alleen dat het een grote, logge gestalte was.

Toen de man zich omdraaide en het bos in liep, volgde de jongen hem.

Er volgden alinea's waarin prachtig was verwoord hoe de jongen door het bos liep, dat steeds enger en sprookjesachtiger werd naarmate hij er dieper in doordrong. Maar hoewel de jongen bang was, ging hij toch verder, zelfs op momenten dat de man niet meer was dan een vage aanwezigheid tussen de bomen verderop. In het donker duwde de jongen takken opzij. Klimplanten slingerden zich om zijn enkels. Onder zijn voeten knapten takken en twijgjes.

En eindelijk vond hij de man:

Net toen hij te moe leek om verder te gaan, zag de jongen voor zich een kampvuur, waarvan de vlammetjes dansten en flakkerden tussen de bomen. Hij hoorde iets knappen en zag vonken opstijgen in de rook. Hij stapte naar voren en stond ineens op een open plek waar hout, dat in het bos was verzameld, brandde in een kuil vol zachte grijze as. De stokken erin leken net botten die gloeiden in de hitte.

De man zat in kleermakerszit, zijn gezicht op de een of andere manier in de schaduw, maar de jongen zag wel zijn handen, die op de bevlekte knieën van zijn broek rustten, en die waren felrood in het licht. Rood van het bloed dat nog altijd uit de rafelige snijwonden sijpelde die hij dwars over zijn polsen had gemaakt.

De aanblik deed de jongen pijn. De man bloedde nog altijd, ook al waren de wonden ondertussen al vele jaren oud.

De jongen ging in het struikgewas onder de bomen zitten, aan de andere kant van het vuur. Het gezicht van de man was niet te zien, maar het bloed nog wel, de snijwonden wreed en afschuwelijk. Het vuur tussen hen in knapte en sputterde.

En eindelijk begon de vader van de jongen te praten.

Toen ik het verhaal uit had bleef ik een paar tellen zwijgend zitten. Ik had nog steeds geen idee wat ik moest zeggen, dus begon ik zinnen automatisch telkens opnieuw te lezen, zogenaamd omdat ik nog niet klaar was, maar eigenlijk om mijn gedachten op een rijtje te zetten.

'Vind je het goed?' Jenny klonk gespannen. Gezien mijn reactie tot dan toe kon ik haar dat niet echt kwalijk nemen.

'Ik vind het briljant,' zei ik.

'Echt?'

'Ja, echt.'

Dat meende ik oprecht. Wat kwaliteit betrof lag het straatlengtes voor op alles wat ik ooit had weten te schrijven. Het onderwerp mocht me dan een ongemakkelijk gevoel geven, maar tijdens het lezen was ik bij die jongen geweest. Ik had voor hem gevreesd, maar werd ook gefascineerd door de man die hij volgde. Jenny had genoeg subtiele details in het verhaal verwerkt om het einde onvermijdelijk te laten lijken, zo dat de lezer het achteraf ging begrijpen. De jongen woonde alleen bij zijn moeder en de man die hem riep, was de geest van zijn vader die jaren daarvoor zelfmoord had gepleegd. De jongen moest met hem praten, moest begrijpen wat er was gebeurd en waarom. Het was een metafoor voor verdriet en verlies, en voor de schade die was toegebracht aan de mensen die achterbleven in de nasleep van een tragedie.

Dus, ja, ik vond het verhaal briljant. Maar vond ik het ook leuk?

Absoluut niet.

Het kwam veel te dicht in de buurt van de droom die Charlie met ons had gedeeld en de fantasieën die hij had verzonnen om toeval te zijn. Met z'n vieren hadden we het bos uitgekamd, op zoek naar iets wat we nooit hadden gevonden. De verhalen van spoken tussen de bomen. Een man met felrode handen en een gezicht dat je niet kon zien.

Maar hoe kon het dat Jenny daar iets over wist? Voor zover ik wist had ze Charlie nooit gesproken, en ook Billy of James niet. Maar dit kon toch nooit bij toeval zijn gebeurd?

Dus moest er een verklaring voor zijn. 'Ik vind het echt geweldig,' zei ik. 'Hoe ben je op het idee gekomen?'

Maar op het moment dat ik die vraag stelde, besefte ik dat ik het al wist.

De volgende dag kwam ik vroeg op mijn werk.

Marie had me een set sleutels gegeven, dus ik opende de winkel en begon aan mijn gebruikelijke taken. Zo vroeg was er slechts een handjevol klanten dat ik moest helpen en er werd maar één bestelling afgeleverd. Ik deed mijn werk zorgvuldig, maar was er met mijn gedachten niet bij, terwijl de vragen door mijn hoofd buitelden. Op mijn manier voelde ik me net zo wanhopig als de jongen uit Jenny's verhaal, maar ergens wilde ik het ook niet weten. Iets in me was bang voor wat ik eventueel te horen zou krijgen.

Marie kwam even na tienen, net toen ik alleen was in de winkel. Ik stond op, omgeven door stapels boeken in het sorteergedeelte achter de toonbank. Mijn hart klopte snel. Als ik dit niet meteen deed, zou het er misschien helemaal niet meer van komen. 'Ik moet iets met je bespreken.'

Marie keek me even nieuwsgierig aan. 'Nou,' zei ze, 'ook goeiemorgen!'

'Sorry.'

En toen stond ik daar maar wat. Marie slaakte een zucht, zette haar tas op de toonbank en zei toen zacht: 'Wat is er aan de hand, Paul?'

'Het verhaal van Jenny,' zei ik.

'Wat is daarmee?'

'Dat verhaal dat ze voor de wedstrijd heeft geschreven. "Roodhand".'

Marie schudde haar hoofd. 'Dát verhaal van haar heb ik nog niet gelezen. Vertel me nou eens rustig wat je precies dwarszit.'

'Het verhaal heet "Roodhand",' zei ik. 'Het gaat over een jongen die het bos in gaat. Daar is zijn vader, en dat is degene naar wie de jongen op zoek is, maar zijn vader is dood. Hij is een spook. Hij heeft zichzelf jaren daarvoor van het leven beroofd en zijn handen zitten onder het bloed.'

De beschrijving kwam er in één keer uit, maar ik zag Maries gezichtsuitdrukking van nieuwsgierig in geschrokken veranderen terwijl ik aan het woord was. Ze mocht het verhaal dan niet hebben gelezen, ze wist precies waar ik het over had. 'Het is gebaseerd op iets wat jij haar hebt verteld, hè?' vroeg ik.

'O, hemel.' Ze deed haar ogen dicht en wreef over haar neuswortel. 'Ja, ik denk het wel. Maar ik had geen idee dat ze dáárover zou gaan schrijven. Je moet voorzichtig zijn als je dat doet. Tenslotte zijn niet alle verhalen van jou. Mensen kunnen van streek raken.'

'Ik moet weten wat er is gebeurd,' zei ik. 'Het echte verhaal.'

Marie deed haar ogen open en keek me een paar tellen aan. Opeens zag ze er moe uit, en het leek een beetje alsof ze me taxeerde.

'Alsjeblieft,' zei ik.

'Je ouders, Paul.'

'Wat is er met ze?'

'Je moeder en vader. Leven ze allebei nog?'

'Ja.' Even zag ik mijn vaders gezicht voor me. 'Helaas wel.'

'Je zult ze missen als ze er niet meer zijn.' Maar toen glimlachte ze treurig en verbeterde ze zichzelf: 'Nou ja, dat hoeft natuurlijk niet. Maar goed. Wat wil je weten?'

'Alles.'

Een deel wist ik al, want Jenny had me alles verteld wat ze zich nog herinnerde. Jaren geleden was er een man diep het bos van Gritten Wood in gelopen en had daar zelfmoord gepleegd. Het gerucht ging dat hij een kind had gehad. Dat was het uitgangspunt geweest voor Jenny's verhaal. Vanaf daar had ze zich voorgesteld hoe die jongen zich jaren later kon hebben gevoeld.

Marie bleef even stil.

'Vreemd genoeg heb ik het haar alleen verteld vanwege jou,' zei ze. 'Alweer een tijdje terug. Ze had het over jou. Ze zei dat er een jongen in haar schrijfgroep zat die ze leuk vond. Een nieuwe jongen, uit Gritten Wood. Kijk nou maar niet zo ongemakkelijk.'

'Dat ben ik niet.'

Om eerlijk te zijn voelde ik een lichte afschuw. *Vreemd genoeg heb ik het haar alleen verteld vanwege jou.* Het idee dat iets van dit alles – wat het dan ook mocht zijn – ergens mijn schuld was, kon ik maar moeilijk aanvaarden.

'Ik heb alleen gezegd dat ze moest oppassen,' zei Marie. 'Maar dat was eigenlijk een grapje. Ik zei dat het daar in het bos schijnt te spoken door wat er heeft plaatsgevonden.'

'Daar heb ik nooit iets over gehoord.'

'Ja, maar jij bent er opgegroeid,' zei Marie. 'Als er op een plek iets vreselijks gebeurt, dan zwijgen de mensen daar er meestal over. Ze besluiten dat het beter is om er niet over te praten en ze hopen dat het allemaal weg zal gaan. En misschien gebeurt dat soms.'

'Heeft er echt iemand zelfmoord gepleegd in de Schaduwen?'

'Ja.'

'Wie dan?'

'Ik kan me zijn naam echt niet meer herinneren, Paul. Het was een hele poos terug.'

'Hoelang dan?' Maar toen drong tot me door waarom ze had gevraagd of mijn ouders nog leefden. 'Ongeveer zestien jaar geleden?'

'Ja. Ergens in de jaren zeventig. Het heeft in de plaatselijke krant gestaan, maar ik ben de details vergeten. Er werd vooral veel over gepraat door de mensen uit de buurt. Geroddeld.'

'Waarom heeft hij zichzelf omgebracht?'

'Waarschijnlijk om allerlei redenen.' Marie keek me verdrietig aan. 'Mensen kunnen een heel gecompliceerd leven leiden, Paul. Voor zover ik heb begrepen had die man een tijdje in het leger gezeten en had dat hem op een negatieve manier beïnvloed.'

Een tijdje in het leger gezeten.

Nog een echo. Ik herinnerde me de beschrijving die Charlie

van Roodhand had gegeven, en dat de rest van ons hem zich ook op die manier was gaan voorstellen. Hij leefde van het land; hij woonde niet alleen in het bos, maar maakte er ook onderdeel van uit; hij droeg een versleten oude gevechtsjas waarvan de schouderstukken waren afgesleten.

'En het kind dat hij achterliet?'

'Het lag iets ingewikkelder.' Marie schudde haar hoofd. 'Weet je zeker dat je dit allemaal wilt horen? Want denk er eens goed over na: misschien zijn er goede redenen waarom je hier nooit eerder iets over hebt gehoord. Misschien kan iedereen het maar het best vergeten.'

'Ik móét het weten,' zei ik.

'Goed dan. Ik weet niet of er ook maar iets van waar is, maar dit is wat ik destijds heb gehoord. De man was getrouwd met iemand in Gritten Wood – jouw dorp dus – en zijn vrouw was zwanger. Maar hij had ook iets met een andere vrouw. Die kwam niet uit jouw dorp, maar woonde in een ander deel van Gritten. Ik weet niet precies waar. En die andere vrouw was ook zwanger geworden.'

'Dus de man had twee kinderen?'

'Ja. De tweede vrouw wist natuurlijk dat hij getrouwd was, en ze wilde dat hij bij zijn vrouw zou weggaan. Maar dat deed hij niet. In plaats daarvan koos hij voor zijn vrouw. Maar toen hij alles aan haar opbiechtte, wees die hem af. Ze gooide hem eruit. En daarom is hij naar het bos gegaan en heeft hij gedaan wat hij heeft gedaan.'

Marie spreidde haar handen en keek een tikje hulpeloos. 'Maar ik weet dit allemaal niet zeker, Paul. Het zijn maar geruchten die ik indertijd heb gehoord. Sommige dingen uit de tweede of zelfs uit de derde hand. Ik heb geen idee of er iets van waar is.'

Ik knikte bij mezelf. Marie mocht daar niet zeker van zijn geweest, maar ik was dat wel. Ik dacht aan James. Dat zijn moeder altijd een hekel aan hem leek te hebben. Dat zijn biologische vader nog voor zijn geboorte was verdwenen. Ik was er altijd van uitgegaan dat de vader van James zijn gezin in de steek had gelaten en dat James voor Eileen een blijvende herinnering was aan dat verdriet. Maar niemand had me ooit verteld dat het ook echt zo was gegaan.

En toen dacht ik aan Charlie. Dat James en hij af en toe erg op elkaar leken. Dat Charlie toenadering leek te zoeken tot James toen we net op die school zaten. Hoe graag hij James zijn wil had willen opleggen, hem in zijn macht had willen krijgen. Hem had willen isoleren van mij. Dat hij altijd een plan in gedachten leek te hebben, dat de rest van ons niet kende, waardoor wij altijd een paar stappen op hem achterliepen.

Als er iets vreselijks gebeurt, zoals Marie net tegen me had gezegd, proberen mensen dat te vergeten. Normale mensen tenminste wel. Maar toen ik weer aan Jenny's verhaal dacht – over het jongetje dat wanhopig op zoek was naar zijn vader, met hem wilde praten, door hem geaccepteerd wilde worden – vroeg ik me af of beschadigde mensen misschien iets anders deden.

Of die misschien gingen zoeken.

31

Je moet echt iets aan Charlie doen.

Ik weet nog dat ik op de ochtend van de laatste dag kort na zonsopgang wakker schrok. Door de dunne gordijnen voor het raam boven mijn bureau stroomde zonlicht naar binnen, dat de kamer al had verwarmd. Ondanks de hitte rilde ik. Voor het eerst in maanden kon ik me de exacte details niet herinneren van de droom waaruit ik net was ontwaakt; ik wist alleen nog dat Charlie er een rol in had gespeeld. De angst uit de droom was er nog wel steeds en sijpelde langzaam over mijn gedachten, zoals zwarte inkt zich verspreidt over vloeipapier.

Ik bleef even stil liggen en probeerde mezelf tot rust te brengen. Probeerde aan iets anders te denken.

Mijn ouders waren allebei vroeg naar hun werk gegaan en het was stil in huis. Ik wist dat beneden het gebruikelijke lijstje lag met alle klusjes die ik moest doen. Daar zou ik vanochtend een paar uur mee bezig zijn. En vanmiddag zou Jenny komen.

Het zou fijn zijn om wat meer privacy te hebben, vind je niet? Daarbij maakte mijn hart een sprongetje om een heel andere reden.

Toch bleef de droom hangen. Na een poosje stond ik op en ging aan mijn bureau zitten. Ik trok de gordijnen open en keek naar onze verwilderde tuin en het bos daarachter. De wereld was zonverlicht en vol leven, ommuurd en bekleed met duizend tinten geel en groen, het gras nog glinsterend van de dauw. Maar nu wist ik dat er zestien jaar geleden een man het bos in was gelopen en zijn polsen had doorgesneden, zodat zijn levenskracht over het gebladerte was gestroomd.

Op een andere dag zou ik mijn dromendagboek hebben gepakt en erin hebben geschreven, maar die dag besloot ik dat niet te doen. Het enige wat me nog echt bijstond van de afgelopen nacht was Charlie, en ik had geen zin om zijn naam in mijn boek te schrijven.

Je moet echt iets aan hem doen. Weer kwam die gedachte bij me op, ditmaal feller en dringender. Na wat ik gisteren te weten was gekomen, kon ik me niet aan de indruk onttrekken dat er binnenkort iets vreselijks zou gebeuren – dat Charlie op de een of andere manier gevaarlijk was. Maar tegelijk had ik geen flauw idee wát ik moest doen. Naar een volwassene gaan, waarschijnlijk, en alles uit de doeken doen. Niet alleen wat ik wist, maar ook wat ik vermoedde. Beginnen met de dromen en dan proberen uit te leggen hoe duister alles was geworden. Ik kon vertellen over Goodbolds hond en over Roodhand, en zeggen dat ik niet meer wist of Charlie niet goed bij zijn hoofd was en hulp nodig had, of dat hij bezig was...

Iets te beramen.

Niemand zou naar me luisteren.

Maar toch. Ik moest het proberen. Daarom besloot ik een plan te maken. Ik zou precies bedenken welk verhaal ik moest vertellen, en aan wie. Marie was vermoedelijk de beste keus. Van alle volwassenen die ik kende zou zij het meest bereid zijn te luisteren, en ze kende de achtergrond al voor een deel. Zij kon me helpen om te bepalen wat ik moest doen.

Dat besluit gaf me de vrijheid om er voorlopig niet meer aan te denken. Ik douchte me, kleedde me aan, maakte roerei voor het ontbijt en pakte toen de lijst met klusjes die op de keukentafel lag. Ik moest opruimen en schoonmaken, en mijn moeder had een boodschappenlijst gemaakt en wat geld voor me neergelegd. Eerst deed ik alles wat er binnen moest gebeuren en aan het eind van de ochtend ging ik eindelijk op weg naar de winkel.

Het was een warme, stralende dag, maar ik weet nog dat er ook een vreemde sfeer in het dorp hing. De straten waren stil, wat op dit uur op een doordeweekse dag niet ongebruikelijk was, maar ze leken nog leger dan anders. Er was geen sterveling te bekennen; het leek alsof iedereen van de aardbodem was verdwenen en ik helemaal alleen was achtergebleven. De lucht leek verstomd en het licht had een merkwaardige sepiatint. Alle straten, huizen en bomen leken ondergedompeld in een amberkleurige vloeistof die nog niet helemaal uit de lucht was verdwenen.

Ik was bijna opgelucht toen ik bij de winkel kwam, waar echte mensen waren. De situatie werd weer normaal. Ik pakte alles wat op mijn moeders boodschappenlijst stond, en de artikelen werden bij de kassa zorgvuldig door de winkelbediende ingepakt. Toen ik weer buiten was, terug in die drukkende stilte, stonden de handvatten van de plastic tasjes al strak en sneden in mijn vingers.

Gek genoeg had ik geen zin om meteen terug te gaan naar huis. Jenny zou pas over een uur komen en ik wist dat ik alleen maar zou gaan ijsberen en me druk maken. Hoewel de atmosfeer die dag heel ongewoon was, was het op een bepaalde manier ook mooi en daarom besloot ik om een stukje te gaan wandelen. Ik liep met een grotere omweg dan anders naar huis en genoot van de warmte en de rust.

En tijdens de wandeling voelde ik me opgetogen. De afgelopen maanden had ik een heleboel straten en weggetjes in het dorp vermeden omdat ik Charlie, Billy en James niet tegen het lijf wilde lopen, en nu vroeg ik me af waarom. Tenslotte was dit *míjn* dorp. Mijn thuis. Vanmiddag kwam Jenny bij mij op bezoek en wat stelden de andere drie daarmee vergeleken voor? Een stel sneue jongens die opgingen in een fantasiewereld, terwijl mijn wereld in bloei stond en de bloemblaadjes zich net openvouwden. Op dat moment voelde ik me ruimschoots sterk genoeg om als het moest de confrontatie met hen aan te gaan.

De wandeling voerde me eerst langs de rand van het dorp en daarna naar de speeltuin in het midden ervan. Als ik hen ergens zou zien, was het daar, en inderdaad: toen ik er over het stoffige weggetje naartoe liep, zag ik dat er iemand was.

James.

Hij was alleen en zat op de onderste sport van het stokoude klimrek. Toen ik klein was had het gigantisch geleken, de grond gevaarlijk ver weg als je erbovenop zat, maar in werkelijkheid was het nauwelijks groter dan ik nu was. Toch leek James er klein bij, omdat hij in elkaar gedoken zat. Elke keer dat ik hem in de laatste weken van het schooljaar had gezien had hij er klein en uitgeput uitgezien, alsof het leven langzaam uit hem werd weggezogen, maar nu leek hij echt graatmager. De schaduw van zijn lichaam was bijna niet te onderscheiden van de schaduw die het dunne metalen frame om hem heen wierp.

Mijn vastberadenheid verflauwde wat, maar ik dwong mezelf om door te lopen.

Hij keek op toen ik dichterbij kwam, zijn wangen ingevallen, en toen hij me zag, wendde hij snel zijn hoofd af.

Ik liep expres langzaam langs hem heen. Ik wist niet goed waarom. Misschien om me dominant voor te doen – een verwoede poging om hem ervan te doordringen dat het me niet kon schelen –, maar als dat zo was, was het stom. Want het kon me wél schelen. Sterker nog: tijdens die paar tellen werden de gebeurtenissen van de afgelopen maanden ineens minder belangrijk. Weliswaar had ik hem zijn verraad nog niet helemaal vergeven, maar ik begreep wel waarom hij dat had gedaan en had daarom een beetje met hem te doen.

Nadat ik hem voorbij was gelopen, keek ik om en het viel me opnieuw op hoe broos hij leek. Hoe bang.

En dat is de herinnering aan James die me van die dag is bijgebleven: een verloren jongetje dat niet wist hoe hij zich moest losmaken uit de situatie waarin hij verzeild was geraakt. Hij zat daar te wachten als een veroordeelde gevangene die zich voorbereidde op straf.

Je moet echt iets aan Charlie doen. Weer die gedachte. Die was niet rationeel, maar volgens mij heeft iedereen zulke momenten in zijn leven – momenten waarvan je onbewust weet dat ze heel belangrijk zijn. Momenten waarop alles zal veranderen en je voor altijd spijt zult hebben als je iets nalaat waarvan je weet dat je het had moeten doen.

Misschien beschouwde ik dit wel als zo'n moment omdat het zo'n vreemde dag was. Omdat ik het gevoel had dat Charlie zijn plan, wat het ook was, binnenkort ten uitvoer zou brengen, en ik me altijd schuldig zou blijven voelen als ik me nu omdraaide en wegliep.

Je moet echt iets aan Charlie doen. Voordat het te laat is.

Vandaar dat ik langzaam terugliep naar de speeltuin. Ik stapte over het kniehoge houten hek dat de afscheiding met de weg vormde en ging naar het klimrek. James zat met zijn rug naar me toe. Ik weet niet of hij me hoorde, maar hij keek niet geschrokken toen ik de tassen met boodschappen op de grond zette. Hij draaide zich alleen om en keek me aan met die treurige, gekwelde blik in zijn ogen.

'Hoi,' zei ik. 'Ik moet je iets vertellen.'

Ik weet nog dat ik me heel opgelucht had gevoeld toen ik naderhand thuiskwam en de boodschappen kwiek had opgeborgen. Misschien had ik me zelfs een tikje triomfantelijk gevoeld.

Je moet echt iets aan Charlie doen.

En dat had ik gedaan.

Ik had James alles verteld wat ik van Marie had gehoord, en dat betekende dat ik mijn plicht had gedaan en dat het nu aan hem was om naar aanleiding van mijn verhaal actie te ondernemen. Ik had geen flauw idee of de informatie die ik hem had gegeven zou helpen of iets zou veranderen, maar op dat moment leek dat ook niet belangrijk. Waar het om ging was dat James nu aan zet was en niet ik.

Bovendien was ik erin geslaagd om het te doen zonder terrein prijs te geven. Toen ik begon te praten, had ik een glimp van iets op zijn gezicht opgevangen. Misschien wel van hoop. Maar mijn eigen gezichtsuitdrukking had daar snel een einde aan gemaakt. Ik had hem duidelijk te verstaan gegeven dat ik daar niet was om hem te redden of om nieuwe bruggen tussen ons te bouwen. Ik moest hem waarschuwen, dat was alles. Hij had verward zijn hoofd geschud, maar ik zag dat mijn woorden wel een belletje bij hem deden rinkelen, ook al kon hij ze niet goed plaatsen.

Wees voorzichtig.

Dat waren de laatste woorden die ik ooit tegen hem zei, en ik sprak ze heel kil uit om ervoor te zorgen dat de onderliggende boodschap goed overkwam. Het was niet zo dat we net weer vrienden waren geworden, en dat zouden we in de toekomst ook nooit meer zijn.

Daarna had ik de plastic tassen opgepakt en was naar huis gegaan.

Het stond me nog bij dat ik nadat ik de boodschappen had opgeborgen de ontmoeting uit mijn gedachten zette. Jenny zou zo meteen komen en ik besloot me daarop te concentreren. In mijn borstkas voelde ik een vreemde mengeling van opwinding en angst, en met elke minuut die verstreek ging mijn hart iets sneller kloppen.

Eén uur 's middags. Het tijdstip kwam en ging.

Daarna bleef ik nog een tijdje door de woonkamer ijsberen, waarbij ik telkens door het raam aan de voorkant keek, in de verwachting dat ik haar het hek zou zien openduwen en naar de voordeur zou zien lopen, stralend en knap in de middagzon.

Maar de straat en het tuinpad bleven verlaten.

In de daaropvolgende uren vroeg ik me af wat er was misgegaan. Misschien was ze van gedachten veranderd over mij en had ze besloten niet te komen. Of misschien was er iets tussen gekomen en zat ze nu thuis te balen omdat ze me had laten zitten. Het kon zijn dat haar moeder had ontdekt waar ze naartoe ging en het had verboden. Ik werd heen en weer geslingerd tussen alle waarschijnlijke verklaringen waarom ze niet was gekomen. De mogelijkheden draaiden om me heen.

Een klop op de deur zette ze vast.

Op dat moment was ik boven op mijn kamer en staarde ik naar het bos. Ik vloog de trap af. Inmiddels verwachtte ik Jenny niet meer, en bovendien zouden mijn ouders zo thuiskomen, maar ik dacht nog steeds dat zij het was. Dat zou ook prima zijn. Al het andere kon wachten, hield ik mezelf voor. Ik zou haar zelfs aan mijn moeder kunnen voorstellen.

Maar toen ik de deur opendeed, zag ik twee agenten voor me. Hun auto stond voor het huis en de zwaailichten gingen doelloos rond in de namiddagzon.

'Paul Adams?' vroeg een van de agenten.

'Ja.'

Hij drukte zijn onderarm tegen de zijkant van de deur en tuurde naar binnen, langs mij heen, alsof hij ergens naar op zoek was. Toen bekeek hij me van top tot teen, zijn gezichtsuitdrukking hard en zonder ook maar enige emotie. 'Klopt het dat jij een meisje kende dat Jenny Chambers heet?'

'Ja.' Ik zweeg even. 'Hoezo?'

Hij keek me aan alsof ik het antwoord al wist. 'Nou, ze is dood.'

32

Nu

Ik droom nu.

Zelfs na al die jaren was ik niet het gevoel van verwondering verloren waarmee dat besef gepaard ging en het bekroop me ook nu weer terwijl ik naar Gritten Park School keek. Zoals altijd verbaasde het me dat mijn slapende geest zoiets realistisch kon oproepen.

Ik ging op mijn hurken zitten en benutte de omgevingstechniek: met mijn handpalm over de grond wrijven en de ruwe structuur van het asfalt voelen. Dichtbij hoorde ik een kloppend geluid. Ik keek naar rechts en zag dat het zeil strak om het bouwhek gespannen was. In het echt was dat natuurlijk allang verdwenen. Maar dit was de school zoals die toen was, niet zoals hij er nu uitzag.

Ik stond op en slenterde langs de bouwplaats, de tennisbanen en de hutten van golfplaat. De droom had aan die laatste roestlagen toegevoegd en ze in vreemde hoeken op het gras geplaatst, alsof ze lukraak uit de lucht waren gevallen.

Het bankje stond een stukje verderop.

Daar wachtte Jenny op me. Ze zag er precies zo uit als mijn brein haar een paar nachten eerder had geschapen: nog altijd herkenbaar als het meisje van vroeger, maar ouder door alle jaren die waren verstreken. Zelfs terwijl ze daar alleen maar zat, straalde ze zelfbewustzijn en kalmte uit. Toch stond haar oude schooltas bij haar voeten en lag er een opengeslagen notitieboek op haar schoot – het verleden en het heden over elkaar gelegd.

Geen rechte lijn, dacht ik. *Een kronkellijn.*

En mijn hart deed pijn toen ik haar zag.

Ze sloeg het notitieboek dicht en keek me glimlachend aan. 'Hoi, daar ben je dan.'

Maar zowel de glimlach als de begroeting leek wat geforceerder dan de vorige keren dat ik haar in mijn dromen had opgeroepen. Ik dacht aan de keer dat ik hier als tiener voor het eerst naartoe was gelopen, en hoe bang ik was geweest dat ik haar zou storen. Toen had ik dat niet gedaan, maar ik had het vreemde gevoel dat ik dat nu wel deed. Dat ze, zelfs al was dit mijn droom en was zij mijn hersenspinsel, het liefst zou hebben dat ik haar niet kwam lastigvallen.

'Hoi,' zei ik. 'Mag ik?'

'Ga je gang.'

Ik ging naast haar zitten op de bank en liet wat ruimte tussen ons. 'Alles goed met je?' vroeg ik.

'Wil je een eerlijk antwoord?' Ze wendde haar blik af. 'Ik ben moe, Paul. Ik wil weer gaan slapen.'

Door hoe ze het zei leek het alsof zij mij in háár droom had opgeroepen in plaats van andersom, en ik voelde een steek van schuldgevoel omdat ik haar had opgeroepen, wat een vertrouwd gevoel was. *Waarom hebben we elkaar eigenlijk uit het oog verloren?* had Jenny me afgelopen nacht gevraagd. Nu ik terugdacht aan de keren dat ik na haar overlijden over haar had gedroomd, zowel hier in Gritten als later tijdens mijn studie, was het antwoord zonneklaar: omdat het zo was gaan voelen. Wat hij verder ook had gedaan, Charlie had me een instrument gegeven dat ik kon gebruiken, en dat had ik gedaan. In een lucide droom kon je alles doen, en daarom had ik Jenny tot leven gewekt, in een poging mijn pijn en verdriet te verlichten. Maar mijn onderbewustzijn had het geweten, en het was duidelijk geworden dat het tijd werd om ermee op te houden.

Ik had gedacht dat het geen kwaad kon om haar nu terug te zien. Dat het mijn terugkeer naar Gritten en alles wat ik hier moest doen en het hoofd moest bieden makkelijker zou maken. En dat had het ook een tijdje gedaan, dacht ik. Maar ik wist dat het niet zo door kon gaan en dat nu het moment was aangebroken om haar weer te laten gaan. 'Het spijt me,' zei ik.

'Het hoeft je niet te spijten. Ik weet dat je me mist.'

'Altijd.'

'Toch moet ik gaan. Maar eerst wilde ik je twee dingen geven.'

'Wat dan?'

'Weet je nog toen de politie kwam?'

Ik dacht terug aan die dag. De twee agenten mochten me niet ondervragen zonder dat een van mijn ouders erbij was, maar ze vroegen of ze binnen mochten komen en ik zei natuurlijk ja. Eerst wilden ze niet vertellen wat er met Jenny was gebeurd.

Nou, ze is dood.

De woorden hadden door mijn hoofd gegalmd, maar het waren slechts woorden geweest, die geen enkel verband leken te houden met iets wat echt kon zijn. Want als ze wel waar waren, had de wereld moeten vergaan.

Maar toch draaide de wereld gewoon door.

'Ze dachten dat ik je had vermoord,' zei ik.

Jenny glimlachte. 'Natuurlijk dachten ze dat. Ik was immers

op weg naar jou. En de dader blijkt toch zeker maar al te vaak het vriendje te zijn?'

'Ja.'

Mijn moeder was ongeveer een halfuur later thuisgekomen en ze had erop gestaan om me zelf naar het politiebureau te brengen, zodat ik daar kon worden verhoord nadat ik op mijn rechten was gewezen. Ik wist nog hoe verdoofd ik me had gevoeld en dat de agenten ons hadden gedwongen te stoppen bij de speeltuin, zodat ik kon zien wat ik zogenaamd had gedaan. Ik herinnerde me hoe fel mijn moeder me in bescherming had genomen. Ze kende me. Zelfs zonder dat ik iets had gezegd wist ze dat ik dat niet had gedaan.

Ondertussen hadden andere agenten ons huis doorzocht naar belastend bewijs tegen me. Een wapen misschien. Met bloed besmeurde kleren. Maar er was natuurlijk niets van dat alles, en al vrij snel daarna was Billy het dorp in komen lopen, zijn kleren doordrenkt met bloed, met in zijn hand zijn dromendagboek en het mes waarmee Charlie en hij Jenny hadden vermoord.

Nu keek Jenny me met een treurige glimlach aan. 'Je had me je dorp nog nooit laten zien,' zei ze. 'Ik verheugde me er zo op om jou die dag te zien dat ik zowat een halfuur te vroeg was. Daarom besloot ik om een beetje rond te lopen.'

'Waarom?'

'Ik wilde je in je eigen omgeving zien.'

Na die woorden deed ik mijn ogen dicht – omdat ik Jenny's beeltenis, die ik met mijn geest had opgeroepen, mijn moeders woorden hoorde gebruiken –, maar het was niet slim om je ogen te sluiten in een lucide droom. Je had sensaties nodig om de wereld om je heen tastbaar te maken. Dus deed ik ze weer open, greep de ruwe rand van het bankje beet en luisterde naar het gedreun van de drilboor in de verte in een poging mezelf te verankeren.

'Toen ik bij de speeltuin kwam,' ging Jenny verder, 'was James er niet meer. Hij had je waarschuwing duidelijk serieus genomen. Maar Charlie en Billy waren er wel. Ze stonden te wachten en ze hadden hun plan. Ze waren kwaad.'

'Dit hoef ik niet te horen,' zei ik.

'Ja, dat moet wel. Ze wenkten me. Ik weet niet precies waarom ik naar ze toe ging. Waarschijnlijk omdat ik benieuwd was wat ze wilden, na alles wat je me over hen had verteld. Toen ik het mes zag, was het te laat.'

Weer wilde ik mijn ogen dichtdoen.

'Ze drukten me tegen de grond en staken om de beurt op me in,' zei Jenny. 'In het begin deed het bijna geen pijn, omdat ik niet kon geloven wat er gebeurde. Ik denk dat ik in shock was. Maar toen deed het wel pijn. Degene die op dat moment niet op me instak, drukte handafdrukken van mijn bloed op de grond. Ik vocht als een bezetene, want ik weet nog dat ik me realiseerde dat ik dood zou gaan en dat ik dat helemaal niet wilde. Ik wilde echt ontzettend graag leven.' Ze keek me verdrietig aan. 'Maar dat deed ik niet.'

In totaal waren er zevenenvijftig wonden op het lichaam aangetroffen, wist ik nog. *Het slachtoffer was zo goed als onthoofd.*

'Toen ze klaar waren hebben ze mijn lichaam onder een struik geduwd,' zei ze. 'En vervolgens zijn ze naar het bos gegaan en hebben ze slaappillen geslikt omdat ze geloofden dat ze deze wereld voorgoed achter zich zouden laten. Wat natuurlijk bespottelijk is.'

'Al is Charlie echt verdwenen.'

'Niemand verdwijnt, Paul. Niemand is ooit echt weg.'

Daar dacht ik over na en ik knikte. 'Maar de politie had gelijk,' zei ik. 'Ik ben wel degelijk degene die jou heeft vermoord.'

Jenny schudde haar hoofd. 'Paul, jij wist niet wat er zou gebeuren. Dat is het eerste wat ik je wil geven. Je hebt je best gedaan, en meer kan niemand doen. Je hielp een vriend. En je was nog maar een kind. Het was niet jouw schuld. Niets van dit alles is jouw schuld.'

Ze zei het zo ernstig dat een deel van me haar bijna geloofde. 'Ik heb zo lang lopen wensen,' zei ik.

'Wat heb je gewenst?'

'Dat ik die dag was doorgelopen. Dat ik niks had gezegd. Want het is niet eerlijk. Ze hadden James moeten vermoorden, niet jou. En als ik er niet was geweest, zouden ze dat ook hebben gedaan.'

Ineens werd ik getroffen door het verdriet dat in mijn woorden besloten lag. Jarenlang had ik het mezelf kwalijk genomen wat ik had gedaan. Ik had gewenst dat ik die dag niet met James had gepraat en dat de zaken anders waren gelopen.

Dat leek nu een enorme verspilling. Waarom had ik nooit gewenst dat Charlie en Billy die dag niemand hadden vermoord? Misschien omdat ze dat immers wel hadden gedaan, zodat die daad onvermijdelijk had geleken: de moord was iets geworden waar je niet omheen kon, en de gevolgen ervan konden alleen maar worden afgezwakt en verplaatst ten gunste van andere mensen en andere levens. Maar in werkelijkheid zou ik, wat ik ook had gedaan, een dood op mijn geweten hebben.

'Het is niet jouw schuld,' zei Jenny. 'En nu het tweede.'

Ze stak haar hand in haar tas en rommelde er wat in, waarna ze een tijdschrift tevoorschijn haalde en dat aan mij gaf.

Het leven als schrijver.

Ik weet nog hoe ontroerd ik was geweest toen ze dit voor me had meegenomen, want dat betekende dat ze aan me had gedacht. Maar toen werden de woorden op de voorkant wazig en besefte ik dat de droom me dreigde te ontglippen.

'Ze zijn allemaal hetzelfde,' zei Jenny. 'Daarom zal hij het nooit vinden.'

De woorden van mijn moeder. Ik wreef met mijn duim en wijsvinger over de bladzijden van het tijdschrift, omdat ik ontzettend graag wilde blijven. 'Wat betekent dat?'

Ondanks alle moeite die ik deed werd alles om me heen toch vager. Het besef dat ik in bed lag, op mijn hotelkamer, werd echter dan mijn aanwezigheid op het bankje, en ik zou zo meteen wakker worden. Zelfs al kon Jenny onmogelijk het antwoord op mijn vraag weten, het leek urgent dat ik haar antwoord zou horen. 'Wat is hetzelfde?' vroeg ik. 'Wat zal hij nooit vinden?'

Terwijl ik staarde naar wat er van haar over was, flitste er een plotseling inzicht door me heen, en ik dacht het te begrijpen. En ook al was de droom nu vrijwel helemaal verdwenen en nam de kamer in de echte wereld om me heen steeds vastere vorm aan, toch zag ik haar glimlach nog een laatste keer voordat ik helemaal wakker werd, terwijl haar mond bijna geruisloos woorden uitsprak die ik zowel voelde als hoorde: *Vaarwel, Paul.*

33

Ik was er met mijn gedachten niet bij toen ik terugreed naar mijn moeders huis – zo geconcentreerd op mijn eindbestemming dat ik nauwelijks iets meekreeg van de rit.

Dat kwam niet alleen door de sufheid die je altijd voelde na een lucide droom. Nu het idee eenmaal bij me was opgekomen, leek het belangrijk om er snel naartoe te gaan en te kijken of het waar kon zijn. Op het eerste gezicht leek mijn idee knettergek, maar er was een puzzelstukje op zijn plaats gevallen en ik moest het controleren om er zeker van te zijn. Onderweg leek het alsof mijn geest me al vooruit was gesneld, in het huis op me wachtte en me aanspoorde om me bij hem te voegen.

Ze zijn allemaal hetzelfde. Daarom zal hij het nooit vinden.

Toen ik de auto had stilgezet en uitstapte, was de straat verlaten. Maar hoewel het mijn verbeelding kon zijn, leek de lucht er op dezelfde manier uit balans te zijn als op de dag van de moord.

Eenmaal binnen bleef ik staan in de gang. Boven aan de trap draaiden stofdeeltjes traag in de lucht, verstoord door de opengaande voordeur. Binnen was het even stil als anders, maar de drukkende sfeer leek vandaag anders. Die was zachter en leger, en het huis leek treurigheid uit te stralen, alsof het wist dat degene die hier zoveel jaar had gewoond er niet meer was, alsof het gebouw zelf rouwde om het verlies.

Ik was nog steeds bang voor degene die de pop door de bus had gedaan, maar de drang om zekerheid te hebben was groter dan mijn angst. Ik ging naar boven naar mijn vroegere kamer en spreidde de inhoud van de doos uit op het bureau.

Het tijdschrift.

Het boek met Jenny's naam op de voorkant.

De notitieboeken.

Ik keek naar de laatste. Het waren er acht in totaal en ik had tot dan toe weinig aandacht aan ze besteed. Mijn dromendagboek had boven op de stapel gelegen, het eerste dat ik had opengeslagen, en ik had geen zin gehad om door de andere te bladeren en de povere schrijfpogingen te lezen uit mijn puberteit. Al die onsamenhangende pogingen tot verhalen waar ik lang geleden mee was opgehouden.

Nu pakte ik er echter een op en opende het.

Niks.

Het volgende.

Niks.

Toen opende ik het derde. En keek ik niet naar mijn eigen handschrift, maar naar Charlies strakke, zwarte kriebelhandschrift.

Ik sloeg het automatisch weer dicht, terwijl mijn hart begon te hameren.

Mijn gedachten keerden terug naar de eerste keer dat we met z'n vieren onze resultaten hadden vergeleken, de lunchpauze waarin Charlie zijn ogenschijnlijk onmogelijke truc had uitgehaald en James' droom leek te hebben gedeeld. Ik herinnerde me dat ik die dag had gezien dat hij en ik precies hetzelfde merk notitieboek hadden.

Het is nu in het huis, Paul. Ze zijn allemaal hetzelfde. Daarom zal hij het nooit vinden.

Maar Charlies dagboek zou samen met hem zijn verdwenen. Billy en hij hadden allebei hun dagboek bij zich gehad op de dag van de moord – vermoedelijk als onderdeel van het ritueel dat Charlie had bedacht. En dat betekende dat ik iets in mijn hand hield dat tegelijk met hem van de aardbodem was verdwenen. Ik hield een voorwerp vast dat eigenlijk niet hoorde te bestaan.

Magie.

Ik las snel een stel aantekeningen achter in het dagboek door. Dat waren allemaal variaties op hetzelfde thema: Roodhand, het bos, Billy en James. De meeste waren vaag, maar twee aantekeningen vielen op omdat ze specifieker waren dan de rest. Er was een lange passage waarin hij de droom beschreef waarin hij de hond van Goodbold doodde en, verder naar achteren, een net zo gedetailleerd verslag over het aankloppen bij James, midden in de nacht. In beide gevallen had Charlie natuurlijk geweten wat hij in het echte leven had gedaan, zodat hij veel gedetailleerder had kunnen zijn.

Ik bladerde verder, tot ik bij de aantekening kwam waar ik het meest in geïnteresseerd was:

> Ik ben samen met hem in het bos.
>
> Het is hier heel donker, maar ik zie dat hij die oude legerjas draagt, waarvan de schouders zo versleten zijn dat de stof daar op veertjes lijkt, als een engel wiens vleugels zijn gekortwiekt tot stompjes.

Het was precies zoals ik me herinnerde van het lezen tijdens die lunchpauze. Charlie had tegen James gezegd dat die me

Charlies dromendagboek moest geven, zodat ik de waarheid met eigen ogen kon zien. Toentertijd had ik naar datzelfde strakke zwarte handschrift gekeken, met bovenaan de datum van die dag, en de droom had zo sterk geleken op wat James eerder had beschreven dat het onmogelijk toeval had kunnen zijn. Toch had ik niet kunnen verklaren hoe het in elkaar stak.

Charlies kunstje.

Ik bladerde een pagina terug en begon te lezen:

Ik ben samen met hem in het bos.

En toen nog een:

Ik ben samen met hem in het bos.

Ik bleef terugbladeren. Alle aantekeningen van die week waren vrijwel hetzelfde. Hoewel Charlie soms woorden had veranderd, was het onderwerp precies gelijk. Elke keer kwamen een jongen en een monster samen het bos uit en zagen ze James in zijn achtertuin staan, die ook naar hen keek.

En na al die jaren werd het me eindelijk duidelijk.

Incubatie.

Charlie had wekenlang verhalen in ons hoofd geplant over dat het spookte in het bos. Elk weekend had hij ons er mee naartoe genomen, en hij had het bos altijd per se via de achtertuin van James willen binnengaan. Dus het was bijna onvermijdelijk geweest dat wij allemaal, ook James, uiteindelijk over het bos zouden dromen.

Ik dacht aan het moment waarop Jenny me het tijdschrift had gegeven. Destijds had ik gedacht dat het toeval was dat ze het bij zich had op de dag dat ik had besloten om met haar te gaan praten. Maar zo was het natuurlijk niet gegaan. Het was andersom: ze had het me die dag gegeven omdat ik haar op die dag had aangesproken. Ze had het elke dag bij zich gehad en op welke dag ik ook met haar zou hebben gepraat, het zou altijd toeval hebben geleken.

En Charlie had iets soortgelijks gedaan. Hij had de ene dagboekaantekening na de andere voorbereid, zodat hij er een klaar had als James eindelijk iets beschreef wat genoeg overeenkomsten vertoonde.

Het is veel eerder gebeurd dan ik had verwacht.

Frustratie overspoelde me. Als ik me dit indertijd had gerealiseerd, had ik dit alles makkelijk een halt kunnen toeroepen. In die lunchpauze hadden ze me alle drie nauwlettend gadegeslagen, wachtend hoe ik zou reageren op de dagboekaantekening. Ik wist nog hoe machteloos ik me had gevoeld. En het enige wat ik al die tijd had hoeven doen was een bladzijde terugslaan. Als ik dat had gedaan, zou de rest allemaal niet zijn gebeurd.

Ik sloeg het dagboek dicht. 'Hoe ben je hieraan gekomen, mam?' vroeg ik zacht.

Het huis zei natuurlijk geen woord.

Ik liep door naar de slaapkamer van mijn moeder. Daar deed ik de gordijnen open en keek naar de straat. De zon scheen nu zo fel dat de lucht boven mijn auto zinderde in de hitte. Er was nog altijd niemand te zien; het dorp was doods en stil.

Het dagboek voelde zwaar aan in de hand die langs mijn zij hing.

Hoe ben je hieraan gekomen? Die vraag maakte me misselijk. Er waren weliswaar talloze mogelijke verklaringen waarom het hier in huis was, maar uiteindelijk kwamen ze allemaal op hetzelfde neer: mijn moeder had meer over de verdwijning van Charlie geweten dan ze me had verteld.

Ik keek omhoog naar het plafond en stelde me de rode handafdrukken op zolder voor, en de dozen met de kranten die mijn moeder had verzameld. Toen ik ze net had gevonden, had ik gedacht dat ze die al die jaren had bewaard omdat ze mij wilde behoeden voor die informatie en het schuldgevoel.

Nu vroeg ik me echter af of dat schuldgevoel niet van haar was geweest. Als zij wist wat er met Charlie was gebeurd, waren de imitatiemoorden in elk geval gedeeltelijk haar schuld. Zij had iets kunnen doen om ze te laten ophouden. Maar om de een of andere reden had ze dat niet gedaan.

Weer keek ik uit het raam omlaag.

En de straat was niet langer leeg.

Er stond een gestalte aan de andere kant van mijn auto. Doordat de zon schuin achter die persoon stond was bijna alleen diens silhouet te zien en zijn gelaatstrekken werden aan het oog onttrokken door de heiige lucht boven het autodak. Toch zag ik dat hij ook naar mij keek. Ik wist meteen wie hij was en binnen één hartslag vielen er vijfentwintig jaar weg.

De gestalte stak een hand op.

Na een korte aarzeling deed ik hetzelfde.

Ik liet het dromendagboek op bed liggen en ging naar beneden. Eenmaal buiten vielen de warmte en felheid me rauw op mijn dak. De gestalte liep ondertussen traag door de straat, weg van mij. Maar ik hoefde hem niet achterna te rennen. Ik wist waar hij naartoe ging.

Ik draaide me om en deed de deur op slot.

En daarna, in een even traag tempo, begon ik hem te volgen.

34

Voor de tweede ochtend op rij zat Amanda in de kantine van het politiebureau van Gritten, diep over haar laptop gebogen. Helaas leek dat voorlopig haar kantoor te zijn. Ze nam een slokje koffie. Die was er niet beter op geworden.

Hetzelfde gold voor de situatie in het algemeen.

Er waren tot nu toe drie moorden gepleegd, en alle slachtoffers stonden in verband met de oorspronkelijke Roodhand-moord. Hoewel Amanda nog niet snapte hoe het precies zat, geloofde ze niet dat het hiermee voorbij zou zijn.

Ze moesten Paul Adams zien te vinden.

'sOchtends vroeg hadden agenten een kamerreservering van hem gevonden bij een hotel in Gritten. Het had iets ironisch, dacht ze. Gisteravond had ze hem niet kunnen vinden omdat hij haar raad had opgevolgd en niet in het huis was gebleven. Maar volgens het hotel was hij niet op zijn kamer en zijn auto stond niet op de parkeerplaats. Dat betekende waarschijnlijk dat hij in het huis van zijn moeder was, en nadat ze de situatie had besproken met een nog altijd onwillige rechercheur Graham Dwyer, was Holder naar Gritten Wood gestuurd om te kijken of Paul daar was.

Ze wierp een blik op haar telefoon, die op tafel naast de laptop lag. Niks.

Om zichzelf af te leiden richtte ze haar aandacht op haar laptop. De plaats delict in Brenfield werd nog onderzocht, maar de geschiedenis van het gezin was bekend.

Carl en Eileen Dawson waren iets meer dan tien jaar geleden naar Brenfield verhuisd. Dat hadden ze waarschijnlijk gedaan om dichter bij hun zoon James te kunnen zijn. Tussen de regels door las Amanda dat James Dawson het na de moord in Gritten heel zwaar had gehad. Hij was gaan studeren, maar had daar na twee trimesters de brui aan gegeven. Sindsdien had hij vrijwel zijn hele leven rondgezworven. Op zijn strafblad stonden veroordelingen voor kleine drugsvergrijpen en ook een paar voor asociaal gedrag, dat feitelijk niet heel veel voorstelde. Zijn dossier bevatte ook een lange lijst met adressen, met gaten ertussen die leken te impliceren dat hij bij tijd en wijle dakloos was geweest.

Alles bij elkaar deed het Amanda denken aan hoe Billy Roberts had geleefd sinds zijn vrijlating uit de gevangenis. Het verschil was dat James Dawson mensen had gehad die om hem gaven. Tien jaar geleden had Carl Dawson geld geërfd na het overlijden van zijn moeder. Eileen en hij hadden het huis in Brenfield gekocht, het stadje waar hun zoon op dat moment min of meer woonde, en sindsdien had James bij hen gewoond.

De opofferingen die ouders zich getroosten voor hun kinderen.

Toch bleek uit de details op het scherm dat deze specifieke situatie niet alleen rozengeur en maneschijn was geweest. Bezorgde buren hadden verschillende keren de politie gebeld, en Eileen Dawson was daadwerkelijk een keer gearresteerd en meegenomen. Er was geen aanklacht tegen haar ingediend en na een poosje was ze teruggekomen. Amanda kwam dat scenario vaker andersom tegen wat sekse betrof, maar dat maakte het bepaald niet minder deprimerend. Vooral omdat het een van de redenen was dat diezelfde bezorgde buren gisternacht in de kleine uurtjes niet meteen de politie hadden gebeld toen ze geschreeuw en gekrijs hadden gehoord in het huis van de familie Dawson.

Wel hadden ze tussen de gordijnen door gegluurd. Kort voor het licht werd had een van de buren de voordeur van de familie Dawson horen opengaan en een in het zwart geklede man het huis zien verlaten. De buurvrouw had aangenomen dat het Carl Dawson was, maar het was donker en ze had hun geen beschrijving gegeven waar ze iets mee konden. Hoe dan ook, ze had het hele tafereel dusdanig verontrustend gevonden dat ze de telefoon had gepakt. De agenten ter plaatse hadden twee lichamen gevonden in de voorkamer. Hoewel de plaats delict nog werd onderzocht, leek het erop dat Eileen Dawson snel was gedood. En daarna had de moordenaar meer tijd genomen voor James.

Amanda's hart brak enigszins toen ze dat las. Na alles wat ze online over de zaak van toen had gelezen kon ze James Dawson eigenlijk alleen als een klein, kwetsbaar kind zien, en die indruk was alleen maar sterker geworden nu ze wist hoe zijn leven sindsdien was verlopen. Hij had zich nooit van de gebeurtenissen hersteld. Zijn zogenaamde vrienden hadden zijn vertrouwen gewonnen met de bedoeling hem te vermoorden, en als volwassene had het hem duidelijk moeite gekost om zijn draai te vinden in de maatschappij. Het leek alsof hij gevangen had gezeten in een ontluikingsfase, nooit had kunnen groeien of gedijen, maar altijd bevroren was geweest, zijn bestaan gedefinieerd door één traumatisch moment.

Als je je best deed, kon je misschien aanvoeren dat het lot van Billy Roberts in zekere zin gerechtigheid was, dacht Amanda. Maar dat ging absoluut niet op voor James. Hoe onvolkomen het leven van James Dawson ook was geweest, zo'n einde had hij niet verdiend.

Had hij achter het cc666-account gezeten?

Die kans leek groot. Er was een computer aangetroffen in het huis en die werd nu geanalyseerd. Maar als hij het was, dan begreep ze niet waarom.

Hoe dan ook, op dat moment was de belangrijkste vraag waar Carl Dawson was.

De deur van de kantine ging open. Amanda keek om en zag Dwyer binnenkomen, vergezeld van de geur van warm eten. Hij liep naar haar tafel en ging tegenover haar zitten, waarbij hij zich zo zwaar liet neerploffen dat ze even bang was dat het meubilair het zou begeven. Daarna legde hij een broodje in een vettig papiertje neer en pakte het uit.

'Holder heeft zich net gemeld,' zei hij. 'Hij heeft me verteld dat er bij het huis van zijn moeder geen teken te bespeuren is van Adams. Maar zijn auto staat er wel.'

'Dat is een teken op zich.'

'Holder is niet erg slim.'

'Heeft hij ook binnen gekeken?'

'Alles zit op slot. Hij heeft wel door een paar ramen gekeken en er leek niets van zijn plek te zijn. Geen aanleiding om de deur te forceren. Misschien is Adams even boodschappen gaan doen.'

'We moeten hem vinden.'

'Ja, dat zei je al.' Er volgde een stilte van een paar seconden waarin Dwyer slikte en zijn lippen zacht afveegde met een servetje. Toen veranderde zijn houding enigszins. 'Ik was erbij, moet je weten,' zei hij.

'Wat bedoel je?'

'Precies wat ik zeg. Ik was de agent ter plaatse die dag. Ik was in de speeltuin toen het lichaam van het meisje werd gevonden. En daarna zijn we met z'n tweeën naar het huis van Adams gegaan. Daar heb ik een beetje kunnen rondkijken voordat zijn moeder thuiskwam. Op dat moment dachten mijn partner en ik natuurlijk dat hij het had gedaan.'

'Ja, dat is toch logisch?' zei Amanda.

'Precies.' Dwyer nam nog een hap van zijn broodje. Ze wachtte tot hij klaar was met kauwen en slikken.

'Achteraf gezien was dat niet eerlijk van me.' Hij haalde zijn schouders op. 'Je gaat uit van het meest waarschijnlijke, hè? En Adams was nogal vreemd, dat waren ze allemaal, maar die dag zat mijn intuïtie ernaast. Misschien geldt dat ook voor wat ik nu denk. Denk jij dat die kerel, die Carl Dawson, erbij betrokken is?'

Amanda liet zich achteroverzakken. 'Op de een of andere manier?' vroeg ze. 'Jazeker. Ik bedoel, zijn gezin is dood en hij is verdwenen. In zo'n situatie ligt die conclusie voor de hand.'

'Zoals ik al zei: je gaat uit van het meest waarschijnlijke.'

'Inderdaad. Maar of hij het heeft gedaan zou ik echt niet weten. En we kunnen hem ook nog niet op de plaats delict van Billy Roberts plaatsen.'

'We weten niet eens zeker of het wel om dezelfde dader gaat.'

Maar zelfs als Dwyer nog half in zijn oorspronkelijke theorie geloofde, leek hij een stuk minder overtuigd dan de dag ervoor. Het was gewoon een te groot toeval. Billy Roberts en James Dawson – twee jongens die betrokken waren geweest bij de moord van vijfentwintig jaar geleden – waren gemarteld en vermoord. En hoe weinig zin hij ook had om het verleden op te rakelen, ze zag dat hij zich net zoveel zorgen maakte als zij.

'Dawson kende alle drie de slachtoffers,' zei hij. 'Ik zie hem wel als dader.'

Net toen ze iets wilde terugzeggen, ging haar mobiele telefoon over. Op het scherm zag ze dat het Theo was. 'Momentje.'

Ze nam op en drukte de telefoon stevig tegen haar oor. Zoals altijd gonsde op de achtergrond het zachte geluid van zijn computers en hun spoken. 'Ha, Theo,' zei ze. 'Met Amanda.'

'Hoi. Je wilde het mobiele nummer van Paul Adams toch?'

'Jazeker.'

'Hij heeft een prepaid, maar ik heb het nummer via zijn creditcardafschriften achterhaald. Vraag me niet hoe, maar hier heb je het.'

Ze schreef het nummer op dat hij haar doorgaf.

'Bedankt, Theo.'

'Er is nog iets. Ik moet dit doorgeven aan de betrokken autoriteiten, maar het leek me handig om het eerst tegen jou te zeggen. Ik heb ook een nummer voor Carl Dawson.'

Haar hart maakte een sprongetje. En toen ze het opschreef, kreeg ze nog een inval. 'Kun je me vertellen waar Dawson nu is?' vroeg ze.

'Jij wilt alles op een presenteerblaadje aangereikt krijgen, Amanda. Maar ja, waarschijnlijk wel. Geef me een momentje. Hoe meer zendmasten *ping* zeggen, hoe makkelijker het is.' Op de achtergrond hoorde ze hem typen. 'Ah, bingo.'

'Heb je hem? Waar is hij?'

'Ongeveer drie kilometer bij je vandaan,' zei Theo. 'In Gritten Wood.'

35

Na de moord was de oude speeltuin afgebroken en bestraat. Toen ik uit Gritten was weggegaan was er nog niets gedaan met het lege plaveisel, alsof niemand had geweten wat er moest gebeuren en het voorlopig voldoende was om de grond gewoon te bedekken. Nu stond er in het midden een boom met bankjes eromheen.

Maar toch, toen ik ernaartoe liep, zag ik het voor me zoals het toen was geweest. En de gestalte die op een van de bankjes op me zat te wachten deed me zo erg denken aan James op die specifieke dag, zo breekbaar en bang, dat ik makkelijk had kunnen geloven dat ik was teruggegaan in de tijd.

Ik bleef voor hem staan. 'Meneer Dawson.'

James' stiefvader staarde omlaag. Ik zag de vlekkerige huid van zijn kale schedel en de verweerde, oude ruwheid van zijn handen. Toen hij zijn hoofd eindelijk ophief, was zijn gezicht mager en afgetobd, zijn ogen diep in de kassen verzonken. Hij zag er ontzettend verdrietig uit. Ik voelde het verdriet in golven van hem af stromen en het leek om iets diepers te gaan dan verlies, alsof hij, aan het eind van zijn leven, rouwde om alles wat hij met zijn leven had gedaan en alles wat hij had nagelaten.

Wat was iedereen oud geworden, dacht ik.

En wat eigenaardig dat een generatie die ik me herinnerde als sterk, robuust en betrouwbaar nu leek te verschrompelen door ouderdom.

'Paul.' Hij gebaarde naar de bank. 'Ga zitten.'

Ik ging helemaal aan de zijkant zitten, zodat er een prettige afstand tussen ons zat. Er ging geen enkele fysieke dreiging van hem uit. Sterker nog: met het klimmen der jaren was zijn zachtaardige, ongevaarlijke uitstraling alleen toegenomen, maar ik wilde een zekere afstand tussen ons bewaren tot me duidelijk was waarom hij eindelijk had besloten om zich aan mij te vertonen.

'Ik vind het heel erg,' zei hij. 'Ik vind het heel erg van Daphne.'

'Dank u.'

Zijn stem klonk gebroken. Maar toen schoot me te binnen dat de man die naast me zat al sinds zijn kindertijd bevriend was met mijn moeder – dat hij haar veel langer had gekend dan ik. En ik moest denken aan de foto die ik had gezien van hen tweeën, waarop ze allebei zo jong hadden geleken en Carl iets in haar oor had gefluisterd waar ze om had moeten lachen.

'Ik vind het ook erg voor u,' zei ik.

Hij knikte een keer.

'Hebt u nog tijd gehad om bij haar op bezoek te gaan?' vroeg ik.

'Na haar ongeluk niet meer.'

Er stond een heel licht briesje. Ik draaide mijn gezicht naar de zon en deed mijn ogen even dicht. 'Ik neem aan dat ik u moet bedanken voor die pop?'

'Ja,' zei hij. 'Het spijt me.'

'Hoe bent u eraan gekomen?'

'Hij was van James.'

Ik deed mijn ogen open. Dus het ding wás helemaal niet van mij geweest. Ik vroeg me af wat er met mijn exemplaar was gebeurd. Misschien zou ik het nooit weten. De doos in mijn moeders huis bevatte heel wat spullen van dat jaar, maar niet alles verdiende het om bewaard te worden. 'Heeft James hem al die tijd bewaard?'

'James heeft zijn leven nooit echt op de rit gekregen,' zei Carl. 'Maar inderdaad, vreemd genoeg heeft hij die altijd bewaard.'

'We dragen allemaal heel wat mee, vindt u niet?'

'Ja,' zei hij. 'Dat doen we zeker.'

Ik had me nooit echt afgevraagd hoe James' leven was verlopen nadat we uit Gritten waren weggegaan, maar ik denk dat ik er altijd van uit was gegaan dat hij gelukkig was. Het maakte me verdrietig om te weten dat dat niet zo was geweest. Dat ook hij was achtervolgd door schuldgevoel, en dat hij niet in staat was geweest om dat van zich af te schudden en achter zich te laten.

'Het geklop op de deur,' zei ik, 'was u dat?'

'Ja.'

'En heb ik u die dag in het bos gezien?'

Carl knikte.

'Waarom?' vroeg ik.

'Ik probeerde je zo bang te maken dat je weg zou gaan.'

Dat was hem bijna gelukt. Maar Carl was er natuurlijk bij geweest toen deze hele geschiedenis zich had afgespeeld. Hij wist hoe hij me kon manipuleren.

'Het spijt me,' zei hij. 'Ik wist niet wat ik anders moest doen. Ik had echt nooit verwacht dat je hier terug zou komen. Daphne zei altijd dat je dat nooit zou doen. Maar toen je bij het huis van je moeder aankwam, wist ik dat het slechts een kwestie van tijd was voor je het zou vinden.'

Het is in het huis, Paul.

'Charlies dromendagboek,' zei ik.

'Dus je hebt het gevonden?'

'Ja. Hoe kwam mijn moeder eraan?'

Daarop volgde een lange stilte. Ik keek naar de oude speeltuin en zag de struiken aan de overkant licht bewegen in het briesje.

Wachtend.

'Weet je zeker dat je dat wilt weten?' vroeg hij.

Na alles wat er was gebeurd werd ik kwaad. 'Weet u,' zei ik geërgerd, 'dat vraagt iedereen me voortdurend. En het antwoord is heel lang nee geweest. Ik wilde er niets over weten. Maar nu ben ik hier, wat alle mensen ook over me hadden voorspeld. Dus ja, ik wil het verdomme weten.'

Carl keek op naar de hemel. 'Ik heb alleen geprobeerd om iedereen te beschermen,' zei hij. 'Maar nu Daphne er niet meer is, doet het er misschien niet meer toe. Misschien doet niets er nog toe. En jezus, ik ben zo verrekte moe. Dus als je wilt, zal ik het je vertellen. Dan kun jij het ook allemaal met je meedragen. En kun jij besluiten wat je ermee aan moet.'

'Vertel eens hoe mijn moeder aan dat dagboek is gekomen.'

Hij bleef nog even naar de hemel staren, verdiept in zijn herinneringen, en daarna keek hij weer omlaag en wreef zijn handen over elkaar. 'Eerst moet ik je vertellen wat er die dag is gebeurd.'

Carl en Eileen waren allebei thuis geweest op de dag dat Jenny door Charlie en Billy was vermoord. Carl was boven aan het werk geweest en zoals altijd was het hem zwaar te moede geworden toen hij James het huis uit had horen gaan. Dat jaar waren er veel dagen geweest waarop hij zich zo had gevoeld: waarop hij had toegekeken als Charlie ons drieën voor was gegaan door de achtertuin en het bos in, en Carl zich niet in staat had gevoeld om tussenbeide te komen. Hij wist wie Charlie was – de onwettige zoon van Eileens vroegere echtgenoot – en hij was niet gerust op de rol die deze jongen in James' leven speelde. Maar hij had nooit gevonden dat het aan hem was om er iets van te zeggen.

Toen hij me dat vertelde, moest ik denken aan de laatste dag dat ik samen met de anderen naar het bos was gegaan. De manier waarop ik Carl met tegenzin zijn hand had zien opheffen achter het raam toen ik naar hem had gezwaaid.

'Op dat moment ging jij natuurlijk al niet meer met hen om,' zei Carl. 'Maar die dag heb je hier met hem gepraat. Je hebt hem de waarheid verteld. En in plaats van dat hij op Charlie en Billy bleef wachten, is hij naar huis gegaan.'

Hij had het begin van de ruzie gehoord, was zijn geïmproviseerde kantoortje uit gekomen en had een poosje stilletjes boven aan de trap staan luisteren naar het gekissebis tussen James en zijn moeder. De gevolgen van mijn actie waren akelig geweest. Eileen had staan huilen en schreeuwen. James zelf was resoluut overgekomen. Vastbesloten om de waarheid over zijn vader te achterhalen.

'Ik heb altijd gevonden dat we het hem eerder hadden moeten vertellen,' zei Carl. 'Maar Eileen wilde er niets van horen. Ze wilde niet denken aan wat er was gebeurd, ze wilde alleen alles vergeten. Op dat moment wist ik niet hoe James erachter was gekomen, maar ergens was ik blij dat hij het wist. Maar het was iets waar zij samen uit moesten komen, dus ik ben weer aan het werk gegaan.'

Beneden was de ruzie nog een tijdje doorgegaan en daarna

was er een soort stilte gevallen. Carl ging verder met zijn werk, in de verwachting dat hij later kon helpen de situatie glad te strijken. Dat was zijn rol in het gezin: de boel kalmeren, zich om iedereen bekommeren en zorgen dat alles soepel liep. Hij was altijd de vredestichter geweest.

Hij haalde diep adem. 'Maar toen hoorde ik gegil.'

Hij had nooit precies geweten wat er was gebeurd, maar blijkbaar was Charlie op een gegeven moment binnengekomen door de achterdeur. 'Die jongen was geschift. Dat weet je toch?'

Ik knikte. 'Ja, dat weet ik.'

'Hij geloofde echt in die droomwereld die hij had verzonnen. Hij dacht dat hij zijn vader zou vinden door te doen wat hij deed. Maar de hele toestand was natuurlijk belachelijk. Toen hij bijkwam in het bos was hij volgens mij zo over zijn toeren, gefrustreerd en kwaad dat hij naar ons huis is gegaan om zich af te reageren op Eileen.'

Carl had het niet met eigen ogen gezien, maar uit wat hij er achteraf van had begrepen, had Charlie Eileen uitgescholden en daarna had hij haar aangevallen. Hij had haar tegen de grond gewerkt en op haar ingeslagen. Even had James alleen toegekeken terwijl de jongen die hij als zijn vriend beschouwde zijn moeder probeerde te vermoorden. In het besef dat hij was verraden. Dat de basis van zijn bestaan in één middag was ondermijnd.

En terwijl Charlie doorging met zijn aanval op Eileen, had James een mes gepakt.

Toen Carl was uitgesproken, bleef ik even zwijgend zitten. 'Dus... James heeft Charlie vermoord?'

Carl knikte. 'Je zou kunnen zeggen dat hij het uit zelfverdediging deed, of althans om zijn moeder te beschermen. Maar het ging veel verder. Hij verloor zijn zelfbeheersing. Ik heb het idee dat alles wat er was gebeurd, alles wat hij die dag had gehoord, op dat moment naar buiten kwam. Toen ik beneden kwam, was hij nog steeds op Charlie aan het insteken. Ik moest het mes uit zijn hand wringen.' Hij knipperde de herinnering weg.

'Waarom hebt u de politie niet gebeld?' vroeg ik.

'Dat heb ik wel overwogen. Maar toen... Tja, ik nam een besluit. Op het moment toen ik daar stond, wist ik dat ons leven voorgoed veranderd was en ik wilde de schade beperkt houden.' Opeens keek hij me aan. 'Ik hou van James, weet je.'

Ik knikte, want dat wist ik nog. Alsof James zijn eigen zoon was.

'En ik besefte dat hij echt in de problemen zou komen. Ik had geen idee wat ik moest doen, maar iemand moest de leiding op zich nemen. James zat te snikken en Eileen was hysterisch. Iemand moest voor hen allebei zorgen. Dus het kwam op mij neer, zoals altijd.' Hij schudde zijn hoofd en verviel in stilzwijgen.

Ik wachtte.

Na een poosje haalde hij nog een keer diep adem. 'We wikkelden Charlies lichaam in plasticfolie, bonden het stevig dicht en legde hem op zolder, tussen allerlei dozen en oude tapijten. We ruimden de boel op. En toen wachtten we. Op dat moment wisten we niet wat hij had gedaan en tegen de tijd dat Billy 's avonds werd gearresteerd was het te laat om iets te veranderen. We hadden het lichaam verstopt, we hadden de plek waar het was gebeurd schoongemaakt. We waren allemaal schuldig. De volgende dag kwam de politie met ons praten, maar er was geen reden om ons ergens van te verdenken.

Ze hebben het huis nooit doorzocht of iets dergelijks. Ik wachtte maar steeds tot het allemaal in het honderd zou lopen, maar dat is nooit gebeurd. Wat er over was van Charlie lag stevig ingepakt en opgeborgen boven ons, maar uiteindelijk was het heel simpel om te doen alsof het allemaal was... weggegaan.'

Hij spreidde zijn handen, alsof hij het niet helemaal kon bevatten. Maar hij had het bij het verkeerde eind. Zij drieën waren dan misschien ongestraft weggekomen met het misdrijf, maar de weerslag van Charlies verdwijning werd nog altijd gevoeld, ook nu nog. Er stierven mensen vanwege dit geheim. Wat er die dag was gebeurd had zijn vingers uitgestrekt over de tussenliggende vijfentwintig jaar en liet de wereld nog altijd niet los.

'James is er nooit echt overheen gekomen,' zei Carl. 'Hij heeft een zwaar leven gehad. Drank. Drugs. Toen Eileen en ik wat geld erfden, zijn we dichter bij hem gaan wonen. Hij heeft altijd iemand nodig gehad om op hem te letten.'

'Ja,' zei ik.

'En ik heb mijn best gedaan om te helpen. Ik heb geprobeerd hem ervan te overtuigen dat de hele toestand niet meer dan een nachtmerrie was.' Carl lachte vreugdeloos vanwege de ironie. 'In de loop der jaren is hij dat volgens mij als de waarheid gaan beschouwen. Hij gelooft dat Charlie die dag echt is verdwenen. Hij praat er voortdurend over. Om het voor zichzelf te benadrukken. Hij heeft zichzelf wijsgemaakt dat het echt zo is gegaan, zodat hij er niet aan terug hoeft te denken.'

Ik dacht aan wat Amanda me had verteld. 'Praat hij er ook over op internet?'

'Hoe bedoel je?'

'Ik weet het niet.'

Amanda had geloofd dat de gebruiker op het forum waar ze me over had verteld de moordenaars in haar woonplaats had aangespoord. Maar zou ze de berichten die ze had gelezen verkeerd geïnterpreteerd kunnen hebben? Misschien waren die niet zozeer bedoeld om mensen op te hitsen, maar om een overtuiging te versterken die de gebruiker nodig had: dat Charlie niet dood was. Dat wat Carl me net had verteld nooit echt had plaatsgevonden.

Niets van dat alles beantwoordde mijn oorspronkelijke vraag. 'Hoe is mijn moeder erbij betrokken geraakt?'

'Dat was ze niet.' Hij keek me aan. 'Paul, je móét me geloven wat dat aangaat. Zij had niets met die gebeurtenissen te maken.'

'Maar...?'

Hij wendde zijn blik af. 'Maar het was moeilijk. Het schuldgevoel. De druk. En Daphne was mijn beste vriendin. We waren echt... Ach... We gaven om elkaar.'

Ik dacht weer aan de foto van hen tweeën, en daarna aan het gesprek dat ik als kind had opgevangen.

Je kunt echt iets veel beters krijgen.

De stilte die aan zijn reactie vooraf was gegaan. *Nee, volgens mij niet.*

Op dat moment waren mijn vader en moeder natuurlijk al jaren getrouwd en had Carl de opvoeding van James al op zich genomen. Op dat moment was het gesprek me niet beladen voorgekomen, maar nu was ik oud genoeg om me voor te stellen dat de woorden en de pauzes ertussen een lading hadden gehad. Regels die moesten worden opgevolgd. Kansen die niet gegrepen konden worden. Zaken die onuitgesproken bleven en levens die niet werden verkend.

'Hebt u haar verteld wat u had gedaan?'

'Een paar jaar later.'

'Wat zei ze ervan?'

'Dat ik het juiste had gedaan. Dat het niets goeds zou brengen om de waarheid te vertellen. Want zij wist dat ik het beste probeerde te doen voor James, en dat het beter was als alles werd vergeten. Daarom heeft ze het al die jaren voor zich gehouden.'

Ja. Dat was precies wat mijn moeder moest hebben gedaan. Uit plichtsbesef, vriendschap en misschien zelfs vanwege een verloren liefde. Maar het was een geheim dat zwaar op haar had gedrukt. Ik dacht aan de rode handafdrukken op zolder en de krantenartikelen die ze had bewaard. Ze had geweten wat de gevolgen van haar stilzwijgen waren, en dat besef had haar gekweld. Maar toch was ze die last blijven dragen.

De ene generatie die zoveel opofferde om de volgende te beschermen.

'Maar ongeveer een jaar geleden begon ze me telkens te bellen,' zei Carl. 'Uit wat ze zei bleek duidelijk dat ze haar grip op alles een beetje begon te verliezen. Ze had het maar steeds over wat er was gebeurd. Ik was bang voor wat ze tegen andere mensen zou zeggen en daarom ben ik een paar weken geleden teruggegaan naar Gritten.'

'Bent u bij haar langsgegaan?'

'Ik heb geprobeerd met haar te praten, maar ze was zichzelf niet.'

'Dus hebt u haar van de trap geduwd?'

'Nee!'

Zowel zijn geschrokken toon als gezichtsuitdrukking was echt.

'Vertel dan eens wat er is gebeurd.'

'Ik besloot dat ik het best het lichaam uit ons oude huis kon halen. Zelfs als Daphne er iets over zou zeggen, zou niemand bewijs kunnen vinden. Dus die avond heb ik het stoffelijk overschot naar het bos gebracht en daar verspreid. Alles een beetje toegedekt. Ik heb geprobeerd het eruit te laten zien alsof alles er al heel lang lag.'

Hij is in het bos, Paul. Als flikkerend schijnsel tussen de bomen.

'Misschien heeft Daphne het licht van de zaklantaarn gezien. Hoe dan ook, ze wist wat ik aan het doen was. Het probleem was namelijk het dromendagboek van Charlie, snap je? Dat had James gepakt, en ik had het mee terug genomen. Maar ik besefte dat ik het niet in het bos kon achterlaten. Het stoffelijk overschot bestond alleen nog uit beenderen, maar het dagboek was nooit blootgesteld aan de elementen en het had net zo goed gloednieuw kunnen zijn. Dus besloot ik het te verbranden. Ik liet het op het aanrecht liggen toen ik het bos in ging. En toen ik terugkwam... was het er niet meer.'

'Is mijn moeder naar binnen gegaan en heeft ze het meegenomen?'

'Dat moet wel. Maar toen was het te laat om er nog iets aan te doen. Ik ging naar jullie huis en daar stonden de hulpdiensten voor de deur.'

Ze zijn allemaal hetzelfde.

Nu snapte ik wat er was gebeurd. Mijn moeder had het dagboek gepakt en verstopt tussen de andere, identieke notitieboeken. Het was haar gelukt om zover te komen, maar daarna was haar lichaam niet langer sterk genoeg geweest.

'Dus ze liep de trap af,' zei ik zachtjes.

'Wat?'

'Laat maar.'

Er viel een stilte.

Toen slaakte Carl een zucht. 'Ik ben moe, Paul. Nu weet je alles. En zoals ik al zei, moet je zelf weten wat je doet met wat ik je heb verteld.' Hij gebaarde achter ons. 'Charlie ligt nu daar in het bos en vroeg of laat zal hij worden gevonden. Dan is het voorbij. In de tussentijd moet je bepalen wat je gaat doen. Je kunt de rest van het leven van drie mensen verpesten. Je kunt de nagedachtenis aan je moeder beschadigen. Of je kunt...'

'Het vergeten?'

'Ja. Daar komt het wel op neer.'

Ik wendde mijn blik af en dacht na over alles wat hij me had verteld. Ik liep de reeks van gebeurtenissen na, het netwerk van oorzaak en gevolg. Als hij me de waarheid had verteld, was er dan iemand die ik zijn of haar gedrag kwalijk nam? Dat wist ik niet zeker. Iedereen had zijn best gedaan. Geprobeerd dierbaren te beschermen, hen te behoeden voor kwaad. De afzonderlijke lasten te dragen die hun waren toebedeeld. Misschien werd het tijd om mijn deel daarvan op me te nemen.

Ik dacht terug aan de woorden van mijn moeder.

'U had dit echt veel beter kunnen aanpakken,' zei ik tegen Carl.

Op Carls gezicht stond de spijt van een heel leven gegrift. Ik bedacht dat mijn woorden waarschijnlijk voor iedereen golden, en misschien begreep je de kracht ervan pas echt als je aan het eind van je leven kwam.

'Ja,' zei hij. 'Ik weet het.'

Dan kun jij het ook allemaal met je meedragen. En kun jij besluiten wat je ermee aan moet.

Op het moment dat ik nog iets wilde zeggen keek ik op en zag ik politieauto's aankomen.

36

Dwyer reed veel te snel, en de auto kwam slippend tot stilstand naast wat ooit de speeltuin van Gritten Wood was geweest. Een tweede auto stopte erachter en veroorzaakte bijna een kop-staartbotsing.

Amanda keek uit het raam aan de passagierskant en zag twee mensen op een van de bankjes zitten. Ze herkende Paul, en vanwege de live trace-data die Theo nog steeds aan haar doorgaf, nam ze aan dat de tweede man Carl Dawson was.

Dwyer twijfelde duidelijk geen seconde: hij was al uit de auto gestapt en liep sneller dan ze ooit bij hem voor mogelijk had gehouden. Zij was nog bezig om haar autogordel los te maken toen hij al over het lage hek stapte, met zijn identiteitsbewijs uitgestoken in zijn hand.

'Meneer Dawson?' hoorde ze hem roepen. 'Meneer Carl Dawson?'

Ze zette het op een lopen om hem in te halen. Achter zich hoorde ze autoportieren dichtslaan. Beide auto's hadden aan dezelfde kant van het gebied geparkeerd – niet zo handig, maar aan de andere kant van de speeltuin bevond zich een halve cirkel van dicht struikgewas, en Carl Dawson leek te verbaasd om het op een lopen te zetten. Maar hij was wel overeind gekomen en liep nu van het bankje naar het midden van de plek. Paul zat nog steeds, duidelijk in verwarring gebracht door wat er zich nu afspeelde, maar op Carls gezicht stond paniek te lezen, alsof het hem totaal niet verbaasde de politie hier te zien. Alsof hij zou hebben geprobeerd te vluchten als hij dat had gekund.

Maar daar kon geen sprake meer van zijn nadat Dwyer bij hem was aangekomen. Het identiteitsbewijs werd met één hand opgeborgen en de andere hand rustte al op Dawsons bovenarm voordat ze hem zelfs maar had zien bewegen. 'Carl Dawson, is het niet? Rustig aan. We willen alleen maar even met u praten. Oké?'

Dawson bleef als aan de grond genageld staan. Amanda stapte langs de twee mannen heen en liep door naar Paul, die nog steeds op het bankje zat.

Hij stond op toen ze bij hem kwam. 'Wat is er aan de hand?'

'Niets.' Ze stak haar handen naar hem uit, met de palmen naar boven, en keek hem onderzoekend aan. Hij leek geschrokken, maar ongedeerd. 'Is alles goed met je?'

Maar hij keek alleen langs haar heen. Ze hoorde dat meer agenten zich bij hen voegden in de speeltuin en ze hoorde ook vlagen geruis op de politieradio.

'Rustig aan, Paul,' zei ze.

'Wat is er aan de hand?'

'We willen gewoon even met meneer Dawson praten.'

'Waarover?'

'Dat mag ik je op dit moment niet vertellen.'

Toen hij haar heel even aankeek, zag ze de wanhoop op zijn gezicht. Zijn handen hingen naast zijn lichaam terwijl hij de hele tijd zijn vuisten balde en weer ontspande. Ze draaide zich om. Dwyer leidde Dawson naar de auto, waarbij hij bijna zijn arm om de schouders van de oudere man had geslagen. Van achteren gezien hadden ze twee vrienden kunnen zijn van wie de een de ander hielp om veilig thuis te komen na een avondje uit.

Daarna zag ze dat Dawson wat in elkaar zakte, alsof hij een ballon was die leegliep, en ze begreep dat Dwyer hem net had verteld waar ze hem voor hadden gearresteerd. De vermeende moord op zijn vrouw en stiefzoon, en die op Billy Roberts.

Heel even keek Carl Dawson achterom naar de plek waar zij samen met Paul stond. Ze had nog nooit iemand zo verslagen zien kijken. Het leek wel alsof hem alles waar hij in de loop der jaren voor had gewerkt en geploeterd was ontnomen. Alsof hij op dat ene moment terugkeek op zijn hele leven en besefte dat elke seconde ervan zinloos en verspild was geweest.

Daarna leidde Dwyer hem verder naar de auto.

'Wat heeft hij gedaan?' vroeg Paul.

Amanda keek hem aan. 'Hij heeft niet per se iets gedaan. We willen gewoon even met hem praten.' Ze legde een hand op zijn schouder en praatte zachtjes. 'Weet je zeker dat alles goed met je is?'

'Ja, niks aan de hand.'

'Waarom was je hier met hem?'

'We zaten gewoon wat te praten.'

Achter zich hoorde ze een autoportier dichtslaan. 'Waar hadden jullie het over?'

Paul had de hele tijd over haar schouder gestaard en toen hij zijn blik op haar richtte, kon ze zijn gezicht met geen mogelijkheid doorgronden. Het deed haar denken aan de keer dat ze hem in de pub had gevraagd of er nog iemand in Gritten was met wie ze zou kunnen praten. Alsof hij vanbinnen strijd leverde en niet goed wist hoeveel hij haar moest vertellen.

'Mijn moeder,' zei hij.

'Wat is er met haar?'

'Ze is overleden.'

'Dat weet ik,' zei ze. 'Gecondoleerd.'

'Carl was een vriend van haar.'

Ze keek achterom naar de auto waarin Dwyer zat te wachten, met Carl Dawson op de achterbank. Er waren drie brute moorden gepleegd, en die man stond in verband met alle slachtoffers. 'Ik zie hem wel als dader,' had Dwyer op het politiebureau tegen haar gezegd, en waarschijnlijk had hij daar gelijk in. Je ging tenslotte uit van het meest waarschijnlijke. Als het Dawson niet was, wie dan wel? Maar nu ze weer naar Paul keek, kreeg ze de indruk dat ze iets over het hoofd zag. Dat er hier meer aan de hand was dan zij beseften.

'Paul?' vroeg ze.

Verdomme nog aan toe. Kom me een beetje tegemoet.

Maar er was een nietszeggende uitdrukking op zijn gezicht verschenen. Over welke beslissing hij dan ook in tweestrijd had gestaan, hij had duidelijk zijn keus bepaald. En toen hij zijn mond opendeed, leek hij het meer tegen zichzelf te hebben. 'Carl was een vriend van haar,' zei hij opnieuw. Daarna keek hij omlaag en draaide zich om. 'Dat is alles.'

37

Mijn vader verbrandde altijd spullen.

Dat was een van de weinige herinneringen die ik aan hem had uit mijn vroege kindertijd. In mijn hele leven als volwassene had ik nooit de behoefte gevoeld om wat voor vuur dan ook te maken, maar toentertijd werd er regelmatig vuil verbrand door mijn vader. Toen ik nog zo jong was dat mijn vader me niet haatte, stond ik vaak naast hem in de achtertuin en keek ik toe terwijl hij aanmaakhout afbrak, waarbij er aan de uiteinden dunne splinters hout bleven hangen, als in elkaar grijpende klauwen. Ook hielp ik hem om ritselende hopen bladeren in onze vuurkuil daar te vegen. Kranten, afval, takken en stekelige ranken van braamstruiken. Alles waar hij vanaf wilde werd verbrand en de dag erna werd de as met een hark verspreid en was de boel klaar voor de volgende vuurtjes. Zo zat mijn vader waarschijnlijk in elkaar: als iets geen nut meer voor hem had, nam hij de taak op zich om het van de wereld te laten verdwijnen. Misschien was dat wel de juiste aanpak.

Ik stond op het stoepje voor de achterdeur met de eerste van de dozen in mijn handen.

Het was avond en overal waar ik keek, werden de schaduwen dichter. De avond viel altijd snel in Gritten, en zo meteen zou het helemaal donker zijn. Nu al was het bos aan het einde van de tuin vervaagd tot een lappendeken van zwart en grijs, die nog verder aan het zicht onttrokken werd door de mist die opsteeg uit het kreupelhout onder de bomen. De lucht koelde af, en er stond een zwakke bries waarop de geur van aarde en bladeren naar me toe zweefde.

Ik had me de hele middag verdoofd gevoeld, ontzet en in verwarring gebracht door wat er was gebeurd: eerst door alles wat Carl me had verteld en daarna door de komst van de politie. Amanda had geweigerd te zeggen waarom de politie Carl wilde spreken en sindsdien had ik niets meer van haar gehoord. Andersom gold dat natuurlijk ook. Ik had haar niet verteld wat Carl had gezegd, en na afloop had ik ook niet naar de politie gebeld om die informatie door te geven. In de speeltuin was het er gewoon nog te vroeg voor geweest. Ik had het gevoel gehad dat de beslissing die Carl bij mij had neergelegd me was opgedrongen, en wat ik nu echt nodig had was een kans om even na te denken, te bepalen wat ik nu het best kon doen.

Als ik de waarheid had verteld, zou het leven van drie mensen naar de knoppen zijn en zou algemeen bekend worden dat mijn moeder een rol in de zaak had gespeeld. En wat had dat voor zin? Ik had er lang over getwijfeld, terwijl ik ondertussen had geprobeerd mezelf af te leiden met praktische zaken. Ik had mijn moeders spullen opgehaald uit het hospice. Ik had een overlijdensakte geregeld. Ik had uitgezocht wat er geregeld moest worden voor de uitvaart.

Toch moest er een besluit worden genomen.

Ik dacht dat ik dat nu had gedaan.

Ik droeg de doos de tuin in. De vuurkuil was enigszins overwoekerd, maar de bakstenen aan de randen hadden het volgehouden, en de kuil zag er nog vrijwel hetzelfde uit als in mijn herinnering: een bleke zweer op de groene huid van de tuin. Ik keerde de doos om, zodat de kranten in de kuil vielen, waarna ik ze op een hoop in het midden schopte. Bij elk contact stegen er wolkjes oude as op en de zure, vieze geur van vuurtjes uit het verre verleden.

Daarna ging ik weer naar binnen.

Dit voelde als een karweitje dat in het donker moest worden gedaan, dus liet ik het licht in huis voorlopig uit. Er was nog genoeg daglicht om naar de voordeur te kunnen lopen, waar ik alles bij elkaar had gezet.

Ik pakte de tweede doos en droeg hem naar de vuurkuil.

Ik keerde hem om.

Deed ik hier eigenlijk wel goed aan?

Ik keek omhoog. De hemel boven me was donkerblauw en bespikkeld met flauw oplichtende sterren. Daar waren ook geen antwoorden te vinden.

Ik liep weer naar binnen, haalde de derde doos en gooide hem leeg in de kuil. De stapel kranten die erin lag was even matgrijs als oude beenderen.

Nog één.

De laatste doos dus. Het was binnen ondertussen veel donkerder dan toen ik was begonnen, en de lucht was drukkend, alsof wat ik deed het huis juist zwaarder maakte in plaats van lichter. Terwijl ik de doos naar de kuil droeg, wakkerde de bries aan en begon het gras om me heen te trillen. Ik schudde de inhoud uit de doos. Mijn oude notitieboeken. Mijn dromendagboek. Het creatief schrijven-tijdschrift. De pop die Charlie aan James had gegeven. Het dunne ingebonden boek met Jenny's verhaal over Roodhand.

Maar niet het dromendagboek van Charlie.

Ik fronste. Waar was dat ding?

Het duurde even voordat tot me doordrong dat het nog boven moest liggen, in de slaapkamer van mijn moeder. Toen ik Carl eerder die dag buiten had gezien, had ik het op het bed gelegd voordat ik achter hem aan was gelopen naar de speeltuin. Ik ging weer naar binnen en liep langzaam de trap op. Op de overloop was het heel donker, alsof het huis de avond in zich opnam, en toen ik mijn moeders slaapkamer in liep, was die vol vormen en schaduwen. Maar het dromendagboek was duidelijk te zien: een scherpe zwarte rechthoek op de afgehaalde matras.

Ik pakte het op.

Doe ik hier eigenlijk wel goed aan, mam?

Ik had me de hele middag afgevraagd wat mijn moeder zou willen dat ik deed. Zij had om een specifieke reden besloten het dagboek te stelen van Carl. Nadat ze zoveel jaar haar schuldgevoel had opgepot had ze ergens misschien gewild dat de waarheid naar buiten zou komen. Maar tegelijkertijd waren haar verstandelijke vermogens rond die tijd achteruitgegaan. Ze had Carls geheim al die tijd bewaard. Omdat ze vrienden van elkaar waren geweest of zelfs méér dan vrienden.

Doe ik hier eigenlijk wel goed aan?

Ik wist niet zeker wat ze zou zeggen als ze nu hier zou zijn, en het donkere huis bood me al net zomin antwoorden als de nachtelijke hemel buiten. Misschien waren er geen antwoorden, dacht ik. Misschien was het leven gewoon een kwestie van doen wat je op een bepaald moment goed vond, om na afloop te leven met de gevolgen, zo goed en kwaad als dat ging. Wat zou mijn moeder hebben gezegd als ze nu hier was? Waarschijnlijk dat ik een volwassen man was. Dat zij me had grootgebracht en me zo goed mogelijk had beschermd. En dat zij er nu niet meer was, dus dat ik zelf moest bepalen wat er moest gebeuren.

Beneden klonk een geluid.

Ik bleef even stilstaan. Spitste mijn oren.

Verder bleef het stil. Gewoon het huis dat zich uitrekte na de hitte van die dag en zich klaarmaakte om te gaan slapen. Misschien begreep zelfs het huis op een bepaald niveau wat ik wilde doen en stelde het zich erop in om te worden afgesloten en een tijdje te worden vergeten.

Ik liep met het dromendagboek de overloop op.

Ineens aarzelde ik terwijl ik langs de trap omlaagkeek.

Beneden was het nu aardedonker, en het huis voelde zo mogelijk nog voller aan dan eerst. Er liep een tinteling langs mijn ruggengraat. Sinds ik terug was in Gritten had ik me hier nooit helemaal alleen gevoeld, maar dat kwam doordat er aan elke hoek en aan elk oppervlak herinneringen kleefden. Maar op dit moment voelde ik een ander soort aanwezigheid.

Daar beneden is iemand.

Die gedachte kwam uit het niets.

Er was geen reden om aan te nemen dat het waar was. Het enige wat hier was gebeurd, was dat Carl had geprobeerd mij bang te maken en weg te jagen. En toch gonsde de stilte nu in mijn oren en een primitief deel van me was tot het uiterste gespannen.

Ik keek omlaag naar de voordeur. Ik had de ketting op de deur gedaan nadat ik binnen was gekomen. Maar de achterdeur zat niet op slot.

Was het geluid dat ik had gehoord de achterdeur die met een klik openging?

Je moet naar buiten.

Zodra die gedachte bij me opkwam, voelde die meteen heel dringend.

Ik liep snel de trap af, maar probeerde dat wel zo zachtjes mogelijk te doen, en ik kromp in elkaar bij elke keer dat er licht gekraak klonk. Onder aan de trap keek ik even achter me naar de donkere gang. In de keuken was het donker en de achterdeur zat dicht. Er was hier niemand.

Maar toen ik me omdraaide en mijn hand uitstak naar de ketting om de voordeur van het slot te doen, stapte er een spookachtige schim uit de schaduw in de woonkamer naast me. Hij bewoog zich zo snel dat ik amper de tijd had om hem op te merken voordat ik een explosie van pijn in mijn longen voelde.

De wereld om me heen begon te draaien en de duisternis in de gang vulde zich met sterretjes.

38

'Hij liegt ergens over,' zei Dwyer.

Amanda staarde naar de monitor op het bureau en knikte. Op het scherm waren beelden te zien van de camera in de verhoorkamer. Carl Dawson zat daar aan een bureau met zijn ellebogen op het bureaublad, zijn gezicht verborgen achter zijn handen. Het weinige haar dat hij nog had was omhooggedrukt en uitgewaaierd door zijn vingers. Ze hadden hem tien minuten geleden alleen gelaten om te pauzeren, en voor zover zij had kunnen zien op de monitor had hij zich helemaal niet verroerd.

Hij liegt ergens over.

Hij liegt over een heleboel dingen, dacht ze.

Ten eerste had Dawson beweerd dat hij al een aantal dagen terug was in Gritten. Tot op zekere hoogte klopte dat met het uitgavenpatroon dat ze op zijn creditcard hadden ontdekt, maar in andere opzichten was het raar. Wat deed hij hier? Kennelijk was hij gekomen om Daphne Adams te bezoeken, maar dat klopte niet. Hij was teruggekeerd naar Gritten op de dag voordat Daphne was gevallen, maar toen de politie navraag had gedaan bij het hospice bleken er geen gegevens te zijn dat hij daar bij haar op bezoek was geweest. Dus wat had hij verdomme dan al die tijd gedaan?

'Hij had geen antwoord als het op Daphne aankwam,' zei ze.

'Ja, toen klapte hij dicht. Omdat hij liegt.'

'Maar liegt hij ook echt?'

'Ja, natuurlijk,' zei Dwyer. 'Als hij haar wilde bezoeken, dan is dat flink mislukt. Want laten we eerlijk zijn: ze liep niet bepaald van hot naar her.'

'Nee, dat is waar.' Dwyer had gelijk, en toch bleef er een spoortje twijfel in haar hoofd rondspoken. Om onbekende reden vertelde Dawson hun niet het hele verhaal, maar volgens haar bevatten de dingen die hij wel had gezegd een kern van waarheid. Het was alsof zij één beeld hadden en hij een ander, waarvan sommige aspecten wel overeenkwamen met elkaar en andere weer niet. Misschien had hij echt bij Daphne Adams op bezoek willen gaan, maar er speelde méér, en ondanks het feit dat ze hem urenlang onder druk hadden gezet, wilde hij niet uitleggen wat dat was.

Ze zagen iets over het hoofd.

'Zie jij hem dan niet als dader?' vroeg Dwyer.

'Ik weet het niet.' Ze keek hem aan. 'Jij denkt nog steeds van wel, dat zie ik aan je.'

Hij haalde zijn schouders op. 'We kunnen hem met alle drie de slachtoffers in verband brengen. We weten dat hij hier in Gritten was ten tijde van de moord op Billy Roberts. En zo ver is het niet voor hem om terug te rijden naar huis. Dus ja, ik zie hem beslist als dader.'

'Maar wat is zijn motief dan?'

'Jarenlang huiselijk geweld. Daar hebben we dossiers over. Misschien is er uiteindelijk iets bij hem geknapt.'

Amanda keek naar het scherm. Dawson had zich nog steeds niet bewogen. 'Misschien,' zei ze.

'Ik zal je vertellen wat ik denk,' zei Dwyer. 'Dawson is om de een of andere reden teruggekomen naar Gritten – laten we zeggen dat hij echt van plan was om Daphne Adams te bezoeken. Zij ligt op sterven, hij is van slag. Hij heeft een rotleven gehad en hij zit vol wrok. En hij heeft een heleboel nare herinneringen aan Gritten. Vanbinnen wordt hij steeds kwader en uiteindelijk besluit hij om Billy Roberts op te sporen en loopt het volledig uit de hand. Na afloop gaat hij naar huis, draait volkomen door en vermoordt zijn familie.'

'En daarna komt hij terug om een praatje te maken met Paul Adams?'

Dwyer haalde nogmaals zijn schouders op. 'Als je echt gelooft dat ze gewoon een praatje met elkaar maakten.'

Daar wist Amanda niets op te zeggen. Paul had duidelijk ergens mee geworsteld in de speeltuin. Toen ze hem voor het eerst had ontmoet, was ze ervan overtuigd geweest dat hij haar de waarheid vertelde en daardoor was het heel makkelijk geweest om het verschil te zien met wanneer hij dat niet deed. Maar ze had ook het idee dat wat hij haar niet wilde vertellen losstond van de moorden. Als hij iets over de moorden had geweten zou hij het haar hebben verteld. Dat wist ze zeker. Schijn kon natuurlijk bedriegen, maar daar leek hij haar veel te fatsoenlijk voor. 'Ik kan me niet voorstellen dat ze hier allebei bij betrokken zijn,' zei ze.

'Toch zijn ze samen érgens bij betrokken.'

'Paul had geen motief om Eileen en James iets aan te doen.'

'Maar wel om Billy Roberts iets aan te doen.'

'Dat is waar. Maar toen ik hem sprak, wist hij volgens mij echt niet dat Billy weer op vrije voeten was. Heus, ik denk dat

Paul zijn best heeft gedaan om te vergeten wat er hier in Gritten is gebeurd. Ik heb aardig wat mensenkennis en hij was oprecht geschokt toen ik het hem vertelde.' Ze gebaarde naar het scherm. 'En dan heb je dit nog.'

'Wat precies?'

'Het gezicht van Carl Dawson toen jij het hem vertelde.' Dat ene moment in de speeltuin stond haar nog helder voor de geest. En vanaf het allereerste moment van de ondervraging was Dawson op haar overgekomen als een gebroken man. Hij was niet in tranen uitgebarsten, hij had niet luidkeels ontkend en hij was ook niet ingestort door de schok. Er zat een leegte in hem, maar hij had ook een vreemd soort vastberadenheid over zich. Alsof hij wel zwaardere lasten dan deze had moeten dragen, en hij dat nu opnieuw zou doen, wat daar ook voor nodig was.

Dwyer keek naar het scherm. 'Toch hou ik het erop dat hij de dader is.'

Amanda zuchtte bij zichzelf. Welke bedenkingen zij ook had, er bestond een gerede kans dat Dwyer gelijk had. Bovendien was Dawson de enige die ze op dat moment hadden, vooral omdat Paul weigerde te praten. 'De derde ronde?' vroeg ze.

'Ja, laten we dat maar doen.'

Het kantoor waarin ze zich hadden teruggetrokken was maar twee deuren van de verhoorkamer verwijderd. Net toen ze daar kwamen, ging Amanda's telefoon. Ze haalde hem uit haar zak en vroeg zich af of het Paul zou zijn. Maar ze had zijn telefoonnummer in haar toestel geprogrammeerd en het nummer dat nu op haar scherm opflitste herkende ze niet. 'Begin maar vast,' zei ze tegen Dwyer. 'Ik kom zo.'

'Geen probleem.'

Carl Dawson keek op toen Dwyer binnenkwam, zijn gezicht

nog steeds verdwaasd en leeg. Daarna ging de deur dicht en werd hij aan haar zicht onttrokken. Ze nam op en leunde tegen de muur. 'Met rechercheur Amanda Beck,' zei ze.

'Rechercheur Beck?'

Het was een vrouwenstem. Amanda kon die niet plaatsen, maar zelfs in die twee woorden hoorde ze urgentie en paniek. Ze zette zich van de muur af. 'Ja. Met wie spreek ik?'

'Met Mary.'

'Mary?'

'Mary Price. U bent een paar dagen geleden bij ons thuis geweest om het over de moord op onze zoon te hebben. Ik moet u echt spreken. Ik ben vreselijk bang.'

De moeder van Michael Price. Amanda herinnerde zich dat ze in een voorkamer had gezeten die nog vol had gelegen met spullen van de jongen, de lucht doordrenkt van verdriet, en dat ze ernaar had gesnakt om ergens anders te zijn, het gaf niet waar. 'Mary,' zei ze. 'Nu weet ik het weer. Probeer alsjeblieft kalm te blijven.'

'Het spijt me. Het spijt me zo verschrikkelijk.'

'Je hoeft je nergens voor te verontschuldigen.'

'Ik had u veel eerder moeten bellen. Ik had er gewoon de... O, god.'

Ik ben vreselijk bang.

'Vertel me eens wat er aan de hand is, Mary.'

'Mijn man.'

Dean Price. Amanda wist nog dat de man plotseling de kamer uit was gegaan, niet in staat om te accepteren dat zijn zoon was vermoord vanwege het verhaal dat zij hun had verteld. *Wilt u nou zeggen dat mijn zoon is vermoord vanwege een spook?* Ze had de dreiging gevoeld die er van hem was uitgegaan, net als het nauwelijks verholen geweld dat bij hem onder de oppervlakte had geborreld. 'Wat is er met hem?' vroeg ze.

Mary huilde inmiddels. 'Ik ben bang dat hij misschien iets slechts heeft gedaan.'

39

Het licht in de gang ging met een klik aan en ik zag ineens een paar gevechtslaarzen voor me. Ik zag ze afwisselend vaag en scherp. Ik lag in de foetushouding op de geboende vloer en deed wanhopig mijn best om adem te halen terwijl ik een pijn in mijn longen voelde die erger was dan ik ooit had meegemaakt. De man leek zich nauwelijks te hebben bewogen, maar was er toch in geslaagd me met zoveel kracht in mijn maag te stompen dat hij alle lucht uit me had geslagen en het me onmogelijk had gemaakt om nog adem te krijgen.

'Oppervlakkig ademen,' zei hij tegen me. 'Je overleeft het wel.'

Zijn stem klonk bot en emotieloos: hij noemde de feiten zonder echt iets om de uitkomst te geven. Maar hij bleek gelijk te hebben. Het effect van de klap trok langzaam weg, en ik slaagde erin om mondjesmaat lucht binnen te krijgen terwijl de pijn bij elke ademteug verder afnam.

De hele tijd bleef de man daar roerloos staan wachten. Gek genoeg besefte ik dat ik niet moest proberen om op te staan – dat hij wilde dat ik op de vloer bleef liggen en dat ik gewoon weer zou worden neergeslagen als ik me verzette –, maar na een poosje waagde ik het om naar hem op te kijken. Hij stond in de deuropening van de voorkamer, gekleed in een donkere gevechtsbroek en een zwarte trui. Zijn lichaam leek mager en pezig, en gebouwd voor geweld. Zijn haar was heel kort geknipt. Ik herkende zijn gezicht niet, maar dat was even onverzoenlijk als zijn stem was geweest. In een van zijn in handschoenen gestoken handen hield hij een jachtmes.

Doodsangst gonsde in mijn borstkas. 'Wat wil je?' wist ik uit te brengen terwijl elk woord de pijn in mijn borstkas deed opvlammen.

De man negeerde me en schudde een rugzak van zich af die ik tot dan toe niet eens had opgemerkt. Met zijn vrije hand tastte hij erin en daarna gooide hij iets naar me toe. Ik kromp even ineen toen het rinkelend op de vloer naast me belandde.

Handboeien.

'Doe ze om,' zei hij.

Elke vezel in mijn lichaam zei me dat ik dat niet moest doen. Maar zelfs als hij dat mes niet had gehad en ik niet machteloos op de vloer lag, zou ik lichamelijk niets tegen hem kunnen beginnen. Dan zou hij me die boeien zelf om doen, en als ik hem daartoe dwong zou dat een stuk pijnlijker voor me worden.

Hij kwam een stap dichterbij en draaide het mes in zijn hand om. 'Ik zeg het geen tweede keer.'

'Goed.' Ik raapte de handboeien op. Die waren stevig en professioneel, met maar weinig afstand tussen de boeien. Politiemateriaal, dacht ik. Of eventueel legeruitrusting. En de man straalde gezag uit, alsof het een tweede natuur voor hem was om mensen onder de duim te houden en pijn te doen. Ik deed een boei om mijn linkerpols en klikte die dicht.

'Een beetje strakker,' zei hij.

Ik deed wat me werd opgedragen.

'Nu de andere.'

Ik herhaalde de handeling bij mijn andere pols. Daardoor was ik hulpeloos geworden, maar in feite was ik dat al geweest. Misschien school er zelfs een zekere troost in de wetenschap dat hij het nodig vond me te boeien. Als hij me had willen vermoorden, was ik vast al dood geweest.

'Wat wil je?' vroeg ik opnieuw.

Weer kreeg ik geen antwoord.

In plaats daarvan hurkte hij naast me neer en liet zijn blik onverschillig over me heen gaan. Het mes was nu een stuk dichterbij en ik zag dat het aan de ene kant gekarteld was en er aan de andere kant dun en gemeen uitzag. De man bekeek me alsof hij een kadaver onderzocht waarvan hem was opgedragen het uit te benen, en er ging een huivering door me heen toen tot me doordrong dat hij misschien andere redenen had om me in bedwang te houden, dat er een erger lot bestond dan gewoonweg dood te zijn.

Ik voelde een tinteling door mijn dij gaan. Mijn telefoon ging.

De man hoorde het ook en stak zijn hand in mijn zak. Hij keek even naar het scherm, legde de telefoon daarna achteloos op de vloer en schopte hem rondtollend de donkere voorkamer in.

Hij hield het mes omhoog. 'Zie je dit?' vroeg hij.

'Ja.'

'Dit ding betekent dat jij en ik een praatje met elkaar gaan maken.'

'Waarover?'

'Hou even je mond. Dat praatje zal net zo lang duren als nodig is. Als je me niet de antwoorden geeft die ik wil horen, zal ik je heel erg pijn doen, tot je ze wel geeft. Begrepen?'

'Ja.'

'Ik wéét namelijk dat jij die antwoorden hebt. Ik weet dat jij weet wat er met Charlie Crabtree is gebeurd en waar hij na zijn verdwijning is gebleven.'

Ik knipperde even met mijn ogen. Ik wist niet goed wat ik had gedacht dat dit was – een roofoverval misschien? Maar ineens moest ik aan Billy Roberts denken, en ik wist nog hoe geschokt Amanda had gekeken toen ze terugkwam van de plaats delict.

Dat praatje zal net zo lang duren als nodig is.

De man zette zijn knie op mijn zij, boog zich voorover en drukte me tegen de vloer, waarna hij de punt van het mes over mijn schouder liet gaan.

'Ik heb geen flauw idee wat er met Charlie is gebeurd,' zei ik.

'O nee? Waarom wilde je het bewijsmateriaal dan verbranden?'

Ik deed mijn best om na te denken. 'Ik wilde gewoon dat het voorbij was, meer niet. Eigenlijk is dat het enige wat ik ooit heb gewild.'

Dat leek hem kwaad te maken. De druk van zijn knie op mijn zij werd groter, en hij drukte het mes tegen mijn wang. Ik voelde de punt door de huid dringen, op één vingertopje afstand van mijn oog.

'Jij weet wat er met hem is gebeurd,' zei hij.

Ik kon hem de waarheid wel vertellen, maar dat wilde ik niet, en uit zijn gezichtsuitdrukking maakte ik op dat hij me hoe dan ook pijn zou gaan doen. Ondanks de situatie werd ik kwaad, omdat Charlie ook na al die jaren nog in staat was om me te grazen te nemen, maar ik voelde ook een vastberadenheid om dat eens en voor altijd een halt toe te roepen.

'Vertel me waar Charlie is.'

De punt van het mes ging plotseling dieper en ik kromp ineen toen de man zijn hand draaide en met het lemmet in mijn jukbeen prikte. De pijn was niet heel erg – nog niet –, maar met mijn rechteroog zag ik alleen dat glinsterende metaal, en het wachten op de pijn die zou komen was erger.

Je moet hem een verhaal vertellen.

'Hague,' zei ik. De naam kwam uit het niets, en verscheen even plotseling en gewelddadig in mijn hoofd als het busje dat Hague van het leven had beroofd.

Het begin van het verhaal was er. Nu moest ik alleen de rest nog zien te verzinnen.

Voorlopig hield het mes op met draaien, terwijl de man nadacht over mijn antwoord. Het duurde even voordat hij de naam kon plaatsen, maar ik zag aan zijn gezicht dat hij die eerder had gehoord. Hij moest op dezelfde forums hebben gezeten als ik.

Even later werd het mes bij mijn gezicht weggehaald. 'Dat is de jongen die bij het ongeluk om het leven is gekomen,' zei hij.

'Nee,' zei ik. 'Hem bedoel ik niet. Ik heb het over zijn oudere broer. Die heet Rob Hague.' Ik had geen idee of dat waar was.

'Wat is er met hem?'

'Hij zat in de gevangenis, maar hij kwam dat jaar vrij. Er deden geruchten de ronde over wat Charlie die dag op het rugbyveld had gezegd. Sommige mensen geloofden echt dat Charlie het ongeluk had veroorzaakt, en dat gold ook voor Rob Hague. Hij gaf Charlie de schuld van de dood van zijn broer.'

Dat zoog ik natuurlijk allemaal uit mijn duim, maar nu ik eraan was begonnen, merkte ik dat ik het verhaal zich in gedachten zag ontvouwen, zoals me ook heel af en toe was gebeurd toen ik als tiener mijn verhalen had zitten uitstippelen. Rob Hague en zijn vrienden die rondreden in hun auto, op zoek naar een kans om Charlie te grazen te nemen. Ze waren hem tegengekomen toen hij in zijn eentje door Gritten Wood liep nadat hij wakker was geworden en Billy Roberts alleen tussen de bomen had laten liggen. Ze hadden hem de auto in gesleurd. Een pak slaag gegeven dat uit de hand was gelopen.

'Ze waren met z'n drieën,' zei ik. 'Ik weet niet meer hoe de anderen heetten. Nadat Charlie was gestorven, raakten ze in paniek. Ze hebben zijn lichaam in een tapijt gerold en dat in de kofferbak van de auto gelegd. Later hebben ze zich in het bos van het lijk ontdaan en hebben ze de auto in brand gestoken.'

'Wáár in het bos?'

'Er is daar een oude mijnschacht.'

'Ze hebben alle schachten doorzocht.'

'Ja, ervóór. Waar kun je beter een lijk verbergen dan op een plek waar al is gezocht?'

Ik hield mijn adem in terwijl de man daarover nadacht. Ik moest zorgen dat hij het verhaal geloofwaardig genoeg vond, zodat ik wat tijd kon winnen. Ik had geen idee wat ik met die tijd moest doen, maar ik wilde niet dat hij me weer pijn zou gaan doen. Wat er ook gebeurde, het moest gaan zoals ik wilde.

Ten slotte haalde hij het mes helemaal weg. 'Hoe weet jij dat allemaal?'

'Hague heeft het me laten zien.'

'Waarom heeft hij dat gedaan?'

Een goede vraag. 'Dat was een paar maanden later,' zei ik. 'Hij wist dat ik Charlie haatte, en hij dacht dat ik misschien wilde weten dat er recht was geschied. Misschien dacht hij dat ik het niet verder zou vertellen. En daar had hij gelijk in.'

De man keek me aan. Hij geloofde het nog niet helemaal, maar het scheelde niet veel.

'Hague heeft me iets gegeven,' zei ik. Ik knikte naar Charlies dromendagboek, dat ik na de eerste klap bij de deur had laten vallen. De man staarde er een tijdje naar, raapte het toen op en bladerde erdoorheen. Wie hij ook was, hij was duidelijk genoeg over de zaak te weten gekomen om te begrijpen wat hij zag.

'En ik ben er blij om,' zei ik. 'Ik ben godverdomme blij dat hij het me heeft verteld.' De rest van mijn verhaal mocht dan verzonnen zijn, het venijn in mijn stem was totaal niet geveinsd. Als mijn verhaal waar was – als Hagues broer echt bij me op de stoep had gestaan –, dan zou ik meteen met hem naar het bos zijn gegaan. En toen de man me aankeek, zag hij dat ik de waarheid sprak.

Een paar tellen later gooide hij het dromendagboek de voorkamer in. 'Jij gaat me ernaartoe brengen,' zei hij.

40

Ik stond buiten voor de achterdeur, aan de rand van de tuin, en de hoge, ronde graspollen voor me leken net een bevroren donkerblauwe zee. De pikzwarte bomen achter in de tuin hadden net zo goed het einde van de wereld kunnen zijn. Achter me deed de man een zaklamp aan. De lichtbundel veranderde het kreupelhout voor ons in een kleurloos tapijt van structuren en schaduw.

'Gaan we via deze kant het bos in?' vroeg hij.

'Dat verkleint de kans dat we worden gezien.'

'Hoe ver is het?'

Daar dacht ik even over na. 'Het is een eindje lopen. Zo'n anderhalve kilometer.'

'Ik hoop voor jou dat je niet tegen me liegt.' Hij drukte het mes tegen mijn onderrug. 'Je weet wat er gebeurt als je dat wel doet.'

'Ik lieg niet.' Ik ademde de avondlucht in. Die was nu koel. Het was vreemd dat ik me zo kalm voelde, vooral omdat ik geen flauw idee had hoe de komende minuten zouden verlopen. Waarschijnlijk zou deze man me gewoon vermoorden, dus het enige wat ik hiermee bereikte was dat ik de tijd die me nog restte rekte. Maar de wereld leek in een soort onbalans te verkeren en de stilte had iets onwerkelijks. Het leek alsof de man en ik uit de tijd waren gestapt en ons nu op een plek bevonden waar verleden en heden zich vrijelijker met elkaar vermengden dan anders. Een plek waar alles mogelijk was.

Ik stak mijn geboeide handen omhoog, kneep mijn neus dicht en probeerde adem te halen.

'Wat doe je?' vroeg hij.

Ik liet mijn handen zakken. 'Niks. Kom nou maar mee.' Vervolgens liep ik de tuin door, me er nauwelijks van bewust dat hij me volgde, behalve dan dat de op en neer deinende lichtbundel me rustig en systematisch bijhield. Bij de rand van de tuin trok ik het oude kippengaas weg van de palen en trapte het plat. De man scheen met de zaklamp het bos in, waardoor er een pad zichtbaar werd dat aan de zijkanten en de bovenkant zo overwoekerd was dat het meer weg had van een tunnel.

Ik draaide me naar hem om. Door de felle bundel van de zaklamp was het onmogelijk om de man te zien, maar ik had de indruk dat hij zich even onbehaaglijk voelde als ik – of zoals ik me had moeten voelen. Ik draaide me weer terug, stapte over de resten van het hek heen en baande me een weg door de takken en het gebladerte, die nu al schrammen op mijn armen veroorzaakten.

Ik ging voor de allerlaatste keer de Schaduwen in.

Het was heel simpel om een van het handjevol ruwe paden te vinden die door het bos slingerden. Zodra ik er een had gevonden, voerde ik de man er een tijdje overheen.

Hij bleef een eindje achter me lopen, maar scheen met de zaklamp voor ons uit, waardoor het bos een vreemde, onwereldse uitstraling kreeg. De bomen vlak langs het pad werden fel verlicht, waardoor elk detail van hun ruwe schors te zien was. Een stukje voor me zag ik een tapijt van warrig gras en gebroken twijgjes, maar het licht drong slechts tot een bepaald punt de duisternis in. Wat zich een paar meter voor me bevond was als een zwarte pupil of een gat waar ik ons allebei naartoe leidde.

Al lopend verloor ik mijn richtingsgevoel. Niet dat het iets uitmaakte. Na een paar minuten zag ik een gunstige opening tussen de bomen aan de linkerkant – geen pad, maar wel min of meer begaanbaar terrein – en daar dirigeerde ik ons van het pad af. 'We moeten deze kant op.'

'Weet je het zeker?'

Op heuphoogte bij de dichtstbijzijnde boomstam bevond zich een stel dunne takken die omlaaghingen vanaf een grotere tak, als skeletachtige vingers die boven een piano zweefden. Ik wees ernaar alsof het een oriëntatiepunt was dat ik herkende.

'Ja, heel zeker.' Ik stapte zelfverzekerd door de opening en hoopte dat het pad niet dood zou lopen. Maar het lot was me gunstig gezind. Een eindje verderop was nog een opening tussen de bomen, ditmaal aan de rechterkant. Daar liep ik doorheen, zodat we dieper het bos in gingen.

Er brak een tak af tegen mijn bovenarm. Met mijn geboeide handen probeerde ik onder het lopen de andere takken onhandig opzij te buigen. Hoe dieper we het bos in gingen, hoe slechter de zaklamp leek te werken. De bomen wierpen hun schaduwen over elkaar heen, zodat alles versplinterd leek te zijn. Het enige wat ik in de stilte hoorde, waren de knappende takjes onder onze voeten terwijl we ons steeds verder van de rest van de wereld verwijderden.

Het is een eindje lopen, had ik tegen hem gezegd. *Zo'n anderhalve kilometer.*

Natuurlijk had ik geen echte bestemming in gedachten. Geen vastomlijnd idee waar ik deze man mee naartoe nam of van wat er zou gebeuren als we daar aankwamen.

Ineens stonden we voor een afgrond. Ik wankelde en viel bijna. Een stap voor ons was een enorm stuk aarde weggehakt en uitgedolven.

Rustig blijven.

We konden niet rechtdoor, dus ging ik naar links, waarbij ik mijn voet voorzichtig over een warrig stuk struikgewas heen tilde. 'Hier moet je even voorzichtig zijn,' zei ik. Ik moest gewoon blijven hopen. Ik wist nog goed hoe dit bos was – hoe vaak je hier het gevoel had dat jij niet zozeer door het bos liep als wel dat het bos zich om je heen verplaatste – en ik smeekte het bos in stilte om zich nu op een manier te verplaatsen die mij zou helpen.

Opnieuw stond het geluk aan mijn kant. Een eindje verderop sloot de grond zich weer en kon ik ons weer naar rechts leiden. Voor mijn gevoel lag het dorp nu een heel eind achter ons.

'Hoe ver nog?' vroeg de man.

'Nog wel een eindje.' Maar aan de daaropvolgende stilte merkte ik dat zijn geduld begon op te raken. Ik moest hem zien af te leiden terwijl ik ons dieper het bos in voerde. 'Waarom doe je dit?' vroeg ik.

Geen antwoord.

'Wie ben je? Een soldaat, neem ik aan.'

Opnieuw zei hij niets. Maar ditmaal had ik de indruk dat hij in elk geval over de vraag nadacht.

'Ik ben ooit militair geweest,' zei hij ten slotte. 'Heel lang. En ik heb een paar ontzettend slechte dingen gedaan toen ik dat was. Dingen waar ik me voor schaam. Daarna ben ik vader geworden en voelde alles weer goed.'

Zijn stem klonk volkomen nietszeggend, volkomen leeg, en ik dacht het nu te begrijpen. Hij was een vader – waarschijnlijk van het slachtoffer in Featherbank over wie Amanda me had verteld. Charlie was nooit gevonden, en daardoor was zijn kind dood, en dat had hem gebroken. Daarom was hij nu hier en deed hij dit. Hij probeerde de zaak recht te zetten.

'Wat rot voor je.'

'Hou je mond.'

'Ik was nog maar een jongen. Ik heb geprobeerd er het beste van te maken. Ik had geen idee dat het ertoe zou leiden dat andere kinderen Charlies daden zouden kopiëren. Ik dacht echt dat alles in vergetelheid zou raken.'

En toen was de tijd op.

Ik stapte tussen de bomen door en ineens liep het dood. Hier zat nog een enorme afgrond in het terrein, en de rand ervan werd omlijst door boomwortels die eruitzagen als zwarte aderen die uit de verbrokkelende aarde omhoogkronkelden. Het was onmogelijk om rechtdoor te lopen. Links van me was het terrein overwoekerd en ondoordringbaar. Rechts was een kleine strook aarde die eindigde in een dichte muur van bomen, en het gras en de braamstruiken daartussenin waren zo ondoordringbaar als prikkeldraad.

Verder konden we niet.

'Daar,' zei ik.

De man kwam naast me staan. Mijn hart ging als een bezetene tekeer terwijl ik naar een plek wees aan de rechterkant van het ravijn voor ons. Hij richtte de zaklamp erop en bewoog de lichtbundel heen en weer, op zoek naar een oude mijnschacht die er niet was.

'Waar?'

Vroeger was je besluitvaardiger.

Razendsnel stak ik mijn handen uit en sloeg de zaklamp omhoog in zijn gezicht. Daarna duwde ik hem met mijn schouder zo hard mogelijk bij me vandaan, even hard als de keer dat ik een jongen opzij had geduwd op het rugbyveld. Hij viel languit neer – niet over de rand, zoals mijn bedoeling was geweest, maar ver genoeg bij me vandaan om me vliegensvlug om te draaien in de richting waar we vandaan waren gekomen.

Daarna rende ik voor mijn leven, de duisternis in.

41

Wilt u nou zeggen dat mijn zoon is vermoord vanwege een spook?

Dat was de vraag die Dean Price haar had gesteld. Maar terwijl Amanda over de snelweg naar Gritten Wood racete, moest ze denken aan wat Mary Price die dag tegen haar had gezegd.

Dean heeft vroeger in het leger gezeten. Pas sinds Dean het leger heeft verlaten hebben die twee een band met elkaar gekregen. En Dean is altijd praktisch ingesteld geweest. Hij is iemand die problemen oplost.

Toen had Amanda gezegd dat niemand dit kon oplossen, maar nu vroeg ze zich af of dat echt zo was. Michael Price was vermoord omdat Charlie Crabtree nooit was gevonden. Het mysterie van zijn verdwijning had overal een schaduw over geworpen en ontzettend veel leed veroorzaakt. En dat was toch zeker een probleem dat wél kon worden opgelost?

Als je er de training en de wilskracht voor had. Als je verder niets meer had om voor te leven.

Op het politiebureau had Mary haar verteld dat Dean drie dagen geleden hun huis had verlaten en dat ze daarna niets meer van hem had gehoord. Zijn telefoon stond uit. De man was van de aardbodem verdwenen.

Alles is in orde, hield Amanda zichzelf voor.

Ze had al navraag gedaan en Paul was niet op zijn hotelkamer. Maar dat betekende waarschijnlijk gewoon dat hij in het huis van zijn moeder zat. En hoewel hij zijn telefoon niet opnam, was de meest voor de hand liggende verklaring – dat kon toch niet anders? – dat hij na de gebeurtenissen van vandaag niet met haar wilde praten.

Dus er was niets om zich zorgen over te maken.

Maar dat zei de stem van de rede, en inmiddels hoorde ze andere, luidere stemmen. Het donkere landschap waar ze doorheen reed deed haar denken aan de nachtmerrie die ze vaak had en geleidelijk aan bekropen haar dezelfde paniek en urgentie die de nachtmerrie ook altijd veroorzaakte. Iemand zat in de problemen en zij zou er niet op tijd bij zijn.

Haar telefoon zat in de houder op het dashboard. Ze belde Dwyer.

'Waar ben jij in godsnaam gebleven?' vroeg hij.

'Ik ben onderweg naar Gritten Wood.' Ze vertelde hem wat Mary Price haar net had verteld.

'Jezus christus,' zei hij. 'En het is niet bij je opgekomen om even op mij te wachten?'

'Geen tijd. Ik weet zeker dat alles in orde is, maar ik wilde er toch zo snel mogelijk naartoe. Blijf aan de lijn, dan zal ik het je laten weten als ik je nodig heb.'

'Ik stuur er toch iemand naartoe.'

Daar dacht ze over na. 'Prima.'

De auto voor haar reed te langzaam. Amanda verliet haar rijstrook, haalde de auto in en stoof vooruit, waarbij ze het woedende getoeter achter zich negeerde. Maar toen was de afslag naar Gritten Wood er ineens aan haar linkerkant. Ze draaide van de snelweg af, en nam nauwelijks snelheid terug toen de weg smaller werd. De auto schokte en hotste toen de banden over het ruwe wegdek stuiterden. Voor haar doemde het dorp op, net zo donker en ogenschijnlijk verlaten als eerst.

Met daarachter de zwarte massa bomen.

Haar hart ging sneller kloppen. Even later arriveerde ze bij het huis. De auto van Paul Adams stond ervoor. Ze zette haar auto achter de zijne, trok aan de handrem en griste haar mobieltje uit de houder. 'Ik ben er,' zei ze.

'Is er iets te zien?'

'Zijn auto staat er.' Ze stapte uit en keek naar het huis. 'Het licht in de gang is aan.'

'Blijf gewoon aan de lijn.'

'Doe ik.'

'En doe geen domme dingen.'

Amanda herinnerde zich hoe afschuwelijk Billy Roberts was toegetakeld, en de paniek die ze later had gevoeld omdat ze zo dicht in de buurt van een monster was gekomen. 'Ben ik niet van plan. Maak je geen zorgen.'

Met de telefoon tegen haar oor gedrukt liep ze over het tuinpad naar de voordeur. Ze klopte aan, maar duwde zonder op een reactie te wachten de deurkruk omlaag en merkte dat de deur niet op slot zat. Binnen was de felverlichte gang leeg. 'Paul?' riep ze.

Er kwam geen antwoord.

'Wat is er aan de hand?' vroeg Dwyer.

'Momentje.' Amanda keek de gang door naar de keuken, die aan het einde lag. Daar brandde geen licht, maar ze voelde wel een luchtstroom uit die richting komen. Ze liep de keuken in. De achterdeur stond open, zodat de zwarte, overwoekerde zee van de tuin zichtbaar was. 'De achterdeur staat open.' Ze liep naar buiten. Het was bijna onmogelijk om details te onderscheiden, maar ze zag wel de bomen aan de achterkant van de tuin. Daar heerste totale duisternis.

'Agenten zijn onderweg,' zei Dwyer tegen haar.

Geweldig nieuws, dacht Amanda. Want ze besefte dat ze nu hulp nodig had, dat ze dit niet in haar eentje kon. Ze was absoluut niet van plan om alleen het bos in te gaan. Maar tegelijkertijd begon er in haar achterhoofd een andere gedachte te knagen, en hoewel ze er onmogelijk zeker van kon zijn, was ze dat vreemd genoeg wel: de versterking zou niet op tijd arriveren.

Een paar seconden lang bleef ze als versteend op het stoepje achter het huis staan, niet in staat om over het gras naar de onverzoenlijke duisternis aan het einde van de tuin te lopen. Ze huiverde. Hoewel ze haar lichaam in gedachten probeerde te dwingen zich in beweging te zetten, weigerde het te reageren.

Toen ineens: *Rustig aan*, hield ze zichzelf voor.

De stem voelde als een klap in haar gezicht. Heel even dacht ze dat het de stem van haar vader was, maar dat was niet zo. Het was gewoon haar eigen stem.

Iemand heeft je nodig.

Ja, drong het tot haar door. Daar kwam het op neer. Ze was niet meer het kleine meisje dat bang was in het donker en midden in de nacht in bed op redding lag te wachten. Zij was juist degene die eropaf ging wanneer iemand anders belde.

'Ben je er nog?' vroeg Dwyer.

'Ja, ik ben er nog,' zei Amanda. Daarna liet ze haar telefoon zakken en liep ze snel de tuin door naar het bos.

42

Buiten adem hurkte ik tussen twee bomen en probeerde de paniek te onderdrukken die vat op me kreeg. Om me heen bevond zich dicht, warrig struikgewas. Ik kon nauwelijks iets zien.

En ik was verdwaald.

Toen ik bij de man wegrende, had ik zeker geweten dat ik de kant op ging waar we vandaan waren gekomen. Maar ik moest ergens verkeerd zijn gegaan, want ik had geen flauw idee waar ik nu was. In dit bos kon je overdag al makkelijk de weg kwijtraken, laat staan in de bijna totale duisternis waarin ik me nu bevond. Ik wist niet eens zeker of ik wel in de richting van het dorp ging of dat ik juist dieper in het bos verzeild raakte.

Ik hield me stil en spitste mijn oren.

Rechts van me kraakten takken. Niet al te dichtbij, maar ook niet ver genoeg bij me vandaan. Ik keek even die kant op en zag een zacht flikkerend licht tussen de bomen. Hij was daarginds en speurde het bos af, op zoek naar mij. Hij leek me typisch een man die systematisch zou zoeken. Als ik hier bleef zitten, zou hij me vinden.

Maar als ik me zou verplaatsen, waar moest ik dan naartoe?

Een braamstruik prikte in mijn arm. Ik verschoof een heel

klein stukje en probeerde na te denken. *Ga naar links – probeer in elk geval bij dat licht vandaan te komen.*

Ik wilde net opstaan toen ik een stem hoorde...

'Het heeft geen zin om je te verstoppen.'

Met een ruk draaide ik mijn hoofd om. De woorden kwamen van een plek ergens links van me. Nu zag ik het licht tussen de bomen aan die kant flitsen, dichterbij dan eerst. Maar hij kon die afstand nooit in zo'n korte tijd hebben afgelegd.

Had ik een draai gemaakt of had de wereld zich vervormd?

'Ik heb vroeger de kost verdiend door op deze manier op mensen te jagen.'

Ik draaide me weg van de stem en het licht en baande me heel langzaam een weg tussen de bomen door, waarbij ik mijn handen langs de ruwe boomstammen liet gaan. Terwijl ik me traag en zo zachtjes mogelijk voortbewoog, bad ik dat ik niet in het nauw gedreven zou worden.

Een tijdlang was alleen het geritsel van bladeren tegen mijn armen en het zachte geknap van verward gras dat ik met mijn enkels kapottrok te horen.

Plotseling week de wereld voor me uiteen. Het ene moment drukte de rug van mijn hand nog tegen een tak, en het volgende moment leek de boom zich bij me vandaan te draaien. En op de een of andere manier bevond de felle lichtbundel zich nu recht voor me en scheen tussen de zwarte boomstammen door.

'Daar ben je.'

De zaklamp ging uit en het was helemaal donker in het bos.

Opeens hoorde ik een afschuwelijk, nijdig knappend geluid toen de man recht op me af kwam. Ik draaide me om en rende opzij, waarbij ik me blindelings een weg baande door het bos. Ik botste hard tegen boomstammen op, stuiterde terug en holde lukraak verder. Toch had ik, welke kant ik ook op rende, steeds het gevoel dat ik juist naar hem toe ging, dat het bos ons tweeën steeds dichter naar elkaar toe bracht. Het geluid leek van alle kanten te komen.

Waar ik ook keek, ik zag uitsluitend niet van elkaar te onderscheiden grijze vormen en elke keer dat ik me omdraaide, was het vage pad dat voor me lag precies hetzelfde als het vorige. En ik hoorde aan alle kanten het knappen en kraken van de man die jacht op me maakte.

In mijn eentje kon ik de weg naar buiten niet meer vinden. Wat ik nodig had, was...

'Paul!'

Toen ik de stem hoorde bleef ik stokstijf staan. Die kwam van achter me en klonk zo ver bij me weg dat ik me afvroeg of ik het me had verbeeld. Maar tegelijkertijd was die stem op zijn eigen manier even zwaar als een anker. Het was een vrouwenstem. Heel even dacht ik dat het Jenny was, maar dat kon natuurlijk niet.

'Paul, ben je daar ergens?'

Nadat ik even had geaarzeld, liep ik terug in de richting van waaruit ik was gekomen. Maar de man had de stem van de vrouw ook gehoord. Ik voelde hem een stukje verderop tussen de bomen rechts van me. Aan die kant hoorde ik een zware, raspende ademhaling.

En toen ik verder liep, voelde ik hem dichterbij komen.

'Paul?'

Eerst sloop ik door en volgde ik de stem alsof die een draad was waarmee ik uit de doolhof kon komen. Aan één kant van me knapten twijgjes terwijl de man me volgde, maar in elk geval kwam het geluid nu niet meer van verschillende kanten. De bomen voor me dunden uit en opeens stond ik op een pad. Ik ging sneller lopen, nog altijd in de veronderstelling dat de man elk moment tevoorschijn kon komen.

En toen hoorde ik, ergens vlak achter me, een ander geluid. Opnieuw de stem van de man – ditmaal geen woorden, maar een oerkreet van frustratie en pijn.

Ik zette het op een lopen.

'Paul!'

Het geschreeuw achter me vervaagde. Om de een of andere reden volgde hij me niet meer. De vrouwenstem, van wie die dan ook was, werd luider en leidde me het bos uit. Ik ging steeds harder lopen, zo snel als ik kon. Ik rende terug naar Gritten, naar háár, naar het zelfs nog verder weg klinkende geluid van naderende sirenes. Ik rende de Schaduwen uit.

43

Later

’s Ochtends vroeg.

Het was een heldere, frisse dag toen Amanda haar huis verliet voor de rit van een halfuur naar Rosewood Gardens. De hemel was onbewolkt en het was niet druk op de weg. Ze deed de radio niet aan en ze reed langzaam, genietend van de stilte. Zoals gewoonlijk was ze op dit uur de enige bezoeker op de begraafplaats. Bij aankomst parkeerde ze haar auto op het grind en daarna nam ze zoals altijd het pad dat tussen de grafstenen door liep.

Misschien verbeeldde ze het zich, maar er hing hier vandaag een andere sfeer. Ze liep langs de vertrouwde graven: de graven waar bloemen op lagen, het graf met de oude cognacfles, het graf met de speelgoedbeesten die tegen de grafsteen waren gezet. Op het eerste gezicht zagen ze er hetzelfde uit als anders, maar het was net alsof zij alle voorwerpen deze ochtend met nieuwe ogen zag. De fles stond er al een hele tijd en degene die hem had achtergelaten, wie het ook was – waarschijnlijk een oud drinkmaatje –, was er sindsdien niet meer geweest. De kleurige bloemen leken nu minder een uiting van verdriet, maar eerder een uiting van dankbaarheid en liefde.

En hoe triest de kinderspeeltjes dan ook waren, hun aanwezigheid was in elk geval een soort van erkenning. Het was toch beter dat ze hier stonden dan dat ze stof verzamelden in een kleine, onaangeroerde slaapkamer die als een soort museum werd onderhouden.

Al die dingen vertelden haar een fundamentele waarheid. Vroeger had ze haar bezoek aan deze begraafplaats beschouwd als een bezoek aan haar vader, maar nu drong het tot haar door dat dat nooit het geval was geweest. Haar vader was dood. Begraafplaatsen mochten de doden herbergen onder de grond, maar wat zich boven die grond bevond was nog altijd voor de levenden. Het waren de plekken waar mensen kwamen om de breuk tussen hoe hun leven ooit was geweest en hoe het tegenwoordig was te verwerken. Alle keren dat ze hier was gekomen had ze eigenlijk alleen een bezoek gebracht aan zichzelf en aan haar relatie met het verleden.

En hoe ze dat deed was aan haar.

Ze kwam aan bij het graf van haar vader. Die degelijke, betrouwbare rechthoek van graniet met zijn zorgvuldige gebrek aan emotie.

'Hallo, pap,' zei ze. 'Ik weet dat je hebt gezegd dat je niet wilde dat ik tegen je zou praten of dat soort onzin, maar ik ben bang dat je pech hebt. Ik mis je namelijk.'

Er kwam natuurlijk geen reactie van de steen, en om haar heen bleef alles stil. Maar de opluchting die ze voelde was zo overweldigend dat ze zowaar begon te lachen. Dat lachen veranderde halverwege in huilen, en ze legde haar hand op haar neus.

'Verdomme nog aan toe. Maar het is echt waar, hoor. Ik mis je. En het spijt me dat ik niet zo ben geworden als jij, maar ik ben bang dat je in dat opzicht ook pech hebt, want volgens mij zou je nu toch trots op me zijn.'

Ze liet een stilte vallen. 'Ja, dat denk ik echt.'

Voorlopig was dit voldoende. Ze bleef een tijdje staan huilen. In overeenstemming met een andere instructie van haar vader had ze zichzelf dat ook nog nooit toegestaan. Maar zoals met alle andere dingen ging ze ervan uit dat hij dat wel zou begrijpen. Misschien zou hij zelfs goedkeurend naar haar hebben geknikt. Hij had zijn dochter toch grootgebracht om een sterke vrouw te worden, of niet soms? Een vrouw die op eigen benen stond en haar eigen keuzes maakte in plaats van bevelen op te volgen. Als zij wilde huilen, dan zou ze dat verdomme doen.

Haar keus.

Zo hoefde het antwoord op de vraag wat voor politieagent zij uiteindelijk was geworden ook niet af te hangen van wat voor agent haar vader was geweest. Zij was gewoon de agent die ze was. En als dat betekende dat ze soms te sterk betrokken was bij een zaak, te vaak door haar werk werd achtervolgd, de dingen niet goed genoeg in een doosje kon stoppen en haar werk niet van haar privéleven kon scheiden – dan was dat maar zo.

Maar ze had het gevoel dat zelfs dat was veranderd, in elk geval een beetje. De gebeurtenissen in Gritten waren nu bijna een week geleden, en ze had de nachtmerrie maar één keer gehad, twee dagen nadat ze Paul had geholpen te ontsnappen uit het bos. De droom was op het eerste gezicht hetzelfde als altijd geweest, maar toch had ook hij anders aangevoeld. Ze had in het donker gestaan, in de wetenschap dat er iemand in de buurt was verdwaald, maar ditmaal had ze de droom herkend voor wat die was, en dat besef had haar gekalmeerd.

Blijkbaar kon je in een lucide droom doen wat je wilde. Maar in plaats van iets ingewikkelds te creëren was Amanda gewoon in het donker gaan wandelen. Dat had ze nog nooit eerder gedaan. En hoewel ze geen flauw idee had of ze de goede kant op liep, was ze in elk geval in beweging gekomen. Daarna was de nachtmerrie niet meer teruggekomen.

Ze keek omlaag naar het graf van haar vader. 'Ik zal dit maar één keer doen,' zei ze. 'Dat beloof ik je.'

Ze zette het boeket dat ze had meegebracht schuin tegen de grafsteen en vervolgens draaide ze zich om en ging naar haar werk.

Maar niet naar Featherbank.

In plaats daarvan reed ze rond het middaguur door het idyllische platteland rondom Gritten en bereikte ze even later het grijze, vervallen hart van het centrum. Ze passeerde het hotel waar ze vorige week had gelogeerd en zette haar auto daarna op het parkeerterrein van de pub waar Paul haar tijdens hun eerste ontmoeting mee naartoe had genomen. Binnen trof ze hem aan op dezelfde stoel als toen. Toch zag hij er nu anders uit. Zijn haar was keurig geknipt en hij droeg een net zwart pak. Voor hem op tafel stond een halfleeggedronken biertje. Ze bestelde een glas wijn en ging bij hem zitten terwijl ze heel overdreven op haar horloge keek.

'Is het niet een beetje vroeg om nu al te gaan drinken?' vroeg ze.

'Nee hoor. Ik hou niet zo van spreken in het openbaar.'

'Allemachtig, je bent nota bene universitair docent.'

'Dat weet ik. In elk geval voorlopig nog.' Hij gebaarde naar zijn biertje. 'En jij hebt me niet eens een drankje aangeboden.'

Ze glimlachte. Ze hadden elkaar pas een paar keer ontmoet, dus het was vreemd dat ze zich zo ontspannen voelde in zijn gezelschap. Misschien hadden ze door de gebeurtenissen gewoon een band met elkaar gekregen, maar ze mocht hem wel.

Of in elk geval vond ze hem aardig genoeg om hem niet onder druk te willen zetten over wat er echt allemaal in Gritten was gebeurd.

In zekere zin was de hele zaak eenvoudig genoeg – rommelig op zijn eigen manier, maar desondanks betrekkelijk eenvoudig. De technische recherche had Dean Price in verband weten te brengen met de moorden op William Roberts en Eileen en James Dawson. Het leek erop dat Price, diepbedroefd door de moord op zijn zoon, het plan had opgevat om de waarheid over de verdwijning van Charlie Crabtree boven water te krijgen. Om het probleem op zijn eigen manier op te lossen. Amanda was inmiddels wat meer te weten gekomen over Price' tijd in het leger: de dingen die hij had gedaan, zijn oneervolle ontslag, zijn worsteling om zin aan zijn leven in de burgermaatschappij te geven. Iets wat hem mede door zijn zoon, Michael, was gelukt. Toen hij de jongen was kwijtgeraakt, was er iets in hem geknapt.

Price' lichaam was diep in het bos gevonden, op de ochtend nadat hij Paul had ontvoerd. Terwijl hij Paul achterna had gezeten tussen de bomen, had hij zijn enkel verzwikt. Het leek erop dat hij daarna had geprobeerd om nog verder het bos in te komen, maar uiteindelijk de hoop op ontsnapping had opgegeven. Amanda had foto's gezien van de plek die de volgende ochtend na zonsopkomst door agenten was ontdekt. Een man als Price zou zich nooit gevangen laten nemen. Ze hadden hem zittend op de grond aangetroffen met zijn rug tegen een boomstam, zijn polsen doorgesneden en het kreupelhout om hem heen doordrenkt met bloed.

Zaak gesloten.

Behalve dan dat er nog heel wat onbeantwoorde vragen waren. Ze wist nog steeds niet waarom Carl Dawson was teruggekeerd naar Gritten, of waar Paul en hij die dag in de speeltuin over hadden gepraat. En de methoden van Dean Price pasten beslist niet bij de vegen die op de voordeur van Pauls moeder waren gemaakt of bij de pop die daar door de brievenbus was gedaan. En hoewel het cc666-account was herleid tot de computer van James Dawson, snapte ze niet waarom hij zulke berichten naar het forum had gestuurd of hoe hij aan een foto van Charlie Crabtrees dromendagboek was gekomen.

Al met al was ze er vrij zeker van dat er hier nog iets anders speelde, iets wat haar ontging. Maar noch Carl, noch Paul was bereid om er iets over te zeggen. Ze hadden volhard in stilzwijgen en haar laten zitten met een raadsel waarvan ze de puzzelstukjes niet op hun plek kon leggen.

Maar goed, dacht ze terwijl ze een slok nam van haar wijn, misschien deed dat er niet toe. Tenslotte kende ze de antwoorden op de vragen die ze echt nodig had. En hoewel zij haar vader niet was, had ze het idee dat wat hier ook voor haar verborgen werd gehouden in ieders belang maar beter met rust gelaten kon worden.

'Waarom wilde je me vandaag eigenlijk zien?' vroeg Paul.

'Morele ondersteuning,' zei ze. 'Als je iemands leven hebt gered, ben je voor altijd voor diegene verantwoordelijk. Wist je dat niet?'

Hij keek haar met opgetrokken wenkbrauwen aan.

'Goed,' zei ze. 'Ik geef toe dat ik dat niveau van verantwoordelijkheid waarschijnlijk niet aankan. Maar ik had ook nog een andere reden.' Ze graaide in haar tas en haalde er een dunne dossiermap uit. 'Nog even over dat verhaal dat jij die nacht aan Dean Price hebt verteld,' zei ze. 'Dat de broer van Hague verantwoordelijk was voor de dood van Charlie Crabtree.'

'Dat heb ik verzonnen.'

'Ja, dat had je al gezegd. En ik bedoel er echt niets mee, maar dat verhaal hebben we nagetrokken. Zijn broer heette Liam, en die zat toen nog in de gevangenis.'

'Ik heb gewoon geprobeerd om iets te verzinnen.'

'Ik geloof je.' Amanda legde de map tussen hen in op tafel en schoof die naar Paul toe.

'Wat is dit?' vroeg hij.

'Die heb ik gisteren gekregen. Kijk gerust.'

Hij keek haar even aan en daarna ging zijn blik naar de dossiermap. Toen hij die opensloeg, zag ze de ene foto die erin zat. Voor haar lag die ondersteboven, maar ze had er al zo lang naar gekeken dat ze vanuit elke hoek wist wat erop stond. De rafelige kleren, de verspreide beenderen, half overwoekerd in het kreupelhout, de kale schedel die wat opzij was gerold.

De foto was genomen op dezelfde ochtend dat het lichaam van Dean Price was gevonden, in de buurt van de plek waar hij had gelegen. De officiële identificatie was gisteren in de namiddag bevestigd, en Dwyer had haar de foto gestuurd bij wijze van gunst. En daarom had Amanda op haar beurt een tekstberichtje aan Paul gestuurd met de vraag of ze vandaag ergens konden afspreken.

Paul keek nog steeds naar de foto. 'Is dit...?'

'Charlie Crabtree,' zei ze. 'Ja.'

Hij bleef ernaar kijken, en ze vroeg zich af wat hij dacht. Hoe zou het voor hem zijn om deze foto na al die tijd te zien? Om te weten dat de nachtmerrie die een kwarteeuw had geduurd eindelijk voorbij was? Ze vond het moeilijk om zich voor te stellen wat er nu in zijn hoofd omging.

'Eigenlijk mag ik je die foto niet laten zien,' zei ze. 'Maar ik dacht dat je het misschien wel wilde weten. Ik vond dat je daar het recht toe hebt.'

Eindelijk keek hij haar aan, en ze zag zoveel emoties op zijn gezicht dat het onmogelijk was de meeste ervan te ontrafelen.

Op één na.

De opluchting die ze zag, deed haar denken aan hoe zij zich vanochtend vroeg op de begraafplaats had gevoeld.

'Dank je wel,' zei hij.

44

Ik werd door mijn moeder naar het station gebracht.

Eigenlijk reed mijn vader ons er in de auto naartoe, maar hij was op dat moment al weinig meer dan een onbelangrijke aanwezigheid in mijn leven, en deze laatste keer dat hij mij moest wegbrengen deed hij dat bijna met tegenzin. Toen we bij het station kwamen, bleef hij in de auto zitten. Zogenaamd om te kijken of er geen parkeerwacht aankwam, maar we wisten allebei dat het in werkelijkheid was omdat we elkaar niets te zeggen hadden en het makkelijker was om bij de auto te vergeten om afscheid te nemen dan op het perron. Mijn moeder ging met me mee naar binnen en bleef daar met me wachten. Vandaar dat zij voor mij altijd degene is die me die dag naar het station heeft gebracht.

Ik had een propvolle rugzak en een zware koffer bij me. De laatste had wieltjes die een ratelend geluid maakten in de stationshal terwijl we tussen de menigte forenzen door liepen. Ik weet nog dat de borden met vertrektijden boven ons hoofd zoemden en klapperden terwijl ze werden aangepast, en dat er om de zoveel tijd galmende, onverstaanbare boodschappen uit de luidsprekers klonken. Overal weerkaatste het geroezemoes van gesprekken tegen de betegelde muren. Tot dan toe had ik nog nooit van mijn leven in een trein gezeten en ik vond de indrukken bijna overweldigend. Ik weet nog dat ik zenuwachtig was. Bang zelfs.

Maar dat zei ik niet.

Mijn moeder en ik bleven zwijgen tot we op het perron waren. De trein zou over een paar minuten aankomen, en we vonden een plekje in de schaduw waar we konden wachten.

'Heb je je kaartje?' vroeg ze.

Ik wilde haar een blik toewerpen waaruit duidelijk zou blijken dat ik al achttien was en dat ik niet op mijn achterhoofd was gevallen. Maar op dat moment moest ik ineens denken aan een andere reis die we met z'n tweeën hadden gemaakt, toen ik zou beginnen op een nieuwe school. Toen had ze me een soortgelijke vraag gesteld. De vraag was toen niet omwille van mij geweest, en ergens begreep ik dat dat nu ook niet zo was. Ze had die vraag gesteld om zichzelf gerust te stellen.

'Ja,' zei ik.

'Ach, natuurlijk heb je je kaartje,' zei ze. 'Sorry.'

Ze klonk alsof ze zich oprecht verontschuldigde, maar ik kon aan haar merken dat zij ook wat afwezig was en vol nerveuze energie zat. Zo gedroegen mensen zich wanneer ze zich zorgen maakten over iets waar ze geen controle over hadden.

Je hoeft je niet te verontschuldigen, dacht ik.

Maar dat zei ik niet.

Ik weet ook nog dat ik inderdaad bang was, maar als ik heel eerlijk ben, was ik ook opgewonden. De laatste drie jaar waren erg moeilijk voor me geweest. Het is natuurlijk belangrijk om dat niet te overdrijven, en de weinige keren dat ik in de tussenliggende jaren aan Gritten heb gedacht – tijdens die korte momenten waarop ik vergat om te vergeten – was dat altijd in deze heel specifieke termen: wat er was gebeurd, nooit wat er met *míj* was gebeurd. Want ook toen wist ik – al weet ik dat nu nog beter – dat andere mensen veel erger hebben geleden dan ik en dat het eigenlijk meer hun tragedie is. En natuurlijk vooral die van Jenny Chambers.

Maar evengoed maakte ik, zoals zovelen van ons, deel uit van dat verhaal, en werd ik gekweld door de rol die ik, hoe onbewust dan ook, heb gespeeld bij de gebeurtenissen. De wetenschap dat ik bepaalde dingen wel en andere niet had gedaan, had sindsdien een schaduw over mijn leven geworpen. Toen ik die dag op het perron stond te wachten, had ik geen flauw idee van wat de toekomst voor me in petto had; ik wist alleen dat ik veel meer achter me liet dan alleen Gritten.

'Voor je het weet is het Kerstmis,' zei mijn moeder.

'Dat weet ik.'

Ik had de laatste paar jaar geld gespaard. Ik had in de boekwinkel gewerkt en allerlei baantjes in de buurt gehad die ik na schooltijd kon doen. Mijn aandacht, al had ik dat zelf toen nauwelijks doorgehad, was hypergefocust geweest. En hoewel het inderdaad 'Kerstmis zou zijn voor ik het wist', wist ik ook dat ik totaal niet van plan was om dan naar huis te komen.

Maar dat zei ik niet.

Toen ik opkeek, zag ik de trein aankomen: twee gammele treinstellen rolden langzaam naar ons toe, blauw van boven, zwart van de bagger aan de onderkant, alsof de trein op weg hiernaartoe door modderige velden was gereden. Verderop op het perron hesen mensen hun tas over hun schouder. Ik liep naar voren en had het gevoel dat ik meteen aan boord moest gaan omdat ik anders mijn kans zou missen en de trein zonder mij zou vertrekken. Maar toen legde mijn moeder haar hand op mijn arm. Toen ik haar aankeek, zag ik aan haar gezicht dat ze al wist wat ik niet hardop had uitgesproken. Dat ze me een hele tijd niet zou zien. En dat ze zich daarmee had verzoend.

'Ik hou van je, Paul,' zei ze rustig. 'Pas je goed op jezelf?'

'Doe ik.'

'Verdorie nog aan toe, geef je moeder eens een knuffel.'

Ik schudde mijn rugzak af. Ik heb geen idee hoelang het op dat moment geleden was dat ik mijn moeder voor het laatst had omhelsd, maar ik weet nog wel dat het me verbaasde hoe klein en breekbaar ze aanvoelde. Toen we elkaar loslieten, legde ze haar handen op mijn bovenarmen en keek ze me keurend aan.

'Wat ben je groot geworden.'

Ik wist niet wat ik daarop moest zeggen, dus zei ik maar niets. Achter me begon de trein te puffen. Mijn moeder gaf een klopje op mijn armen en liet me toen los.

'Beloof me gewoon dat je goed op jezelf zult passen,' zei ze.

'Ik red me wel, mam.'

Ze glimlachte. 'Dat weet ik.'

Ik stapte de trein in en zocht mijn zitplaats, en zij bleef op het perron staan om me uit te zwaaien. Toentertijd wist ik niet wat er door haar hoofd ging, en het mag duidelijk zijn dat ik dat nog steeds niet zeker weet, maar nu heb ik in elk geval een vermoeden.

Ze dacht dat ik schrijver zou worden. Omdat ik een verhaal had geschreven dat ik haar nooit had laten zien, maar dat ze had gevonden en toch had gelezen. En hoewel ze verdrietig was dat ik wegging, denk ik dat ze ook blij was dat ik de wijde wereld in trok, dat ik ontsnapte aan het verleden en verderging in een ander heden zonder ook maar één keer achterom te kijken. Want hoe pijnlijk dat ook is, het is iets wat alle goede ouders uiteindelijk zullen moeten doen. Ik denk gewoon dat er door alle gebeurtenissen een gordijn van zwijgzaamheid tussen ons was neergelaten waardoor bepaalde dingen onmogelijk hardop gezegd konden worden.

Ik mag graag denken dat dat niet zo had hoeven zijn.

Ze zei niet: *Ik ben trots op je.* Niet: *En ik begrijp het.*

Ik reageerde niet met: *Dank je wel. En ik hou van je.*

Ik zweeg even en keek op van mijn aantekeningen.

In de dagen na mijn moeders overlijden was ik er met hulp van Sally in geslaagd om met veel van mijn moeders vrienden en vriendinnen te praten, en ik had ontdekt dat de vage geloofsovertuiging die ze haar hele leven had gehad in haar latere leven tot bloei was gekomen. Dus die beslissing was al voor me genomen: het moest een kerkelijke uitvaart worden. De ruimte die ik nu voor me zag leek zo groot als een grot, en toch waren alle plaatsen bezet. In de propvolle kerk zaten rijen en rijen mensen, schouder aan schouder, alsof iedereen uit de wijde omtrek zich verplicht had gevoeld om hiernaartoe te komen en afscheid te nemen.

Toen ik daarstraks op een van die banken had zitten wachten tot de dienst zou beginnen, had elke keer dat iemand achter me was gaan verzitten of had gekucht het geluid door de kerk gegalmd. De woorden die ik net had uitgesproken deden nu hetzelfde.

Dank je wel. En ik hou van je.

Ik keek even om me heen. Het was donker in de kerk. De menigte voor me werd verlicht door het zwakke zonlicht dat door de gebrandschilderde ramen boven ons naar binnen stroomde. Toch zag ik een paar vertrouwde gezichten tussen alle onbekenden. Sally zat bijna vooraan, samen met een paar van de vrienden die ik na mijn moeders overlijden had ontmoet. Carl was er. Hij zat vooraan, aan het eind van een kerkbank en ondanks alles wat er was gebeurd was hij formeel gekleed. Het verdriet dat hij op dit moment voelde werd even onderdrukt en hij concentreerde zich op de worsteling die hem zo meteen te wachten stond: afscheid nemen van iemand die hij, zoals ik wist, had liefgehad.

Amanda was er ook, bijna achter in de kerk.

Mijn blik gleed van haar terug naar Carl, terwijl ik nadacht over wat ze me een uur eerder had verteld. Charlie was teruggevonden, dus dat deel van het verhaal was voorbij. Ik had geen idee of er over dat onderwerp nog verdere vragen beantwoord moesten worden. Als het zover kwam, zou ik die wel afhandelen. Maar na het vuur dat ik twee dagen geleden eindelijk had aangestoken, wist ik dat er niets meer was wat mijn moeder in verband kon brengen met alles wat er was gebeurd. Ondertussen zag ik op Carls gezicht dezelfde overtuiging die ik op dit moment in mijn hart voelde. Er was geen enkele reden om over die dingen te praten, tenzij het echt niet anders kon. Iedereen had al genoeg verloren.

En ten slotte zag ik Marie.

Ze had een plekje gevonden aan het eind van een van de middelste banken, en ze glimlachte toen ze zag dat ik haar had gezien. Ik was gisteren naar de boekwinkel gegaan met een oud boek: *De nachtmerriemensen*. Dat had een plaatsje gekregen op de boekenplanken tegenover de kassa, maar zonder dat er met potlood een prijs in was geschreven. Ik had tegen Marie gezegd dat iemand die dat boek zag en het graag wilde hebben het gewoon mee mocht nemen, en zij was het met me eens geweest.

Daarna had ik haar, net als vroeger, geholpen met het uitpakken en opbergen van een doos boeken die net was bezorgd, en daarna had ze nog iets anders tegen me gezegd, met enige nadruk.

Weet je... ik geloof niet dat ik nog veel energie overheb, Paul.

Daar moest ik nog steeds aan denken. Toen ik eerder met Amanda had gesproken, had ik gezegd dat ik voorlópig nog universitair docent was, want al had ik het een week geleden nog niet kunnen denken, toch zag iets in me een ander bord boven die winkel hangen. Natuurlijk nog altijd met Johnson & Ross erop – want het was belangrijk om te weten waar je vandaan kwam –, maar het leek niet onmogelijk dat er een nieuw bord zou komen te hangen met nog een andere naam erop. Ten slotte had die winkel voor mij altijd aangevoeld als thuis.

Zeker iets om over na te denken.

Maar nu keek ik weer omlaag.

'Het verhaal dat ik heb geschreven,' zei ik. 'Het verhaal dat mijn moeder had gelezen. Dat was eigenlijk een stom verhaal. Het ging over een man die nog een keer terugging naar het huis waar hij als kind had gewoond. Het verhaal eindigde voordat de man het huis bereikte, omdat ik niet wist hoe ik er een eind aan moest breien. En dat weet ik nog steeds niet. Ik weet alleen wat er is gebeurd toen ík nog één keer terugging.'

Daarna stipte ik kort aan wat ik over mijn moeder te weten was gekomen sinds ik weer in Gritten was. Dat was niet veel, maar in elk geval was het iets. De vrienden over wie ik tot nu toe niets had geweten. Haar liefde voor lezen die ze later in haar leven had ontdekt. De mensen om wie ze had gegeven en die op hun beurt om haar hadden gegeven.

Toen ik was uitgesproken, keek ik naar de kist die naast me stond en dacht aan alle foto's die ik had gezien. De foto's van toen ze jong was, die waren genomen op onbewaakte ogenblikken, waarop ze lachte en vrolijk was, een meisje met een heel leven aan mogelijkheden voor zich. En ook al was ik zelf geen gelovig man, toch vroeg ik me af of ze nu misschien iets droomde.

'Welterusten,' zei ik.

Dankwoord

Zoals bij het schrijven van elke roman ben ik een flink aantal mensen grote dank verschuldigd – in dit geval in het bijzonder aan mijn redacteuren Joel Richardson en Ryan Doherty, zonder wie dit een heel ander boek zou zijn geworden. Hun deskundigheid en geduld zijn ongeëvenaard en worden enorm gewaardeerd. Mijn dank gaat ook uit naar Cecily van Buren-Freedman, Emma Henderson, Grace Long, Ellie Hughes, het team voor de buitenlandse rechten van uitgeverij Michael Joseph, en letterlijk alle andere mensen in de uitgeverswereld van wie ik het geluk heb gehad ze te leren kennen en met hen samen te werken aan dit boek en het vorige. Sommige schrijvers boffen in dat opzicht, maar ik voel me ronduit gezegend.

Ik wil mijn literair agente Sandra Sawicka heel erg bedanken, net als Leah Middleton, Guy Herbert en alle anderen van auteursimpresariaat Marjacq.

Ook bedank ik de recensenten, bloggers en lezers die mijn werk hebben ontdekt en de tijd hebben genomen om er aardige dingen over te zeggen – weet dat ik jullie heel erg waardeer. Dan is er nog het geweldige personeel van The Packhorse, Briggate en de Bower's Tap in Leeds dat ik wil bedanken omdat ik altijd in een hoekje van hun zaak mocht zitten typen. Ik bedank mijn vrienden en familie. En de hele misdaadromangemeenschap, vooral Colin Scott, omdat hij ervoor heeft gezorgd dat ik niet gek ben geworden en omdat hij een enorme kanjer is.

En ten slotte bedank ik Lynn en Zack uit de grond van mijn hart. Zonder jullie had ik niets van dit alles kunnen doen; vandaar dat ik ook dit boek met heel veel liefde aan jullie heb opgedragen.